W0004002

Eisige Schatten

KAY HOOPER

Eisige Schatten

Deutsch von Susanne Aeckerle

Weltbild

Originaltitel: *Stealing Shadows*
Originalverlag: Bantam Books, New York

Besuchen Sie uns im Internet:
www.weltbild.de

Deutsche Erstausgabe 2008
Weltbild Buchverlag –Originalausgaben–

This translation is published by arrangement with
The Bantam Dell Publishing Group, a division of Random House, Inc.

Projektleitung: Almut Seikel
Übersetzung: Susanne Aeckerle
Redaktion: Christine Schlitt
Umschlaggestaltung: zeichenpool, München
Umschlagabbildung: © Shutterstock (Slavoljub Pantelic, Vling, dinadesign)
Satz: Sabine Müller
Gesetzt aus der Adobe Garamond 12/15,5 pt
Druck und Bindung: Bagel Roto-Offset GmbH & Co. KG, Schleinitz

Gedruckt auf chlorfrei gebleichtem Papier

Printed in the EU

ISBN 978-3-86800-047-4

Es gibt nicht genug gute Lehrer auf der Welt.

Dieses Buch widme ich
Mary Anne Head
Jane Biggerstaff
und Betty Hough
in dankbarer Anerkennung.
Sie haben die Schule für meine Nichte Beth
zu einem interessanten Ort gemacht.

Prolog

Los Angeles
16. August 1998

Sprich mit mir, Cassie.«

Fast reglos saß sie auf dem hochlehnigen Stuhl, den Kopf so weit vorgebeugt, dass ihr Gesicht hinter ihrem Haar verborgen war. Nur ihre Hände bewegten sich, ihre dünnen Finger strichen sanft über die roten Blütenblätter der kunstvoll aus Seidenpapier gefertigten Rose in ihrem Schoß.

»Ich glaube ... er bewegt sich«, flüsterte sie.

»Wohin bewegt er sich? Was kannst du sehen, Cassie?« Detective Logans Stimme blieb gleichmäßig und ungeheuer geduldig, verriet nichts von der Besorgnis und Dringlichkeit, die ihm den Schweiß ins Gesicht trieben und seine Augen umwölkten.

»Ich ... ich bin mir nicht sicher.«

Von seinem Platz ein paar Schritte entfernt fragte Logans Partner leise: »Warum ist sie diesmal so zögerlich?«

»Weil er sie zu Tode ängstigt«, erwiderte Logan genauso leise. »Himmel noch mal, er ängstigt ja sogar mich zu Tode.« Er hob die Stimme. »Cassie? Konzentrier dich, Schätzchen. Was sieht er?«

»Dunkelheit. Ich kann nichts erkennen. Es ist nur ... es ist dunkel.« – »Okay. Was denkt er?«

Sie atmete zittrig ein, und ihre dünnen Finger bebten, während sie die Papierrose betasteten. »Ich … ich möchte nicht ... Es ist so kalt in seinem Kopf. Und da sind so viele ... Schatten. So viele verschlungene Schatten. Bitte verlang nicht von mir, dass ich tiefer hineingehe. Verlang nicht, dass ich sie berühre.«

Logans grimmiges Gesicht wurde bei der Angst und dem Ekel in ihrer Stimme noch düsterer, und nun war er an der Reihe, tief durchzuatmen, um die Ruhe zu bewahren. Als er sprach, war seine Stimme kühl und gelassen. »Cassie, hör mir zu. Du musst tiefer hinein. Du musst es tun, um des kleinen Mädchens willen. Verstehst du das?«

»Ja«, erwiderte sie verloren. »Ich verstehe.« Die Stille wurde so durchdringend, dass man das leise Rascheln des Seidenpapiers hören konnte.

»Wo ist er, Cassie? Was denkt er?«

»Er ist in Sicherheit. Er weiß, dass er in Sicherheit ist.« Sie legte den Kopf schräg, als lausche sie einer fernen Stimme. »Die Polizei wird ihn jetzt niemals finden. Idioten. Dämliche Idioten. Er hat ihnen all die Hinweise gegeben, und sie haben sie nie erkannt.«

Logan ließ sich von dieser verstörenden Information nicht ablenken. »Hör auf, ihn zu belauschen, Cassie. Achte darauf, was er macht, wohin er geht.«

»Er geht los ... um das Mädchen zu holen. Will es an seinen geheimen Ort bringen. Er ist jetzt für sie bereit. Er ist bereit, um …«

»Wo ist das? Was ist um ihn herum, Cassie?«

»Es ist ... dunkel. Sie ... er hat sie gefesselt. Er hat sie gefesselt ... auf dem Rücksitz eines Autos. Er steigt in das Auto, lässt den Motor an. Er fährt rückwärts aus der Garage. Oh! Ich kann sie weinen hören ...«

»Hör nicht hin«, drängte Logan. »Bleib bei ihm, Cassie. Sag uns, wohin er fährt.«

»Ich weiß es nicht.« Ihre Stimme klang verzweifelt. »Es ist so dunkel. Ich kann über die Scheinwerfer nicht hinausschauen.«

»Sieh genauer hin, Cassie. Halte nach Orientierungspunkten Ausschau. Auf was für einer Straße fährt er?«

»Auf ... einer Asphaltstraße. Zwei Fahrbahnen. Da sind Briefkästen, wir fahren an Briefkästen vorbei.«

»Gut, Cassie, das ist gut.« Er warf seinem Partner einen Blick zu, der eine hilflose Grimasse schnitt, und konzentrierte sich dann wieder auf den dunklen, gebeugten Kopf. »Halte weiter Ausschau. Du musst uns sagen, wohin er fährt.«

Ein paar Augenblicke lang war nur ihr Atmen zu hören, schnell und flach. Dann sagte sie abrupt: »Er biegt ab. Auf dem Straßenschild steht ... Andover.«

Logans Partner entfernte sich ein paar Schritte und sprach leise in ein Handy.

»Mach weiter, Cassie. Was siehst du? Sprich mit mir.«

»Es ist so dunkel.«

»Ich weiß. Aber halt die Augen offen.«

»Er denkt ... schreckliche Dinge.«

»Hör nicht hin. Geh nicht zu tief hinein, Cassie.«

Zum ersten Mal, seit sie mit der Sitzung begonnen hatten, hob sie den Kopf, und Logan zuckte zusammen. Ihre Augen waren geschlossen. Noch nie hatte er ein derart blasses menschliches Gesicht gesehen. Zumindest kein lebendes. Und diese bleiche, bleiche Haut war straff über die Knochen gespannt.

»Cassie? Cassie, wo bist du?«

»Tief.« Ihre Stimme klang anders, fern und beinahe hohl, als käme sie aus einem bodenlosen Brunnenschacht.

»Cassie, hör mir zu. Du musst dich zurückziehen. Schau nur auf das, was er sieht.«

»Das ist wie Würmer«, flüsterte sie, »die sich an verwesendem Fleisch mästen. An einer verwesenden Seele ...«

»Cassie, zieh dich zurück. Sofort. Hörst du mich?«

Nach einigen Augenblicken sagte sie: »Ja. In Ordnung.« Sie zitterte jetzt sichtbar, und er wusste, wenn er sie berührte, würde ihre Haut eiskalt sein.

»Was siehst du? Was sieht er?«

»Die Straße. Keine Briefkästen mehr. Er wird angespannt. Er ist fast an seinem geheimen Ort angekommen.«

»Sieh hin, Cassie. Mach weiter.«

Mehrere Minuten vergingen, dann runzelte sich ihre Stirn.

»Cassie?«

Sie schüttelte den Kopf.

Logan trat rasch beiseite und sprach leise mit seinem Partner. »Schon Glück mit Andover gehabt, Paul?«

»Es gibt fünf Variationen des Straßennamens Andover innerhalb von zweihundert Meilen. Bob, wir können sie nicht alle erreichen, ganz zu schweigen davon, sie wirkungsvoll abzudecken. Sie muss uns was anderes geben.«

»Ich weiß nicht, ob sie das kann.«

»Sie muss es versuchen.«

Logan kehrte zu Cassie zurück. »Was siehst du, Cassie? Sprich mit mir.«

In einem jetzt fast träumerischen Ton sagte sie: »Da ist ein See. Ich hab die Scheinwerfer auf dem Wasser schimmern sehen. Er ist ... sein geheimer Ort ist in der Nähe eines Sees. Er denkt, er wird die Leiche da reinwerfen, wenn er fertig ist. Vielleicht.«

Logan sah rasch zu seinem Partner, aber Paul sprach bereits ins Handy.

»Was noch, Cassie? Was kannst du mir noch sagen?«

»Es wird schwieriger.« Ihre Stimme wurde unsicher, schwankte erneut. »Schwieriger, in seinem Kopf zu bleiben. Ich bin so müde.«

»Ich weiß, Cassie. Aber du musst es weiter versuchen. Du musst uns bei ihm halten.«

Wie immer reagierte sie auf seine Stimme und seine Beharrlichkeit, schöpfte ihre jämmerlich dürftigen Kraftreserven aus, um einen Kontakt zu halten, der sie abstieß und verängstigte. »Ich höre sie. Das kleine Mädchen. Sie weint. Sie hat so viel Angst.«

»Hör nicht auf sie, Cassie. Nur auf ihn.«

»In Ordnung.« Sie hielt inne. »Er biegt ab. Jetzt ist es eine gewundene Straße. Ein Feldweg. Manchmal kann ich den See zwischen den Bäumen sehen.«

»Siehst du ein Haus?«

»Wir kommen an ... Einfahrten vorbei, glaube ich. Überall sind Häuser. Häuser an dem See.«

Logan trat beiseite, als Paul ihm ein Zeichen gab. »Was ist?«

»Es gibt nur eine Andover Street in der Nähe eines Sees.

Am Lake Temple. Der liegt nur etwa fünfzehn Meilen entfernt, Bob.«

»Kein Wunder, dass sie ihn so gut empfängt«, murmelte Logan. »Sie war noch nie so tief drinnen, nicht in diesem Dreckskerl. Die Teams sind unterwegs?«

»Ich hab sie alle losgeschickt. Und wir arbeiten eine Liste aller Hausbesitzer am See ab. Mir wurde gesagt, es wäre eine Gegend, in der die Leute ihren Häusern Namen geben, Namensschilder aufstellen und so. Wenn wir echtes Glück haben ...«

»Halt mich auf dem Laufenden«, sagte Logan und kehrte zu Cassie zurück.

»Lake Temple«, sagte sie, wieder verträumt. »Der Name gefällt ihm. Er findet ihn passend.«

»Hör nicht auf das, was er denkt, Cassie. Beobachte nur. Sag mir, was er macht, wohin er fährt.«

Das fünfminütige Schweigen schien ewig zu dauern, dann sprach sie plötzlich wieder.

»Wir biegen ab. In eine Einfahrt, glaube ich.«

»Siehst du irgendwelche Briefkästen?«

»Nein. Nein. Tut mir leid.«

»Mach weiter.«

»Die Einfahrt ist steil. Lang. Windet sich zum See hinunter. Ich sehe ... ich glaube, da vorne ist ein Haus. Manchmal wird es von den Scheinwerfern gestreift ...«

»Beobachte weiter, Cassie. Wenn du das Haus siehst, halt nach einem Schild Ausschau. Das Haus hat einen Namen.«

»Da ... da ist das Haus.« Sie sprach schneller. »Neben der Tür ist ein Schild. Da steht ... ›Rentenfonds‹.«

Logan blinzelte und schaute dann zu Paul, der nur das Wort »typisch« mit den Lippen andeutete.

Logan wandte sich wieder Cassie zu. »Sprich mit mir, Cassie. Hält er das Auto an? Will er in dieses Haus?«

Cassie erwiderte: »Warte ... wir fahren daran vorbei. Oh. Oh, verstehe. Da ist ... ein Bootshaus. Ich glaube, es ist ein Bootshaus. Ich sehe ...«

»Was, Cassie? Was siehst du?«

»Es hat ... eine Wetterfahne oben drauf. Auf dem Dach. Ich kann sehen, wie sie sich in der Brise bewegt. Ich kann sie ... knarren hören.«

»Hören? Cassie, hat er das Auto angehalten?«

Sie schien verwirrt. »Oh. Oh ja, hat er. Die Scheinwerfer sind aus. Ich kann die Umrisse des Bootshauses sehen ... die dunkle Form. Aber ... er kennt sich aus. Er ... er holt sie vom Rücksitz. Trägt sie ins Bootshaus. Sie ist so klein. Sie wiegt fast nichts. Ohhhh ...«

»Cassie ...«

»Sie hat so viel Angst ...«

»Cassie, hör auf mich. Du kannst ihr nur helfen, wenn du darauf achtest, was er tut. Wohin er geht.« Er schaute zu seinem Partner. »Wo zum Teufel sind sie?«

»Fast da. Fünf Minuten.«

»Verdammt, sie hat keine fünf Minuten mehr!«

»Sie beeilen sich, sosehr sie nur können, Bob.«

Cassie atmete schnell. »Irgendwas stimmt nicht.«

Logan starrte sie an. »Was?«

»Ich weiß es nicht. Seine Gefühle sind diesmal ... anders. Verschlagen, irgendwie, und fast ... amüsiert. Er will der Polizei was Neues bieten. Er ... oh. Oh Gott. Er hat ein Messer. Er will sie nur aufschlitzen …« Ihre Stimme war durchwoben von Schmerz und Entsetzen. »Er will ... er will ... schmecken ...«

»Cassie, hör auf mich. Zieh dich zurück. Zieh dich *sofort* zurück.«

Logans Partner kam auf ihn zu. »Bob, wenn sie bei ihm bleibt, kann sie uns vielleicht helfen.«

Logan schüttelte den Kopf, ohne den Blick von Cassie zu wenden. »Wenn sie bei ihm bleibt und er das Mädchen umbringt, könnte es Cassie zu tief hineinziehen in seine Raserei. Wir würden sie beide verlieren. Cassie? Cassie, komm raus. *Jetzt.* Hörst du?« Er streckte die Hand aus und nahm ihr die Seidenpapierrose aus den Fingern.

Cassie holte schaudernd Luft und öffnete dann langsam die Augen. Sie waren von einem so blassen Grau, dass sie wie schwache Schatten auf Eis wirkten, auf frappierende Weise von tiefschwarzen Wimpern umrahmt. Dunkle Flecken der Erschöpfung lagen unter diesen Augen, und ihre Stimme zitterte vor Überanstrengung. »Bob? Warum hast du …«

Logan goss heißen Kaffee aus einer Thermoskanne in eine Tasse und reichte sie Cassie. »Trink das.«

»Aber …«

»Du hast uns so gut geholfen, wie du konntest, Cassie. Den Rest müssen meine Leute erledigen.«

Sie trank von dem heißen Kaffee, die Augen auf die Rose gewandt, die er noch in der Hand hielt. »Sag ihnen, sie sollen sich beeilen«, flüsterte sie.

Aber es dauerte fast noch zehn Minuten, lange Minuten, bevor der Bericht eintraf und Paul finstere Blicke auf Cassie warf.

»Das Bootshaus war leer. Sie haben die Gabelung in der Einfahrt übersehen. Der eine Weg führte zum Bootshaus und der andere zu einer weniger als fünfzig Meter entfernten Bucht, an der ein Kabinenkreuzer vertäut lag. Der Kerl war weg, als wir das Boot endlich fanden. Das kleine Mädchen war noch warm.«

Logan fing rasch die Tasse auf, die Cassies Fingern entglitt, und sagte: »Halt die Klappe, Paul. Sie hat ihr Bestes getan ...«

»Ihr Bestes? Sie hat's total vermasselt, Bob! Auf dem Bootshaus war keine Wetterfahne – da war eine Fahne am Mast des Bootes. Die hat sie im Wind flattern sehen. Und das Knarren kam vom Boot im Wasser. Das konnte sie nicht unterscheiden?«

»Es war dunkel«, flüsterte Cassie. Tränen sammelten sich in ihren Augen, tropften aber nicht herab. Ihre zitternden Hände verknoteten sich im Schoß, und sie atmete, als kämpfte sie gegen ein erdrückendes Gewicht auf ihrer Lunge an.

»Fünf Minuten«, sagte Paul. »Wir haben fünf Minuten damit verschwendet, in der falschen Richtung zu suchen, und deswegen ist das kleine Mädchen tot. Was soll ich seinen Eltern sagen? Dass unsere berühmte Paragnostin es vermasselt hat?«

»Paul, halt deine verdammte Klappe!« Logan schaute zu Cassie. »Es war nicht deine Schuld, Cassie.« Seine Stimme klang überzeugend. Aber seine Augen sagten etwas anderes.

Sie senkte den Blick und starrte auf die Seidenrose, die er in der Hand hielt, die zarte Vollkommenheit durch die raue Kraft seiner Polizistenhand unterstrichen.

So viel Schönheit, erschaffen von einem Ungeheuer.

Übelkeiterregende Angst ringelte sich in ihrer Magengrube und kroch auf dem Bauch durch ihre Gedanken, und sie merkte kaum, dass sie laut sprach, als sie heiser sagte: »Ich kann nicht mehr. Ich kann das nicht mehr machen. Ich kann es nicht.«

»Cassie …«

»Ich kann nicht. Ich kann nicht. Ich kann nicht.« Es war wie ein Mantra, um das Unerträgliche abzuwehren, und sie flüsterte es immer wieder, als sie die Augen schloss und den verhöhnenden Anblick der Seidenblume ausblendete, der von nun an ihre Albträume bevölkern würde.

1

Ryan's Bluff, North Carolina
16. Februar 1999

Als Stadt hatte sie nicht viel zu bieten. Sie war etwa so breit wie lang, mit mehr freier Fläche als Häusern. Es gab ein paar verstreute Kirchen und Autohändler und kleine Läden, die sich zwar nicht Boutiquen nannten, aber genug für ihre schlichten kleinen Kleider verlangten, um als solche zu gelten. Es gab eine Hauptstraße mit einem begrünten Platz, genug Banken für die Frage, wo all die Reichtümer lagerten, und einen Drugstore, der so alt war, dass er noch eine Theke für alkoholfreie Getränke besaß.

Natürlich gab es auch ein Computergeschäft auf der Hauptstraße, genau wie zwei Videoverleihs und einen Laden für Satellitenschüsseln, und nur zwei Meilen vom Stadtzentrum entfernt war ein hochmodernes Multiplexkino eröffnet worden.

Also sah Ryan's Bluff dem kommenden Millennium gelassen ins Auge.

Größtenteils war es jedoch eine kleine Südstaatenstadt, daher waren die Menschen überwiegend konservativ eingestellt, der Kirchgang am Sonntag war die Norm, Alkohol konnte man nur in bestimmten Geschäften erhalten, und bis zum vergangenen Jahr war derselbe Sheriff jedes Mal wiedergewählt worden, seit 1970.

1998 hatte sein Sohn den Posten übernommen.

Daher war es im Großen und Ganzen eine vorhersehbare Stadt. Veränderung wurden so widerstrebend aufgenommen wie Sünder in den Himmel.

Es gab wenige Überraschungen und noch weniger schockierende Ereignisse.

Zumindest war es das, was Ben Ryan behauptet hätte. Woran er glaubte, nachdem er diesen Ort sein ganzes Leben kannte und eine generationenlange Familiengeschichte im Rücken hatte. Dieser Ort und seine Einwohner könnten ihn nie überraschen.

Das war es, was er glaubte.

»Richter? Da ist jemand, der zu Ihnen möchte.«

Ben blickte stirnrunzelnd auf die Gegensprechanlage. »Wer ist es, Janice?«

»Sagt, ihr Name sei Cassie Neill. Sie hat keinen Termin, fragt aber, ob Sie ein paar Minuten für Sie Zeit hätten. Sie sagt, es sei wichtig.«

Bens sehr tüchtige Sekretärin ließ sich nicht leicht von Leuten ohne Termin überreden, daher war er erstaunt, einen beinahe bittenden Ton in Janice' Stimme wahrzunehmen. Neugierig bat er: »Schicken Sie sie rein.«

Er machte sich nach wie vor Notizen und schaute nicht sofort auf, als sich die Tür öffnete. Doch noch bevor Janice verkündete: »Miss Neill, Richter«, spürte er eine Veränderung im Raum. Als wäre Elektrizität freigesetzt worden, die seine Haut kribbeln ließ und ihm die feinen Körperhaare aufstellte. Er blickte hoch und erhob sich gleichzeitig, bemerkte Janice' verstörten Blick, mit dem sie die Besucherin argwöhnisch musterte.

Sie waren alle drei beunruhigt.

Die Besucherin stand unter enormem Stress. Das bemerkte er als Erstes. Er war daran gewöhnt, Menschen einzuschätzen, und diese junge Frau schätzte er als jemanden ein, der eine viel zu schwere Bürde mit sich trug.

Sie war mittelgroß, aber fast zehn Kilo zu leicht für ihre Größe, was man trotz ihres unförmigen Pullovers erkennen konnte. Sie hätte als hübsch gelten können, wenn ihr Gesicht nicht so dünn gewesen wäre. Ihr Kopf war ein wenig gebeugt, als gälte ihre ganze Aufmerksamkeit dem Boden, und ihr schulterlanges, glattes dunkles Haar schwang nach vorn, wie um ihr Gesicht zu beschützen, wobei die Augen fast unter den langen Ponyfransen verborgen waren.

Dann blickte sie ihn durch diese Fransen an, ein schneller, überraschter Blick, der vorsichtig nach oben schoss, und er hielt den Atem an. Ihre Augen waren erstaunlich – groß, mit dunklen Wimpern und von einem so blassen Grau, dass sie hypnotisch wirkten. Und gequält.

Ben hatte schon früher Qual gesehen, doch was er in den Augen dieser Frau erblickte, war für ihn eine völlig neue Erfahrung.

Unwillkürlich ging er um seinen Schreibtisch herum auf sie zu. »Miss Neill. Ich bin Ben Ryan.« Seine Stimme klang weicher als sonst, so sehr, dass die ungewohnte Sanftheit ihn verblüffte.

Noch etwas anderes verblüffte ihn. Ben war ein Südstaatenanwalt, ein ehemaliger Richter, und seit Jahren in Lokal-

und Bundespolitik engagiert. Fremden die Hand zu schütteln war für ihn so natürlich wie das Atmen, und die Hand beim Vorstellen auszustrecken geschah ganz automatisch. Doch irgendwie gelang es dieser Frau nicht nur, dem Händedruck auszuweichen, sie tat das auch mit einem so perfekten, eingeübten Timing, dass die Vermeidung körperlichen Kontakts kaum auffiel und keine Peinlichkeit entstand. Seine Hand blieb nicht in der Luft hängen, und er empfand keine Kränkung.

Sie umging die Geste einfach, steuerte direkt auf den Besucherstuhl zu und schaute sich beiläufig in seinem Büro um. »Richter Ryan.« Ihre Stimme war tief und wunderschön moduliert, und sie hatte keinen Carolina-Akzent. »Danke, dass Sie mich empfangen.«

Als sie ihm zweifelnd einen weiteren dieser zurückhaltenden, flüchtigen Blicke zuwarf, erkannte er, dass sie ihn vermutlich für viel älter gehalten hatte. Mehr ... wie ein Richter.

»Es ist mir ein Vergnügen.« Er deutete auf den Stuhl, lud sie ein, Platz zu nehmen, schaute dann mit erhobener Augenbraue zur Tür. »Vielen Dank, Janice.«

Janice wandte endlich ihren Blick von der Besucherin ab, verließ, immer noch stirnrunzelnd, das Büro und schloss die Tür.

Ben kehrte zu seinem Stuhl zurück und setzte sich. »Bei uns hier geht es recht ungezwungen zu«, teilte er ihr mit. »Nennen Sie mich Ben.« Seine Stimme, merkte er zu seinem Erstaunen, war immer noch sanft.

Ein schwaches Lächeln berührte ihre Lippen. »Mein Name ist Cassie.« Ein erneuter rascher Blick in sein Gesicht, dann schaute sie auf die gefalteten Hände in ihrem Schoß.

Was auch immer sie ihm mitteilen wollte, fiel ihr offensichtlich nicht leicht.

»Was kann ich für Sie tun, Cassie?«

Sie atmete tief ein und ließ den Blick weiterhin auf ihren Händen ruhen. »Wie ich bereits Ihrer Sekretärin sagte, bin ich neu in Ryan's Bluff. Ich wohne seit knapp sechs Monaten hier. Trotzdem ist das lange genug, um ein Gefühl dafür zu bekommen, wer in dieser Stadt respektiert wird. Auf wen man ... hören wird, auch wenn das, was er behauptet, unglaubwürdig klingt.«

»Ich fühle mich geschmeichelt«, sagte er, sehr neugierig, aber bereit, sie erst einmal ausreden zu lassen.

Sie schüttelte den Kopf. »Ich habe meine Hausaufgaben gemacht. Sie sind ein Nachfahre der legendären Ryans, die diese Stadt gegründet haben. Sie haben sie nur während Ihrer Collegezeit und während des Jurastudiums verlassen und sind hierher zurückgekehrt, um als Anwalt zu praktizieren. Sie wurden ein bewunderter und hoch angesehener Richter beim Bezirksgericht – offensichtlich in jungem Alter –, entschieden sich aber nach nur ein paar Jahren, zurückzutreten, da Sie Ihre wahre Bestimmung in der Arbeit eines Staatsanwaltes sahen. Sie wurden zum Bezirksstaatsanwalt von Salem County gewählt, und Sie engagieren sich sehr für die Angelegenheiten der Kommune, wie auch für die Lokal- und Bundespolitik. Ihre ... Unterstützung würde eine Menge bedeuten.«

»Meine Unterstützung wobei?«

Sie beantwortete seine Frage mit einer sachlichen Gegenfrage. »Glauben Sie an das Paranormale?«

Das kam unerwartet und warf ihn einen Moment lang

aus der Bahn. »Das Paranormale? Sie meinen Geister? UFOs? ASW?«

»Vor allem außersinnliche Wahrnehmung. Telepathie. Präkognition.« Ihre Stimme blieb ruhig, aber sie saß ein wenig zu steif, und ihre verschränkten Finger bewegten sich nervös. Sie warf ihm einen weiteren Blick zu, so flüchtig, dass er nur ein Aufblitzen dieser blassen Augen wahrnahm.

Ben zuckte die Schultern. »In der Theorie habe ich es immer für Blödsinn gehalten. In der Praxis ist mir nie etwas begegnet, das mich veranlasst hat, meine Meinung zu ändern.« Das war die ziemlich zynische Meinung der meisten Gesetzeshüter, doch das fügte er nicht hinzu.

Sie wirkte nicht entmutigt. »Sind Sie bereit, die Möglichkeit einzugestehen? Offen dafür zu sein?«

»Ich hoffe, dass ich dazu immer bereit bin.« Ben hätte ihr erzählen können, dass ihn selbst manchmal Ahnungen überkamen, Eingebungen, die er rational nur schwer erklären konnte, doch er schwieg, weil es eine Eigenart war, der er kaum traute. Dank Ausbildung und Neigung war er ein Mann der Vernunft.

Nach wie vor sachlich, sagte Cassie: »Es wird ein Mord geschehen.«

Sie hatte ihn erneut überrascht, diesmal auf unerfreuliche Weise. »Verstehe. Und Sie wissen das, weil Sie übersinnlich sind?«

Sie verzog das Gesicht, nahm den Unglauben – und den Argwohn eines Staatsanwalts – in seiner Stimme wahr. »Ja.«

»Sie können in die Zukunft sehen?«

»Nein. Aber ich habe ... den Geist des Mannes angezapft, der beabsichtigt, den Mord zu begehen.«

»Selbst angenommen, ich würde das glauben, müssen sich Absichten nicht unbedingt in die Tat umsetzen.«

»Diesmal schon. Er wird töten.«

Ben rieb sich den Nacken, während er sie anstarrte. Vielleicht war sie eine Spinnerin. Oder vielleicht auch nicht. »Na gut. Wer wird ermordet werden?«

»Das weiß ich nicht. Ich sah ihr Gesicht, als er sie beobachtete, aber ich weiß nicht, wer sie ist.«

Ben runzelte die Stirn. »Als er sie beobachtete?«

Sie zögerte, und ihr dünnes Gesicht verspannte sich. Dann sagte sie: »Ich war ... in seinem Kopf, nur für ein paar Sekunden. Sah mit seinen Augen, hörte seine Gedanken. Er hat sie beobachtet und beschlossen, sie umzubringen. Bald.«

»Wer ist er?«

»Das weiß ich nicht.«

»Moment mal. Sie behaupten, im Kopf von dem Kerl gewesen zu sein, aber Sie wissen nicht, wer er ist?«

»Nein.« Sie antwortete geduldig, als sei das eine oft gestellte Frage. »Die eigene Identität ist meistens kein bewusster Gedanke. Er weiß, wer er ist, also hat er nicht darüber nachgedacht. Und ich habe keinen Teil von ihm gesehen, weder seine Hände noch seine Kleidung – oder sein Spiegelbild. Ich weiß nicht, wer er ist. Ich weiß nicht, wie er aussieht.«

»Aber Sie wissen, dass er jemanden umbringen wird.«

»Ja.«

Ben holte Luft. »Warum sind Sie damit nicht zum Sheriff gegangen?«

»Ich war bei ihm, letzte Woche. Er hat mir nicht geglaubt.«

»Und darum sind Sie zu mir gekommen.«

»Ja.«

Ben griff nach einem Stift und drehte ihn in den Fingern. »Was erwarten Sie von mir? Was soll ich deswegen unternehmen?«

»Mir glauben«, antwortete sie schlicht. Zum ersten Mal blickte sie ihn direkt an.

Ben hatte das Gefühl, als habe sie über den Schreibtisch gegriffen und ihre Hand auf ihn gelegt.

Eine warme Hand.

Er hielt ihren Blick fest. »Und angenommen, ich kann mich dazu durchringen? Können Sie mir irgendwas erzählen, wodurch sich dieser Mord verhindern lässt?«

»Nein. Noch ... nicht.« Sie schüttelte den Kopf, ohne zu blinzeln. »Möglicherweise sehe ich noch mehr. Vielleicht auch nicht. Die Tatsache, dass ich zu ihm Verbindung aufnehmen konnte, ohne etwas in der Hand zu halten, das er berührt hat, ohne ihn zu kennen, ist ungewöhnlich. Es muss an der ... Intensität seiner Gedanken und Pläne gelegen haben, seiner Begierde, die mich erreicht hat. Vielleicht habe ich, ohne es zu wissen, etwas berührt, das er berührt hatte. Oder er könnte in der Nähe gewesen sein, und ich war deswegen in der Lage, die Schatten zu stehlen ...« Sie brach abrupt ab und blickte wieder nach unten.

Sofort vermisste er die warme Hand. Das war eine weitere Überraschung.

»Die Schatten zu stehlen?«

Widerstrebend erwiderte Cassie: »So nenne ich es, wenn ich in den Kopf eines Mörders schlüpfen kann und hier und da etwas von seinen Gedanken, seinen Plänen aufschnappe. Ihre Köpfe sind meist dunkel ... erfüllt von Schatten.« Ihre Finger bewegten sich jetzt ununterbrochen, die nervöse

Energie in starkem Kontrast zu ihrem ruhigen Gesicht und der Stimme.

»Sie haben das schon früher gemacht?«

Sie nickte.

»In Zusammenarbeit mit der Polizei?«

»In Los Angeles. Einige der dortigen Polizisten sind recht aufgeschlossen, wenn es darum geht, die Hilfe von Paragnosten in Anspruch zu nehmen – vor allem, wenn diese Paragnosten nicht auf Publicity aus sind.«

Ben lehnte sich zurück und musterte sie. Schätzte sie ein. »Los Angeles. Und was hat Sie dann quer durch das ganze Land in unsere kleine Stadt geführt?«

Ihr aufwärtsgerichteter Blick war wieder etwas wachsamer, fand er. Das machte ihn misstrauisch.

»Eine Erbschaft«, antwortete sie obenhin. »Meine Tante ist letztes Jahr gestorben und hat mir ein Haus in Ryan's Bluff vermacht.«

Ben runzelte die Stirn. »Wer war Ihre Tante?«

»Alexandra Melton.«

Er war verblüfft und wusste, dass man ihm das ansah. »Miss Melton war eine recht bekannte ... Persönlichkeit in Ryan's Bluff.«

»Sie galt auch in unserer Familie als ziemliche Persönlichkeit.«

»Hier gab es das Gerücht, sie habe mit ihrer Familie gebrochen.«

»Sie war die ältere Schwester meiner Mutter. Die beiden haben sich vor Jahren zerstritten, als ich noch ein Kind war. Niemand hat mir je erzählt, worum es dabei ging. Ich habe Tante Alex nie wiedergesehen. Im vergangenen Jahr die Nachricht zu bekommen, dass sie mir ein Haus und ein paar Hektar Land in North Carolina vermacht hatte, war ein echter Schock.«

»Und Sie beschlossen, dreitausend Meilen quer durch das Land hierher umzuziehen.«

Sie zögerte. »Ich weiß nicht, ob ich für immer bleibe. Ich hatte die Großstadt satt und wollte einige Zeit an einem Ort verbringen, wo es einen richtigen Winter gibt.«

»Das Melton-Haus ist ziemlich abgelegen.«

»Das macht mir nichts aus. Es war sehr friedlich dort.«

»Bis jetzt.«

»Bis jetzt.«

Nach einem Augenblick sagte Ben: »Geben Sie mir den Namen und eine Telefonnummer von jemandem, mit dem ich in L.A. sprechen kann. Jemand, mit dem Sie gearbeitet haben.«

Sie nannte ihm den Namen und die Nummer von Detective Robert Logan, und Ben schrieb sich alles auf.

»Heißt das, Sie sind bereit, mir zu glauben?«, fragte sie.

»Es heißt ... dass ich interessiert bin. Es heißt, ich werde mein Möglichstes tun, aufgeschlossen zu bleiben.« Er schüttelte den Kopf. »Ich will Sie nicht belügen, Cassie. Ihre Behauptung, fähig zu sein, in den Kopf von Mördern einzudringen, ist etwas, womit ich mich schwertue.«

»Das verstehe ich. Damit haben die meisten Menschen Schwierigkeiten.«

Ben kreiste den Namen und die Nummer ein, die er auf einen Notizblock geschrieben hatte. »Können Sie mir sonst noch etwas über diesen angeblichen Mörder erzählen?«

Sie bedachte ihn mit einem weiteren dieser direkten Blicke, die wie eine warme Berührung waren. »Ich kann Ihnen sagen, dass er bisher noch nie getötet hat – zumindest kein menschliches Wesen.«

»Er könnte etwas anderes getötet haben?«

»Vielleicht. Sind hier Tiere getötet worden oder verschwunden, ohne dass es eine Erklärung dafür gibt?«

»Sie meinen, in letzter Zeit? Nicht, dass ich wüsste.«

»Es könnte in letzter Zeit passiert sein. Doch es ist wahrscheinlicher, dass er solche Sachen als Kind gemacht hat.«

»Wenn ja, ist er nicht erwischt worden.«

»Vermutlich. So was wird oft abgetan, wenn Jungen das machen. Außer es geschieht sehr regelmäßig oder ist besonders grausam. Nur wenige Menschen erkennen, dass es das früheste Anzeichen mörderischer Neigungen ist.«

»Vor allem bei Serienmördern. Zusammen mit, wenn ich mich richtig erinnere, unnatürlich lang anhaltendem Bettnässen und Zündeln.«

Cassie nickte. »Haben Sie einen der FBI-Kurse für Gesetzesvertreter absolviert?«

»Ja, kurz nachdem ich diesen Posten bekommen habe. Wie steht es mit Ihnen?«

Sie lächelte flüchtig. »Nein. Ich habe nur ... so einiges an Informationen aufgeschnappt. Ich glaube, das hat mir geholfen, zumindest ein wenig, um die klinischen Begriffe und Erklärungen zu verstehen.«

»Für Monster?«

Sie nickte wieder.

»Das tut mir leid«, sagte Ben.

Ihre Augen weiteten sich ein wenig, dann wandte sie den Blick ab. »Ist schon gut. Ich habe bereits genug von Ihrer Zeit in Anspruch genommen. Nochmals vielen Dank, dass

Sie mich empfangen haben. Und für Ihre Aufgeschlossenheit.«

Sie erhoben sich beide, doch eine kaum wahrnehmbare Geste von Cassie hielt Ben auf seiner Seite des Schreibtisches fest. Trotzdem war er nicht bereit, sie so ohne Weiteres gehen zu lassen. »Warten Sie.« Er schaute sie eindringlich an. »Ihr Name. Ist das eine Abkürzung für Cassandra?«

»Ja.«

Leise sagte er: »Sie hat versucht, die Trojaner zu warnen – und niemand hat ihr geglaubt.«

»Meine Mutter war Paragnostin. Sie wusste, dass ich auch eine werden würde. Manchmal glaube ich, sie hat mir den Namen gegeben, damit ich auf ein Leben voller Zweifel und Spott vorbereitet bin. Eine Erinnerung, die ich immer mit mir trage.«

»Es tut mir leid«, wiederholte er.

»Das muss es nicht. Wir haben alle unser Kreuz zu tragen.« Sie zuckte die Schultern und wandte sich ab, hielt aber inne, als er erneut sprach.

»Die trojanische Kassandra wusste, dass sie das, was geschehen würde, nicht ändern konnte. Sie wusste, man würde ihr nicht glauben. Es zerstörte sie. Lassen Sie nicht zu, dass es Sie zerstört, Cassie.«

Ohne ihn anzuschauen, antwortete sie: »Es gab noch etwas, das diese andere Kassandra wusste. Sie kannte ihr eigenes Schicksal. Und sie konnte ihm nicht entkommen.«

»Kennen Sie es?«

»Mein Schicksal? Ja.«

»Ich dachte, Sie könnten die Zukunft nicht vorhersagen.«

»Nur meine. Nur mein eigenes Schicksal.«

Er verspürte ein leichtes Frösteln. »Ist es etwas, dem Sie entkommen möchten?«

Cassie ging zur Tür und hielt wieder inne, diesmal mit der Hand auf dem Türknauf. Sie blickte zu ihm zurück. »Ja. Aber ich kann nicht. Ich bin fast dreitausend Meilen weit gerannt, und es war nicht weit genug.«

»Cassie …«

Aber sie war verschwunden, war durch die Tür geschlüpft und hatte sie leise hinter sich geschlossen.

Wieder allein, ließ sich Ben auf seinen Stuhl sinken und schaute einen Moment lang abwesend auf den Namen und die Nummer, die er sich notiert hatte. Dann drückte er auf die Gegensprechanlage. »Janice, ich hätte da einige Recherchen, die Sie möglichst bald für mich erledigen müssten. Aber als Erstes muss ich mit einem Polizeibeamten in L.A. sprechen.«

Sie geht wie eine Hure.
Diese kurzen Röcke machen es noch schlimmer, wenn sie beim Gehen mit dem Arsch wackelt.
Widerlich.
Und schau sie dir an – wie sie mit ihm flirtet. Wirft die Haare zurück und klimpert mit den Wimpern.
Hure.
Du Hure, ich dachte, du wärst anders!
Bloß noch so eine Zwanzig-Dollar-Hure. Und nicht mal das ist sie wert.
Nicht mal das.

Matt Dunbar stammte von einer langen Linie von Gesetzesvertretern ab, die bis zu einem Texas Ranger zurückreichte, der um 1840 herum den Westen durchstreift hatte, und Matt war stolz auf dieses Erbe. Er war auch stolz darauf, wie er in seiner frisch gebügelten Sheriffuniform aussah. Mit fast religiösem Eifer strampelte er sich an sechs Tagen der Woche in seinem Kellerfitnessraum ab, damit ihm ja keine Speckrollen über den Gürtel hingen.

Keinesfalls würde er zu einer dieser üblichen Karikaturen eines fetten, trägen Südstaatensheriffs werden. Er hatte sich bemüht, seinen Akzent loszuwerden, obwohl das Ergebnis, wie er zugeben musste, nicht ganz seinen Erwartungen entsprach. Eine Geliebte hatte ihm mal gesagt, er würde so schleppend sprechen, dass man dabei unweigerlich an eine faule Katze denken müsse, die sich in der Sonne rekelt.

Das war ein Vergleich, der ihm gefiel.

Also sprach er vielleicht tatsächlich ein wenig schleppend, als er Becky Smith anwies, beim nächsten Mal besser nicht direkt vor dem Feuerhydranten zu parken, auch wenn sie nur schnell in den Drugstore laufen wolle.

Vielleicht nicht gerade das, was man als strenge, offizielle Verwarnung betrachten konnte.

»Oh, das tut mir leid, Sheriff.« Sie schenkte ihm ein breites Lächeln und schob ihr schimmerndes braunes Haar mit einer Geste über die Schulter zurück, die fast ein wenig kokett war. »Aber ich war nur zwei Minuten fort, das schwöre ich. Ich fahr das Auto sofort weg.«

Er wollte ihr gerade sagen, dass sie sich nicht so zu beeilen bräuchte, doch dann sah er Ryans Jeep hinter seinem Streifenwagen anhalten, daher verabschiedete er sich von Becky mit einem höflichen Tippen an die Mütze und ging hinüber zu seinem Freund aus Kindertagen und gelegentlichen Pokerkumpan, der allerdings manchmal auch eine Nervensäge sein konnte.

Heute schien eher Letzteres zuzutreffen.

»Matt, wann hast du mit Cassie Neill gesprochen?«, fragte Ben, während er aus dem Jeep stieg.

Der Sheriff lehnte sich an die vordere Stoßstange des Jeeps und verschränkte die Arme über der Brust. »Sie kam Ende letzter Woche aufs Revier. Donnerstag, glaube ich. Heißt das, sie ist mit dieser wilden Geschichte zu dir gerannt?«

»Bist du dir so sicher, dass es eine wilde Geschichte ist?«

»Ach, um Himmels willen, Ben …«

»Hör zu, ich hab auch daran gezweifelt. Aber hast du dir die Mühe gemacht, die Frau zu überprüfen? Ich hab's jedenfalls getan.«

»Und?«

»Und der Detective von der LAPD, mit dem ich gesprochen habe, sagt, dank Cassie Neill säße ein halbes Dutzend Mehrfachmörder heute hinter Gittern. Und das nur in seinem Zuständigkeitsbereich.«

Matts Augen wurden schmal. »Wieso habe ich dann noch nie von ihr gehört?«

Ben schüttelte den Kopf. »Darüber stand kaum was in der Presse, und schon gar nicht in der überregionalen. Anscheinend wollte sie es so – was meiner Meinung nach für sie spricht. Der Detective erzählte mir, seine Vorgesetzten seien sehr erfreut gewesen, dass sie darauf bestand, das Dezernat solle die Lorbeeren einstreichen und sie da rauslassen. Natürlich waren sie nicht sehr begierig darauf, zugeben zu müssen, dass sie die menschliche Version einer

Kristallkugel benutzt hatten, um die bösen Buben aufzuspüren.«

Matt gab einen Grunzlaut von sich und betrachtete abwesend die friedliche Szenerie der Innenstadt von Ryan's Bluff an einem milden Dienstagnachmittag. »Ich hab für diesen übersinnlichen Schwachsinn einfach nichts übrig, Ben. Und du auch nicht, wie ich bisher dachte.«

»Ich bin mir nach wie vor nicht sicher. Aber ich glaube, wir sollten dem, was die Lady sagt, besser unsere Aufmerksamkeit schenken.«

»Nur für alle Fälle?«

»Genau.«

Nach kurzem Zögern zuckte Matt die Schultern. »Na gut. Sag mir, was ich wegen der sogenannten Warnung dieser Dame unternehmen soll. Sie behauptet, jemand würde sterben. Dass dieser Jemand eine Frau sei – nur wisse sie nicht, wer. Sie wisse bloß, dass die Frau möglicherweise dunkelhaarig sei, möglicherweise zwischen zwanzig und fünfunddreißig, mittelgroß und entsprechend gebaut – möglicherweise. Was das *mögliche* Opfer auf, oh, ein Viertel der hiesigen weiblichen Bevölkerung einschränkt, plus/minus ein paar Hundert. Und unsere hilfreiche Übersinnliche weiß sogar noch weniger über den aufstrebenden Mörder – außer, dass er männlich ist. Wenn man dich und mich ausschließt, und jeden Mann über sechzig, einfach aus logischen Gründen, bleiben mir noch – was? – ein paar Hundert denkbare Verdächtige innerhalb der Stadtgrenzen? Was zum Teufel soll ich damit anfangen, Ben?«

»Ich weiß es nicht. Aber es muss etwas geben, das wir tun können.«

»Was denn? Eine Stadt in Panik zu versetzen durch die Ankündigung, dass eine unserer Damen verfolgt wird und nichts davon weiß?«

»Nein, natürlich nicht.«

Matt seufzte. »Mein Gefühl sagt mir, jemand sollte Cassie Neill überwachen, und das rund um die Uhr. Vielleicht gibt es einen guten Grund dafür, warum sie sich so sicher ist, dass ein Mord geschehen wird.«

Ben starrte ihn ungläubig an. »Das kann doch nicht dein Ernst sein. Wenn sie auch nur fünfundvierzig Kilo wiegt, wäre ich überrascht.«

»Was, Mörder brauchen Muskeln? Das glaubst du doch selbst nicht, Ben.«

»Ich meine nur, sie ist zu ... zerbrechlich, um das in sich zu haben.«

Der Sheriff hob die Augenbraue. »Zerbrechlich?«

»Hör auf mit dem Quatsch.« Ben spürte, wie ihm die Röte ins Gesicht schoss, und war sich dieser ungewohnten Gutgläubigkeit ebenso bewusst wie sein Freund, aber nicht bereit, sich im Moment näher damit zu befassen.

Matt verbarg ein Grinsen. »Schon gut, schon gut. Ich hab dich dieses Wort nur noch nie benutzen hören.«

»Lass meine Worte aus dem Spiel. Was sollen wir wegen der Sache unternehmen, Matt?«

»Wir werden warten. Was anderes können wir nicht tun. Wenn deine *zerbrechliche* Übersinnliche mit was Verwertbarem kommt, prima. Wenn nicht – tja, dann werden wir Däumchen drehen und abwarten, ob eine Leiche auftaucht.«

2

18. Februar 1999

Er hat's getan.«

Ben richtete sich auf dem Ellbogen auf und knipste die Nachttischlampe an. Die Uhr verriet ihm, dass es halb sechs war. Morgens.

Guter Gott, es war noch dunkel.

Er klemmte das Telefon zwischen Ohr und Schulter. »Wer hat was getan? Und wissen Sie, wie spät es ist?«

»Er hat sie ermordet«, sagte Cassie Neill leise. Scharf.

Ben wurde vollends wach.

Er schob die Decke weg. »Sind Sie sich sicher?«

»Ja.« Sie atmete ein. »Es ist schon vor Stunden passiert. Niemand hätte etwas tun können, daher – daher habe ich mit dem Anruf bei Ihnen gewartet. So lange ich konnte.«

Ben überlegte, wie es wohl war, während der langen, dunklen Stunden der Nacht wach zu sein und allein – und im Bewusstsein des Entsetzlichen. Der professionelle Teil von ihm schob den Gedanken beiseite und sagte: »Sie hätten mich gleich anrufen sollen. Beweise ...«

»Werden sich durch das Vergehen einiger Stunden nicht ändern. Nicht bei dem wenigen, das er zurückgelassen hat.«

Cassie klang unendlich erschöpft. »Aber Sie haben recht, ich hätte Sie sofort anrufen sollen. Entschuldigung.«

Ben atmete tief durch. »Wissen Sie, wo?«

»Ja, ich glaube schon. Es gibt eine alte, nicht mehr benutzte Scheune am Nordende der Stadt, ungefähr fünf Meilen außerhalb.«

»Die kenne ich. Da war mal ein Viehhof.«

»Sie ist ... er hat sie in dem Wald hinter der Scheune gelassen. Er hat sie nicht dort umgebracht, aber da hat er sie gelassen. Ich glaube ... ich glaube, sie wird leicht zu finden sein. Er hat die Leiche nicht vergraben oder sie auf irgendeine Weise zu verstecken versucht. Im Gegenteil, er ... hat sie in eine Art Positur gesetzt.«

»Positur?«

»Hat sie mit dem Rücken an einen Baum gelehnt. Er hat sich sehr bemüht, das Aussehen richtig hinzukriegen. Das muss etwas bedeuten.« Cassies Stimme verebbte mit den letzten Worten, und sie seufzte. »Ich weiß nicht, was. Tut mir leid. Ich bin müde.«

Ben zögerte und sagte dann: »Ich werde es mir ansehen.«

»Bevor Sie den Sheriff anrufen?« Ihre Stimme hatte einen sarkastischen Unterton.

Ben mochte nicht zugeben, dass er nicht noch mal wie ein leichtgläubiger Trottel dastehen wollte, falls sich das Ganze als falscher Alarm erwies. Daher sagte er nur: »Wahrscheinlich werde ich mich später wieder bei Ihnen melden.«

»Ich werde hier sein.« Cassie legte leise auf.

Die Morgenröte erhellte gerade erst den Himmel, als Ben seinen Jeep beim alten Pittman-Viehhof parkte. Er knipste die Taschenlampe an, die er mitgebracht hatte, um seinen Weg an der Scheune vorbei und durch ein ausgefranstes Loch im alten Zaun in den Wald dahinter zu finden.

Es war still. Zu still.

Er ging nicht weit in den Wald hinein, bevor er stehen blieb und die Taschenlampe in einem langsamen Bogen herumschwenkte. Der Wald bestand aus Hartholzbäumen, noch ohne Laub im Februar, und Unterholz gab es kaum, sodass er recht gut sehen konnte.

Er hatte nicht so richtig geglaubt, dass die Leiche hier sein würde.

Als das Licht auf sie fiel, hörte Ben sein eigenes scharfes Einatmen.

Genau, wie Cassie es beschrieben hatte, saß das Opfer mit dem Rücken an einen Baum gelehnt, in Richtung der Scheune, leicht zu finden. Ihre Augen waren geöffnet, ihr Kopf ein wenig zur Seite geneigt, und ihre Lippen standen leicht auf, als hätte sie sich beim Sprechen unterbrochen, um höflich einem Begleiter zuzuhören. Ihre Hände lagen gefaltet im Schoß, die Handflächen nach oben. Sie war vollkommen bekleidet.

Ben kannte sie. Becky Smith, ein kaum zwanzig Jahre altes Mädchen, das in der Stadt im Drugstore arbeitete – gearbeitet hatte –, während es das örtliche College besuchte. Sie hatte Lehrerin werden wollen.

Ihre Kehle war von einem Ohr zum anderen aufgeschlitzt.

»Verdammt noch mal, Ben, du weißt es doch besser!« Der Sheriff war wütend und ließ es sich anmerken.

»Als hättest du nicht genau dasselbe getan.« Ben schüttelte den Kopf. »So überzeugend sie auch klang, Matt, ich konnte nicht so richtig glauben, dass ich irgendwas finden würde. Also, ja, ich habe mich der Leiche bis auf ungefähr vier Meter genähert. Mir war nicht klar, dass es sich um einen Tatort handelt, bis es zu spät war. Aber ich habe sie nicht berührt oder irgendwas verändert.«

»Warum zum Teufel hast du mich nicht angerufen, bevor du hier rausgefahren bist?«

Ben schaute am Sheriff vorbei zur Rückseite der Scheune, wo die meisten der Deputys, die Matt mitgebracht hatte, sorgfältig den Boden absuchten. Die Sonne war mittlerweile aufgegangen, und Beckys Leiche war abtransportiert worden.

Den Anblick, wie ihre Leiche in den schwarzen Sack gelegt wurde, würde er nicht so bald vergessen.

»Ben?«

»Das haben wir doch schon durchgekaut, Matt. Ich wollte nicht wie ein Vollidiot dastehen, wenn ich dich hier rausbrächte und es nichts zu finden gäbe.«

»Also bist du allein hergekommen. Unbewaffnet. Und wenn der Schweinehund noch nicht mit seiner Arbeit fertig gewesen wäre, Ben? Himmel, sie war ja kaum kalt.«

»Ich wünschte, ich *hätte* ihn hier gefunden. Ich bin kein zwanzigjähriges Mädchen.«

»Und er hätte eine Waffe haben können. Hast du daran gedacht? Hast du überhaupt gedacht?«

Normalerweise hätte Ben es nicht zugelassen, von seinem Freund so abgekanzelt zu werden, und auch noch laut, an einem ziemlich öffentlichen Ort, doch er kannte Matt gut genug, um zu erkennen, dass der Sheriff stark erschüttert war.

Vor dem heutigen Tag war der letzte Mord in Salem County vor zehn Jahren geschehen, als Thomas Byrd früh von der Arbeit heimgekommen war und einen anderen Mann dabei erwischt hatte, sein Bett zu wärmen. Ganz zu schweigen von Mrs Byrd. Das war ein durchaus verständliches Verbrechen aus Leidenschaft gewesen.

Dieses Verbrechen hier war alles andere als verständlich.

»Matt, können wir mein rücksichtloses Vorgehen bitte hinter uns lassen und weitermachen?«

Matt presste die Lippen zusammen, nickte aber.

»Okay. Also, da wir von den guten Bürgern von Salem County gewählt wurden, um Verbrecher zu fassen, und da ich von ihnen zum Staatsanwalt gewählt wurde, würde ich sagen, wir haben Arbeit vor uns.«

»Ja.« Matt drehte den Kopf zu den Aktivitäten hinter der Scheune und machte ein finsteres Gesicht. »Und als Erstes will ich mit Cassie Neill reden.«

Ben zögerte und sagte dann: »Du und deine Leute müssen hier noch fertig werden. Was hältst du davon, wenn ich Miss Neill abhole und sie aufs Revier bringe? Ich bin sehr daran interessiert, was sie zu sagen hat.«

Matt wandte Ben sein finsteres Gesicht zu. »Es ist nicht deine Aufgabe, bei Verbrechen zu ermitteln. Deine Aufgabe beginnt, wenn ich den Dreckskerl erwischt habe.«

»Meine Aufgabe wird mir viel leichter gemacht, wenn ich von Anfang an dabei bin, und das weißt du.«

»Vielleicht. Und vielleicht ist bei diesem Fall deine Beteiligung keine so gute Idee. Du bist nicht völlig unparteiisch, oder?«

»Was zum Kuckuck soll das denn heißen?«

»Das heißt, dass du offensichtlich eine Schwäche für deine sogenannte ›zerbrechliche‹ Übersinnliche hast. Ich lasse nicht zu, dass du mir in den Weg kommst, Ben.«

Es dauerte einen Augenblick, aber dann hatte Ben kapiert. »Ah, verstehe. Du glaubst, Cassie Neill hat Becky Smith umgebracht.«

»Und du glaubst das offensichtlich nicht.«

»Ich weiß, dass sie es nicht getan hat.« Ben hörte die Worte aus seinem Mund kommen und war mehr als ein bisschen erstaunt darüber.

Matt anscheinend nicht. »Ja, ja. Und du weißt das, weil ...«

»Wie ich dir schon gesagt habe. Sie hat es nicht in sich, jemanden zu töten. Vor allem nicht so. Komm schon, Matt. Man braucht eine besondere Art von Brutalität, einer Frau die Kehle von einem Ohr zum anderen aufzuschlitzen. Erzähl mir nicht, dass du etwas Derartiges bei Cassie wahrgenommen hast.«

»Als Cop lernt man als Erstes, dass die wahrscheinlichste Erklärung vermutlich die richtige ist. Cassie Neill hat den Tatort viel zu gut beschrieben. Ich würde sagen, weil sie ihn gesehen hat.«

»Da stimme ich dir zu. Aber ich glaube nicht, dass sie hier war.«

»Dieser übersinnliche Quatsch. Ja, genau.«

»Matt, versuch doch, aufgeschlossen zu bleiben.« Erneut blickte Ben am Sheriff vorbei zu den Polizisten, die nach Hinweisen suchten, und fügte dann leise hinzu: »Erinnerst du dich an die Ahnungen, die ich hatte, als wir Kinder waren?«

»Ja.«

»Tja, jetzt hab ich wieder eine. Ich habe den Verdacht,

dass die Sache hier nur der Anfang war.« Sein Blick kehrte zu Matts Gesicht zurück. »Und dieser übersinnliche Quatsch könnte das Einzige sein, das uns weiterhilft.«

Der alte Melton-Besitz bestand aus einem Haus im viktorianischen Stil und diversen Außengebäuden auf einem acht Hektar großen Grundstück zehn Meilen von der Stadt entfernt. Alexandra Melton hatte es 1976 gekauft, nachdem sie mit anscheinend genug Geld und niemandem, für den sie es ausgeben wollte, von der Westküste in Ryan's Bluff eingetroffen war.

Sie war eine ziemliche Persönlichkeit gewesen. Ihre bevorzugte Aufmachung bestand in Jeans und T-Shirt, oft ergänzt durch ungewöhnliche Hüte oder fließende Seidentücher. Bis zu ihrem Tod durch eine Lungenentzündung im vergangenen Jahr war sie mit über sechzig immer noch eine schöne Frau gewesen – mit schwarzem Haar, das nur über ihrer linken Schläfe eine schmale silbrige Strähne aufwies –, und ihre Figur war aufsehenerregend genug geblieben, um bewundernde Blicke anzuziehen, wenn sie in die Stadt kam. Was nur selten geschah. Einmal im Monat, zum Aufstocken der Vorräte, öfter nicht.

Das Seltsame an Alex Melton war, dass sie den meisten wie eine warmherzige und kontaktfreudige Frau mit einer forschen, sachlichen Art und einem großen Herzen erschienen war. Doch sie hatte von Anfang an klargemacht, dass sie Besucher weder willkommen hieß noch brauchte und nicht vorhatte, sich in Gemeindeaktivitäten zu engagieren.

Oder Herzensangelegenheiten. Ben hatte die Geschichten gehört. Da sie so schön war, hatte mehr als ein Mann über die Jahre Versuche gestartet, nur um entschieden, wenn auch freundlich, abgewiesen zu werden. Den Gerüchten nach hatte es auch die eine oder andere Frau versucht und die gleiche entschiedene Abweisung erfahren.

Anscheinend war es nicht die Frage, zu welcher Richtung Alex Melton tendierte, sondern die Tatsache, dass sie zu gar nichts tendierte.

Ben dachte an all das, als sein Jeep die lange, ungepflasterte Auffahrt zum Haus hinauffuhr, das jetzt Alex' Nichte gehörte. Die Abgeschiedenheit machte ihr nichts aus, hatte sie gesagt. Es war friedvoll. Oder war es zumindest gewesen.

Sie hatte ebenfalls gesagt, dass sie dreitausend Meilen »gerannt« war, um dem Schicksal zu entfliehen, das sie für sich voraussah, nur um dabei zu versagen.

Ben wusste nicht, ob er glaubte, dass Cassie Neill ihr eigenes Schicksal voraussah, aber er war davon überzeugt, dass sie vor etwas davonrannte. Und eine weitere seiner Ahnungen sagte ihm, es wäre für ihn wichtig, zu verstehen, was das war.

Er stellte den Jeep auf der halbrunden Einfahrt vor dem Haus ab und stieg aus. Einen Moment lang betrachtete er das Haus und bemerkte, dass an der Außenseite eine langsame Renovierung stattfand. Neue Fensterläden, neue Farbe auf dem Geländer der umlaufenden Veranda, und er meinte, dass die Haustür mit ihrem ovalen Glaseinsatz auch frisch gestrichen war. Das Haus hatte schon vorher keinen vernachlässigten Eindruck gemacht, aber die Neuerungen kamen ihm eindeutig zustatten.

Ben klopfte an die Tür, und Cassie öffnete mit einem Malerpinsel in der Hand.

»Hi«, sagte er. »Normalerweise würde ich Guten Morgen sagen, aber das ist er nicht.«

»Nein, ist er nicht. Kommen Sie rein.« Sie trat zurück und öffnete die Tür weit.

Genau wie in seinem Büro schaute sie ihn nicht direkt an, warf ihm nur flüchtige Blicke zu. Aber diesmal, mit dem zurückgebundenen Haar und in Jeans und einem engen Thermohemd, konnte er sich ein besseres Bild von ihr machen.

Sie war nicht nur zerbrechlich. Sie war ätherisch.

»Der Kaffee ist heiß. Wollen Sie eine Tasse?« Falls sie seinen prüfenden Blick überhaupt wahrnahm, schien er sie nicht zu kümmern.

»Gern.« Er folgte ihr durch einen offenen Wohnraum mit spärlicher Möblierung – wo ein kleiner Tisch, den sie lackiert hatte, auf ausgebreitetem Zeitungspapier stand – in die Küche.

Cassie säuberte zunächst den Farbpinsel und legte ihn in die Spüle, dann wusch sie sich die Hände und schenkte Kaffee für sie beide ein. »Schwarz, richtig?«

»Richtig. Mehr ASW?«

»Nein. Nur geraten.« Sie reichte ihm die Tasse, ohne seine Finger zu berühren, und trug dann ihre eigene zu dem verkratzten alten Holztisch in der Mitte der Küche. »Macht es Ihnen was aus, hier zu sitzen? Die Farbdämpfe im anderen Zimmer müssen sich erst verflüchtigen.«

»Kein Problem.« Er setzte sich ihr gegenüber an den Tisch. »Diese Küche hat mir immer gefallen.« Sie war warm und freundlich, sonnig dank zahlloser Fenster und leuchtend gelb gestrichen.

»Dann kannten Sie also meine Tante?«

»Flüchtig. Ich war ein paarmal hier.« Er lächelte. »Ich wollte ihre Stimme bei der Wahl. Außerdem war sie eine interessante Frau.«

Cassie trank von ihrem Kaffee, den Blick auf die Tasse gerichtet. »Das hörte ich. Hier sind noch viele ihrer Sachen verpackt, die ich früher oder später durchschauen muss. Sieht so aus, als hätte sie Tagebuch geführt. Und dann noch all ihre Korrespondenz. Vielleicht lerne ich sie dadurch endlich kennen. Doch das hat keine Eile. Es gibt noch so viel anderes zu tun.«

Ben hatte die Ahnung, dass sie die Durchsicht der Sachen ihrer Tante nicht deswegen verschob, weil so viel anderes zu tun war, sondern weil sie noch nicht bereit war, sich zu öffnen, selbst nicht der Persönlichkeit und den Erinnerungen einer toten Frau. Nach dem, was der Detective aus L.A. ihm erzählt hatte, war Cassie zutiefst verletzt gewesen, als sie sich vor fast sechs Monaten hierher zurückzog. Detective Logan glaubte, sie sei nur um Haaresbreite von einem völligen körperlichen, emotionalen und geistigen Zusammenbruch entfernt gewesen, nachdem sie einen Albtraum zu viel durchlebt hatte.

Aber Ben gab sich mit ihrer Erklärung zufrieden, zumindest für den Augenblick, und fragte nur: »Sie renovieren das Haus?«

»Nein, ich frische es nur ein wenig auf.« Ihr Blick flackerte zu seinem Gesicht, dann wandte sie ihn wieder ab. »Ich arbeite gern mit den Händen. Arbeite gern mit Holz.«

»Berühren schöne Dinge, weil Sie Menschen nicht berühren können?«

Das lenkte ihren Blick auf sein Gesicht zurück, und diesmal verweilte er. Dunkle Flecken der Erschöpfung lagen unter ihren bleichen Augen, und Ben konnte nichts in ihnen lesen, doch er spürte die Wärme so deutlich, als hätte sie die Hand ausgestreckt und auf seine gelegt. Es war ein irritierendes Gefühl, zugleich aber eines, von dem er wusste, dass er es wieder spüren wollte.

»Das ist zu einfach«, sagte sie.

»Ach ja? Sie vermeiden körperlichen Kontakt mit Menschen. Oder liegt es nur an mir?«

Cassie schüttelte den Kopf. »Für mich ist das ... unangenehm. Ich bin eine Berührungstelepathin. Es fällt mir sehr schwer, mich vor den Gedanken und Emotionen anderer abzuschirmen, wenn ich in körperlichem Kontakt mit ihnen bin.« Ihre Schultern hoben und senkten sich.

»Also vermeiden Sie Berührungen.«

Sie schaute wieder auf ihre Tasse. »Es gibt Dinge im menschlichen Geist, die nicht gesehen oder berührt werden sollten, Dinge, die sogar von unserem eigenen bewussten Selbst nicht eingeräumt werden. Fantasien, Triebe, Wut, Hass, primitive Instinkte. Für gewöhnlich sind sie tief vergraben, und da gehören sie auch hin. In die dunkelsten Teile unseres Geistes.«

»Die Teile, die Sie sehen können.«

Wieder zuckte sie mit den Schultern. »Ich habe genug gesehen. Zu viel. Ich versuche, nicht hinzuschauen.«

»Außer wenn Mörder hineinplatzen?«

»Ich habe versucht, ihn auszuschließen, glauben Sie mir. Ich wollte nicht wissen, was er tun würde. Was er tat.«

»Aber wenn es auch nur die geringste Chance gab, ihn aufzuhalten ...«

»Das ist mir nicht gelungen, nicht wahr? Ihn aufzuhalten. Ich bin zum Sheriff gegangen. Ich war bei Ihnen. Ich habe mich sogar geöffnet und bin in seine ... dunkelsten Tiefen gekrochen. Aber es hat ihn nicht aufgehalten. Es hält sie nie auf.«

»Was Detective Logan mir erzählt hat, klang aber anders.«

Cassie schüttelte den Kopf. »Irgendwann werden sie erwischt. Dabei kann ich vielleicht helfen, vielleicht auch nicht. Trotzdem sterben Menschen. Und es gibt nicht das Geringste, was ich dagegen tun kann.« Ihre Stimme war sehr leise.

»Darum haben Sie sich hierher verkrochen, nicht wahr? Hier, in dieses abgelegene Haus in der Nähe einer kleinen Stadt, wo Sie auf Frieden hoffen konnten.«

»Habe ich denn kein Recht auf Frieden? Hat das nicht jeder?«

»Ja. Aber Cassie, Sie können das, was Sie sehen, nicht ignorieren, genauso wenig, wie ich es ignorieren könnte, wenn ich sehen würde, wie jemand an einer Straßenecke erstochen wird. Ich würde alles in meiner Macht Stehende tun, um zu helfen. Genau wie Sie.«

Sie atmete ein. »Ich habe zehn Jahre lang alles getan, was ich konnte. Ich bin müde. Ich möchte nur in Ruhe gelassen werden.«

»Glauben Sie, er wird Sie in Ruhe lassen?«

Sie schwieg.

»Cassie?«

»Nein«, flüsterte sie.

Ben wünschte sich, sie würde ihn wieder anschauen, aber ihr Blick schien an der Kaffeetasse festzukleben. »Dann helfen Sie uns. Becky Smith war erst zwanzig, Cassie. Eine Collegestudentin, die Kinder liebte und Lehrerin werden wollte. Sie hatte ihre Chance verdient. Helfen Sie uns, den Schweinehund zu fangen, der ihr diese Chance genommen hat.«

»Sie wissen nicht, was Sie von mir verlangen.«

»Ich habe so eine Ahnung. Ich weiß, dass es Ihnen viel abverlangen wird. Aber wir brauchen Ihre Hilfe. Wir müssen alles nur Mögliche tun, um diesen Kerl zu schnappen, bevor er sich aus dem Staub macht. Oder bevor er erneut mordet.«

Endlich wandte sie ihm ihren Blick zu, und in der Tiefe ihrer Augen lauerte etwas, das ihn zusammenzucken ließ. Etwas Kleines und Schmerzvolles.

»Also gut«, sagte Cassie leise. »Ich hole meine Jacke.«

»Und?« Der Sheriff war nicht offen feindselig, aber annähernd. »Raus damit.«

Sie waren in Matts Büro, saßen nebeneinander auf den Besucherstühlen vor dem alten Schreibtisch mit der Schieferplatte, der schon Matts Vater gehört hatte, und der Sheriff war bereits übelster Stimmung, da seine Leute am Tatort überhaupt nichts Brauchbares gefunden hatten.

Und er glaubte nicht an diesen übersinnlichen Quatsch, absolut nicht.

»Ich kann Ihnen nicht mehr sagen, als ich schon getan habe«, sagte Cassie. »Der Mörder ist männlich …«

»Wie können Sie sich dessen so sicher sein?«, fragte Ben. »Sie sagten, Identität sei keine bewusste Sache. Das Geschlecht schon?«

»Manchmal. Aber in diesem Fall …« Sie wich seinem Blick

aus, schaute auf ihre im Schoß verschränkten Hände. »Als er sie beobachtete … plante, was er ihr antun würde … war er sich … seiner Erektion bewusst.«

Es war der Sheriff, der leicht errötete und sich auf seinem Stuhl bewegte, doch seine Stimme war scharf. »Das war kein sexueller Übergriff.«

»Diese Übergriffe sind immer sexuell.«

»Hier fand aber kein sexueller Übergriff statt«, beharrte er. »Laut den vorläufigen Berichten wurde weder an noch in der Nähe ihrer Leiche Sperma gefunden. Zum Teufel, sie hatte ja sogar ihr Höschen noch an.«

»Das spielt keine Rolle. Er war in einem Zustand sexueller Erregung, als er sie verfolgte, und er hatte einen Erguss, als er sie tötete.«

»Mein Gott, waren Sie dabei die ganze Zeit in seinem Kopf?«, fragte Ben bestürzt.

»Ja. Zuerst, als er hinter ihr her war, und dann wieder, nachdem er sie gefesselt hatte und … und bereit war, ihr wehzutun. Da dauerte die Verbindung ein paar Minuten. Er brauchte nicht lange, und in dem Moment, als er sie tötete … gelang es mir, die Verbindung zu kappen.«

Ben fragte sich, wie es sein musste, einen geisteskranken Mörder beim Orgasmus zu beobachten – ihn vielleicht sogar direkt mitzuerleben –, und dachte, dass es zweifellos eine Erinnerung war, von der sich Cassie mit Freuden trennen würde. Zum ersten Mal begann er wirklich zu verstehen, was hinter diesem gehetzten Blick lag.

Monster, in der Tat.

Den Sheriff beschäftigte etwas anderes. »Er hat sie also gefesselt?«

»Nicht mit Stricken«, antwortete Cassie. »Mit einem Gürtel, glaube ich. Für ihre Handgelenke. Die Fußgelenke hat er nicht gefesselt. Er … er hat sie gezwungen, sich mit gespreizten Beinen hinzusetzen.«

»Warum?«, fragte Ben.

»Das war ... Teil einer Art Positur. Dessen, was er sehen musste. Er verhöhnte sie. Er hielt ... er hielt das Messer zwischen ihre Beine und drohte, es in sie hineinzustoßen. Er wollte ihr Angst machen. Die hatte sie. Sie war starr vor Angst.«

»Das wissen Sie, weil Sie es gesehen haben«, sagte Matt.

»Ja.«

»Durch seine Augen.«

»Ja, Sheriff.«

Der Sheriff musterte sie scharf, die Augen misstrauisch zusammengekniffen. »Es fällt mir schwer, das zu verstehen, Miss Neill. Sie behaupten, den Mörder nicht zu kennen. Wieso sind Sie dann in der Lage, zu sehen, was er tut? Zu wissen, was er empfindet? *Empfangen* Sie ständig die Gedanken und Pläne von Fremden? So wie schlechte Zahnfüllungen gelegentlich Funkwellen empfangen?«

Sie schüttelte den Kopf und erklärte, was sie schon oft zuvor erklärt hatte. »Vielleicht habe ich etwas berührt, was er berührt hat. Das ist am wahrscheinlichsten.«

»Etwas berührt? Was denn?«

»Vielleicht ... eine Tür, durch die er gegangen ist. Etwas auf dem Regal in einem Laden. Einen Kinosessel, auf dem er am Abend zuvor gesessen hat. Oder ich bin mit ihm im Lebensmittelladen zusammengestoßen. Unsere Blicke könnten sich auf der Straßen kurz getroffen haben. Aber …«

Ben unterbrach sie. »Blicke getroffen? Etwas so ... Unpersönliches?«

Cassies Kopf wandte sich ihm leicht zu, doch ihr Blick blieb auf die Hände gerichtet. »Es ist ... eine Frage der Verbindung. Ich war nie fähig, jemanden ohne irgendeine Art von Verbindung zu ... zu lesen. Das ist fast immer eine körperliche Berührung, entweder mit der Person oder etwas, mit dem die Person vor Kurzem in Verbindung gekommen ist. Ein Gegenstand. Ein Stück Stoff.«

»Aber Blicke, die sich treffen?«, wiederholte Ben. »Zwei Fremde an gegenüberliegenden Straßenecken – es könnte so kurz und simpel sein?«

»Ben, wenn es dir nichts ausmacht?«, sagte der Sheriff.

»Das ist ein wichtiger Punkt, Matt. Wenn sie für diese Verbindung nur einen Blick braucht ...«

Säuerlich sagte der Sheriff: »Ich weiß verdammt gut, was das bedeutet, Ben. Eine Stadt voller Verdächtiger. Vorausgesetzt natürlich, dass ich diesen Blödsinn glaube. Bisher habe ich noch keinen guten Grund dafür vernommen.«

»Cassie wusste, dass jemand ermordet werden würde«, sagte Ben. »Sie hat es uns beiden vor ein paar Tagen gesagt. Sie hat mich heute Morgen angerufen, um mir zu erzählen, dass es passiert ist – und wo.«

»Ja, und du weißt, was ich davon halte. Vielleicht konnte sie das, weil sie dort war. Vielleicht kannte sie die Einzelheiten, weil sie Becky Smith umgebracht hat.«

Cassie hob zum ersten Mal den Blick. »Nein. Ich habe sie nicht umgebracht. Ich kannte sie nicht mal.« Dann glitt ein Stirnrunzeln über ihr Gesicht. »Aber er auch nicht, genau genommen.«

Ben beugte sich vor. »Wie bitte? Er kannte sie nicht einmal?«

Cassie drehte den Kopf und schaute ihn an. »Nein. Er hatte sie beobachtet. Er wusste, wer sie war. Er dachte, er wisse ... was sie war.«

»Was soll das heißen – was sie war?«

»Irgendwie ... war sie nicht das, was er geglaubt hatte. Er war von ihr enttäuscht. Vielleicht wegen etwas, das sie getan oder gesagt hatte. Er war wütend auf sie. Zornig. Doch ... ich habe kein Gefühl intimer Kenntnisse aufgefangen. Und ich glaube nicht, dass sie ihn im wirklichen Sinne kannte, bevor er sie gepackt hat.«

»Sie wusste nicht, wer er war?«

Cassie schüttelte den Kopf. »Da bin ich mir nicht sicher, aber ich glaube nicht. Sie könnte ihn als jemanden erkannt haben, den sie in der Stadt gesehen hatte, vielleicht sogar regelmäßig, aber ich bekam nicht das Gefühl, dass sie ihn wirklich kannte. Er könnte sich natürlich irgendwie getarnt haben, obwohl mir das unwahrscheinlich vorkommt, wenn er wusste, dass er sie ermorden würde. Und wenn es darum geht, was sie sah – sie flehte ihn an, ihr nicht wehzutun, aber sie hat ihn nicht mit Namen angesprochen. Wenn sie ihn kannte, wenn sie wusste, wer er war, hätte sie das vermutlich getan.«

»Sie empfangen auch Ton?«, fragte der Sheriff.

Ben fluchte ungeduldig, aber Cassies Blick kehrte zu Matt zurück, und ihr Mund hob sich mit einem schwachen Lächeln ohne echte Amüsiertheit. »Manchmal ist es wie beim Einschalten eines Fernsehers.« – »Dann schalten Sie ihn jetzt ein«, forderte er sie auf. »Schauen wir doch mal, was der Drecksack im Moment macht.«

»Ich wünschte, es wäre so einfach.« – Matts Stuhl knarrte verärgert, als sich der Sheriff zurücklehnte. »Ja, das dachte ich mir schon. Nicht *ganz* so einfach wie das Einschalten eines Fernsehers, schätze ich.«

Das war offensichtlich eine Haltung, der Cassie schon früher begegnet war. »Es tut mir leid, Sheriff. Ich wünschte, ich könnte einen Schalter umlegen oder ein magisches Wort sagen und in den Kopf dieses Monsters schlüpfen, um die Antworten zu bekommen, die Sie brauchen.« Sie holte Atem. »Wenn er wieder tötet, wird sich die Verbindung vermutlich erneut herstellen. Mörder wie dieser neigen dazu, sich zunehmend hineinzusteigern und erregter zu werden, wenn sich die Begierde des Tötens in ihnen aufbaut. Diese gewaltigen Gefühle strahlen stark aus. Jetzt ... jetzt befindet er sich vermutlich in einer Abkühlphase. Sehr ruhig, vielleicht müde. Sein Geist ist ruhig, zufrieden. Er strahlt nichts aus. Und ohne eine physische Verbindung kann ich ihn nicht erreichen.«

Ben blickte zu Matt, sagte aber nichts.

Einen Augenblick lang herrschte Schweigen, dann sagte der Sheriff: »›Abkühlphase‹ ist eine Bezeichnung, die von den Verhaltenspsychologen vom FBI in Quantico benutzt wird. Miss Neill, wollen Sie uns etwa sagen, dass wir es mit einem Serienmörder zu tun haben? Auf der Grundlage eines Mordes?«

Cassie zögerte sichtbar. »Das kann ich nicht mit Sicherheit behaupten. Ich weiß nur, dass an ihm ... etwas abnormal ist. Daran, wie sein Geist, sein Verstand, arbeitet. Und sie war für ihn eine Fremde, oder so gut wie eine Fremde. Menschen, die töten, sind fast immer getrieben – von Wut,

Hass, Eifersucht, Begierde, sogar Furcht. Menschen, die auf eine Weise töten wie er, mit einem Messer, von Blut bespritzt werden ... das kann nur in einem extremen emotionalen Zustand passieren. Es ist schwer, so starke Gefühle gegenüber einem praktisch Fremden zu haben, jemandem, dessen Leben das eigene nie in einem bedeutenden Sinne berührt hat. Aber Serienmörder ... die haben ihren eigenen, geisteskranken Grund zum Töten. Und sie töten fast immer Fremde.«

»Sie scheinen eine Menge über dieses Thema zu wissen«, sagte der Sheriff.

»Ich habe viel Zeit mit einigen sehr guten Polizeibeamten verbracht. Ich habe so viel gelernt, wie ich brauchte, um ihnen zu helfen. Genug davon, dass es lange her ist, seit ich mal eine Nacht lang wirklich gut geschlafen habe.« Ihre Stimme war sachlich und ohne Selbstmitleid.

»Monster«, murmelte Ben.

Sie warf ihm einen Blick zu. »Als ich Kind war, sagte mir meine Mutter, wenn ich das Licht anmachte, würde ich sehen, dass sich keine Monster im Schrank oder unter meinem Bett versteckten. Das stimmte immer. Damals. Jetzt bin ich erwachsen. Und die Monster in meinem Leben sind nicht unter meinem Bett. Sie sind in meinem eigenen Kopf, wo ich sie mit einem Licht nicht erreiche.«

Der Sheriff blieb unbewegt bei ihren Worten. »Haben Sie je mit einem Seelenklempner gesprochen, Miss Neill?«

»Mit vielen.« Ihre Stimme war so trocken und gefühllos wie seine. »Sheriff, ich kann Ihnen jede Menge Referenzen vorlegen. Empfehlungsschreiben von vielen Polizisten an der Westküste, alle genauso starrköpfig und rational wie Sie. Sie werden Ihnen erzählen, dass sie anfangs genauso gezweifelt haben. Dass sie ebenfalls vorschlugen, ich solle mit jemandem über diese … Stimmen und Bilder in meinem Kopf reden. Und sie werden Ihnen erzählen, Zeit und Erfahrung hätten sie überzeugt, dass ich ihnen manchmal – nicht immer, aber manchmal – helfen konnte, Mörder dingfest zu machen.«

Sie atmete tief durch, ihre bleichen Augen auf ihn gerichtet. »Egal, was Sie glauben oder nicht glauben über das, was ich tun kann, Sheriff Dunbar, es gibt eines, dessen Sie sich sehr, sehr sicher sein können. Ich hasse diese Fähigkeit. Ich habe nicht darum gebeten, und ich würde sie meinem schlimmsten Feind nicht wünschen. Es ist nicht angenehm, mitten in der Nacht aus dem Schlaf gerissen zu werden von den Schreien einer sterbenden Frau und dem so deutlichen Geruch ihres Blutes, dass Sie das Gefühl haben, selbst damit verschmiert zu sein.

Es ist nicht angenehm, an einem Schreibtisch harten und misstrauischen Männern wie Ihnen gegenüberzusitzen und ruhig von grausigen Verbrechen und Monstern zu sprechen, die nicht durch Tageslicht oder gesunden Menschenverstand verscheucht werden können. Und es ist traumatischer und entkräftender für mich, als Sie je wissen werden, mich zu zwingen, all die Schutzschilde zu senken, die ich mir ein Leben lang aufgebaut habe, und in den Geist von jemandem einzudringen, der nicht menschlich ist.

Also verschonen Sie mich damit, *Sheriff*. Ich habe die arme Frau nicht umgebracht, und da ich es nicht war, werden Sie nie auch nur den geringsten Beweis gegen mich finden. Und jetzt werde ich Ihnen die Referenzen nennen, von denen ich gesprochen habe, und Sie können sie überprüfen oder es lassen. Ihnen glauben oder nicht. Wenn Sie meine Hilfe wollen, werde ich alles in meiner Macht Stehende tun, um Ihnen zu helfen. Wenn nicht, kehre ich in mein friedvolles Haus und mein friedliches Leben zurück. Und das nächste Mal, wenn ich durch die Schreie eines sterbenden Mordopfers geweckt werde, ziehe ich mir das Kissen über die Ohren und versuche alles, um sie zu ignorieren.«

Ben schaute zu Matt, schwieg aber. Cassie war offensichtlich ihre beste Fürsprecherin, zumindest was ihre paragnostischen Fähigkeiten betraf, und falls es je zu einer Art Verständnis zwischen ihr und dem skeptischen Sheriff kommen sollte, würden die beiden das unter sich ausmachen müssen.

Es würde nicht leicht sein.

»Ich glaube nicht an Paragnosten, Miss Neill«, sagte Matt. »Und ich traue Ihnen nicht.«

»Das ist Ihr gutes Recht, Sheriff.« Sie wich ihm nicht aus, und ihre Stimme war kühl, ließ plötzlich ihren stahlharten Kern erkennen. »Richter Ryan bat mich um Hilfe, und ich habe zugesagt. Aber ich werde für Sie nicht durch Reifen springen, vor allem, wenn meine Hilfe nicht erwünscht ist. Falls Sie glauben, ich sei eine Mörderin, sperren Sie mich ein. Wenn dann die nächste Leiche auftaucht, habe ich ein hieb- und stichfestes Alibi. Außer Sie glauben daran, dass es möglich ist, durch Wände und Gitterstäbe zu gehen.«

Er ging nicht darauf ein. »Ich nehme nicht an, dass Sie ein Alibi für letzte Nacht haben?«

»Dasselbe wie Sie. Ich war zu Hause im Bett. Allerdings war ich allein.«

Matt versteifte sich. »Soll heißen?«

»Dass Sie nicht allein waren.« – Ben war nicht überrascht, hielt jedoch den Mund.

»Netter Versuch, Miss Neill«, sagte Matt.

»Das war kein Versuch. Ich muss mich nicht mal anstrengen, Ihre Gedanken zu lesen, Sheriff. Sie sind ein offenes Buch. Die Dame hat rotes Haar. Ich glaube, ihr Name ist ... Abby. Abby Montgomery.«

Ben sagte: »Um Gottes willen, Matt – wenn Gary das rausfindet, jagt er dir eine Kugel durch den Kopf. Sie ist immer noch seine Frau.«

»Sie leben getrennt«, blaffte Matt.

»Für ihn nicht.«

Matt starrte Cassie an. »Sie haben uns vermutlich zusammen gesehen.«

»Sie waren beide sehr vorsichtig«, sagte sie. »Nichts in der Öffentlichkeit. Wie Richter Ryan sagte, ihr Mann hat die Trennung nicht akzeptiert. Er ist sehr jähzornig. Deswegen ist ihre Ehe zerbrochen.« Plötzlich runzelte sie die Stirn. »Seien Sie vorsichtig, Sheriff. Seien Sie sehr vorsichtig.«

»Sonst?«

»Sonst werden Sie es nicht schaffen, nächstes Jahr mit ihr wie geplant nach Paris zu fahren.«

3

Mist«, sagte Matt, offenbar erschüttert. »Das konnten Sie nicht wissen. Ich hab's noch nicht mal Abby erzählt. Niemand weiß es.«

»*Sie* wissen es.«

Ein langes, angespanntes Schweigen entstand, dann schüttelte Cassie den Kopf. »Normalerweise mache ich so was nicht. Dringe nicht in jemandes Privatsphäre ein. Tut mir leid. Aber Sie haben es mir leicht gemacht, Sheriff.«

Darauf fragte Ben: »Weil er sich wie ein Ekel aufgeführt hat?«

Cassie lächelte schwach, blickte ihn aber nicht an. »Nein. Das hat es mir nur noch leichter gemacht, ihn zu lesen. Sie sind ein einfacher Fall, Sheriff. Sie denken laut.«

Ben musste lachen, und gleich darauf lächelte sogar Matt.

»Tja, dann hören Sie bitte mit dem Lauschen auf.«

»Ich habe nicht genau zugehört«, versicherte sie ihm. »Und ich versuche, es nicht wieder zu tun. Sie haben mich halt wütend gemacht.«

Matt nickte langsam. »Na gut, ich gebe zu, dass Ihr kleiner Salontrick recht überzeugend war. Und wenn sich Ihre Referenzen als gut erweisen, ist das ein weiterer Punkt zu Ihrem Vorteil. Aber ich bin nach wie vor kein Gläubiger, Miss Neill.«

»Ich bitte Sie ja nur darum, aufgeschlossen zu bleiben.« Mit einem flüchtigen Blick zu Ben fügte sie hinzu: »Und mir eine Chance zu geben. Vielleicht kann ich helfen. Vielleicht gelingt es mir nicht. Aber ich werde es versuchen, wenn Sie wollen.«

»Können Sie diesen Kerl direkt erreichen? Sie sagten, dazu bräuchten Sie eine Verbindung, die offenbar bereits existiert.«

»Wenn er vor mir sitzen würde, könnte ich es wahrscheinlich. Aber zu versuchen, ihn über eine Entfernung zu erreichen und seinen Geist anzuzapfen, wenn ich nicht weiß, wer oder wo er ist ... fällt mir schwer. Ich brauche etwas von ihm, etwas, das er berührt hat. Etwas, das ich körperlich berühren kann.«

»Wie wär's mit ... etwas, das Becky getragen hat? Er hat sie berührt.«

Ben meinte, Furcht in Cassies Gesicht wahrzunehmen. Aber ihre Stimme blieb ruhig.

»Wir haben herausgefunden, dass das ... gefährlich für mich ist. Die Sachen eines Mordopfers zu berühren, vor allem die während der Tat getragene Kleidung. Ich nehme dann Verbindung mit den stärksten, am kürzesten zurückliegenden Gefühlen auf, die die Kleidung durchdringen. Den Augenblick des größten Entsetzens. Für gewöhnlich ist das der Augenblick des Todes.«

»Was ist passiert, als Sie das versuchten?«, fragte Ben.

Sachlich antwortete sie: »Das war wie der Fall in einen tiefen, schwarzen Brunnen. Ich hatte nicht die Kraft, mich allein herauszuziehen. Wenn nicht jemand da gewesen wäre, der den körperlichen Kontakt unterbrochen hatte, hätte ich es wahrscheinlich nicht geschafft. Trotzdem lag ich eine

Woche lang im Koma. Und danach ... war es, als wären alle paragnostischen Bahnen in meinem Kopf gekappt oder ausgebrannt. Es dauerte sechs Monate, bis ich meine Fähigkeiten wiedererlangte.« Sie hielt inne, fügte dann fast wehmütig hinzu: »Es war so still. Zum ersten Mal konnte ich verstehen, wie normale Menschen Dinge empfinden.«

Nach einem Augenblick des Schweigens sagte Matt: »Sie brauchen also etwas, das dem Mörder gehört. Etwas, das er berührt hat und das durch ihren Tod nicht ... beeinträchtigt wurde.«

Sie nickte. »Mit der Münze könnte es funktionieren.«

Matt versteifte sich und schoss Ben einen Blick zu, der sofort reagierte.

»Das hat sie nicht von mir.«

Cassie sagte: »Bevor sie starb, habe ich die Verbindung abgebrochen, aber sie baute sich später ganz schwach wieder auf, als er Becky in den Wald brachte. Als er sie in Positur setzte. Deshalb wusste ich, wo sie zu finden war. Und ich sah, wie er ihr die Münze in die Hand legte.«

»Was hat die Ihrer Meinung nach zu bedeuten?«, fragte Ben. »Diese Münze?«

»Ich glaube, sie hat etwas damit zu tun, wie er Beckys Wert einschätzte. Es war ein Silberdollar, nicht wahr?«

»Stimmt«, erwiderte Matt. »Keine Fingerabdrücke.«

»Ja, er hat genau darauf geachtet, keine Beweise zu hinterlassen, die man zurückverfolgen kann, daher wird Sie die Münze selbst vermutlich nicht zu ihm führen.« Cassie runzelte die Stirn und wandte sich an Ben. »Ihr Wert in seinen Augen. Wie er sie in Positur setzte, die Münze, seine Verhöhnung, bevor er sie umbrachte. Er hielt sie für eine Hure.«

»Das war sie nicht«, widersprach Matt augenblicklich. »Sie war nur ein junges Mädchen.«

Cassies Aufmerksamkeit richtete sich wieder auf den Sheriff, und sie sagte sanft: »Was sie tatsächlich war, spielte für ihn keine Rolle. In seiner Vorstellung war sie eine Hure. Wenn Sie ihn finden wollen, müssen Sie herausbekommen, wie sein Verstand arbeitet.«

»Ja, ich weiß.« Matt seufzte schwer. »Aber das muss mir ja nicht gefallen.«

»Macht keinen Spaß, zu versuchen, wie ein Geisteskranker zu denken, oder?«

Matt blickte sie an. »Ich hab's schon kapiert.«

Cassie hakte nicht nach. »Haben Sie die Münze?«

»Vielleicht ist das keine so gute Idee«, meinte Ben. »Für heute, meine ich. Cassie, Sie sagten, Sie wären fast die ganze Nacht wach gewesen – Sie müssen müde sein.« Dass sie sichtbar erschöpft war, fügte er nicht hinzu.

»Ich würde es gern versuchen, Richter.«

»Ich wünschte, Sie würden mich Ben nennen.«

Sie nickte, richtete sich aber weiter an den Sheriff. »Ich möchte es versuchen. Wenn Sie die Münze haben.«

Matt öffnete die mittlere Schublade seines Schreibtisches und nahm einen kleinen, durchsichtigen Beutel mit dem Aufdruck BEWEISMITTEL heraus. Er schob ihn Cassie über den Tisch zu.

Sie berührte ihn nicht sofort und warf stattdessen Ben einen weiteren raschen Blick zu. »Ich brauche eine Rettungsleine.«

»Eine was?«

»Eine Rettungsleine. Jemand, der währenddessen mit mir

redet. Mir hilft, mich zu konzentrieren. Mich davon abhält, zu tief hineinzugehen.«

»Was passiert, wenn Sie zu tief hineingehen?«

Cassie lächelte schwach. »Dann komme ich nicht zurück.«

Ben schaute zu Matt, der schweigend die Augenbraue hob, wandte sich dann wieder an Cassie. »Na gut. Was muss ich tun?«

Cassie griff nach dem Beutel. »Reden Sie einfach mit mir. Wenn ich eine Verbindung herstelle, lassen Sie nicht los.«

Ihr Vertrauen beunruhigte Ben, doch er nickte.

Da sie ihm sein Unbehagen entweder ansah oder es spürte, sagte sie beruhigend: »Ich werde die Verbindung diesmal so flach wie möglich halten, nur um herauszufinden, ob da irgendwas ist. Wenn die Münze ihm nicht gehörte oder nicht lange in seinem Besitz war, kann ich womöglich wenig auffangen.«

Ben beobachtete sie, während sie den Beutel öffnete und die Münze in die Hand nahm.

Mit gebeugtem Kopf und geschlossenen Augen begann sie, die Münze in den Fingern zu drehen. So, wie es jemand machen würde, der etwas durch Berührung allein einzuordnen versuchte, durch Abtasten der Form und Beschaffenheit des Gegenstandes.

»Cassie?«, sagte Ben, als er meinte, das Schweigen dauerte zu lange.

Ihr Gesicht wandte sich ein bisschen zu ihm, in einer deutlichen und augenblicklichen Reaktion auf seine Stimme. Sie war sogar noch bleicher als zuvor, so bleich, dass es Ben erschreckte.

Aber ihre Stimme schwankte nicht, als sie langsam sagte:

»Sie hat ihm gehört. Sie war Teil einer ... Sammlung. Und er hat noch mehr davon. In einer Reihe ausgelegt. Da war ein Platz für den Dollar, aber da ist jetzt eine Lücke. Es war ... ein Satz. Er hat noch eine Fünzig-Cent-Münze, einen Quarter, einen Dime, einen Nickel und einen Penny.«

»Will er die alle benutzen?«, fragte Ben.

»Ich weiß nicht.« Sie zuckte zusammen. »Es ist schwierig, seinen Geist zu berühren. Er ist müde, ausgelaugt. Er betrachtet die Münzen, aber ich weiß nicht, was er denkt oder fühlt.«

Matt mischte sich ein, seine Stimme leise und erfüllt von dem faszinierten Misstrauen eines Mannes, der sich nicht von der Show beeindrucken lassen will, aber trotzdem nach dem Zauberer hinter dem Vorhang sucht. »Kann sie sehen, was um ihn herum ist?«

»Cassie? Können Sie sehen, was um ihn herum ist? Können Sie beschreiben, wo er ist?«

»Nein, nicht so richtig. Es ist dunkel. Er mag die Dunkelheit. Sein Kopf schmerzt nicht so sehr im Dunkeln.«

»Ist es ein Zimmer?«

»Ich glaube schon. Aber ... ich sehe keine Möbel. Nur die in einer Reihe ausgelegten Münzen. Auf schwarzem Samt. Seine ganze Aufmerksamkeit ist darauf gerichtet. Als wäre er ... hypnotisiert. Fast wie in Trance.«

Cassie schüttelte plötzlich den Kopf und öffnete die Augen. »Das ist alles. Das ist alles, was ich auffange.« Sie steckte die Münze wieder in den Beutel und schob ihn über den Tisch zu Matt. »Ich sollte es in einem oder zwei Tagen noch mal versuchen. Im Moment ist er ... zu fern. Zu ausgelaugt.«

Matt warf einen Blick auf die Notizen, die er sich gemacht

hatte. »Teil einer Sammlung. Glauben Sie, dass er Münzen sammelt?«

»Könnte sein. Die Münzen, die er vor sich aufgereiht hatte, sind ihm eindeutig wichtig, das weiß ich.« Sie klang sehr müde.

»Alles in Ordnung mit Ihnen?«, fragte Ben.

»Mir geht's gut.«

»Aber ist auch wirklich alles in Ordnung?«

Sie blickte ihn an, und er spürte den Unterschied. Die Wärme dieses direkten Blickes war nicht so stark wie zuvor, als hätte eine Art Energiekessel in ihr zu viel Brennstoff verbraucht und brenne jetzt auf gefährlich niedriger Flamme.

»Es ist anstrengend. Aber es geht schon.« An Matt gewandt sagte sie: »Tut mir leid, dass ich keine größere Hilfe sein konnte. Diesmal.«

Matt blickte mit grimmigem Gesicht von seinem Notizblock auf. »Gibt es sonst noch was, das Sie mir über ihn sagen können? Irgendetwas?«

»Nur das, was ich Ihnen und dem Richter bereits mitgeteilt habe – Ihnen und Ben. Ich glaube nicht, dass er vorher schon mal getötet hat, aber ich denke, er wird es wieder tun. Jetzt ist er auf den Geschmack gekommen. Und es gefällt ihm.« Sie hielt inne. »Sein Geist, seine Art zu denken, hat etwas Junges. Wenn ich schätzen sollte, würde ich sagen, dass er Mitte zwanzig ist.«

Cassie zuckte die Schultern. »Und dann ist da das, was Ihnen ein Profiler vermutlich sagen würde. Weiß, männlich, zwischen vierundzwanzig und zweiunddreißig. Vermutlich alleinstehend und ohne feste Beziehung zu einer Frau. Könnte als Kind missbraucht worden sein und hat zweifellos mindestens einen dominanten Elternteil – vermutlich seine Mutter. Sexuelle Probleme – möglicherweise Impotenz. Er hat einen Weg gefunden, sexuelle Befriedigung zu erlangen, und das ist ihm wichtig. Das Ritual hat funktioniert. Die Art, wie er sie in Positur gesetzt hat, die Münze in ihrer Hand – das sind die Dinge, die Sie am nächsten Tatort finden werden. Seine Vorgehensweise scheint sich damit etabliert zu haben.«

»Was ist mit der Waffe?«, fragte Matt. »Wir haben das Messer nicht gefunden. Wird er es erneut benutzen?«

»Es ist nur eine Vermutung ... aber ich glaube nicht, dass es ihm wichtig ist, wie sie sterben, sondern wie sie gefunden werden. Es könnte sein, dass er beim nächsten Mal nicht dieselben Mittel verwendet.« Sie machte eine müde Geste. »Aber ich bin mir nicht sicher.«

»Kommen Sie«, sagte Ben im Aufstehen. »Ich bringe Sie nach Hause.« Er musste gegen den Impuls ankämpfen, ihr die Hand zu reichen.

Cassie erhob sich. »Ich warte draußen. Der Sheriff will mit Ihnen reden.«

»Hören Sie auf damit.« Matt stand ebenfalls auf.

»Tut mir leid – Sie haben wieder zu laut gedacht.« Sie schenkte ihm ein kleines Lächeln, verließ dann das Büro und schloss die Tür leise hinter sich.

»Und?«, fragte Ben.

Matt schüttelte den Kopf. »Ich weiß immer noch nicht, ob ich ihr irgendwas davon abkaufe.«

»Sie liest in dir wie in einem Buch.«

»Ja, ja. Und eine unechte Wahrsagerin kann bei einem total Fremden alles Mögliche aus seiner Körpersprache herauslesen. Das ist nur Geschicklichkeit, Ben. Und hat nichts Paranormales an sich.«

»Hat ihr deine Körpersprache etwas über Abby Montgomery verraten? Mir hast du jedenfalls nie von ihr erzählt. Und pass damit auf, hörst du?«

Matt beachtete die Warnung nicht. »Ich weiß nicht, wie sie von mir und Abby erfahren hat. Aber ich bin immer noch nicht überzeugt. Meine Ermittlungen zu diesem Mord werden streng nach Lehrbuch erfolgen. Die meisten Mordopfer kennen ihren Mörder, daher müssen Familie und Freunde überprüft werden. Mitarbeiter, Kommilitonen. Das Übliche. Wir werden nach Zeugen suchen, die vielleicht gesehen haben, dass Becky in den letzten ein oder zwei Tagen mit jemandem geredet hat. Wir werden ihre Verhältnisse und ihre Aktivitäten in letzter Zeit überprüfen und nach Verbindungen, Motiven suchen. Wir werden uns jedoch keinesfalls mit dem Gedanken beschäftigen, dass wir es auf der Grundlage eines einzigen Verbrechens mit einem Serienmörder zu tun haben.«

»Ich kann dir keine Vorschriften machen, wie du deine Arbeit zu erledigen hast.«

Matt grunzte. »Warum so zurückhaltend?«

Ben lächelte, sagte aber: »Was hast du Eric mitgeteilt?« Eric Stephens brachte die örtliche Tageszeitung heraus.

»Nur die nackten Fakten. Dass Becky ermordet wurde. Mit etwas Glück spricht es sich nicht herum, wie sie aufgefunden wurde. Oder die Sache mit der Münze. Ich rechne zwar weiß Gott nicht mit einem Trittbrettfahrer, nicht hier bei uns, aber je weniger die Öffentlichkeit über die Einzelheiten erfährt, desto unwahrscheinlicher ist es, dass Panik ausbricht.«

»Vielleicht sollten sie in Panik geraten«, sagte Ben nüchtern. »Matt, wenn wir einen Serienmörder haben ...«

»Wenn ja, verhänge ich eine Ausgangssperre über diese Stadt und lasse alle Mädchen von Familienmitgliedern begleiten oder nur zu zweit unterwegs sein. Ich fürchte mich nicht davor, sie zu Tode zu ängstigen, Ben. Ich werde es nur nicht unnötigerweise tun.«

»Hoffen wir nur, dass du es überhaupt nicht tun musst«, sagte Ben.

»Hi.« – Cassie, die an dem dekorativen Laternenpfahl vor dem Sheriffdepartment gelehnt und ihr Gesicht der milden Februarsonne zugewandt hatte, drehte sich bei der Begrüßung um. Sie merkte, dass sie von einer lächelnden, vielleicht ein paar Jahre älteren Frau gemustert wurde, einer sehr attraktiven, blauäugigen Blondine.

»Hi.«

»Verzeihen Sie, ich wollte Sie nicht belästigen, aber Sie erinnern mich an jemanden. Alexandra Melton. Vielleicht eine Verwandte?«

»Sie war meine Tante. Ich bin Cassie Neill.« Ihre Stimme war freundlich, aber sie behielt die Hände am Pfahl hinter ihr.

»Ah, das erklärt die Ähnlichkeit. Ich bin Jill Kirkwood. Erfreut, Sie kennenzulernen. Ich kannte Ihre Tante, wenn auch nicht sehr gut, fürchte ich. Mir gehört der Handarbeitsladen auf der anderen Straßenseite, und sie schaute gelegentlich bei mir herein.«

»Sie muss Sie gemocht haben«, bemerkte Cassie.

»Weil sie in den Laden gekommen ist?«

»Nein.« Cassie lächelte. »Weil sie keine Handarbeiten gemacht hat.«

Jill Kirkwood blinzelte.

»Aber – sie hat Sachen gekauft. Garn. Und jede Menge Stickpackungen.«

»Ich weiß. Ich habe sie in ihrem Haus gefunden. In einer Truhe in einem unbenutzten Zimmer. Soweit ich das beurteilen kann, hat sie keine der Packungen je geöffnet.«

Nach einer kurzen Pause lachte Jill. »Na so was. Ich dachte, sie hätte inzwischen das ganze Haus voll damit, obwohl sie mir nie etwas zum Zeigen gebracht hat, wie es die meisten meiner Kundinnen tun.«

»Wie gesagt, sie muss Sie gemocht haben.«

»Ich mochte sie jedenfalls. Sie war ...«

»Merkwürdig?«

»Anders.« Jill lächelte. »Sie hat mir mal gesagt, wo ich einen Ring finden könnte, den ich verloren hatte. Behauptete, sie hätte eine Gabe für so was. Und sie hatte recht. Der Ring war genau da, wo sie gesagt hatte.«

Was immer Cassie darauf hätte antworten wollen, wurde durch die Ankunft von Ben verhindert, der zu ihnen auf den Bürgersteig trat.

»Hi, Jill«, sagte er.

»Ben. Hast du schon ...«

»Ja, Cassie und ich kennen uns bereits. Ich will sie gerade nach Hause fahren.«

»Ach? Na gut, dann will ich euch nicht aufhalten.« Sie lächelte Cassie an. »Nett, Sie kennengelernt zu haben. Kommen Sie mal in meinen Laden – wenn Sie mehr an Handarbeiten interessiert sind, als es Miss Melton war.«

»Es hat mich auch gefreut«, erwiderte Cassie mit einem Lächeln, ohne weitere Zusagen zu machen.

»Wiedersehen, Ben.«

»Jill.«

Cassie ging ihm zum Jeep voraus. Sie schwieg, bis sie eingestiegen waren und die Main Street entlangfuhren. Dann sagte sie milde: »Wenn Sie nur ein paar Minuten später aus dem Revier gekommen wären, könnte ich eine neue Freundin gewonnen haben.«

»Wie bitte?«

»Jill Kirkwood. Sie gefiel mir.«

Ben schoss ihr einen Blick zu. »Gut. Sie ist eine nette Frau.«

»Hm. Aber sie mag mich nicht. Jetzt nicht mehr.«

»Warum nicht?«

»Ihretwegen. Manche Ex-Geliebte wollen nicht loslassen. Sie gehört dazu. Andere Frauen sind eine Bedrohung – selbst ohne jeden Grund.«

Ben schwieg einen Moment lang. »Jetzt weiß ich, wie Matt sich gefühlt hat. Es ist ein bisschen enervierend, ein offenes Buch zu sein.«

»Sie sind keins«, sagte Cassie. »Aber Jill Kirkwood ist eins. Ihre Gefühle waren ... stark. Sie ließen sich nicht ignorieren. Überhaupt nicht.«

Wieder zögerte Ben, bevor er sprach. »Können Sie meine Gedanken lesen?«

Sie schüttelte den Kopf, betrachtete ihn dann mit leichter Befremdung. »Nicht wie bei anderen, bei denen ich es nicht mal versuchen muss.«

»Könnten Sie es, wenn Sie mich berühren würden?« Sofort spürte er, wie sie sich verspannte, sich regelrecht in sich zurückzog.

»Vermutlich. Für gewöhnlich. Menschen – vor allem Nicht-Paragnosten – schaffen es nur äußerst selten, ihre Gedanken und Emotionen abzuschirmen, und erst recht bei Körperkontakt. Denn für die meisten hat es nie einen Grund gegeben, dieses Abschirmen zu lernen, daher tun sie es nicht.«

Ben legte seine offene Handfläche zwischen sie. »Wollen Sie es probieren?«

Sie betrachtete die Hand und sah ihm dann in die Augen. »Wenn es Ihnen nichts ausmacht, würde ich es lieber nicht tun.« Ihre Stimme blieb sehr gelassen.

Er legte die Hand wieder ans Steuer. »Ich werde mich bemühen, es nicht persönlich zu nehmen.«

»Bitte nicht. Sie haben es sofort bemerkt – ich vermeide es, Menschen zu berühren. Alle Menschen. Das ist ... einfacher für mich. Ihre mentalen Stimmen schlüpfen dann nicht so leicht durch meinen Schutzschild. Stellen Sie sich vor, Sie wären mitten in einem riesigen Raum voller Menschen, die alle reden.«

»Der Krach wäre überwältigend«, stimmte er zu.

»Nicht nur der Krach der Gedanken. Die ... schartigen Kanten der Gefühle. Die dunklen Blitze der Fantasie. Die Geheimnisse, die sie nicht mal sich selber eingestehen.« Sie zuckte die Schultern. »Für mich ist es weniger schmerzlich und ablenkend, wenn ich mich so stark wie möglich abschirme. Das bedeutet, die Schutzschilde aufrechtzuerhalten – und Berührungen zu vermeiden.«

»Ist schon in Ordnung, Cassie. Ich hab's wirklich nicht persönlich genommen.«

»Gut.« Schweigen senkte sich herab, das sie beide nicht brachen, bis Ben den Jeep auf die lange Einfahrt des Melton-Hauses lenkte. »Ich muss mir angewöhnen, es in Gedanken nicht mehr das Melton-Haus zu nennen, sondern Ihres.«

»Es kommt mir noch gar nicht wie mein Haus vor.«

»Sie sagten, Sie wären erst seit ein paar Monaten hier?«

»Seit Ende August.«

Er überlegte. »Im Dezember hatten wir viel Schnee. Hier draußen muss es sehr einsam gewesen sein.«

»Es gibt Einsamkeit ... und es gibt *Einsamkeit.* Glauben Sie mir, der Frieden und die Ruhe waren wunderbar. Allein zu sein war genau das, was ich brauchte.« Als er den Jeep vor dem Eingang anhielt, fügte sie hinzu: »Sie brauchen nicht auszusteigen.«

Er tat es trotzdem und öffnete ihr die Beifahrertür. »Ich bin zur Höflichkeit erzogen worden. Die Dame hat immer zur Haustür begleitet zu werden.«

Cassie protestierte nicht mehr. Auf der Veranda wühlte sie in der Jackentasche nach ihren Schlüsseln. »Ich nehme an, ich hätte die Tür nicht abschließen müssen, aber Gewohnheiten lassen sich schwer abschütteln.«

Ben runzelte die Stirn. »Halten Sie die Tür verschlossen. Und wenn Sie keine Alarmanlage oder einen großen Hund haben, besorgen Sie sich beides. Möglichst bald. Vor einer Woche hätte ich noch gesagt, dass es keine Rolle spielt, aber nach dem, was mit Becky passiert ist und was Sie über den Mörder gesagt haben, kann man sich in dieser Stadt nicht mehr sicher fühlen.«

»Das setzt Ihnen wirklich zu.«

»Natürlich tut es das.«

»Nein – ich meine, das ist etwas, was Sie tatsächlich persönlich nehmen. Warum? Weil Ihre Familie die Stadt gegründet hat?«

»Vielleicht. Und ich bin ein gewählter Beamter, der sich große Sorgen um die Sicherheit der Menschen von Salem County macht.«

Er wusste, dass er absichtlich beiläufig blieb, diese Bedrohung in der Tat aber sehr persönlich nahm, doch da ihm keine prompte Antwort einfiel und es ihm sowieso nicht lag, irgendjemandem seine Gefühle darzulegen, wollte er darüber nicht reden.

Cassie schloss die Haustür auf. »Verständlich. Ich werde es in ein oder zwei Tagen noch mal mit der Münze probieren. Sollte ich bis dahin irgendwas über den Mörder auffangen, rufe ich Sie oder Sheriff Dunbar an.«

»Tun Sie das.«

Sie trat ins Haus und drehte sich noch einmal zu ihm um. »Vielen Dank, dass Sie mich gefahren haben.«

»Keine Ursache. Cassie ...«

»Ja?«

Ben hörte sich sagen: »Jill und ich haben uns letzten Sommer getrennt. Vor langer Zeit.«

»Verstehe.« Weder ihr Gesicht noch ihre Stimme verriet mehr als höfliches Interesse.

»Ich wollte nur, dass Sie das wissen. Es ist seit Monaten vorbei.«

»In Ordnung«, sagte Cassie.

Da es keinen eleganten Ausweg aus der Sache gab, sagte Ben nur: »Bis später«, und stieg wieder in den Jeep.

Er wünschte, er hätte daran glauben können, dass Cassie

ihm nachschaute, war sich aber ziemlich sicher, dass sie es nicht tat.

Beim Anfahren murmelte er: »Du Trottel.«

19. Februar 1999

Matt Dunbar hätte am liebsten etwas quer durchs Büro geschleudert, begnügte sich aber damit, Cain Munro anzublaffen, der das Unglück hatte, der Gerichtsmediziner von Salem County zu sein.

»Mit anderen Worten«, knurrte der Sheriff, »Sie können mir auch nichts anderes sagen, als ich bereits weiß, verdammt.«

Dr. Munro gedachte nicht, sich von jemandem beschimpfen zu lassen, den er mit eigenen Händen auf die Welt geholt hatte. »Etwas mehr Höflichkeit, Matthew. Ich bin aus Gefälligkeit persönlich hergekommen, um dir den Bericht zu bringen, statt dich vom Krankenhaus anzurufen, und ich erwarte dafür ein wenig Respekt.«

Matt seufzte und lehnte sich zurück. »Sie haben recht. Entschuldigen Sie, Doc. Die Sache nimmt mich nur ziemlich mit.«

Etwas besänftigt sagte der Arzt: »Das kann ich verstehen. Ein Mord ist nie schön, aber dieser ist besonders schlimm. Besonders grausam. Er hat zuerst die Arterie angeritzt und Becky eine Weile bluten lassen, bevor er es zu Ende brachte.«

»Wissen Sie, welche Art Messer er benutzt hat?«

»Ein scharfes.« Dr. Munro verzog das Gesicht. »Mit einer kurzen Klinge. Könnte ein Taschenmesser gewesen sein.«

»Toll. Das ist wirklich toll. Ich schätze, der größte Teil der männlichen Bevölkerung über zwölf besitzt zumindest ein Taschenmesser.«

»Da könntest du recht haben. Tut mir leid, Matt, ich wünschte, ich könnte dir besser helfen. Wenn du einen Experten aus Charlotte hinzuziehen willst, nehme ich dir das nicht übel. Aber die Familie des Mädchens hat bereits zwei Mal gefragt, wann sie Becky beerdigen können.«

Der Sheriff zögerte. »Hier geht's nicht ums Ego, ich brauche die Wahrheit. Glauben Sie, der Gerichtsmediziner aus Charlotte könnte etwas finden, das Sie übersehen haben?«

Munro spitzte nachdenklich die Lippen, schüttelte aber schließlich den Kopf. »Ich muss sagen, nein. Wir haben ihren Körper mit der Lupe abgesucht, Matt. Haben Blutproben für eine toxikologische Untersuchung eingeschickt, aber es würde mich überraschen, wenn dabei irgendwas herauskäme. Kein Alkohol, keine Drogen. Trotzdem würde ich sagen, dass sie keinerlei Chance hatte, sich zu wehren, oder zu verängstigt dafür war. Nichts deutet auf einen Kampf hin. Keine Haut oder Gewebe unter ihren Nägeln, keine Abwehrverletzungen. Sie saß mit hinter dem Rücken gefesselten Händen da, vermutlich mit einem Gürtel zusammengebunden, wie ich dir schon gesagt hatte, und er hat ihr die Kehle aufgeschlitzt – und sie starb.«

»Aber nicht im Wald.«

»Nein, da war nicht genug Blut.«

»Haben Sie eine Ahnung, wo?«

»Nein. Hast du ihr Haus überprüft?«

»Natürlich. Ihre Eltern haben kein Geräusch gehört, und der Hund der Familie ist alt und taub, er hat nicht gebellt. Wir haben keine Anzeichen für gewaltsames Eindringen gefunden, und die Eltern sagen, sie hätte für gewöhnlich bei offenem Fenster geschlafen, selbst im Winter.«

»Also glaubst du, dass er durch das Fenster gestiegen ist, sie überredet hat, sich anzuziehen und mit ihm zu kommen?«

Matt blickte finster. »Mag sein. Aber die Möglichkeit gefällt mir nicht. Sie sagten, der Tod sei gegen zwei Uhr am Donnerstagmorgen eingetreten?«

»Ungefähr.«

»Dann wäre es möglich, dass er beim Haus auf sie gewartet hat, als sie Mittwochabend heimkam, und sie geschnappt hat, bevor sie die Haustür aufschließen konnte. Ihr Bett war nicht gemacht, aber ihre Mutter sagt, Becky hätte es oft nicht gemacht, daher können wir nicht wissen, ob sie tatsächlich hineinkam und ins Bett ging.«

»Mit wem war sie unterwegs?«

»Einer Gruppe von Freunden. Sie alle verließen den Club draußen am Highway kurz nach Mitternacht und fuhren mit ihren jeweiligen Autos nach Hause. Becky war allein, als sie in ihrem losfuhr.«

»Ich habe ihre Kleidung natürlich als Beweisstücke zurückbehalten, falls du möchtest, dass ihre Freunde einen Blick darauf werfen, um zu bestätigen, dass sie an dem Abend diese Sachen getragen hat.«

Matt verzog das Gesicht. »Ja, gut. Aber das wäre kein schlüssiger Beweis, da sie aufgestanden sein und dieselben Kleider wieder angezogen haben könnte.«

Doc Munro erhob sich. »Was soll ich also ihren Eltern sagen?«

Matt verdrängte die Warnung der Übersinnlichen. »Sagen Sie ihnen, sie könnten die Beerdigung planen.«

»Okay. Den schriftlichen Bericht bekommst du morgen. Schick einen deiner Jungs rüber, um ihre Kleidung und die Grashalme und Blätter abzuholen, die wir an ihr gefunden haben.«

Matt überlegte, ob er den Arzt daran erinnern sollte, dass seine Deputy-Truppe zu knapp vierzig Prozent aus »Mädchen« bestand, ließ es aber dann doch bleiben. »Ich schicke heute Nachmittag jemanden rüber.«

»In Ordnung.«

Matt blieb allein im Büro mit seinen Gedanken, und keiner davon war erfreulich.

Sie hätte das nicht tun sollen.
Miststück.
Warum musste sie das tun?
Mein Kopf tut weh.
Ich bin immer noch müde, und mein Kopf schmerzt.
Aber ich kann sie nicht damit durchkommen lassen.
Sie muss bezahlen.
Sie müssen alle bezahlen.
Sie werden mich nie wieder auslachen.

Das Klopfen an der Haustür am Freitagnachmittag überraschte Cassie nicht. Sie hatte ihn erwartet.

Früher oder später.

Sie ging an die Tür und öffnete sie. »Hi«, sagte sie zu Ben.

Er trug eine beigefarbene Mappe in der Hand, und sein Gesicht wirkte grimmig. »Darf ich reinkommen?«

»Klar.« Sie überlegte müßig, wen er wohl mit den Nachforschungen beauftragt hatte. Vermutlich Janice. Die hatte recht tüchtig gewirkt.

Drei Tage. Nicht schlecht.

Die meisten Möbel hatte sie wieder ins Wohnzimmer zurückgeräumt, nachdem sie mit dem Anstreichen und Ausbessern fertig war, daher führte sie ihn dort hinein. Sie überließ ihm das gesamte Sofa und setzte sich auf einen Ohrensessel, der im rechten Winkel dazu stand. »Nehmen Sie Platz.«

Er kam der Aufforderung nicht nach, öffnete stattdessen die Mappe, nahm ein Blatt heraus und reichte es ihr. »Könnten Sie mir das erklären?«

Es war die Kopie eines Zeitungsartikels, ausgedruckt von einem Mikrofilm, mit einem nicht sehr guten Foto von ihr, viel jünger und mit verängstigtem Blick. Und einer Schlagzeile. Einer dicken Schlagzeile.

SERIENMÖRDER BRINGT PARAGNOSTIN UM

4

Hat Janice das für Sie gefunden?«, fragte Cassie.

»Ja.«

»Sie zahlen ihr zu wenig. Der Artikel wurde tief vergraben. Die Agenturen haben ihn nie aufgenommen.« Cassie legte das Blatt auf den Couchtisch und schob es ihm hin, machte es sich dann auf ihrem Sessel bequem, setzte sich seitlich und zog die Knie an. Schließlich nahm er auf dem Sofa Platz, sodass sie wieder in Augenhöhe waren.

Er griff nach dem Blatt. »Laut diesem Artikel«, sagte er, »hat Ihre Mutter vor etwas über zehn Jahren der Polizei bei der Suche nach einem Mörder geholfen. Doch bevor sie ihn finden konnte, fand er sie. Und brachte sie um.«

Cassie atmete durch und sagte tonlos: »Er hat sie nicht nur umgebracht. Er hat sie hingemetzelt. Sie war allein zu Hause, da ich auf einer Klassenreise war. Niemand konnte sie ... hören. Er hat sich Zeit gelassen. Sie haben mir nicht erlaubt, das Haus zu betreten, doch soviel ich weiß, war überall Blut.« Sie bewahrte ihre Teilnahmslosigkeit nur, weil es keine andere Möglichkeit gab, sich an solche Entsetzlichkeiten zu erinnern oder darüber zu sprechen.

Ben schien das zu verstehen. »Sie mussten allein damit fertig werden? Gab es denn keine anderen Familienmitglieder dort? Im Artikel steht, dass Ihr Vater zwei Jahre zuvor bei einem Autounfall ums Leben gekommen war.«

»Von der Familie gab es sonst nur noch Tante Alex, und sie hat das Telegramm mit der Nachricht von Mutters Tod nie beantwortet.« Cassie zuckte die Schultern. »Ich war achtzehn, dem Gesetz nach volljährig. Ich wurde damit fertig, weil ich musste. Und machte weiter. Es gab eine Versicherungszahlung, genug, um zu investieren und mir ein ausreichendes Einkommen zu sichern, solange ich im College war. Nach zwei weiteren Jahren ließ sich das Haus auch endlich verkaufen.«

»Und all Ihre Wurzeln waren fort.«

»Meine Wurzeln wurden in der Nacht ausgerissen, als Mutter ermordet wurde.«

Ben atmete schwer. »Im Artikel steht nichts darüber, dass Sie ebenfalls paranormale Fähigkeiten haben.«

»Nein, die Polizei war so freundlich – und so klug –, das für sich zu behalten. Sie wollten meine Hilfe.«

»Sie meinen, man hat Sie gebeten, dabei zu helfen, den Mann zu finden, der Ihre Mutter ermordet hatte?«

»Ja.«

»Mein Gott. Haben Sie?«

»Ja.«

»Das muss doch unvorstellbar quälend für Sie gewesen sein.«

Cassie zögerte. »Erinnern Sie sich, als ich Ihnen und dem Sheriff davon erzählte habe, was passiert, wenn ich die Kleidung eines Mordopfers berühre, um zu versuchen, eine Verbindung zu dem Mörder herzustellen?«

»Sie sind ins Koma gefallen. Es hat Sie fast umgebracht.«

»Es war die Kleidung meiner Mutter, die ich damals berührt habe.«

»Großer Gott«, murmelte Ben. »Cassie ...«

»Sie haben mich im Krankenhaus bewacht und auch noch monatelang nach meiner Entlassung. Sie befürchteten, dass der Mörder mich genauso aufs Korn nehmen könnte, wie er es bei meiner Mutter getan hatte – durch die telepathische Verbindung, die ich ganz kurz aufgenommen hatte, als ich Mutters Kleidung berührte. Aber entweder war es keine sehr starke Verbindung, oder er war nicht sonderlich interessiert, da er mir in all den Monaten nicht nachgestellt hat. Bis ich schließlich meine Fähigkeiten zurückgewann, hatte er noch weitere sechs Menschen ermordet, also musste ich es erneut versuchen, musste riskieren, seine ... Aufmerksamkeit auf mich zu lenken.«

»Was ist passiert?«

»Sie haben ihn erwischt.« Ihre Stimme blieb sachlich. »Er wurde vor drei Jahren hingerichtet.«

»Aber bevor sie ihn erwischten, haben Sie da seine Aufmerksamkeit auf sich gelenkt?«

»Damals war ich viel jünger«, erwiderte Cassie. »Unerfahren. Ich wusste nicht, wie man eine Verbindung flach hält, wie man in einen anderen Geist eindringt, ohne die eigene Anwesenheit zu enthüllen.«

»Haben Sie seine Aufmerksamkeit auf sich gelenkt?«

Sie verzog eine wenig das Gesicht. »Ja.«

»Was ist passiert?«

»Nichts, Ben. Er wollte auf mich losgehen, und die Polizei wartete auf ihn.«

»Sie haben Sie als Köder benutzt.«

Cassie schüttelte den Kopf. »So berechnend war das nicht. Ich drang zu tief in seinen Geist ein, ich bemerkte es und teilte der Polizei mit, dass er es nun wahrscheinlich auf mich abgesehen hätte. Sie schützten mich – und erwischten ihn. Ende der Geschichte.«

Ben lehnte sich mit den Ellbogen auf den Knien vor und starrte sie an. »Ende der Geschichte, von wegen! Warum haben Sie Matt und mir nicht erzählt, dass Sie durch die Berührung des Geistes dieses Wahnsinnigen seine Aufmerksamkeit auf sich lenken und sich zu einer Zielscheibe für ihn machen könnten? Glauben Sie nicht, dass wir das hätten erfahren müssen?«

»Sheriff Dunbar glaubt nicht daran, dass ich den Geist des Wahnsinnigen berühren kann«, erinnerte sie ihn trocken. »Vorausgesetzt, dass er überhaupt ein Wahnsinniger ist und nicht nur ein einmaliger Feld-Wald-und-Wiesen-Mörder, der aus einem Impuls heraus getötet hat, was der Sheriff glaubt. Was er glauben möchte. Und Sie haben Ihre Zweifel, sowohl wegen meiner Fähigkeit als auch darüber, ob es einen weiteren Mord geben wird.« Ihre Schultern hoben und senkten sich kurz. »Außerdem habe ich in den zehn Jahren vieles gelernt. Es ist sehr lange her, seit ich ein solches Risiko eingegangen bin. Ich weiß jetzt, was ich tue.«

»Aber seine Aufmerksamkeit zu wecken ist trotzdem noch eine Möglichkeit.«

»Eine sehr schwache.«

»Und Sie leben hier draußen ganz abgeschieden, allein, ohne auch nur einen Riegel an der Tür. Himmel noch mal, Cassie. Wenn Sie es uns gesagt hätten, dann hätten wir wenigstens Schritte unternehmen können, um Gefahr von Ihnen abzuwenden. Durch eine Alarmanlage, einen Hund. Eine Waffe.«

»Ich weiß nicht, wie man mit Waffen umgeht. Ich will es nicht wissen. Und es sollte Ihnen aufgefallen sein, dass es mir gut geht.«

»Noch. Aber was passiert, wenn Sie den Kerl wieder anzapfen?«

»Ich sorge dafür, ihn nicht merken zu lassen, dass ich da bin.«

»Und falls Sie einen Fehler machen? Falls er bemerkt, dass Sie alles mit ansehen können, wenn er einen Mord begeht?«

»Das wird er nicht.«

»Aber wenn doch?«

Cassie holte Luft. »Ben, mit dieser Bedrohung habe ich mich schon vor langer Zeit abgefunden. Ich musste es. Dieses Risiko muss ich eingehen. Ich kann nicht mehr tun, als vorsichtig zu sein, und ich habe gelernt, wie man das macht.«

»Das gefällt mir nicht, Cassie.«

»Es muss Ihnen nicht gefallen. Das Risiko ist ganz allein meines.« Sie achtete darauf, ihrer Stimme einen ruhigen und sicheren Klang zu geben.

»Das weiß ich, verdammt.«

Hab sie wieder zum Narren gehalten. Cassie fragte sich, wie viel länger sie es noch schaffen könnte, den Menschen um sie herum vorzugaukeln, dass das Risiko, einen Psychopathen in ihren Geist – ihre Seele – einzulassen, sie nicht halb zu Tode ängstigte.

Noch ein wenig länger, vielleicht.

Um ihn abzulenken, blickte sie zu der Mappe, die er auf den Couchtisch gelegt hatte. »Was ist sonst noch da drin?«

»Nicht viel. Oberflächliche Hintergrundinformationen, Schulzeugnisse, solche Sachen. Soweit es öffentlich zugängliche Unterlagen betrifft, haben Sie ein ruhiges, unauffälliges Leben geführt.«

Es war erstaunlich, dachte Cassie, wie wenig sich aus offiziellen Unterlagen über das Leben eines Menschen enthüllen ließ. Und wie viel verborgen lag.

»Ich schätze, Sheriff Dunbar hat meine Referenzen inzwischen überprüft?«

»Ja.«

»Und er glaubt immer noch nicht, dass ich zu dem fähig bin, was ich behaupte.«

»Er ist starrköpfig. Das ist sein größter Fehler.«

»Die meisten Polizisten betrachten das als notwendigen Charakterzug.« Sie lächelte und sah, dass Ben sie mit stetigem Blick beobachtete. Es war enervierend. Er sollte wie ein Richter *aussehen*, verdammt, mit silbrigem Haar und Furcht einflößend. Stattdessen war er anscheinend noch keine vierzig. Kein einziges silbriges Haar zeigte sich zwischen den dunklen, und in seinen Bewegungen und seiner Haltung lagen jugendliche Energie und Kraft. Dazu besaß er eine Wärme und eine Empathie, die sie stark auf sich ausstrahlen spürte.

Selten. Sie waren so selten, vor allem bei Männern, diese Fähigkeit und Bereitschaft, den Schmerz eines anderen Menschen zu spüren. Aber Ben konnte das, auch wenn sie bezweifelte, dass er diese Gabe genoss.

Das war der Grund, warum ihn das Geschehen innerlich zerriss.

»Cassie?«

Sie blinzelte, zauberte dann ein weiteres Lächeln auf ihr Gesicht. »Ich habe gerade daran gedacht, dass ich hoffe, Sheriff Dunbar behält recht. Ich hoffe, dass der Tod des armen Mädchens nur ein vereinzelter Vorfall war und dass er den Mörder rasch findet.«

»Aber Sie glauben nicht, dass es ihm gelingt.«

»Nein. Ich fürchte nicht.«

»Ich auch nicht.« Ben griff nach der Mappe, legte die Kopie des Zeitungsartikels hinein und stand auf. »Ich habe in einer Stunde einen Termin, daher sollte ich besser gehen.«

Cassie begleitete ihn zur Tür. »Ich nehme an, Sie werden dem Sheriff erzählen, was Sie herausgefunden haben. Über meine Mutter.«

»Nur wenn Sie es möchten. Aber ich finde, er sollte es wissen, Cassie.«

Sie öffnete die Tür. »Na gut. Erzählen Sie ihm, was Sie wollen.«

Ben zögerte. »Wissen Sie, da ist etwas, das Sie vermutlich noch nicht bedacht haben.«

»Ach ja? Und was?«

»Sie sind nicht mehr in L.A., geschützt durch die schiere Anzahl von Fremden um Sie herum. Das hier ist eine kleine Stadt, Cassie. Nicht so klein, dass jeder absolut jeden kennt, aber klein genug. Und die Leute reden. Ihre Besuche in Matts Büro und in meinem sind bemerkt worden und werden es auch weiterhin. Irgendwann werden sich Ihre Fähigkeiten herumsprechen. Selbst wenn es Ihnen also gelingt, den Mörder nicht zu alarmieren, wenn Sie in seinen Geist eindringen, besteht die Möglichkeit, dass er früher oder später erfährt, wer Sie sind. Und dann sind Sie nicht mehr die körperlose Stimme in seinem Kopf. Sie werden ein Mensch aus Fleisch und Blut sein, mit einer Adresse im Telefonbuch – und ohne Sicherheitsriegel an der Haustür.«

Nach kurzem Nachdenken erwiderte Cassie: »Ich werde es im Kopf behalten.«

»Und das ändert nichts?«

»Nein. Das ändert nichts.« *Ich muss es tun. Ich muss.*

Seine Hand hob sich leicht, wie um sie zu berühren, fiel aber herunter, als sie sich merklich verspannte.

»Bis später, Cassie.«

»Wiedersehen, Ben.«

Diesmal hatte er die Gewissheit, dass sie an der offenen Tür stehen blieb und ihm beim Wegfahren nachschaute.

Aber dadurch fühlte er sich nicht besser.

Er fühlte sich überhaupt nicht gut.

»Vielleicht ist sie wirklich übersinnlich.« Abby Montgomery stellte das Kissen schräg und setzte sich im Bett auf, wobei sie abwesend die Decke über ihre nackte Brust zog.

Matt Dunbar saß auf dem Bettrand und zog Socken und Schuhe an. »Ich glaube nicht an diesen Scheiß.«

»Woher wusste sie dann von uns?«

»Ein Schuss ins Blaue. Zum Teufel, vielleicht hat sie dich neulich hier reinschlüpfen sehen. Aber meine Gedanken hat sie nicht gelesen.«

Abby war die Dickköpfigkeit ihres Geliebten nicht neu. Für gewöhnlich amüsierte sie sich darüber, genau wie sie sein gelegentliches Machogehabe amüsierte, doch im Grunde wusste sie, dass er trotz beidem ein großzügiges Wesen und ein weiches Herz besaß, wie man so sagte. Doch heute wurde ihr mulmig bei der Erinnerung daran, wie starrköpfig er sein konnte.

»Matt, wenn sie dir helfen kann, Beckys Mörder zu finden …«

»Ich weiß nicht, ob sie das kann. Die Kollegen aus L.A. haben sie über den grünen Klee gelobt, aber als ich nachhakte, gab der Detective, mit dem ich sprach, schließlich zu, dass sie sie ein paarmal in die Irre geführt hat und dass diese Umwege verlustreich waren.«

»Das passiert doch bei den meisten konventionellen Ermittlungen auch, oder? Ich meine, ihr ermittelt doch immer in irgendwelche Richtungen, die sich am Ende als falsch erweisen.«

»Ja, schon. Aber es ist sehr viel einfacher zu erklären, warum man eine Spur verfolgte, wenn man auf etwas Handfestes hinweisen kann. Alles, was eine sogenannte Paragnostin dir erzählt, ist so substanziell wie Nebel und kann sich genauso schnell auflösen.« Er schüttelte den Kopf. »Nein, ich kauf ihr das einfach nicht ab, Abby. Sie muss uns zusammen gesehen haben, und daher wusste sie es.«

»In der Öffentlichkeit? Wir schauen uns ja in der Öffentlichkeit nicht mal an. Und niemand hat mich gesehen, als ich hier zu dir hereinschlüpfte, Matt. Ich passe immer genau auf, das weißt du.«

Er warf ihr einen raschen Blick zu, hatte das leichte Zittern in ihrer Stimme vernommen. »Liebling, hat dir Gary wieder zugesetzt? Denn ich kann ganz schnell ein Unterlassungsurteil gegen ihn erwirken, wie du weißt.«

Sie schüttelte den Kopf. »Nein, er ist in letzter Zeit nicht aufgetaucht. Außerdem möchte ich nichts tun, was ihn verärgert, zumindest bis die Scheidung durch ist.«

»Bis dahin dauert es nur noch einen Monat, Abby.« Matt lächelte. »Und ich freue mich schon darauf, mich endlich mit dir in der Öffentlichkeit zeigen zu können, sobald die Scheidung durch ist.«

Abby beugte sich vor und schlang ihm die Arme um den Hals. »Darauf freue ich mich auch schon. Nur ... lass uns abwarten, ja, Matt? Ich weiß nicht, wie Gary reagieren wird, wenn die Scheidung endgültig ist.«

Sein Mund versteifte sich, aber seine Hände streichelten ihr weiterhin sanft über die Arme. »Ich war so geduldig, wie ich konnte, Abby, aber ich bin nicht bereit, unser Leben ewig in der Warteschleife zu halten, nur damit Gary nicht die Sicherung durchbrennt. Mit dem werde ich schon fertig.«

»Es ist ja nicht für ewig. Ich möchte Schwierigkeiten nur möglichst aus dem Weg gehen, Matt.«

»Schwierigkeiten wird es nicht geben. Ich trete ihn einfach in den Arsch.«

Abby lächelte. »Warten wir's ab. Noch einen Monat. Das ist doch nicht so lange, nicht wahr?«

»Das hängt davon ab, worauf man wartet.« Er küsste sie, ließ sich Zeit dabei, drückte sie dann sanft wieder in die Kissen und beugte sich über sie. »Ich warte auf etwas, das ich mir schon seit sehr langer Zeit wünsche. Dich.«

»Du hast mich. Alles andere sind reine Formalitäten.«

Er strich ihr eine Strähne ihres hellroten Haars aus dem Gesicht. »Ich will auch, dass Gary aus deinem Leben verschwindet, ohne Ausrede, dich anzurufen oder an deine Tür zu klopfen. Ich möchte das Recht haben, ihn zum Teufel zu jagen.«

»Falls es sich ergibt, wirst du das sowieso tun, ob du das Recht dazu hast oder nicht«, sagte sie trocken.

»Stimmt.« Matt küsste sie erneut.

»Hab einfach noch ein bisschen länger Geduld.«

»Na gut, na gut.« Er erhob sich vom Bett. »Ich muss zurück ins Büro.«

»Matt ...« Sie zögerte. »Diese Übersinnliche ...«

»Sogenannte.«

»Hast du je die Gerüchte über ihre Tante gehört? Über Miss Melton?«

»Was für Gerüchte?«

»Na ja, dass sie Dinge wusste. Dinge, die sie nicht hätte wissen können.«

Matt betrachtete sie mit erhobenen Brauen. »Ich hab so was gehört. Na und? Sie war eine Einzelgängerin, blieb für sich, kam selten in die Stadt – und wenn, dann sprach sie kaum mit jemandem und war meist etwas seltsam gekleidet für eine Frau ihres Alters. Kein Wunder, dass es Gerede gab. Das bedeutet gar nichts, Abby.«

Abby lächelte. »Wahrscheinlich nicht. Aber, Matt – wenn Cassie Neill dir helfen kann, dann lass sie. Lehn nicht einfach alles ab, was sie zu sagen hat.«

»Normalerweise sagst du mir nicht, wie ich meine Arbeit zu tun habe«, bemerkte er trocken.

»Das tu ich jetzt auch nicht. Aber ich weiß, wie starrköpfig du sein kannst. Du hast dich entschieden, dass sie eine Schwindlerin ist, nicht wahr?«

»Vielleicht.«

»Gib's zu, Matt. Du hättest dich nicht mal mit ihr abgegeben, wenn Ben nicht darauf bestanden hätte. Du weißt, dass er kein leichtgläubiger Narr ist.«

»Nein, aber er denkt nicht mit dem Kopf. Nicht, wenn es um Cassie Neill geht. Ich verstehe nicht, was er an ihr findet, doch die Dame hat's ihm jedenfalls angetan.«

Abby öffnete den Mund, schloss ihn dann wieder und schüttelte den Kopf. Nach einer kurzen Pause sagte sie bloß: »Lass dich nicht durch eine vorgefasste Meinung vom Weg abbringen, Ben, mehr will ich ja gar nicht sagen.«

»Nein, werde ich nicht.« Er beugte sich hinunter, küsste sie ein letztes Mal und lachte dann kurz auf, als er zur Tür ging. »Ich hatte keine Ahnung, dass du an dieses Zeug glaubst.«

Als sie allein im Schlafzimmer war, schaute Abby auf die geschlossene Tür und murmelte: »Oh, ich glaube daran, Matt. Ich glaube daran.«

Ivy Jameson hatte einen schlechten Tag. Ja, sie hatte sogar eine schlechte Woche gehabt.

Am Montag hatte sie die unerfreuliche Pflicht gehabt, den alten Kater ihrer Mutter zum Tierarzt zu bringen und einschläfern zu lassen; am Dienstag war ein Schreiben vom Finanzamt North Carolina gekommen mit der Behauptung, sie sei mit ihrer Steuerzahlung in Verzug; gestern hatte sie sich mit einem Fernsehtechniker anlegen müssen, der anscheinend seinen Arsch nicht von einem drei Fuß tiefen Loch im Boden unterscheiden konnte; und heute, an diesem angenehmen, warmen Freitagnachmittag im späten Februar, wurde ihr mitgeteilt, dass ihr zehn Jahre altes Auto aus dem letzten Loch pfiff, sozusagen.

»Ein neues Getriebe«, sagte Dale Newton mit einem Blick auf sein Klemmbrett. »Die Bremsen sind hin. Das Kardangelenk. Der linke Vorderreifen ist völlig abgefahren …«

»Das reicht.« Sie funkelte ihn an. »Wie viel?«

Der Automechaniker bewegte sich unbehaglich. »Den Kostenvoranschlag hab ich noch nicht ausgerechnet, Mrs Jameson. Sie hatten mich nur gebeten, das Auto zu überprüfen und nachzusehen, ob etwas repariert werden muss. Das muss es. Und da ist noch mehr …«

Sie winkte ab. »Rechnen Sie den Kostenvoranschlag aus und rufen Sie mich dann an. Aber dabei sollten Sie bedenken, Dale Newton, dass mein verstorbener Mann Ihnen das Geld geliehen hat, um diese Werkstatt vor fünfzehn Jahren zu eröffnen. Ich erwarte von Ihnen, dass Sie das mit einberechnen. Ich erwarte Rücksichtnahme auf eine arme Witwe.«

»Ja, Ma'am.« Newton lächelte schwach. »Ich habe den Kostenvoranschlag in zwei Stunden fertig.«

»Machen Sie das.«

»Ich kann Ihnen einen Leihwagen geben, Mrs Jameson …«

»Nein. Ich hasse es, ein fremdes Auto zu fahren. Ich gehe über die Straße zu Shelby's und rufe mir ein Taxi.«

»Ich habe ein Telefon, Mrs Jameson.«

»Das ist mir bewusst. Was Sie nicht haben, ist Kaffee. Guten Tag, Mr Newton.«

»Ma'am.« Newton blickte ihr nach, als sie wegging, ihr Rücken stocksteif, und er fragte sich, nicht zum ersten Mal, ob der alte Kenneth Jameson tatsächlich an einer Krankheit gestorben war – oder aus schierer Erschöpfung.

Ivy verließ Newtons Reparaturwerkstatt an der Ecke der Main Street und First, ging einen Block weit ins Zentrum der Stadt und überquerte dort die Straße zu Shelby's Restaurant. Dieses Wahrzeichen von Ryan's Bluff, das einst ein wunderschönes Beispiel für Art déco gewesen und zuletzt in den Sechzigern modernisiert worden war, hatte im Lauf der Jahre mehrere Renovierungen erlebt und war durch all die von den verschiedenen Besitzern hinterlassenen persönlichen Noten ziemlich abstoßend geworden. Es hatte immer noch eine Resopaltheke mit Drehhockern davor, und über die Leinentischdecken waren Schutzdecken aus klarem Kunststoff gebreitet.

Ivy kam regelmäßig hierher und übte genauso regelmäßig Kritik an dem ehemals sehr beliebten Lokal, das bessere Zeiten gesehen hatte, aber immer noch gutes, einfaches Essen und heißen Kaffee bis Mitternacht anbot, sieben Tage die Woche.

»Der Kaffee ist zu stark, Stuart«, teilte Ivy dem jungen Mann hinter der Theke mit.

»Ja, Mrs Jameson. Ich mache frischen.«

»Tun Sie das. Und geben Sie eine Prise Salz dazu gegen die Bitterkeit.«

»Ja, Ma'am.«

Als Cassie am späten Freitagnachmittag auf das zweite Klopfen hin die Haustür öffnete, stand zu ihrer Überraschung ein Fremder davor, ein junger Mann in einem dunklen Overall mit dem Namen *Dan* auf einer Brusttasche und *SafeNet Security* auf der anderen. Er hielt ein Klemmbrett in der Hand und sprach höflich.

»Miss Neill? Ich bin Dan Crowder von SafeNet Security. Mein Kollege und ich sind hier, um Ihre Alarmanlage einzubauen.«

Sie blickte an ihm vorbei zu einem weißen Van in ihrer Auffahrt mit dem Logo der Sicherheitsfirma auf der Seite. Daneben stand ein zweiter sauber rasierter und uniformierter junger Mann. »Meine Alarmanlage?«

»Ja, Ma'am. Richter Ryan schickt uns.«

Der verschwendete ja wirklich keine Zeit.

Dan lächelte beruhigend. »Richter Ryan sagte, Sie sollten ihn anrufen, falls Sie irgendwelche Zweifel hätten, Miss Neill.« Cassie rief Ben nicht an, sondern stattdessen die Sicherheitsfirma. Wie sie erwartet hatte, wurde Dans Geschichte bestätigt.

Cassie spielte mit dem Gedanken, Dan und seinen Kollegen wegzuschicken, ließ sie aber schließlich ein, damit sie ihre Arbeit tun konnten. Denn in einem hatte Ben recht gehabt. In einer kleinen Stadt war es nur eine Frage der Zeit, bevor die falsche Person entdeckte, wozu Cassie fähig war.

»Ben?«

Kurz davor, das Haus neben dem Gerichtsgebäude zu betreten, in dem sich sein Büro befand, blieb Ben stehen und wandte sich der auf ihn zukommenden Jill Kirkwood zu. Unwillkürlich fiel ihm Cassies Behauptung ein, Jill hätte ihre Trennung nicht akzeptiert, doch es gelang ihm trotzdem, zu lächeln und sie mit derselben zurückhaltenden Beiläufigkeit zu begrüßen, die er seit ihrer Trennung aufrechterhielt.

Seit *er* sich von ihr getrennt hatte.

»Hi, Jill. Was ist?«

»Gibt es irgendwelche Neuigkeiten darüber, wer Becky Smith umgebracht hat?«

Die Frage überraschte ihn kaum. In der kurzen Zeit, die er gebraucht hatte, um die zwei Blocks von dem Büro zurückzulegen, in dem er einen Termin gehabt hatte, war er bereits dreimal von besorgten Bürgern mit derselben Frage aufgehalten worden. Trotzdem sah es Jill nicht ähnlich, so sehr an Verbrechen interessiert zu sein, vor allem einem besonders grausigen.

»Nicht, dass ich wüsste«, teilte er ihr mit. »Matt und seine Deputys arbeiten daran.«

»Weiß er, dass Becky meinte, sie würde verfolgt?«

»Sie meinte – woher weißt du das?«

»Sie hat es mir erzählt. Kam letzte Woche zu mir in den Laden. Mittwoch, glaube ich. Wir haben uns unterhalten, und sie erwähnte, sie hätte einen flüchtigen Blick auf jemanden erhascht, der sie beobachtete. Sie lachte ein bisschen darüber, sagte etwas über einen heimlichen Verehrer, der sein Gesicht nicht zeigen wolle. Sie war nicht beunruhigt darüber, also hab ich mir keine weiteren Gedanken gemacht.«

Also hat er sie tatsächlich vorher beobachtet. Noch ein direkter Treffer für Cassie.

»Das solltest du besser Matt erzählen, Jill. Ich glaube nicht, dass er das weiß, außer jemand anderer hat es ihm schon gesagt.«

»Na gut, dann gehe ich zu ihm.« Sie lächelte. »Es hat mich gefreut, Cassie Neill kennenzulernen. Ich mochte ihre Tante.«

»Ja, ich auch.«

»Sie ist noch nicht lange in der Stadt, oder?«

»Cassie? Etwa sechs Monate, glaube ich.«

»Ach. Ich kann mich nicht erinnern, sie vorher schon mal gesehen zu haben.«

»Das wundert mich nicht. Sie scheint genauso eine Einzelgängerin zu sein, wie es Miss Melton war.«

»Scheint? Du kennst sie also nicht besonders gut?«

»Ich habe sie Dienstag kennengelernt.« Er verspürte leichte Verärgerung über diese Befragung, vertraute aber darauf, dass man sie ihm nicht ansah.

Jill lachte kurz auf, mit dem strahlenden Lächeln und der künstlichen Unbekümmertheit von jemandem, der merkt, dass er einen Schritt zu weit gegangen ist. »Entschuldige, ich wollte dich nicht aushorchen.«

Offenbar klappte das mit dem Pokergesicht doch nicht so gut, wie er geglaubt hatte.

Ben sagte: »Mach dich nicht lächerlich. Hör zu, am besten gehst du gleich zu Matt und erzählst ihm, was du weißt. Er muss das unbedingt erfahren. Je eher wir diesen Hurensohn hinter Gitter bringen, desto besser wird es für alle in der Stadt sein.«

»Gut. Bis später, Ben.«

»Wiedersehen.« Als sie sich abwandte, überlegte er kurz, sie zu bitten, vorsichtig zu sein, wehrte den Impuls aber als lächerlich und überflüssig ab.

Was hätte er denn sagen sollen? Achte auf Fremde, die dir folgen?

Sie war eine gescheite Frau, und da sie wusste, dass sich Becky verfolgt gefühlt hatte, würde sie sich das bestimmt merken – und Schritte zu ihrer eigenen Sicherheit unternehmen, falls sie mutmaßte, ihr geschehe das Gleiche.

Daher blickte Ben ihr nur nach und sagte nichts.

Lachen mich aus.
Ich kann sie hören.
Beobachten mich.
Augen folgen mir.
Muss sie aufhalten.
Muss sie dafür bezahlen lassen.
Mein Kopf tut weh.
Ich werd's ihnen zeigen.
Meine Füße tun weh. Muss langsamer machen. Muss ...
Schau dir die an. So stolz auf sich. So sicher, dass sie die Beste ist. Sie verdient ... sie verdient ... sie verdient ...
Mein Kopf tut mir so weh.
Augen beobachten mich.
Ich frag mich, ob sie wissen ...
Blut riecht wie Münzen.

5

21. Februar 1999

Als Cassie die Schreie hörte, hallten sie so laut durch ihren Kopf, dass sie das Glas in ihrer Hand fallen ließ und sich die Ohren zuhielt.

»Nein«, flüsterte sie hilflos.

Unwillkürlich schlossen sich ihre Augen, und hinter den Lidern blitzten Wirbel aus grellen Farben und schwarzen Streifen auf. Ein zweiter Schrei ließ sie zusammenfahren. Und schmerzte in ihrer Kehle.

»Nein, bitte ... bitte tun Sie mir nicht weh ...«

Abrupt war Cassie woanders, war jemand anderer. Sie spürte die schmerzhafte Beengtheit um ihre Handgelenke, spürte eine scharfe Kante in ihrem Rücken und kalte Härte unter sich. Sie konnte nichts sehen, alles war schwarz, aber dann wurde der Sack über ihrem Kopf fortgerissen.

»Bitte, tun Sie mir nicht weh ... bitte, bitte tun Sie mir nicht weh ... bitte nicht ...«

Die Maske, die er trug, war schauderhaft. Die Figur hätte aus einem neueren Slasher-Film stammen können, das Gesicht menschlich, aber grauenhaft entstellt, und es verstärkte ihren Schock, ließ ihr Entsetzen ansteigen.

»Bitte, tun Sie mir nicht weh! Oh Gott, bitte nicht! Ich werde es niemandem erzählen, das verspreche ich! Ich schwöre! Lassen Sie mich einfach gehen, bitte!«

Für einen unendlich langen Moment war Cassie gelähmt, vollkommen in den kreiselnden Gefühlen der Frau gefangen. Schock, wildes Entsetzen, Verzweiflung und die kalte, kalte Gewissheit, dass dieses arme Wesen bald und grausig sterben würde, zerrten an ihr. Durch die tränenblinden Augen der Frau sah sie die unheimliche Maske über sich aufragen, sah das Schlachtermesser in seiner behandschuhten Faust, und ihre Kehle schmerzte von keuchenden Atemzügen und Wimmern und rauen Schreien.

»Du wirst nie wieder über mich lachen«, krächzte er, und sein Arm mit dem trüb schimmernden Messer hob sich.

»Nein! Oh Gott …«

Als sein Arm in einem grausamen Bogen nach unten schnellte, riss sich Cassie verzweifelt von der dem Tode geweihten Frau los. Aber sie war nicht schnell genug, um sich vollkommen zu entziehen. Sie spürte den ersten heißen Schmerz des Messers, das ihr in die Brust stach, und alles wurde schwarz.

»Ben.«

»Matt? Was ist los?«

»Triff dich mit mir in der Stadt. Bei Ivy Jamesons Haus.«

Ben nahm den Hörer in die andere Hand und schaute auf seine Armbanduhr. »Jetzt? Es ist Sonntagnachmittag, sie wird …«

»Sie ist tot, Ben.«

Ben fragte nicht weiter nach. Matts Ton verriet ihm alles, was er wissen musste. »Bin schon unterwegs«, sagte er.

Zehn Minuten später parkte er den Jeep hinter Matts Streifenwagen und noch einem anderen in der Einfahrt des Jameson-Hauses an der Rose Lane, nur zwei Straßen von der Main Street entfernt. Für gewöhnlich war es eine ruhige Gegend, von gepflegten Rasenflächen umgebene große alte Häuser, deren ältere Bewohner froh waren, nur durch einen angenehmen Nachmittagsspaziergang vom Stadtzentrum entfernt zu sein.

Ben bemerkte, dass mehrere dieser älteren Anwohner auf ihren Veranden standen und zu ihm herüberstarrten, als er aus dem Jeep stieg. Obwohl sie zu höflich oder zu verängstigt waren, näher an Ivys Haus heranzukommen, war ihr enormes Interesse deutlich zu spüren.

Einer von Matts Deputys stand an der Haustür und öffnete sie für Ben, als der auf die Veranda trat. »Richter. Der Sheriff ist drinnen.« Er wirkte ein bisschen blass um die Nase.

Ben ging ins Haus. Er kannte es, wie die meisten Häuser der politisch aktiveren Bürger von Ryan's Bluff. Ivy Jamesons Stimme zu bekommen war nicht leicht gewesen.

Von der geräumigen Eingangshalle führte die Treppe in den ersten Stock, nach rechts ging es in ein steif möbliertes Esszimmer, nach links in ein genauso steifes Wohnzimmer, und geradeaus lagen der hintere Teil des Hauses und die Küche. Der Hartholzboden glänzte, frische Blumen in einer Kristallvase schmückten den Tisch in der Eingangshalle, und das ganze Haus strahlte eine stickige Würde aus.

Die beiden Männer, die auf dem Sofa im Wohnzimmer saßen, verdarben die würdevolle Atmosphäre. Sie waren in Strümpfen, die Gesichter schlaff und bleich vor Schock, und der jüngere brach Ivys hochheiligste Hausregel, indem er zitternd eine Zigarette rauchte und die Asche in einen bereits vollen Kristalldesserteller auf dem Couchtisch schnippte.

Ben kannte sie beide. Der eine war Ivys Schwager und der andere ihr Neffe. Keiner schaute ihn an, und Ben machte keine Anstalten, sie anzusprechen.

Ein weiterer Deputy stand direkt vor dem Wohnzimmer und deutete zur Rückseite des Hauses. Auch er sah aus, als sei ihm übel, und als Ben an ihm vorbeiging, murmelte er: »Der Sheriff sagt, Sie sollten aufpassen, wo Sie hintreten, Richter. Der Boden da hinten ist ... rutschig.«

Das war er in der Tat.

Der Fliesenboden der Küche war mit Blut bedeckt.

»Oh Gott«, murmelte Ben, als er an der Tür stehen blieb. Er hatte schon früher Schauplätze von Gewalt gesehen, allerdings nicht viele, und nichts hatte ihn auf das hier vorbereitet.

Matt stand zwei Schritte von der Tür entfernt auf einer der wenigen blutfreien Stellen des Bodens. »Sieht so aus, als hätte Ivy schließlich doch noch die falsche Person stocksauer gemacht.«

Es war fraglos ein Schauplatz ungezügelter Wut. Selbst die weißen Küchengeräte waren mit Blut bespritzt, und die Stichwunden an Ivys dünnem Körper waren fast zu zahlreich, um sie zu zählen. Sie war fein angezogen, vermutlich für den Kirchgang früher am Tag. Ihr Kleid könnte einst eine helle Farbe gehabt haben; jetzt war es rot.

Sie hatte nach wie vor einen Schuh an.

»Fällt dir auf, wie er sie zurückgelassen hat?«, fragte Ben.

»Ja.« Ben versuchte, durch den Mund zu atmen, da der Gestank überwältigend war. »Aufrecht sitzend mit dem Rücken gegen ein Bein der Kücheninsel gelehnt. Die Hände im Schoß. In Positur gesetzt. Gibt es eine Münze?«

»Einen Nickel. In ihrer linken Hand.« Falls der Gestank Matt etwas ausmachte, ließ er es sich nicht anmerken.

Ben deutete auf den Fußboden. »Und Fußabdrücke. Der Mörder?«

»Unter anderem. Als sie weder in der Kirche erschien noch zum Sonntagsessen danach und auch nicht ans Telefon ging, hat Ivys Mutter ihren Schwiegersohn und ihren Enkel herübergeschickt, um nachzusehen, ob etwas passiert sei. Sie kamen durch die Hintertür, sagten, sie wären überall ausgerutscht, bevor sie begriffen, was los war. Wenn wir Glück haben, könnten wir einen Fußabdruck finden, der nicht zu ihren Schuhen passt.«

Matt deutete auf ein blutiges Schlachtermesser auf dem Boden neben Ivys Leiche. »Damit erübrigt sich die Frage nach der Mordwaffe. Er hat einfach ein Messer aus der Messerbank gezogen.«

»Gewaltsames Eindringen?«

»Kein Anzeichen davon. Und ihre Verwandten sagen, sie hätte die Hintertür immer abgeschlossen, alle Türen, und dass sie darin fanatisch war.«

»Also muss sie ihn hereingelassen haben?«

»Sieht so aus.«

Ben zog sich von der Tür zurück. »Dieser Gestank. Ich kann ihn nicht ...«

Matt folgte ihm, wich dem Blut vorsichtig aus und stellte sich zu ihm in den kleinen Vorraum der Küche. »Doc

Munro ist unterwegs. Genau wie meine Spurensicherungsleute. Ich hab nur einen Blick darauf geworfen und dich als Ersten angerufen.«

»Ihre Stellung, die Münze. Das war derselbe Mörder, Matt.«

»Ja.« Matt atmete durch, sein Gesicht sehr grimmig. »Und er hat nur knapp drei Tage zwischen den Morden vergehen lassen, Ben. Schlimmer noch, Becky Smith und Ivy Jameson hatten bloß zwei Dinge gemeinsam. Sie waren beide weiß und beide weiblich. Darüber hinaus gibt es keine Gemeinsamkeiten zwischen ihnen.«

»Ich weiß.«

»Ist dir die Messerbank aufgefallen? Wir werden es erst genau wissen, wenn die Haushälterin nachgeschaut hat, aber es sieht so aus, als ob noch eines der großen Schlachtermesser fehlt.«

Ben starrte seinen Freund schweigend an, nicht bereit, irgendeine der verstörenden Möglichkeiten auszusprechen, die ihm durch den Kopf schossen.

Matt war weniger zögerlich. »Der Hurensohn hat seine nächste Tatwaffe vermutlich von diesem Opfer mitgenommen. Nett. Wirklich nett.«

»Himmel«, murmelte Ben, frustriert von der Erkenntnis, dass der Mörder auch sein nächsten Opfer bereits ausgewählt haben könnte.

»Und noch etwas.« Matts Stimme blieb flach. »Diesmal hat deine Übersinnliche es nicht kommen sehen.«

Als Ben bei Cassies Haus eintraf, setzte die Dunkelheit bereits ein. Trotzdem sah er sie. Sie saß auf der Veranda, zusammengekauert auf einem der beiden großen Korbstühle, die rechts und links der Haustür standen.

Beim Näherkommen sagte er: »Die Alarmanlage nützt nicht viel, wenn Sie draußen sitzen, Cassie.« Seine Stimme war schärfer, als er beabsichtigt hatte.

Fast verloren in ihrem übergroßen Sweatshirt, die Beine in den blauen Jeans hochgezogen und die Arme darum geschlungen, blickte Cassie nicht auf. Sie sagte nur leise: »Ich musste das Haus verlassen. Es war ... ich konnte nur noch Blut riechen. Hier draußen ist es nicht so schlimm.«

Ben zog den anderen Stuhl direkt vor ihren, sodass er ihr buchstäblich die Sicht nahm. Trotzdem schaute sie an ihm vorbei. Keine warme Hand, die ihn berührte. »Sie wussten also, dass er wieder getötet hat.«

»Ja.« Ihr Gesicht war so bleich, selbst aus ihren Lippen war alle Farbe gewichen.

»Warum haben Sie mich nicht angerufen?«

»Als ich das wieder konnte, war es zu spät. Niemand hätte noch etwas für sie tun können. Es tut mir leid. Es tut mir so leid.«

»Haben Sie diesmal etwas gesehen? Etwas, das uns helfen könnte, den Schweinehund zu fassen?«

Cassie schüttelte langsam den Kopf. »Nein. Er ... er trug eine Art Maske.«

»Woher wissen Sie das? Hat er in einen Spiegel geschaut?«

»Nein. Diesmal hatte ich ... keine Verbindung mit ihm. Die Verbindung bestand mit ihr. Sie ... sie weinte, aber ich konnte ihn sehen. Er trug eine Art Maske, eine grausige Maske. Wie etwas, das ein Kind an Halloween tragen würde.«

Ben runzelte die Stirn. »Warum sollte er das tun? Er hatte nicht vor, eine Zeugin zu hinterlassen.«

»Ich weiß es nicht. Außer dass ... die Maske ihr noch mehr Angst eingejagt hat. Vielleicht war es das. Vielleicht will er ihnen Angst machen.«

»Oder er weiß, dass Sie ihn beobachten.«

»Nein.«

»Wie können Sie da so sicher sein? Wenn Sie Verbindung zu ihr hatten?«

»Ich bin mir sicher.«

Ben schwieg einen Augenblick und sagte dann langsam: »Warum haben Sie mit ihr Verbindung aufgenommen?«

»Vielleicht bin ich ihr kurz begegnet.« Cassies Stimme schien aus größerer Ferne zu kommen, und ihre Augen hatten ein seltsames, verschwommenes Aussehen.

»Treten Sie oft mit dem Opfer in Verbindung?«

»Nicht, wenn es sich vermeiden lässt. So düster es auch im Kopf eines Mörders ist, das, was in dem des Opfers vorgeht, ist ... fast noch schlimmer. Das Entsetzen und die Verzweiflung, die Qualen ...« Wieder schüttelte Cassie langsam den Kopf. »Das zieht mich hinein. Sie ziehen mich hinein. Sie sind so verzweifelt, so fieberhaft bemüht, einen Ausweg zu finden.«

Er hielt sich gerade noch zurück, die Hand nach ihr auszustrecken, sosehr er es auch wollte. »Es tut mir leid.«

Sie zitterte sichtbar und schaute ihn endlich an, nahm ihn wahr. Aber als ihr Blick ihn berührte, war er kühl statt warm, und ein so schwaches Gefühl, dass es fast geisterhaft wirkte.

»Ich kann das nicht mehr machen.« Sie sprach leise, angespannt. »Ich weiß, das es das Richtige ist, ich weiß, dass mir das zweite Gesicht eine Verantwortung gibt, und ich habe immer versucht ... aber ich kann es nicht mehr. Ich dachte, ich könnte es. Ich dachte, es wäre genug Zeit vergangen ... genug Frieden eingekehrt. Ich dachte, ich wäre stark genug. Aber das bin ich nicht. Ich kann das nicht noch mal durchmachen.«

»Cassie ...«

»Ich kann nicht. Ich kann Ihnen nicht helfen. Ich kann mir nicht helfen.«

»Sie sind zu mir gekommen«, erinnerte er sie leise.

»Ich weiß. Ich wollte helfen. Aber ich kann nicht. Es tut mir leid.«

»Was Sie heute gesehen haben. Haben Sie absichtlich Ausschau gehalten? Haben Sie versucht, ihn anzuzapfen – oder sie?«

»Nein.«

»Welche Wahl bleibt Ihnen dann?«

»Ich kann von hier fortgehen.«

»Sie sind aus L.A. fortgegangen. Und was hat es Ihnen genützt? Monster gibt es überall, Cassie.«

Sie schloss die Augen und legte ihren Kopf an die Stuhllehne.

Ben betrachtete sie, beunruhigt durch sein intensives Verlangen, sie zu berühren, zu halten. Emotional zerbrechliche Frauen hatten ihn nie angezogen, ganz im Gegenteil. Um die Wahrheit zu sagen, hatte jede Frau, die nicht vollkommen auf ihr eigenes Leben und ihren Beruf fixiert und an mehr als einer oberflächlichen Affäre interessiert war, sehr rasch festgestellt, dass er ausweichend und emotional distanziert war. Wie Jill bezeugen konnte.

Daher waren ihm Beschützerinstinkte und Tröstungsbedürfnisse äußerst fremd, wenn es um Frauen ging. Er zog es vor, die Nacht im Bett einer Frau zu verbringen, um dann lange vor Morgengrauen ohne viel Theater wieder zu verschwinden, und das allein sagte eine Menge über sein Vermeiden jeglichen Engagements bis auf das körperliche aus.

Frauen mit Bedürfnissen waren absolut nicht sein Stil. Nicht, dass Cassie irgendwie klammerte oder auch nur auf ihn zuging. Im Gegenteil, sie war vollkommen eigenständig, und alles an ihr, von ihrer Berührungsscheu über die Vermeidung des Blickkontakts bis hin zu ihrer Körpersprache, machte deutlich, dass sie buchstäblich unberührbar war.

Er glaubte, dass sie es stärker nötig hatte, gehalten zu werden, als sonst ein Mensch. Aber er berührte sie nicht. Weil sie die Berührung nicht begrüßt hätte, und weil er davor zurückscheute, sie anzubieten.

Schließlich sagte Cassie mit müder Stimme: »Vor ein paar Jahren gab mir ein Polizistenfreund ein Zitat von Nietzsche. Er sagte, ich solle es dort aufhängen, wo ich es täglich sehen könnte, um es nie zu vergessen. ›Wer mit Ungeheuern kämpft, mag zusehn, dass er nicht dabei zum Ungeheuer wird. Und wenn du lange in einen Abgrund blickst, blickt der Abgrund auch in dich hinein.‹« Sie hob den Kopf und blickte ihn mit erschöpften Augen an. »Ich weiß nicht, wie oft ich das noch tun und dabei überleben kann, Ben. Jedes Mal, wenn ich in den Abgrund geschaut habe, blieb ein Teil von mir dort zurück.«

»Sie könnten niemals ein Ungeheuer werden.«

»Ich könnte mich in einem verlieren. Wo wäre dann noch der Unterschied?«

Er beugte sich vor, die Ellbogen auf den Knien, kam ihr näher, ohne sie tatsächlich zu berühren. »Cassie, Sie können als Einzige entscheiden, welche Risiken es wert sind, sich darauf einzulassen. Das Risiko, dass dieser Wahnsinnige herausbekommt, wer Sie sind, bevor wir ihn finden. Das Risiko, zu tief in seinen Geist einzudringen. Das Risiko, etwas von sich in der Schwärze seiner Seele zu verlieren. Nur Sie wissen wirklich, was es Sie kosten könnte. Und nur Sie können entscheiden, ob der Preis zu hoch ist.«

Sie betrachtete ihn fast mit Neugier. »Sie haben selbst auf eines der Risiken hingewiesen. Nämlich dass der Mörder, egal wie vorsichtig ich bin, wie erfahren, in Ihrer kleinen Stadt höchstwahrscheinlich herausfinden wird, wer ich bin. Trotzdem glauben Sie, dass ich helfen sollte, ihn zu fassen.«

Ben schwieg einen Moment, dann sagte er: »Wenn Sie Ryan's Bluff verlassen, ist die Diskussion beendet. Ich habe Verständnis für Selbsterhaltung. Jeder hätte die. Ich werde Ihre Entscheidung respektieren, Cassie. Aber wenn Sie hierbleiben, müssen Sie uns helfen, ihn dingfest zu machen. Denn solange Sie hier sind, stellen Sie eine mögliche Bedrohung für ihn dar. Sie können in seinen Kopf sehen. Früher oder später wird er das herausfinden. Und dann wird er es auf Sie abgesehen haben.«

»Ich habe Sie also überzeugt, ja? Dass paragnostische Fähigkeiten wirklich existieren?«

»Sagen wir einfach ... ich bin überzeugt, dass Sie mir nichts vormachen. Ich kann nicht behaupten, es zu verstehen, aber ich glaube daran, dass Sie eine außergewöhnliche Fertigkeit besitzen. Und im Moment brauche ich diese Fertigkeit, um ein Monster zu fangen. Bevor es in meiner Stadt noch jemanden umbringt.«

Cassie seufzte. »In Ordnung.« Mehr als alles andere klang sie besiegt. »Was soll ich tun?«

Ben zögerte, wünschte sich beinahe, sie nicht überredet zu haben. »Matt hat nach einer heftigen Diskussion schließlich zugestimmt, dass Sie sich den Tatort anschauen, falls Sie da irgendwas auffangen können.« Er hielt inne, fügte dann rau hinzu: »Aber jetzt, glaube ich, sollten Sie erst mal zwölf Stunden schlafen. Morgen ist auch noch früh genug.«

Cassie entschlüpfte ein kleines Lachen. »Sehr nett von Ihnen, so besorgt zu sein, doch das wäre weder praktisch noch klug. Ich würde sagen, wir sollten keine Zeit verlieren. Dass er so rasch wieder zugeschlagen hat, ist ein schlechtes Zeichen für Schlimmeres, das noch bevorsteht.«

»Das mag ja sein, aber Sie sind erschöpft. Wenn Sie sich zu sehr anstrengen …«

»Sie brauchen sich keine Sorgen zu machen. Ich breche Ihnen schon nicht zusammen. Ich bin stärker, als Sie denken.« Sie stand auf.

Ben erhob sich ebenfalls. »Ein paar Stunden mehr dürften keine Rolle spielen, Cassie. Sie lebte allein, und Matt lässt das Haus von zwei seiner Beamten bewachen, damit der Tatort unberührt bleibt. Und es wird kein erfreulicher Anblick sein, ob Sie nun etwas auffangen oder nicht. Sie sollten sich ausruhen, erst mal etwas von Ihrer Kraft zurückgewinnen. Ich bringe Sie morgen dort hin …« Er brach ab, als sie die Hand hob, um ihr Haar zurückzustreichen, und er den Verband sah. »Was ist denn da passiert?«

Sie blickte auf ihre Hand, als gehörte sie einer Fremden, und erwiderte abwesend: »Ich habe ein Glas zerbrochen.«

»Waren Sie beim Arzt?«

»Das war kein tiefer Schnitt.« Sie war offensichtlich verwirrt, als ihr Blick zu seinem Gesicht zurückkehrte. »Ihr Haus. Haben Sie sie dort gefunden?«

»Ja. In der Küche. Ist es nicht das, was Sie gesehen haben?«

Ihre Stimme verriet ihre Anspannung. »Die Küche. Nein, das stimmt nicht.«

»Er hat sie eindeutig dort ermordet, Cassie. Überall war Blut, und der Gerichtsmediziner sagt, sie wäre dort gestorben.«

Cassie schloss kurz die Augen, öffnete sie dann wieder und blickte ihn fast beschwörend an. »Wer ist gestorben, Ben? Wer war sie?«

»Nun – Ivy Jameson. Ist das nicht die …« Ben sah, wie Cassie abrupt auf den Stuhl zurücksackte, als sei alle Kraft aus ihren Beinen gewichen. Er atmete tief durch. »Sie meinen, es gibt noch jemanden?«

»Ja. Es gibt noch jemanden.«

Ben rief Matt aus dem Jeep an, sobald sie auf dem Weg in die Stadt waren, und der Sheriff traf vor ihnen ein. Er trat so schnell auf den Bürgersteig hinaus, dass Ben noch kaum die Fahrertür geöffnet hatte. Mittlerweile war es dunkel, aber durch die Straßenlaternen war der Gehweg beinahe so hell wie am Tag. »Geht da nicht rein«, sagte Matt.

Diesmal hatte er keinen wirklichen Zweifel an Cassie gehabt, doch Ben spürte nichtsdestoweniger den Schock und damit verbunden einen plötzlichen Schmerz und Gewissensbisse. »Ist sie …?«

Matt nickte. »Der Doc muss uns noch sagen, wann, aber ich schätze, sie wurde getötet, als wir in Ivys Haus waren. Es tut mir leid, Ben.«

Ben starrte einen Moment lang wie blind zur Tür von Jill Kirkwoods Laden. »Ich hätte ihr raten sollen, vorsichtig zu sein.«

»Es hätte nichts genützt, das weißt du. Ich habe sie gewarnt, als sie zu mir kam und mir erzählte, dass jemand Becky gefolgt sei. Und sie hat bestimmt geglaubt, vorsichtig zu sein. Aber selbst wenn in der Stadt Ausgangssperre geherrscht hätte, wäre sie sicherlich ohne zu zögern an einem friedlichen Sonntagnachmittag in den Laden gegangen, um Büroarbeiten zu erledigen.«

»Ich muss sie sehen.«

Der Sheriff griff nach Bens Arm. »Nein. Es gibt für dich keinen Grund, da reinzugehen, Ben. Mein Team wird jede Minute hier sein, und diesmal werde ich dafür sorgen, dass sie einen unberührten Tatort vorfinden.« Er hielt inne, fügte dann mit fester Stimme hinzu: »Du musst sie nicht sehen. Du willst sie nicht sehen.«

»Wie hat er sie umgebracht?«

»Mit dem Messer, wie die anderen. Aber entweder hat er es anderswo gemacht, oder sie hat ihn nicht so derartig verärgert, wie Ivy das getan hatte. Praktisch kein Blut am Tatort. Nur eine Wunde, soviel ich erkennen konnte. Linke Brust.«

Ben drehte sich halb zum Jeep um, wo im Innenlicht Cassies zusammengesunkene Gestalt und das bleiche Gesicht zu sehen waren. Auf der Fahrt hatte sie nicht viel gesprochen. Er wandte sich wieder dem Sheriff zu. »Cassie sagte, Jill sei mit dem Rücken an etwas mit einer scharfen Kante gefesselt worden.«

»Ja, sie sitzt aufrecht an einer Ecke ihres Schreibtisches. Vermutlich hat er ihr zu irgendeinem Zeitpunkt die Hände hinter dem Rücken gefesselt, hat sie aber ungefesselt und mit den Händen im Schoß zurückgelassen, wie die anderen.«

»Die Münze?«

»Ein Quarter.« Der Sheriff hielt inne. »Was dagegen, wenn ich jetzt ein paar Fragen stelle?«

Ben wusste, an wen die Fragen gerichtet sein würden, und das war nicht er. Doch bevor er antworten konnte, stieg Cassie aus dem Jeep und kam auf sie zu.

Ruhig sagte sie: »Fragen Sie nur, Sheriff.«

»Wo waren Sie heute?«

»Zu Hause. Allein, bis Ben vor einer Weile kam.«

»Das heißt also, Sie haben kein Alibi.« Die Stimme des Sheriffs klang mechanisch.

»Zum Teufel noch mal, Matt«, blaffte Ben, »du wirst doch wohl nicht glauben, dass Cassie drei Frauen ermordet hat!«

Der Sheriff warf ihm einen kurzen Blick zu, lenkte seine Aufmerksamkeit dann wieder auf Cassie. »Und wo ist Ihr Auto, Miss Neill?«

Sachlich antwortete sie: »Demnach haben Sie mich beobachten lassen. Das dachte ich mir schon. Mein Auto ist hier in der Stadt, Sheriff, wie Sie offensichtlich wissen. Ich habe es gestern Morgen abschleppen lassen, als ich merkte, dass es nicht ansprang. Es ist in der Werkstatt, einen Block von der Main Street entfernt.«

»Und einen Leihwagen haben Sie abgelehnt.«

»Ich benötigte keinen. In den paar Tagen, die das Auto in der Werkstatt bleiben musste, wollte oder brauchte ich nirgends hinzufahren.«

Für ein Alibi war das nicht schlecht.

Ben sagte: »So weit hätte sie nicht laufen können, Matt, nicht, wenn ... nicht, wenn Jill in den letzten paar Stunden getötet wurde.«

»Ja, ich weiß. Außerdem ...« Matt schaute zu Ben, als er sich unterbrach, und es war Cassie, die den Satz beendete.

»... ist es unwahrscheinlich, dass ich die körperliche Kraft besitze, jemandem ein Schlachtermesser bis zum Heft in die Brust zu stoßen«, sagte sie, immer noch sachlich.

»Nein«, sagte der Sheriff. »Ist es nicht. Möglich, aber wenn ich die Fakten zusammenzähle, ist es sehr unwahrscheinlich, dass Sie unser Mörder sind.«

Ben wurde schlecht. »Das Messer. Woher wissen Sie ...«

»Es steckt immer noch in ihr, Ben. Es sieht wie das fehlende Messer aus Ivys Küche aus.«

»Großer Gott.«

Der Sheriff wandte den Blick nicht von Cassie ab. »Sie haben also gesehen, wie Jill getötet wurde, aber der Mord an Ivy Jameson war für Sie eine vollkommene Überraschung.«

»Ich habe Mrs Jameson nie kennengelernt, doch Jill bin ich einmal begegnet, ganz kurz. Das reichte offenbar für eine Verbindung, denn ich zapfte ihren Geist an, nicht seinen.«

»Warum nicht seinen? Er hat heute zwei Mal gemordet, hat bei Ivy ein blutiges Chaos hinterlassen. Warum haben Sie nicht wahrgenommen, dass er das tat?«

Cassie schüttelte den Kopf. »Ich weiß es nicht.«

Was auch immer der Sheriff noch hatte sagen wollen, wurde durch die Ankunft eines Mannschaftswagens und eines schwarzen Vans mit rotierendem Blaulicht unterbrochen.

»Bring sie nach Hause, Ben, während meine Leute sich den Tatort vornehmen. Morgen ist noch früh genug, um herauszufinden, ob sie uns irgendwas Hilfreiches sagen kann.«

»Sie« ging um den Jeep herum und stieg ohne ein weiteres Wort ein.

Ben wollte seinen Freund wegen seiner frostigen Haltung Cassie gegenüber tadeln, wusste aber, dass es nichts bringen würde. Daher sagte er nur: »Ich komme wieder, wenn ich Cassie nach Hause gebracht habe.«

»Lass dir Zeit. Wie ich sagte, du musst diese Leiche nicht sehen, und das meinte ich ernst.«

»Es gehört zu meinen Aufgaben, mir den Tatort anzusehen, Matt.«

»Nicht, wenn du persönlich mit dem Opfer zu tun hattest. Schlechte Idee.«

»Wir hatten nicht persönlich miteinander zu tun, nicht mehr. Das liegt Monate zurück.«

»Trotzdem.«

»Ich kann damit umgehen«, behauptete Ben fest.

»Wirst du einmal in unserem Leben meinen Rat annehmen und meine berufliche Meinung und dich verdammt noch mal von diesem Tatort fernhalten?«

»Und wenn ich vor Gericht die Anklage gegen diesen Schweinehund vertreten muss? Glaubst du nicht, dass ich dazu Einzelheiten vom Tatort brauchen werde?«

»Ich glaube, du kannst alles, was du brauchst, aus den Fotos und Berichten entnehmen. Ben, ich bitte dich, als Sheriff und als dein Freund, uns diese Sache zu überlassen.« Ohne auf eine Antwort zu warten, machte Matt kehrt und ging zu seinem Team.

Ben sah sie in den Laden gehen, stieg dann ins Auto und ließ den Motor an.

»Er hat recht«, sagte Cassie.

»Ich kann damit umgehen«, wiederholte Ben.

»Vermutlich. Aber warum sollten Sie? Warum sollten Sie sich das antun, wenn Sie die Wahl haben?«

»Vielleicht habe ich keine Wahl. Es ist meine Aufgabe, Cassie.«

Sie antwortete nicht, bis die Lichter der Stadt hinter ihnen in der Nacht verblassten.

»Fragen Sie sich, ob Jill gewollt hätte, dass Sie sie so sehen. Und falls Sie irgendwelche Zweifel haben sollten, lautet die Antwort: Nein.«

Sie hatte recht, und Ben wusste es. »Na gut.« Er schwieg ein paar Meilen lang, dann sagte er: »Es tut mir leid, wie Matt Sie behandelt. Er ist ein Starrkopf. Und all das hier ist mehr, als er erwartet hatte.«

»Ich weiß.«

»Lassen Sie ihn nicht an sich ran.«

»Das schafft er nicht. Er ist nicht der Erste, der mich so behandelt, glauben Sie mir. Für ihn ist es völlig natürlich, mir zu misstrauen.«

»Er kann einfach nicht glauben, dass wir hier ein Monster haben.«

»Das ist auch nicht leicht zu glauben.«

Ben merkte, dass sein Schock allmählich so weit nachließ, um Entsetzen hochsteigen zu lassen.

»Mein Gott. Drei Frauen in weniger als einer Woche ermordet. Wir haben keine Ahnung, wer sie umgebracht hat oder warum. Und wir haben keine Ahnung, wie viele er noch töten wird, bevor wir ihn erwischen. Sie hatten recht. Ein Serienmörder.«

»Ich fürchte, ja.«

»Becky ... Ivy ... Jill. Außer dass sie weiblich und weiß sind, hatten sie praktisch nichts gemeinsam.«

»Gehörten sie zu derselben Kirche?«

Ben dachte darüber nach. »Nein. Becky und Jill schon, zur selben Baptistenkirche wie ich, aber Ivy war Methodistin. Warum?«

»Ich weiß es nicht. Irgendwas an der Art, wie er diese Münzen platzierte, als lägen sie auf einem Altar oder so, hat mich an die Kirche denken lassen.« Cassie schüttelte den Kopf. »Im Moment kann ich nur raten.«

»Machen Sie weiter, vielleicht stoßen Sie auf etwas.«

»Etwas Hilfreiches, meinen Sie? Wahrscheinlich nicht ohne weitere Informationen. Der Verstand eines Serienmörders ist so ... einzigartig, so subjektiv, dass es fast unmöglich ist, über ein paar grundlegende Annahmen hinaus zu verallgemeinern. Und die kennen wir bereits. Weiß, männlich, da er weiße Frauen umbringt. Jung, vermutlich mit Missbrauchshintergrund. Aber abgesehen von diesen Fakten sind die Motive dieses Mannes zwangsläufig allein auf ihn und seine Erfahrungen zugeschnitten. Daran herumzurätseln wird nichts bringen, bevor wir nicht viel mehr wissen als jetzt.«

»Es muss ein Muster geben.«

»Das gibt es – für ihn. Aber es ist zweifelhaft, ob wir seine Beweggründe je erkennen. Wahnsinn kennt keine Logik.«

»Wenn wir einen Wahnsinnigen fassen wollen, müssen wir wie ein Wahnsinniger denken?«

»Dazu würde ich nicht raten«, sagte Cassie sehr leise. »Dieser Abgrund ist finsterer und kälter, als Sie es sich je vorstellen können.«

6

Sie erreichten Cassies Haus ein paar Minuten später, ohne weiter über die Situation zu diskutieren. Da Ben keinen Grund hatte, rasch in die Stadt zurückzukehren, und sich nur allzu bewusst war, welche schlaflose Nacht vermutlich vor ihm lag, beabsichtigte er nicht, Cassie einfach abzusetzen und wegzufahren. Aber ihm war ihre Erschöpfung – sowohl die geistige als auch die körperliche – ebenfalls bewusst, und er bezweifelte, dass ihr nach Gesellschaft zumute war.

Er irrte sich. »Ich könnte einen Kaffee gebrauchen. Wie ist es mit Ihnen?«, fragte sie, als sie die Haustür aufschloss.

»Gern, vielen Dank.«

Cassie entsicherte die Alarmanlage mit der vorsichtigen Berührung eines Menschen, dem die Schritte noch unvertraut sind, und ging dann in ihre helle und fröhliche Küche voraus.

Ben war zu unruhig, sich hinzusetzen, während sie den Kaffee aufgoss, merkte aber gar nicht, dass er im Raum auf und ab lief, bis sie ihn wieder ansprach.

»Es war nicht Ihre Schuld.«

Er überprüfte die Hintertür, sah nach, ob sie abgeschlossen und der neue Riegel vorgeschoben war. »Was war nicht meine Schuld?«

»Jills Tod.«

Er drehte sich um und fand sie an der Spüle lehnend, die Arme verschränkt, den Blick ernst auf ihn gerichtet.

Er wollte leugnen, dass es ihm zusetzte, doch es gelang ihm nicht.

»Ich hätte sie warnen sollen.«

»Das hätte keine Rolle gespielt. Wie der Sheriff sagte, ihr wäre nie in den Sinn gekommen, besonders vorsichtig zu sein, wenn sie an einem Sonntagnachmittag in den Laden ging. Niemand kann die ganze Zeit auf der Hut sein.«

»Sie anscheinend schon.« Warum nervte ihn ihre Zurückhaltung, ihre Reserviertheit so sehr?

»Das ist was anderes.«

»Ach ja?«

Ihre Schultern hoben sich zu einem kleinen Zucken, und ihr Blick wandte sich ab. »Ja. Aber wir reden nicht von mir. Sie hätten nichts tun können, um Jill zu retten. Finden Sie sich damit ab.«

»Und mache weiter?«

»Uns bleibt keine andere Wahl. Der Tod entreißt uns Menschen, unser ganzes Leben lang. Wir müssen weitermachen. Oder selbst sterben.«

»Ich weiß, ich weiß.« Diesmal war es an Ben, mit den Schultern zu zucken. »Aber es hilft nicht, das zu wissen. Sie war zweiunddreißig Jahre alt, Cassie. Nur zweiunddreißig Jahre. Sie hat ihr ganzes Leben hier verbracht, und sie glaubte, sie sei sicher. Sie hätte sicher sein sollen.«

»Es ist nicht Ihre Schuld, dass sie es nicht war.«

»Wessen Schuld ist es dann?«

»Seine. Die Schuld des Monsters da draußen. Und wenn

ihm nicht Einhalt geboten wird, dann wird er für noch mehr Tode verantwortlich sein.«

»Er wird auch für die Zerstörung dieser Stadt verantwortlich sein. Sie hat bereits begonnen. Matt musste mehr Leute einsetzen, nur um Anrufe zu beantworten, seit sich der Mord an Ivy herumgesprochen hat. Wenn in der Morgenzeitung über Ivys Tod berichtet wird ... hier wird es bald zu sehr großen Spannungen kommen. Drei Morde in vier Tagen. Drei Frauen brutal ermordet, eine in ihrer eigenen Küche.«

Cassie wandte sich ab, um den Kaffee einzuschenken, und sagte ganz leise: »Die Einwohner werden nach jemandem suchen, dem sie die Schuld für diese Tode geben können.«

»Ich weiß.«

»Gibt es da mögliche Zielscheiben?« Sie stellte die Tasse neben ihn auf die Arbeitsplatte und zog sich dann mit ihrer ein paar Schritte zurück.

»Sie meinen welche, die sich leicht herauspicken lassen? Obdachlose, Geistesgestörte oder geistig Behinderte, Vorbestrafte?«

»Ja.«

»Nicht viele.« Ben griff nach seiner Tasse, trank in kleinen Schlucken von dem heißen Kaffee und lehnte sich dabei mit der Hüfte an die Platte, wie Cassie es tat. »Wir haben keine Obdachlosen im wirklichen Sinne. Die Kirchen hier in der Gegend sind recht gut darin, Bedürftigen zu helfen. Was die Gestörten oder Behinderten angeht, gibt es ein paar dieser Männer mittleren Alters, die man in den meisten Kleinstädten antrifft, nicht ›langsam‹ genug, um uneinstellbar zu sein, aber nicht helle genug, um zu mehr angelernt zu werden, als einen Besen zu schieben. Und es gibt eine Frau, die seit Langem in dieser Stadt bekannt ist, seit mindestens zehn Jahren. Von Zeit zu Zeit entkommt sie den wachsamen Augen ihres Sohnes, wandert in der Stadt herum und sammelt Unsichtbares vom Gehweg auf.« Ben hielt inne und schüttelte den Kopf. »Niemand weiß, was sie da ihrer Meinung nach aufsammelt, aber wenn man sie anhält, weint sie, als würde ihr das Herz brechen.«

Cassie stellte ihren Kaffee ab. »Die Ruine eines Lebens.«

»Ihr Sohn behauptet, das hätte eines Tages plötzlich angefangen.«

»Ich frag mich, warum«, murmelte Cassie. »Für so was muss es zumindest einen Auslöser gegeben haben.«

»Wenn da tatsächlich etwas passiert ist, dann weiß ich nicht, was es war. Die Familie lebt sehr zurückgezogen, und Fragen sind nicht willkommen. Das ist hier in der Gegend recht üblich.«

Cassie nickte abwesend. Dann schien sie das Mitleid abzustreifen und sich auf Praktisches zu konzentrieren. »Ich würde sagen, sie erscheint als Zielscheibe recht unwahrscheinlich, aber diese Männer ... der Sheriff sollte sie im Auge behalten.«

»Das wird er. Wir haben beide schon erlebt, wie eine Menschenmenge sich aufheizte und nach einer Zielscheibe Ausschau hielt. So etwas vergisst man nicht, glauben Sie mir.«

»Was ist mit Vorbestraften?«

»Auch die haben wir. Die Gewohnheitskriminellen begehen meist Bagatelldelikte – kleine Einbrüche, Streit mit ihren Nachbarn oder den Exliebhabern ihrer Freundinnen, Trunkenheit, Ruhestörung. Diese Art Unruhestifter, die ihre eigenen Pritschen in Matts Arrestzellen haben und sie samstagabends regelmäßig aufsuchen. Und was alles andere betrifft, echte Gewaltverbrechen sind hierherum selten. Ich habe bei zwei Totschlagsfällen die Anklage vertreten, aber bei beiden waren Alkohol und angestaute Wut im Spiel. Raubüberfälle auf Lebensmittelläden, ein paar idiotische Bankraube über die Jahre. Aber kein Verbrechen, das auch nur darauf hindeutet, dass jemand hier in dieser Stadt – oder dieser County – lebt, der fähig ist, drei Frauen hinzumetzeln.« Ben seufzte. »Dieser hoch technisierte Spurensicherungsvan, den Matt im letzten Jahr seinem Etat abringen konnte, hat hauptsächlich Staub angesammelt. Bis Donnerstag.«

»Es gibt also keine Zielscheibe, auf die sich eine in Panik geratene Stadt sofort einschießen würde.«

»Nicht, dass ich wüsste.«

»Außer mir.«

Er wartete, bis sie ihm in die Augen sah, und stimmte dann zu. »Außer Ihnen. Aber ich würde behaupten, die Möglichkeit, dass Ihnen deswegen etwas zustößt, ist äußerst gering. Ich zweifle nicht daran, Cassie, dass es Misstrauen geben wird, wenn sich die Sache mit Ihnen schließlich herumspricht. Doch ehrlich gesagt, selbst eine Stadt in Panik müsste vollkommen übergeschnappt sein, Sie zu verdächtigen, drei besonders grausame Morde verübt zu haben. Um jemanden umzubringen, sind nicht unbedingt Muskeln erforderlich, aber Jill hat als Kind Karate gelernt, und Ivy hat sich offenbar wie eine Wildkatze gewehrt. Sie hätten sie nicht umbringen können, und das ist ganz offensichtlich.«

»Ein vernünftiges Argument. Doch das Bedürfnis der Schuldzuweisung, das aus einer Panik entsteht, gründet sich selten auf Logik, wie Sie wissen.«

»Das ist mir bewusst. Trotzdem bezweifle ich, dass jemand Sie ernsthaft verdächtigen wird. Oh, sie werden Ihnen zwar Blicke zuwerfen und über Sie reden und sich Fragen stellen, und Sie werden vermutlich ein paar hässliche Telefonanrufe bekommen, die Sie beschuldigen, eine Hexe oder Schlimmeres zu sein, aber ich glaube nicht, dass diese Stadt Sie als Mörderin verdammen wird.«

Cassie schaute wieder in ihren Kaffee.

»Er ist derjenige, der Ihnen Sorgen machen sollte. Dieser Wahnsinnige da draußen. Die Bedrohung für Sie kommt von ihm.«

»Das weiß ich.«

»Ich habe heute Nachmittag mit Matt darüber gesprochen, und er hat zugestimmt, niemandem davon zu erzählen, dass Sie uns helfen. Ich werde das natürlich auch nicht tun. Je länger wir darüber Schweigen bewahren können, desto geringer ist die Chance, dass der Dreckskerl etwas über Sie erfährt.«

Sie lächelte schwach. »Sie glauben also, uns bleiben – was? – achtundvierzig Stunden, bevor die ganze Stadt Bescheid weiß?«

Reumütig sagte er: »So in etwa, vermutlich. In kleinen Städten verbreiten sich Geheimnisse rasch.«

»Tja, ich werde es auf mich zukommen lassen.«

»Aber passen Sie bitte auf sich auf, ja?«

»Das werde ich.« Sie hob ihre Tasse, als wollte sie ihm zuprosten. »Danke übrigens, dass Sie die Leute von der Sicherheitsfirma hergeschickt haben. Das Haus ist jetzt die reinste Festung.«

»Ich wünschte, ich könnte daran glauben, dass Sie dadurch außer Gefahr sind.«

Cassie begegnete flüchtig seinem Blick und stellte mit einem abschließenden Geräusch die Tasse auf die Arbeitsplatte. »Mir wird schon nichts passieren.«

Daraufhin hätte sich Ben gehorsam verabschieden können, doch sie hob die Hand, um sich eine Haarsträhne zurückzustreichen, und diese Geste lenkte seine Aufmerksamkeit wieder auf ihren Verband.

»Sie bluten«, sagte er.

Cassie blickte auf ihre Hand, wo eine dünne rote Linie die weiße Gaze befleckte. »Verdammt.«

Er stellte seine Tasse ab, trat auf sie zu und streckte ohne nachzudenken die Hand aus. »Lassen Sie mich mal …«

Sie trat einen Schritt zurück. »Nein. Nein, vielen Dank. Ich schaffe das schon allein.«

Ben zwang sich, still stehen zu bleiben. »Sie sind so müde, Cassie, dass ich ernsthaft bezweifle, ob Sie momentan Gedanken lesen könnten. Aber egal, ob es Ihnen möglich ist oder nicht, jemand muss sich diesen Schnitt ansehen. Ich oder ein Arzt, Sie haben die Wahl. Ich kann einen in einer halben Stunde hier draußen haben. Natürlich würde er vermutlich auf einer Tetanusspritze bestehen. Das tun sie für gewöhnlich. Besser ist besser, sagen sie. Wohingegen ich wohl nur frisches Antiseptikum auftragen und die Hand neu verbinden würde. Aber es ist Ihre Entscheidung.«

Cassie starrte ihn an. »Hat Ihnen schon mal jemand gesagt, dass Sie manchmal sehr aufdringlich sein können?«

»Matt erwähnt das gern.« Ben lächelte. Sie lächelte ein bisschen zögernd zurück. Dann atmete sie tief durch und nahm sich sichtbar zusammen. »In Ordnung.«

Entschlossen, weder für sich noch für sie eine große Sache daraus zu machen, fragte Ben knapp: »Wo ist Ihr Erste-Hilfe-Kasten?«

»In dem Schränkchen neben der Hintertür.«

»Ich hole ihn. Setzen Sie sich an den Tisch und nehmen Sie schon mal den Verband ab, ja?«

Als er mit dem Kasten wiederkam, hatte sie die Gaze abgewickelt und einen langen, dünnen Schnitt über die Handfläche freigelegt, aus dem ein wenig Blut austrat.

»Komisch, dass ich es vorher gar nicht bemerkt hatte«, sagte Cassie. »Der Schnitt folgt genau meiner Schicksalslinie. Wenn ich abergläubisch wäre, würde ich mir deswegen vermutlich Sorgen machen.«

»Sind Sie etwa auch Wahrsagerin?«, fragte Ben leichthin, während er das Benötigte aus dem Erste-Hilfe-Kasten nahm.

»Die Zukunft konnte ich noch nie voraussagen. Das habe ich Ihnen doch erzählt, als wir uns kennenlernten. Aber meine Mutter konnte es, und mir wurde gesagt, dass Tante Alex es konnte.«

»Tatsächlich? Ich hatte ein paar merkwürdige Geschichten über sie gehört, dass sie Dinge wusste, die sie nicht hätte wissen sollen, hatte das aber als Gerüchte abgetan. Sie war so selten in der Stadt, und die meisten kannten sie nur vom Sehen.«

Cassie zuckte die Schultern. »Über das Ausmaß ihrer Fähigkeiten weiß ich nichts. Meine Mutter weigerte sich, über sie zu sprechen, und ihre eigenen Präkognitionsmomente waren dünn gesät.«

»Ihre Hauptfähigkeit glich also der Ihren? Die Fähigkeit, den Geist eines anderen Menschen anzuzapfen?«

»Ja.«

Als er meinte, dass es so weit wäre, sagte Ben: »Jetzt zeigen Sie mir mal die Hand.« Und fügte sofort hinzu: »Besitzen Sie denn auch eine sekundäre Fähigkeit?«

Cassies Zögern war fast unmerklich. Sie legte ihre Hand mit der Handfläche nach oben auf seine und erwiderte in gleichmäßigem Ton: »Wenn ja, habe ich sie noch nicht entdeckt. Aber ich habe auch nicht danach gesucht.«

Ben hielt ihre kühle Hand in seiner und ließ den Blick darauf ruhen, während er das frische Blut von der Wunde wischte, doch seine ganze Aufmerksamkeit galt praktisch ihrer Stimme, und sein Bewusstsein war erfüllt von dieser ersten körperlichen Berührung. »Warum haben Sie nicht danach gesucht? Hatten Sie Angst vor dem, was Sie entdecken könnten?«

»Sagen wir einfach, mit der primären Fähigkeit lässt sich schon schwer genug fertig werden. Ich möchte keine weitere.«

Ben nickte. »Ich glaube, der Schnitt ist nicht tief genug, um genäht werden zu müssen. Ich werde Antiseptikum auftragen und ihn neu verbinden. Sie sagten, Sie hätten sich an einem zerbrochenen Glas geschnitten?«

»Ja. Einem sauberen Glas. Also keine Gefahr durch Tetanus.«

Ben öffnete eine Tube mit Antiseptikum und trug die Salbe auf die Hand auf. Nicht bereit, ein längeres Schweigen entstehen zu lassen, sagte er: »Vorhin haben Sie Ihre Fähigkeit als ›das zweite Gesicht‹ bezeichnet. Das ist ein Ausdruck, den man früher dafür benutzt hat, nicht wahr?«

»Nehme ich an. In meiner Familie wurde es immer so genannt.«

Er blickte von ihrer Hand auf. »Immer?« Sie betrachtete ihn mit ungewöhnlich festem Blick, die Augen undurchdringlich und der Ausdruck ruhig. Er hatte keine Ahnung, ob sie seine Gedanken lesen konnte, und er spürte ihren Blick nicht so, wie er es manchmal tat. Lag es daran, dass sie ihn tatsächlich berührte?

Cassie nickte langsam. »Es war wie eine der Geschichten, die man manchmal in Romanen liest. Ich bin nicht die siebte Tochter einer siebten Tochter, aber das zweite Gesicht gab es in meiner Familie seit Generationen und wurde fast immer von der Mutter auf die Tochter vererbt.«

»Was ist mit den Söhnen?«

»In den letzten paar Generationen meines mütterlichen Zweigs hat es keine gegeben. Was davor war, weiß ich nicht genau. Laut den Familiengeschichten war es eine ausschließlich weibliche Gabe.«

Ben lächelte. »Vielleicht zum Ausgleich?«

»Die Jungs bekamen die Muskeln und die Mädchen das zweite Gesicht?« Cassie lächelte ebenfalls. »Mag sein.«

Er widmete sich wieder der Hand, legte eine saubere Gazekompresse auf die Wunde und fixierte sie mit einer Binde. »Und eine Tochter von Ihnen hätte dann diese Fähigkeit wahrscheinlich auch.«

»Nehme ich an«, sagte Cassie.

Mit mehr Widerstreben, als er zeigen oder sich selbst eingestehen wollte, ließ Ben ihre Hand los. »Fertig. Das war doch nicht so schlimm, oder?«

»Vielen Dank.«

»Keine Ursache.« Sein Ton blieb leicht. »Also, konnten Sie meine Gedanken lesen?«

Cassie antwortete nicht gleich, blickte auf ihre Hand und bewegte langsam die Finger. Dann schaute sie mit einem schwachen Stirnrunzeln auf. »Nein. Nein, konnte ich nicht.«

»Überhaupt nicht?«

Sie schüttelte den Kopf. »Überhaupt nicht. Ein sehr ... verschlossenes Buch.«

Zuerst war Ben ein wenig überrascht, fragte sich aber dann, ob er das hätte sein sollen. »Wie gesagt, Sie sind vermutlich zu müde, um heute Abend irgendwelche Gedanken zu lesen.«

Einen Augenblick lang schienen sich ihre Augen in seine zu bohren, und er spürte wieder diese Berührung, nach wie vor kühl, aber diesmal so fest, dass er beinahe den Kopf gesenkt hätte, um zu sehen, ob sie ihm die Hand auf die Brust gelegt hatte.

Dann lächelte Cassie ein wenig, und ihre Stimme klang gleichgültig. »Sie haben recht. Ich bin müde.«

»Ich werde gehen, damit Sie sich ausruhen können.«

Cassie widersprach nicht. Sie begleitete ihn zur Haustür. »Es wäre wohl gut, wenn ich mir morgen Mrs Jamesons Haus ansehe. Ich weiß nicht, ob ich in der Lage sein werde, etwas aufzufangen, aber ich sollte es versuchen.«

»Ich hole Sie ab – da Sie kein Auto haben. Am frühen Nachmittag?«

»Ja, gut.«

»In Ordnung. Schlafen Sie lange, okay? Versuchen Sie, sich zu erholen.«

»Das werde ich. Gute Nacht, Ben.«

»Bis morgen.«

Cassie sah ihm nach, bis er beim Jeep war, schloss dann die Tür, verriegelte sie und stellte die Alarmanlage an. Sie ging in die Küche zurück, verstaute den Erste-Hilfe-Kasten und spülte die benutzten Kaffeetassen aus, alles automatisch. Seit dem Frühstück hatte sie nichts gegessen, war aber nicht hungrig und hatte keine Lust, sich etwas zu kochen. Ihre Hand tat weh, doch das war ihre eigene Schuld. Sie hatte nicht geschmerzt, bis sie ihre Nägel in die Gaze gekrallt hatte, um die Wunde wieder zu öffnen und Bens Aufmerksamkeit darauf zu lenken.

Was auch nicht viel genützt hatte.

Sie hatte Ben nicht ernsthaft im Verdacht gehabt, der Mörder zu sein, war aber zu vielen nach außen hin ehrbaren Männern mit schwarzer Seele begegnet, um jemanden auszuschließen, zumindest nicht, bis sie in seinen Kopf gesehen hatte. Leider war es ihr bei ihm nicht gelungen – und das nicht, weil sie müde war.

Er hatte Mauern, solide und starke Mauern.

Die Art von Mauern, die nur wenige Nicht-Paragnosten je errichten mussten, außer sie hatten eine Art emotionales oder psychisches Trauma erlitten.

War das bei Ben der Fall? Verbarg dieser scheinbar so offene und ehrliche Mann eine geheime Verletzung oder ein Erlebnis, das ihn dazu gebracht hatte, auf den tiefsten Ebenen seiner selbst wachsam und vorsichtig zu sein? Nichts in seiner Herkunft deutete darauf hin, aber Cassie wusste nur zu gut, wie unzureichend öffentlich zugängliche Informationen über ein gelebtes Leben waren.

Die wahrscheinlichste Erklärung war, dass Bens Mauern von einer Verletzung oder bitteren Erfahrung aus seiner Vergangenheit herstammten. Auf solche Mauern war sie bisher nur bei Nicht-Paragnosten gestoßen, die sie aufgrund eines Traumas errichtet hatten, nicht um einen absichtlichen Schutzwall aufzubauen.

Er war kein Paragnost.

Er war auch nicht der Mörder.

Diese Gewissheit verdankte Cassie zum Teil ihrer telepathischen Fähigkeit. Das war ihr aufgegangen, als sie Ben dabei beobachtet hatte, wie er sanft ihre Hand untersuchte – die plötzliche Erinnerung an den Mörder, wie er über Jill Kirkwood gebeugt stand, die behandschuhte Hand erhoben, um das Messer in ihren Körper zu rammen.

Sein Ärmel war zurückgerutscht und hatte sein Handgelenk freigegeben. Auf dessen Innenseite hatte sich eine sichtbare Narbe befunden.

Ben hatte keine solche Narbe.

Das war eine Erleichterung, die Cassie aber nicht aufmunterte. Sie fürchtete sich vor den kommenden Tagen. Obwohl Ben einiges an Feingefühl für die Tatsache gezeigt hatte, dass es für sie eine Belastung war und sein würde, könnte er niemals richtig verstehen, was es sie kostete.

Aber er hatte recht mit seiner Behauptung, wenn sie in Ryan's Bluff bliebe, müsse sie ihnen helfen. Nicht nur, weil es ihre Pflicht war, zu helfen, wie ihre Mutter ihr seit ihrer Kindheit eingeschärft hatte, sondern weil damit zu rechnen war, dass sie zur Zielscheibe für den Mörder werden würde, und ihn aufzuhalten war die einzige Möglichkeit, ihr Leben zu retten.

Sie spürte die Versuchung, wegzulaufen. Mehr als nur die Versuchung. Aber er hatte ebenfalls recht mit seinem Hinweis, dass es überall Monster gebe. Außerdem hatte sie hier zum ersten Mal in ihrem Leben Frieden gefunden, und die Dankbarkeit dafür trieb sie dazu, ihnen zu helfen.

Wenn sie konnte. Wenn es irgendjemand konnte.

Cassie machte sich eine Tasse Tee und legte sich für eine Weile in die heiße Badewanne, ohne viel über irgendwas nachzudenken. Dann ging sie früh zu Bett und betete darum, nicht zu träumen.

Dieses Gebet blieb ungehört.

Oh, großer Gott, er hasste diese Träume!
Warum ließen sie ihn nicht in Ruhe?
Und die Stimmen.
Warum hörten sie nicht auf, mit ihm zu reden?
Er wollte nur schlafen. Er wollte sich nur ausruhen.
Warum brachten sie ihn dazu, diese Dinge zu tun?
Seine Hände rochen nach ... Münzen. Seine Kleidung.
Sein Haar auch, glaubte er. Wie Münzen.
Wie Blut.
Schhhh. Keine Stimmen mehr.
Nicht heute Nacht.
Keine Träume mehr.
Er war so müde.

Sheriff Dunbar war derjenige, der Cassie am nächsten Nachmittag abholte, und er sah darüber nicht glücklicher aus als sie.

»Ben wurde bei Gericht aufgehalten«, sagte er zur Begrüßung. »Er trifft sich mit uns bei Ivys Haus.«

»Verstehe.«

»Falls Sie bereit sind, natürlich.«

Cassie dachte, wenn er sich noch mehr Höflichkeiten abrang, würde sein Gesicht Risse bekommen. »Ich bin bereit. Muss nur noch abschließen.«

Fünf Minuten später saßen sie im Streifenwagen und fuhren in die Stadt. Und das Schweigen war drückend.

Trotz ihrer unbekümmerten Worte zu Ben war sich Cassie des Argwohns und Misstrauens des Sheriffs nur allzu bewusst. Sie hatte über die Jahre gute Beziehungen zu einer Reihe von Polizeibeamten aufgebaut, aber es stimmte, dass die erste Reaktion meist der des Sheriffs ähnelte, und das war für sie immer schwierig.

Am Anfang hatte es sie tief verstört, dass ihre erste Rolle bei einer Ermittlung unweigerlich die der Verdächtigen war. Starrköpfige und rationale Polizisten betrachteten ihre Beschreibungen von Verbrechen und Opfern als offensichtlichen Beweis, dass sie körperlich dabei gewesen war, und es war schwer, sie vom Gegenteil zu überzeugen. Oft gelang es nur aufgrund hieb- und stichfester Beweise in Form von Alibis, die die Polizisten dazu brachten, ihr zwar nicht vollkommen zu vertrauen, aber wenigstens zu glauben, dass sie keine Mörderin war.

Was Matt Dunbar betraf, reichte ein vernünftiges Alibi für zumindest einen der Morde anscheinend nicht aus. Entweder das, oder ...

»Sie glauben, ich führe Ben an der Nase herum, nicht wahr? Dass ich Sie beide an der Nase herumführe.«

»Ist mir schon in den Sinn gekommen«, erwiderte er kurz angebunden.

»Was hätte ich dabei zu gewinnen?«

Er warf ihr einen raschen Blick zu, und sein Lächeln war zynisch.

»Woher soll ich das wissen? Vielleicht sind Sie auf Ruhm aus. Oder es gefällt Ihnen, mit Menschen zu spielen.«

Cassie verspürte leichte Erheiterung. »Lassen Sie mich raten. Jemand hat Sie als Kind in eine Menge Wahrsagerbuden geschleppt, hab ich recht?«

»Nahe dran, aber noch kein Hauptgewinn. Sagen wir einfach, ich kannte ein paar Leute in meinem Leben, die von angeblichen Übersinnlichen schwer übers Ohr gehauen wurden.«

Ihre Erheiterung verebbte. »Das tut mir leid. Kein Wunder, dass Sie misstrauisch sind. Aber so bin ich nicht, Sheriff. Ich sitze nicht in einer Bude oder einem mit Samt ausgeschlagenen Zimmer und schaue in eine Kristallkugel. Ich erzähle den Leuten nicht, wie sie ihr Leben verbessern können, oder behaupte, einen großen, dunkelhaarigen Fremden in ihrer Zukunft zu sehen. Ich errate keine Lotteriezahlen oder Rennergebnisse oder die Kartenfolge beim Blackjack. Und ich nehme nie, niemals Geld dafür, meine ... Gabe zu benutzen. Haben all diese Empfehlungen Sie nicht nachdenklich gemacht?«

»Es gibt mehr als eine Möglichkeit, jemanden hinters Licht zu führen. Und mehr als einen Grund, das zu tun.«

»Soll das heißen, ich habe sie hinters Licht geführt? All diese rationalen, misstrauischen Polizisten? Glauben Sie das wirklich?«

Trocken erwiderte er: »Ich halte das für mindestens ebenso möglich wie die Wahrscheinlichkeit, dass Sie echt sind.«

»Also bin ich definitiv noch in der Probezeit, was Sie betrifft.«

»Definitiv.«

Cassie nickte. »Manchen gelingt es nie, paranormale Fähigkeiten zu akzeptieren, und manche fürchten sich davor, wenn sie erkennen, dass sie echt sind.« Sie drehte den Kopf und betrachtete Matt nachdenklich. »Aber es würde uns beiden die Sache leichter machen, denke ich, wenn Sie sich dazu durchringen könnten, es nicht als Schwindel zu betrachten.«

»Und wie wollen Sie das erreichen? Indem Sie mir erzählen, welche Farbe der Slip hatte, den Abby letzte Nacht trug?«

»Grün«, erwiderte Cassie prompt. Als er sie anfunkelte, verzog sie das Gesicht. »Entschuldigung. Ich weiß, dass Sie es sarkastisch gemeint haben. Aber es stand praktisch in Neon auf Ihrer Stirn eingebrannt, Sheriff. Wenn Sie mich testen wollen, sollten Sie sich was Besseres einfallen lassen.«

»Sie testen«, sagte er langsam.

»Warum nicht? Sie wären nicht der Erste und sicherlich auch nicht der Letzte. Sie können es nach der altbewährten Methode machen – an etwas denken, was ich bestimmt nicht wissen kann –, oder Sie könnten erfindungsreicher sein, mich völlig unerwartet mit etwas testen. Mir ist das egal.

Behalten Sie nur im Kopf, dass es paranormale Fähigkeiten gibt, die ich definitiv nicht habe. Ich kann die Zukunft nicht voraussagen, und ich kann durch meine Gedanken keine Gegenstände bewegen.«

»Sie können sich nur in den Kopf eines anderen einschleichen.«

»In manche. Nicht alle.« Sie zögerte, sagte dann: »Bens Gedanken kann ich nicht lesen.«

»Nicht mal, wenn Sie ihn berühren?«

»Nicht mal dann.«

Der Sheriff schwieg einen Moment. Dann murmelte er: »Das klingt wahrer als alles andere, was Sie bisher gesagt haben.«

Sie blickte ihn neugierig an. »Wirklich? Wieso?«

Diesmal war er derjenige, der zögerte, doch dann zuckte er nur die Schultern.

Cassie bedrängte ihn nicht, da seine Gedanken so deutlich waren, als hätte er sie laut ausgesprochen. Er dachte daran, dass Ben nie jemanden wirklich nahe an sich herangelassen hatte, schon in der Kinderzeit. Dass Bens alter Herr einer dieser Familientyrannen war, über die man manchmal liest, besonders in den Geschichten aus den Südstaaten – selber ein hoch angesehener Richter mit einem eisernen Willen und der absoluten Überzeugung, dass sein Wort Gesetz sei. Matt vermutete, einer der Gründe, warum Ben als Richter zurückgetreten war, lag darin, dass sein Vater gestorben war und daher seinen einzigen Sohn nicht mehr beeinflussen konnte.

Cassie rieb sich die Stirn und versuchte, diese laute Verbindung mit dem Sheriff zu kappen, aber bevor ihr das gelang, erfuhr sie noch, dass Ben ein spätes Kind war, der Sohn von Mary, der zweiten und viel jüngeren Frau des Richters – die Matt für eine dieser hübschen, kindlichen Frauen hielt, die einen Mann entweder faszinierten oder in den Wahnsinn trieben.

»Kopfschmerzen?«, fragte der Sheriff.

»Allerdings«, murmelte Cassie und widerstand dem Impuls, den Sheriff zu bitten, nicht so verdammt laut zu denken, während sie sich gleichzeitig fragte, ob Ben wohl ahnte, dass er in Matt einen Freund hatte, der trotz seines Scharfsinns und seines großen Verständnisses für ihn nicht dahinterkam, was Ben Ryan selber vom Leben erwartete.

In der Tat ein verschlossenes Buch.

Der Sheriff schwieg mehrere Minuten, murmelte dann wie zu sich selbst: »Grüner Slip.«

»Er war grün, stimmt's? Und der BH passte dazu?«

»Ja. Verdammt.«

7

Das Blut in Ivy Jamesons Küche war getrocknet, und der Geruch war muffig und schwach. Aber es blieb ein Schauplatz der Gewalt, was sofort Cassies ganzes Bewusstsein ausfüllte, als sie durch die Tür trat.

»Wir haben die Mordwaffe«, sagte Sheriff Dunbar von seinem Platz rechts neben der Tür. »Wenn es Ihnen helfen würde, sie zu berühren?«

»Nein.« Cassie schaute sich langsam um. »Nicht, wenn ihr Blut darauf ist.« Zuerst fiel ihr nichts Ungewöhnliches auf. Doch dann spürte sie einen leichten, aber zunehmenden Druck auf der Brust, und das Atmen fiel ihr schwerer als noch einen Augenblick zuvor.

»Cassie?« Ben stand direkt hinter ihr im Türrahmen. »Ist alles in Ordnung?«

»Ich weiß nicht. Ja. Mir geht's gut.« Sie blickte sich weiter langsam um, wollte ihm nicht sagen, dass ihr das Atmen immer schwerer fiel. Ihr Blick konzentrierte sich auf eine Pfütze getrockneten Blutes nahe der Kücheninsel. Das Blut wirkte dunkel und glitschig, und als sie blinzelte, wurde es plötzlich scharlachrot.

Der Eindruck war flüchtig, ein Farbblitz, der gleich wieder verschwunden war. Doch als sie auf das über den weißen Kühlschrank verspritzte Blut schaute, wurde auch das plötzlich scharlachrot. Und dann fiel ihr eine Bewegung ins Auge, und sie drehte den Kopf und sah scharlachrotes Blut vom Rand der Kücheninsel auf den Boden tropfen.

»Großer Gott«, flüsterte sie.

»Cassie? Was ist?«

»Schhhh. Sagen Sie nichts. Das ... so was ist mir noch nie passiert. Wenn ich hinschaue, sehe ich das Blut tropfen, als wäre es frisch. Spritzer und Schmierflecken im ganzen Raum, leuchtend und feucht.« Sie schloss die Augen und öffnete sie wieder, aber das Blut blieb rot, so rot, dass es beim Hinschauen schmerzte, und als sie versuchte, den Kopf abzuwenden, war es, als würde sie aus den Augenwinkeln eine blitzschnelle Bewegung wahrnehmen.

Jedes Mal, wenn sie den Kopf hin und her drehte, blitzte diese Bewegung auf, knapp außerhalb ihres Blickfeldes, und verschwand, sobald sie sich darauf konzentrieren wollte.

Dann hallte ein Schrei durch ihren Kopf, so laut und gewaltsam wie ein Schlag, und für einen einzigen, unendlichen Moment sah sie Ivy Jameson auf dem blutigen Boden ihrer Küche sitzen, den Rücken gegen das Bein der Kücheninsel, ihr einst weißes Kleid entsetzlich verschmiert – und ihre offenen Augen starrten Cassie quer durch den Raum vorwurfsvoll an.

Cassie wollte vor dieser schrecklichen Verdammung davonlaufen, wollte dem grausigen Wissen in Ivys Blick entfliehen. Doch plötzlich wurde der Druck auf ihrer Brust unerträglich, es gab keine Luft, überhaupt keine Luft, und die scharlachrote und weiße Küche wurde von einer Welle totaler Dunkelheit überflutet.

Die Stille war absolut, und es war so friedvoll, dass Cassie versucht war, dort zu bleiben. Außerhalb der friedlichen Dunkelheit wartete Entsetzen auf sie, verstörende Albträume, denen sie sich nicht stellen wollte. Aber dann begann jemand ihren Namen zu rufen, drang damit in den Frieden ein, und sie wusste, dass sie antworten musste.

»Cassie?«

Sie öffnete die Augen und war sofort hellwach, nicht ausgelaugt oder erschöpft von dem, was passiert war. Sie fand sich auf einem Sofa in einem sehr steifen Wohnzimmer liegen. Ben saß auf dem Rand neben ihrer Hüfte und hielt ihre Hand in seiner.

Cassie spannte sich augenblicklich an, wollte die Hand wegziehen, merkte aber, dass sie seine Gedanken noch immer nicht lesen konnte. Seine Hand fühlte sich sehr warm an.

»Hab doch gesagt, dass ihr nichts fehlt«, bemerkte der Sheriff lakonisch von einem Sessel in der Nähe.

»Stimmt das?«, fragte Ben mit besorgtem Blick.

Cassie nickte langsam. »Ja. Ja, mir geht's gut.«

Er half ihr, sich aufzusetzen, ließ aber ihre Hand nicht los und rückte auch nicht weg, bis offensichtlich wurde, dass ihr tatsächlich nichts fehlte. Er blieb neben ihr auf dem Sofa, halb ihr zugewandt, damit er sie genauer betrachten konnte. »Wollen Sie uns erzählen, was passiert ist?«

»Ich weiß es nicht. Das ist noch nie geschehen.«

»Was ist noch nie geschehen?«, wollte der Sheriff wissen.

»Sie sagten bloß, Sie würden sehen, dass das Blut feucht und rot wurde, und dann sind Sie anmutig in Bens Armen zusammengesackt und ohnmächtig geworden.«

Cassie überhörte seinen Spott und wandte sich mehr an ihn als an Ben. »Ich sah die Blutflecken feucht und rot werden – einige tropften von der Kücheninsel auf den Boden. Und dann, nur für einen Moment, sah ich Ivy Jameson. Auf dem Boden sitzend, den Rücken an einem Bein der Insel, ihr Kleid rot vor Blut. Sie schaute mich quer durch den Raum an, beinahe ... anklagend.«

»In wessen Kopf waren Sie denn da?«

»Ich weiß es nicht. Es war, als stände ich, nur Augenblicke nachdem der Mörder gegangen war, in dem Raum.«

»Wie erklären Sie sich das?«, fragte Ben.

»Ich kann es nicht erklären. Außer ...«

»Außer was?«, drängte der Sheriff.

Cassie schaute in die Ferne, überlegte und sagte dann: »Außer jemand anderes hat das getan. Stand, nur Minuten nachdem der Mörder verschwunden war, im Türrahmen. Jemand, mit dem ich Verbindung hatte, ohne es wahrzunehmen. Vielleicht habe ich die Erinnerungen von jemand anderem ... nacherlebt.«

Der Sheriff schüttelte den Kopf. »Sie haben mit reichlich vielen Leuten *Verbindung* aufgenommen, wenn Sie mich fragen.«

Ohne auf ihn zu achten, fragte Ben: »War es Matt? Sie waren vorhin in der Lage, seine Gedanken zu lesen. Könnten Sie diese Bilder aus seinen Eindrücken aufgefangen haben, als er gestern hier eintraf und sie sah?«

»Ich weiß es nicht.« Sie blickte zum Sheriff. »Abgesehen

von ihrer Leiche, ist der Raum noch genau so, wie Sie ihn vorgefunden haben?«

»Fast.« Er führte es nicht näher aus.

Cassie stand auf. »Ich muss ihn mir noch mal ansehen.«

»Sind Sie sicher?«, fragte Ben. »Beim ersten Mal hat es Sie ziemlich hart getroffen.«

»Ich bin mir sicher.« Sie ging zur Küche voraus und stellte sich wieder an den Türrahmen. Diesmal blieben die beiden Männer hinter ihr.

Cassie konzentrierte sich darauf, was sie gesehen hatte, verglich die Einzelheiten mit dem Raum, den sie jetzt sah. »Ihre Leiche war da drüben, an der Ecke der Insel neben dem Herd. Einen Schritt oder so entfernt ... lag ein Messer. Ein Schlachtermesser, bedeckt mit Blut.« Ihr Blick streifte langsam durch den Raum. »Im Blut nahe der Hintertür waren Fußabdrücke, aber ... die Fußspuren auf dieser Seite des Raums waren nicht da. Das ist der einzige Unterschied, den ich sehe.«

»Dann haben Sie nicht Matts ersten Blick in den Raum gesehen«, sagte Ben.

Sie drehte sich zu den beiden Männer um. »Nein?«

Ben starrte den Sheriff an. »Nein. Die Fußspuren auf dieser Seite des Raums stammen von Ivys Verwandten, die sie gefunden haben. Bevor sie Matt anriefen.«

»Also habe ich den Raum gesehen, bevor sie ihn betraten.«

»Ich würde sagen, ja.«

»Dann muss sonst noch jemand hier gewesen sein.«

Der Sheriff funkelte sie an. »Warum kann es nicht der Mörder gewesen sein, der hier stand? Das heißt, vorausgesetzt, irgendwas von dem ganzen Schwachsinn ist wahr.«

»Ich glaube nicht, dass er es war. Ich habe kein Gefühl für ihn bekommen wie zuvor. Genau genommen habe ich kein Gefühl für irgendjemanden bekommen. Für keine Person, meine ich.«

»Warum sind Sie dann so sicher, dass jemand hier war?«

Cassie dachte darüber nach, musste sich aber schließlich geschlagen geben und schüttelte den Kopf. »Ich weiß es nicht. Nur ... durch Ausschließung. Ich war noch nie in der Lage, einen *Ort* anzuzapfen, nicht so. Um etwas so lebendig zu sehen, das bereits passiert war, musste ich es durch die Augen von jemandem sehen, durch dessen Erinnerung. Jemand, der hier gestanden hatte, direkt im Türrahmen. Nachdem Mrs Jameson ermordet worden war, aber bevor ihre Verwandten eintrafen.«

Langsam sagte Ben: »Nach vielen Nahtoderfahrungen berichten die Betroffenen, außerhalb ihres Körpers gewesen zu sein, in der Nähe geschwebt und auf sich selbst hinuntergeschaut zu haben. Wäre es möglich, dass Sie diesen Raum durch Ivys Augen gesehen haben, nach dem Mord?«

»Das«, sagte der Sheriff, »ist das Gruseligste, was ich bisher gehört habe.«

Ben schaute Cassie an. »Aber ist es möglich?«

»Ich weiß es nicht.« Sie stimmte dem Sheriff zu. Es war eine gruselige Möglichkeit. »Wenn ja, wäre es für mich etwas vollkommen Neues.«

Sheriff Dunbar schüttelte den Kopf. »Wie auch immer, ich sehe nicht, dass uns das irgendwie weiterbringt. Es gibt keinen Beweis dafür, dass jemand außer dem Mörder und Ivy in diesem Haus war, bis ihre Verwandten eintrafen. Derweilen muss ich mit drei Leichen fertig werden und einer

Stadt am Rande der Panik. Solange Sie mir nichts Hilfreicheres erzählen können, werde ich lieber wieder zu meinen guten, altmodischen Polizeimethoden zurückkehren und versuchen, den Hurensohn zu finden, bevor er noch jemanden umbringt.«

Cassie nickte. »Zwei Dinge. Bevor er ... bevor er Jill Kirkwood umbrachte, sagte er etwas zu ihr. Er sagte: ›Du wirst nie wieder über mich lachen.‹«

»Menschen auszulachen war nicht Jills Art«, widersprach Ben sofort.

»Seiner Einbildung nach hatte sie ihn ausgelacht, ihn schlechtgemacht. Vielleicht hatten sie das alle, in seiner Einbildung«, sagte Cassie. »Wozu das auch gut sein mag.«

»Und das andere?«, fragte der Sheriff.

»Das könnte hilfreicher sein. Er hielt das Messer in der rechten Hand, und auf der Innenseite seines Handgelenks war eine Narbe. Ich glaube, er hat schon mal versucht, Selbstmord zu begehen, mindestens einmal.«

»Wann ist Ihnen das denn eingefallen?«

»Gestern Nacht.« Cassie zuckte die Schultern. »Ich hätte Sie angerufen, aber ich wusste ja, dass wir uns heute sehen würden.« Und sie wusste, dass er sowieso abgeneigt war, ihr zu glauben. Das war offensichtlich.

Trotzdem war der Sheriff widerwillig erfreut, etwas Konkretes zu erfahren. »Na gut, ich füge es dem wenigen hinzu, das wir bisher haben.«

»Wirst du das FBI hinzuziehen?«, fragte Ben.

»Noch nicht.«

»Matt ...«

»Sag mir nicht, wie ich meine Arbeit zu machen habe, Ben.«

»Hör zu, setz dich wenigstens mit der Sonderkommission für Gewaltverbrechen in Charlotte in Verbindung. Die haben mehr Mittel zur Verfügung, Matt. Sie können uns helfen.«

»Ihre Mittel bedeuten gar nichts.« Das Kinn des Sheriffs reckte sich halsstarrig vor. »Du weißt und ich weiß, dass dieser Mörder nicht in irgendeiner Computerdatei zu finden ist, Ben. Das ist ein Einheimischer.«

Cassie teilte ihre Aufmerksamkeit zwischen beiden. »Dann sind Sie sich sicher, dass er kein Fremder ist, kein Neuankömmling in der Stadt?«

»Ganz sicher.«

»Matt, wir können uns da nicht sicher sein.«

»Ich schon. Ivys Verwandte schwören, dass sie ihre Tür nie für einen Fremden geöffnet hätte, ganz zu schweigen davon, ihn in ihre Küche zu bitten.«

»Sie könnte ihn durch die Vordertür eingelassen haben.«

»Und dann die Kette wieder vorgelegt haben, wie ihr Neffe und Schwager sie später vorfanden? Nein. Sie kannte ihn, Ben. Sie hat den Dreckskerl durch die Hintertür eingelassen, und sie fühlte sich von ihm so unbedroht, dass er die Küche durchqueren und sich eins ihrer eigenen Schlachtermesser holen konnte.«

Ben runzelte die Stirn, schüttelte aber den Kopf. »Was ist mit Becky? Cassie glaubt, dass Becky ihren Mörder nicht kannte.«

Cassie sagte: »Sie hat ihn zu einem Zeitpunkt, wo sie es hätte tun können, nicht beim Namen genannt. Daher kannte sie ihn wahrscheinlich nicht. Aber das ist nur eine Annahme meinerseits.«

»Was nicht heißt, dass er in dieser Gegend ein Fremder ist«, entgegnete der Sheriff. »Kleine Stadt oder nicht, keiner von uns kennt all unsere Mitbürger.«

Ben nickte zwar zustimmend, meinte aber: »Trotzdem können wir uns nicht sicher sein, Matt. Und selbst wenn du recht hast, besitzt das Sonderkommando andere Mittel, die wir nützen könnten. Sie haben Experten – in der Kriminaltechnik und der Kriminalpsychologie, um nur zwei zu nennen.«

»Ich kann und werde diese Ermittlung allein durchführen«, sagte der Sheriff kategorisch. »Ich übergebe sie nicht dem FBI, einer Sonderkommission oder sonst jemandem. Erinnerst du dich, wie sie hier vor ein paar Jahren durchgerauscht sind, Ben? Das FBI und die DEA, bei der Verfolgung von Drogenkurieren aus Florida und überzeugt davon, dass die Sache von dieser Gegend aus gelenkt wird? So einen Schlamassel habe ich mein ganzes Leben lang noch nicht erlebt. Die Rechte anständiger Bürger wurden ohne jede Entschuldigung mit Füßen getreten, Eigentum wurde zerstört, überall rannten Bewaffnete rum. Mein Vater bekam einen Herzanfall, bevor die ganze Sache sich in Rauch auflöste.« Sheriff Dunbar schüttelte den Kopf. »Nein, nein, so was werde ich nicht noch mal zulassen, nicht in meiner Stadt.« Fast ohne Pause fügte er hinzu: »Also, wenn es euch beiden nichts ausmacht, würde ich sagen, wir verschwinden von hier. Ich muss noch abschließen und zurück ins Büro. Und ich bin sicher, ihr beide habt für den Rest des Nachmittags was Besseres zu tun.«

Cassie protestierte nicht, und Ben schwieg, bis sie in den Jeep gestiegen waren.

Dann, als sie dem Streifenwagen des Sheriffs nachschauten, schüttelte er den Kopf. »Ich fürchte, es war wirklich ein Schlamassel. Und es hat bei den meisten Leuten hier einen schlechten Nachgeschmack hinterlassen. Wie nervös diese Stadt auch wird, Matt wird nicht dafür kritisiert werden, keine Hilfe von außen zu holen.«

»Kann er mit der Sache allein fertig werden?«

Ben ließ den Motor an und legte den Gang ein. »Ich weiß es nicht. Er ist kein Dummkopf, und er hat eine Menge gescheite Leute, die für ihn arbeiten, aber diese Sache übersteigt seine Erfahrung. Während seiner Polizeiausbildung hat er nie im Morddezernat gearbeitet, und er hatte es erst recht noch nie mit einem Serienmörder zu tun.«

»Was er darüber gesagt hat, dass der Mörder kein Fremder für Mrs Jameson war, klang logisch und vernünftig. Sie stimmen trotzdem nicht zu?«

»Ich stimme nur nicht zu, dass es definitiv so ist. Es gibt die Möglichkeit, wie unwahrscheinlich auch immer, dass Ivy einen Fremden eingelassen oder ihm zumindest die Tür geöffnet hat. Und Sie sagten, der Mann, der Jill getötet hat, trug eine Maske. Sie hätte einem Maskierten mit absoluter Sicherheit nie die Tür geöffnet, daher muss ich mich fragen, ob ihre Tür überhaupt abgeschlossen war. Vielleicht war sie unvorsichtig und hat nicht hinter sich zugesperrt, als sie in den Laden ging. Vielleicht war Ivy diesmal ebenfalls unvorsichtig. So was passiert.«

»Beiden an ein und demselben Tag?«

Ben verzog das Gesicht. »Unwahrscheinlich, ja. Aber möglich.«

Nach kurzem Nachdenken meinte Cassie: »Ich muss sagen, der Sheriff hat mich überzeugt. Und ein Mann, der für Becky ein Fremder war, könnte trotzdem jemand sein, den Mrs Jameson kannte. Wenn er ein Einheimischer ist, wird sich früher oder später eine Verbindung zwischen dem Mörder und zumindest einem seiner Opfer ergeben. Ich schätze, wir müssen einfach abwarten und sehen, ob die Ermittlungen von Sheriff Dunbar auf etwas stoßen.«

»Wie zum Beispiel auf weitere Leichen?« Bens Stimme klang grimmig.

»Vielleicht wird er eine Verbindung finden, falls es eine gibt. Oder Beweise, die auf einen bestimmten Mann hindeuten. Wenn er recht damit hat, dass der Mörder aus dieser Gegend stammt, hat er vermutlich ein wesentlich besseres Verständnis für die Menschen hier – und jeden möglichen Verdächtigen –, als es irgendwelche Gesetzeshüter von auswärts je haben könnten.«

»Er versteht die Menschen hier, aber ich bezweifle, dass er spezielle Einsichten in den Verstand dieses Mörders besitzt.« Ben warf ihr einen raschen Blick zu. »Ihre Hilfe könnte sich als unschätzbar erweisen, Cassie. Daran hat sich nichts geändert.«

Ohne darauf einzugehen, erwiderte sie: »Wenn Sie mich bei der Werkstatt absetzen könnten, wäre ich Ihnen dankbar. Man hat mich heute Morgen angerufen und mir mitgeteilt, dass mein Auto fertig ist, und ich sagte, ich würde es abholen.«

Ben wendete den Jeep in Richtung der Werkstatt, meinte aber: »Sollten Sie wirklich fahren? Sie waren fast fünf Minuten lang ohnmächtig.«

Cassie erschrak ein wenig. »So lange? Das war mir gar

nicht klar. Aber es geht schon, ich fühle mich gut. Was auch immer da passiert ist, hat mir längst nicht so viel abverlangt wie die üblichen ... Verbindungen.«

»Darauf wäre ich nicht gekommen. Sie wurden weiß wie die Wand, bevor Sie umkippten.«

In seiner Stimme war ein Ton, der sie plötzlich befangen machte, aber es gelang Cassie, ihre eigene Stimme beiläufig klingen zu lassen. »Schock, nehme ich an. Sie dort sitzen zu sehen, wie sie mich anzuschauen schien, war völlig unerwartet.« Sie hielt inne. »Und wenn nun tatsächlich jemand anders dort war? Warum hat er sich nicht gemeldet?«

»Vermutlich aus Angst, als Verdächtiger zu gelten. Und die Vorstellung eines Zeugen, der den Tatort gesehen hat und damit vor seinen Freunden und der Familie angibt, gefällt mir ganz und gar nicht. Bisher ist es uns gelungen, bestimmte Einzelheiten zu verschweigen. Wenn es sich herumspricht, wie die Opfer in Positur gesetzt wurden, mit den Münzen in der Hand, welche Waffen benutzt wurden, könnte es schwieriger werden, die Anklage zu vertreten, wenn der Fall vor Gericht kommt.«

»Ich nehme nicht an, dass Sie sich wegen eines Trittbrettfahrers Sorgen machen«, sagte Cassie abwesend.

»Eigentlich nicht. Mir fällt es ja schon schwer zu glauben, falls Matt recht hat, dass diese verschlafene kleine Stadt einen gewalttätigen Mörder hervorbringen kann. Dass es zur selben Zeit zwei geben sollte, würde mich doch sehr überraschen.«

»Tja, wer auch immer den Schauplatz des Mordes gesehen hat, könnte zu verängstigt sein, um darüber zu reden.«

»Vielleicht. Aber Geheimnisse bleiben in dieser Stadt für gewöhnlich nicht lange geheim.«

Cassie dachte darüber nach, als er sie an der Werkstatt abgesetzt hatte. Sie bezahlte die Rechung und wartete darauf, dass ihr Auto nach vorn gefahren wurde, und man musste kein Telepath sein, um das Unbehagen der Mechaniker zu spüren. Sie konnten nur über die Morde reden, und Spekulationen grassierten.

»Es muss ein Fremder sein. Ich meine, wer von hier würde denn so etwas tun?«, wollte einer der Mechaniker, die nicht weit von Cassie entfernt standen, von seinem Kollegen wissen.

»Ich kenne viele, die Ivy ermordet haben könnten«, schnaubte der zweite Mann. Dann fügte er ernster hinzu: »Aber nicht die anderen beiden, nicht Miss Kirkwood oder Becky.«

»Du glaubst, das war derselbe Kerl?«

»Tja, muss doch wohl. Ich hab gehört, der Sheriff hat bei allen Blumen in der Hand gefunden. Ist das nun krank, oder was?«

»Blumen? Ich hörte, es wären Kerzen.«

»Kerzen? Also, was für einen Sinn soll das denn ergeben? Ehrlich, Tim, du glaubst auch alles, was man dir sagt ...«

Das Gespräch verklang, als die beiden zur Rückseite gingen, und da Cassies Auto vorgefahren wurde, verließ sie die Werkstatt und fuhr zum Supermarkt. Sie hatte beschlossen, ein paar Dinge zu erledigen, wo sie schon in der Stadt war. Und, ganz ehrlich gesagt, wollte sie auch ein Gefühl für die Stimmung der Einwohner bekommen.

Die Kassiererin im Supermarkt neigte, im Gegenteil zu den Mechanikern, nicht dazu, sich von dem Thema faszinieren zu lassen. Als die Kundin vor Cassie fragte, was sie von den Morden hielt, sah das junge Mädchen aus, als würde es gleich in Tränen ausbrechen.

»Oh, Mrs Holland, es ist so schrecklich! Becky ist mit meiner Schwester zur Schule gegangen, und Miss Kirkwood war eine so nette Dame. Und ich hörte ... ich hörte, dass ihnen schreckliche Dinge angetan wurden, einfach schrecklich! Ich hab solche Angst, alle Mädchen haben solche Angst!«

Die Kundin murmelte ein paar beruhigende Worte, aber es war deutlich, dass sie ihrem eigenen Optimismus nicht besonders traute. Cassie bemerkte, wie sie sich vorsichtig umschaute, als sie ihren Einkaufswagen aus dem Laden schob.

Cassie hatte ein paar leicht verderbliche Lebensmittel gekauft, aber es war ein frostiger Tag, darum machte sie sich keine Sorgen, als sie ihr Auto in der Innenstadt parkte, abschloss und zu einem Spaziergang aufbrach. Sie bummelte an den Schaufenstern entlang und hörte den Gesprächen der Passanten zu, bis sie sich schließlich in einer Nische im Drugstore niederließ.

Der junge Mann an der Theke, der laut dem aufgestickten Namen an seiner Hemdtasche Mike hieß, war offensichtlich aufgeregt über die Tatsache, dass er von den Deputys befragt worden war. Er teilte ihr das Erlebnis eifrig mit, während er den bestellten Kaffee einschenkte.

»Weil Becky hier gearbeitet hat«, erklärte er. »Und sie wollten wissen, ob wir bemerkt hätten, dass jemand ihr folgte oder sie beobachtete, oder ob sie uns davon erzählt hätte.«

»Und hatte sie das?«, fragte Cassie, eher deswegen, weil er so spürbar darüber reden wollte, im Gegensatz zu ihr.

»Nicht ein Wort, zu keinem von uns.« Mike polierte emsig die Theke vor Cassie. »Wobei ich nie viel mit ihr zu tun hatte, weil sie hinten im Büro gearbeitet hat, aber Mrs Selby sagt, Becky hätte es ihr auch nicht erzählt. Und keinem von uns ist aufgefallen, dass sie beobachtet oder verfolgt wurde, überhaupt nichts.« Er senkte verschwörerisch die Stimme. »Und jetzt auch noch Mrs Jameson und Miss Kirkwood. Das ist doch entsetzlich, oder?«

»Ja«, sagte Cassie. »Entsetzlich.« Bevor er das Gespräch ausdehnen konnte, zog sie sich mit der Tageszeitung und ihrem Kaffee in die Nische zurück.

Die Zeitungsartikel waren recht zurückhaltend angesichts der ungewöhnlichen Gewalttätigkeit der Verbrechen. Die neuesten Morde hatten es auf die Titelseite geschafft, und der Artikel hatte eine fette Schlagzeile, aber der Ton des Berichtes war gedämpft und erwähnte nur die bekannten Fakten. Zwei Frauen ermordet, anscheinend innerhalb von ein paar Stunden und weniger als eine Meile voneinander entfernt. Täter unbekannt. Das Sheriffdepartment stellte Ermittlungen an, und wenn jemand etwas zu berichten hätte, sollte er auf dem Revier unter folgender Nummer anrufen.

Im Innenteil der Zeitung, auf der Kommentarseite, fragte sich eine viel besorgtere Stimme, ob es eine Ausgangssperre, mehr Polizeikontrollen und mehr »Offenheit« des Sheriffs geben sollte. Damit sollte angedeutet werden, dass er Einzelheiten der Verbrechen für sich behielt und dass diese Einzelheiten, wenn sie bekannt wären, den guten Bürgern von Ryan's Bluff ermöglichen würden, sich besser zu schützen. Vielleicht hätten sie niemanden wählen sollen, der nur ein knappes Dutzend Jahre Polizeierfahrung besaß, egal, wer sein Vater gewesen war ...

»Aua«, murmelte Cassie und überlegte, ob sich Sheriff Dunbars methodische Polizeiarbeit für ihn in naher Zukunft nicht als politischer Nachteil erweisen würde.

Sie wusste aus ihren eigenen Nachforschungen, dass Dunbar seine Polizeierfahrung in Atlanta gemacht hatte und zum Detective befördert worden war, kurz bevor er nach Ryan's Bluff zurückkehrte, als sein Vater ankündigte, er würde als Sheriff in den Ruhestand treten.

Unfreundliche Zungen hätten in der Tat behaupten können, Matt Dunbar habe die Wahl nur aufgrund seines Namens gewonnen, aber das wäre unwahr gewesen. Er war für den Posten qualifiziert, das war sicher. Und er besaß einen recht guten politischen Instinkt, doch es wurde behauptet, er hätte sich seit seiner Amtsübernahme schon mindestens einmal mit dem Stadtrat angelegt.

Auf jeden Fall gab es vermutlich niemanden, der in dieser County besser für den Posten des Sheriffs geeignet war, sicherlich nicht besser qualifiziert, um in einer Mordserie zu ermitteln, daher klang der beißende Kommentar eher gehässig als vernünftig.

Oder panisch.

Weiter hinten auf den Gesellschaftsseiten gab es sowohl Artikel über Ivy Jameson als auch Jill Kirkwood, in denen ihr Leben dargestellt wurde.

Ivys Vergangenheit und gute Werke wurden mit der Haltung scheinheiliger Resolutheit dargestellt, während Jills Lebensgeschichte mit Wärme und echtem Bedauern erzählt wurde.

Zwei Frauen, die eine von vielen geringgeschätzt, die andere hoch angesehen. Und ein junges Mädchen, das, nach allem Dafürhalten, nie jemandem etwas zuleide getan hatte. Alle auf entsetzliche Weise innerhalb weniger Tage in derselben kleinen Stadt ermordet.

Cassie fand, die Zeitung hatte erstaunlich gute Arbeit geleistet, so viele Informationen in der Montagsausgabe zu drucken, wo die beiden letzten Morde erst am Tag zuvor geschehen waren, aber sie zweifelte nicht daran, dass kommende Ausgaben weniger verhalten klingen würden. Die folgenden Tage würden rauer werden.

Sie legte die Zeitung beiseite und trank nachdenklich ihren Kaffee, war sich vage der Leute im Drugstore bewusst, die zum Einkaufen kamen oder nur, um sich hier zu treffen. Der Drugstore war ein zentraler Treffpunkt in der Innenstadt, wie Cassie schon früh entdeckt hatte.

Aber auf der Thekenseite des Ladens waren nur wenige Menschen, daher spürte Cassie es sofort, als jemand neben ihrer Nische stehen blieb. Sie schaute auf und erblickte eine attraktive Rothaarige, die so gar nicht in diese kleine Stadt zu passen schien.

Nach einigem Überlegen erkannte Cassie sie.

»Miss Neill? Mein Name ist Abby. Abby Montgomery. Ich kannte Ihre Tante. Darf ich kurz mit Ihnen sprechen?«

Grüner Slip. Cassie verdrängte das Wissen, sann nicht zum ersten Mal darüber nach, dass paranormale Fähigkeiten einen mit gewissen Fakten versorgten, die nur peinlich waren.

Sie deutete auf die andere Seite der Nische. »Bitte setzten Sie sich doch. Und ich bin Cassie.«

»Danke.« Abby nahm mit ihrem Kaffee Platz. Sie lächelte, doch obwohl ihr Blick direkt war, blieben ihre Augen rätselhaft.

Ohne es auch nur zu probieren, wusste Cassie, dass sie hier erneut jemanden vor sich hatte, dessen Gedanken sie nicht würde lesen können, und diese Gewissheit machte sie aufgeschlossener, als es für sie üblich war.

Es war angenehm, sich nicht darum sorgen zu müssen, ständig den eigenen Schutz aufrechtzuerhalten.

»Sie kannten also Tante Alex.«

»Ja. Wir begegneten uns zufällig ein paar Monate vor ihrem Tod. Zumindest dachte ich, dass es Zufall war.«

»War es keiner?«

Abby zögerte, stieß dann ein kleines Lachen aus. »Im Nachhinein glaube ich, dass sie mir begegnen wollte. Sie wollte mir etwas mitteilen.«

»Ach?«

»Ja. Mein Schicksal.«

»Verstehe.« Cassie fragte nicht, worin die Voraussage bestanden hatte. Stattdessen sagte sie: »Mir wurde erzählt, Tante Alex hätte eine prophetische Gabe.«

»Das wurde Ihnen erzählt?«

Cassie hatte wenig Zweifel, dass Matt Dunbar mit seiner Geliebten über Cassies Fähigkeiten gesprochen hatte. Er war in fast jeder Hinsicht ein sehr offener Mann, und es lag in seiner Natur, sich der Frau anzuvertrauen, die er liebte. Daher wusste Abby sicherlich, dass Cassie paranormal war – oder es behauptete.

Sie mutmaßte, dass es bei diesem Treffen um eine Art Test ging. Oder um Bestätigung.

Cassie sagte: »Ich war noch ein kleines Mädchen, als sich meine Mutter und Tante Alex zerstritten, und von da an sah ich sie nie wieder und hörte auch nichts mehr von ihr. Bis mir mitgeteilt wurde, dass sie gestorben war und ich ihren Besitz hier geerbt hatte. Daher weiß ich nur das wenige, das ich als Kind mitbekommen habe.«

»Dann wissen Sie also nicht, ob sie immer recht hatte?«

Abbys Stimme war genauso ruhig wie Cassies, aber an ihrer angespannten Haltung und dem verkrampften Griff, mit dem sie die Kaffeetasse hielt, war etwas, das auf starke Gefühle deutete.

Vorsichtig geworden, antwortete Cassie: »Kein Paragnost hat immer hundertprozentig recht. Die Dinge, die wir sehen, sind oft subjektive, manchmal symbolische Bilder, die wir durch unser eigenes Wissen und unsere Erfahrung filtern. Wenn überhaupt, sind wir Übersetzer, versuchen eine Sprache zu entziffern, die wir nur teilweise verstehen.«

Abby lächelte ein wenig gequält. »Die Antwort lautet also: Nein.«

»Nein, ich weiß nicht, ob Tante Alex immer recht hatte – aber ich bezweifle sehr, dass das zutrifft.«

»Sie sagte ... sie erzählte mir, es gebe einen Unterschied zwischen einer Vorhersage und einer Prophezeiung.«

»Präkognition ist eigentlich nicht mein Gebiet, aber meine Mutter behauptete immer, da beständen Unterschiede. Eine Vorhersage wäre eine fließende Sache, die Vision eines Ereignisses, das manchmal von Menschen und ihren Entscheidungen beeinflusst werden könnte, daher ließe sich das Ergebnis nicht deutlich erkennen. Eine Prophezeiung, sagte sie, sei etwas viel Konkreteres. Es sei eine echte Vision der

Zukunft und unmöglich zu verändern, außer es schritte jemand mit gewissen Kenntnissen dagegen ein.«

»Gewissen Kenntnissen?«

Cassie nickte. »Angenommen, eine Paragnostin hätte eine prophetische Vision einer Zeitungsschlagzeile, die verkündet, hundert Menschen seien bei einem Hotelbrand ums Leben gekommen. Sie weiß, dass niemand ihr glauben wird, wenn sie versucht, die Leute zu warnen, daher unternimmt sie das Einzige, was ihr übrig bleibt. Sie geht zu dem Hotel und löst den Feueralarm aus, bevor das eigentliche Feuer entdeckt wird. Die Menschen kommen davon. Aber das Hotel brennt trotzdem ab. Die Schlagzeile, die sie gesehen hat, wird nie erscheinen. Doch das Ereignis, das dazu geführt hätte, wird geschehen.«

Abby hatte ihr so intensiv zugehört, dass sie sich weit über den Tisch vorbeugte. »Dann kann eine Prophezeiung also geändert werden, aber nur teilweise.«

»So wurde es mir gesagt. Für eine Paragnostin besteht das Problem darin, zu wissen, ob ihre Einmischung die Prophezeiung abändern wird – oder das Geschehen so auslöst, wie sie es gesehen hat.«

»Woher kann sie das wissen?«

»Einige sagen, sie kann es nicht. Ich tendiere auch dazu. Zu interpretieren, was man sieht, ist schwierig genug. Einzuschätzen, ob die eigene Warnung oder Einmischung der Katalysator ist, der genau zu dem Ergebnis führt, das man vermeiden will ... ich kann mir nicht vorstellen, wie es möglich sein soll, etwas anderes zu tun, als zu raten. Und wenn es um einen hohen Einsatz geht, könnte einen die falsche Einschätzung teuer zu stehen kommen.«

»Ja.« Abby senkte den Blick auf ihren Kaffee. »Ja, ich verstehe.«

Cassie zögerte, sagte dann: »Falls es Ihnen nichts ausmacht, dürfte ich erfahren, was Tante Alex Ihnen mitgeteilt hat? War es eine Vorhersage über Ihr Schicksal? Oder eine Prophezeiung?«

Abby atmete tief durch und begegnete Cassies Blick mit einem zittrigen Lächeln. »Eine Prophezeiung. Sie sagte – sie teilte mir mit, ich würde von einem Wahnsinnigen ermordet werden.«

8

Nachdem Ben Cassie bei der Werkstatt abgesetzt hatte, traf er sich in seinem Büro kurz mit einem Pflichtverteidiger wegen eines anstehenden Falles und nahm dann mehrere Anrufe von Bürgern entgegen, die wegen der Morde besorgt waren.

Oder genauer gesagt, wissen wollten, was er dagegen zu unternehmen gedächte.

Sein Beruf erforderte Takt und Geduld, und er verfügte über beides. Doch als er nach dem dritten Anruf aufgelegt hatte, stellte er beunruhigt fest, dass die Stimmung der Stadt allmählich von Panik in Wut umschlug.

Und es gab zu viele verdammte Waffen in zu vielen wütenden Händen.

Ben begann, eine Liste aufzustellen. Bald würde Eric Stephens ihn anrufen, um zu erfahren, welche offiziellen Ratschläge er in seiner Zeitung drucken sollte. Ständig fragten schließlich Bürger, wie sie sich schützen sollten. Matt würde natürlich als Erster gefragt werden, und er würde dieselben praktischen Vorschläge machen, bevor er ungeduldig wurde und Eric anwies, Ben zu fragen, damit er sich wieder seinen Ermittlungen widmen konnte.

Matt hatte für gewöhnlich die richtigen Antworten, traute aber selten seinen eigenen Instinkten. Das machte Ben manchmal Sorgen.

Janice meldete sich per Gegensprechanlage. »Ein Anruf, Richter. Ihre Mutter.«

»Danke, Janice.« Er griff nach dem Hörer. »Hi, Mary. Was ist los?« Seit er ein Junge war, hatte er seine Mutter immer mit Namen angesprochen – auf ihren Wunsch. Die Angewohnheit war so tief verwurzelt, dass er nur selten darüber nachdachte.

»Ben, diese schrecklichen Morde ...« Die atemlose Kleinmädchenstimme, die sein Vater anfangs so bezaubernd gefunden hatte und dann, als die Jahre vergingen, nur noch entnervend, war von Sorge und Entsetzen erfüllt. »Und Jill! Das arme, arme Ding!«

»Ich weiß, Mary. Wir kriegen ihn, keine Bange.«

»Stimmt es, dass Ivy Jameson in ihrer eigenen Küche umgebracht wurde?«

»Leider ja.«

»Und Jill in ihrem Laden! Ben, was für eine Art Monster könnte so etwas tun?«

Statt der offensichtlichen Entgegnung, dass sie, wenn sie das wüssten, das Monster leichter schnappen könnten, erwiderte Ben geduldig: »Ich möchte nicht, dass du dich zu sehr aufregst, Mary. Du hast eine gute Alarmanlage und die Hunde – nimm sie immer mit raus, wenn du in den Garten gehst.«

»Aber ich wohne so weit von der Stadt entfernt«, jammerte sie.

Ben wollte gerade antworten, dass ihr bestimmt nichts passieren würde, als ihm die versäumte Gelegenheit einfiel,

Jill zu warnen. Konnte er damit leben, wenn so etwas noch mal geschah? »Ich sag dir was. Bis fünf Uhr sollte ich hier spätestens fertig sein. Dann komm ich zu dir hinaus, überprüfe alle Schlösser und vergewissere mich, dass die Alarmanlage richtig funktioniert, in Ordnung?«

»Und bleibst zum Essen? Ich mache dir das Hühnchen, das du so gern isst.«

Er dachte flüchtig an seine halb gefasste Absicht, Cassie anzurufen und ihr heute Abend etwas vom Chinesen zu bringen, und unterdrückte einen Seufzer. »Klar. Das klingt toll, Mary. Ich werde so zwischen halb sechs und sechs bei dir sein.«

»Bring Wein mit«, zirpte sie fröhlich. »Bis dann.«

»Okay.« Ben legte auf und rieb sich müde über den Nacken. Er fand es überhaupt nicht unloyal seinem Vater gegenüber, sich zu wünschen, seine Mutter würde einen netten Witwer finden und wieder heiraten. Sie brauchte einen Mann um sich, und da sich in romantischer Hinsicht nichts tat, wandte sie sich natürlich an ihren Sohn. In allem.

Diese Rolle gefiel Ben gar nicht.

Als einziges Kind einer jungen, emotional instabilen Mutter und eines viel älteren, kühl abweisenden, manipulativen Vaters war er sich meist wie ein Sandsack vorgekommen. Dabei war es nicht gerade hilfreich, dass seine eigene Persönlichkeit eine unerquickliche Mischung seines genetischen Erbes war. Emotional genauso empfindlich und impulsiv wie seine Mutter, hatte er gleichzeitig von seinem Vater die intellektuelle Distanziertheit, angeborene Wachsamkeit und die Fähigkeit geerbt, seine Gefühle entweder hinter Charme oder Kälte zu verbergen.

Die Mischung machte ihn zu einem guten Anwalt. Allerdings war er sich nicht sicher, ob sie ihn zu einem guten Menschen machte.

Auf jeden Fall war er ein miserabler Liebhaber.

Jill hatte etwas Besseres verdient. Sie hatte von ihm nichts anderes gewollt als emotionale Nähe, eine Intimität über das Körperliche hinaus, und da sie zu diesem Zeitpunkt schon mehrere Monate zusammen waren, hatte sie sicherlich ein Anrecht gehabt, ihn darum zu bitten.

Als Reaktion darauf war er nur kühler und noch distanzierter geworden, hatte sich in der Arbeit vergraben und ihr immer weniger von seiner Zeit und seiner Aufmerksamkeit geschenkt. Von sich selbst.

Sogar da hatte Ben erkannt, was er tat, war jedoch machtlos gewesen, das zu ändern. Er hatte ihre Liebe geschätzt, aber ihr unübersehbares Bedürfnis nach ihm hatte ihm das Gefühl von Verpflichtung gegeben. Nicht die Verpflichtung, sich zu binden, sondern sich ihr zu öffnen, und das war etwas, das er einfach nicht fertigbrachte.

Er wusste nicht, woran das lag. Aber er wusste, dass Jill nicht die einzige Frau in seinem Leben war, deren Versuche, ihm näherzukommen, zurückgewiesen worden waren; sie war nur die Letzte gewesen.

Nach Wochen der Distanzierung hatte er sie kühl darauf hingewiesen, dass ihre Beziehung wohl nicht funktionierte. Jill war nicht sehr überrascht gewesen und hatte ihm auch keine Szene gemacht, aber es war offensichtlich, dass sie unglücklich darüber war.

Sie hatte etwas Besseres verdient.

Ben hatte das Gefühl, sie zweimal im Stich gelassen zu

haben. Zuerst, weil er nicht fähig gewesen war, sie zu lieben, und dann noch einmal vor ihrem Tod, als seine Warnung sie vielleicht hätte retten können.

»Richter?«

Er schreckte zusammen und sah seine Sekretärin in der offenen Tür stehen. »Ja, Janice?«

»Der Sheriff hat angerufen, während Sie mit Ihrer Mutter gesprochen haben. Er möchte, dass Sie vor sechs in sein Büro kommen, wenn es geht. Sagt, er hätte etwas Interessantes über ein Beweisstück aus diesen Morden herausgefunden.«

»Erzählen Sie es Sheriff Dunbar«, sagte Cassie sofort. Mit einer Prophezeiung über die Ermordung durch einen Wahnsinnigen zu leben wäre schon unter normalen Umständen beängstigend genug, dachte sie, aber jetzt, wo ein Serienmörder frei in der Stadt herumlief, war es unumgänglich, dass Abby Schritte zu ihrem Schutz unternahm. Und obwohl sie sich gerade erst kennengelernt hatten, hatte Cassie in letzter Zeit zu viele Schauplätze der Gewalt gesehen, um keine Angst um Abby zu empfinden.

Abbys Lächeln wurde noch zittriger. »Wie kommen Sie darauf, dass ich das nicht bereits getan habe?«

»Nur so ein Gefühl.«

»Ein ziemlich zutreffendes.«

»Warum haben Sie es ihm nicht erzählt?«

»Weil er mir nicht glauben würde. Er ist Atheist, wussten Sie das?«

Cassie schüttelte den Kopf.

»Doch. Er geht zwar zur Kirche, weil es politisch zweckdienlich ist, aber er hält Religion für nichts anderes als Mythos und Aberglauben.« Sie hielt inne und fügte dann hinzu: »Mit anderen Worten, vergleichbar mit übersinnlichen Fähigkeiten.«

»Wenn es keinen Gott gibt, kann es auch keine Magie geben«, murmelte Cassie.

»So was in der Art.«

Cassie seufzte. »Es fällt den Leuten so schwer, zu glauben, dass es nur eine weitere Sinneswahrnehmung ist, wie Sehen oder Hören. Dass *sie* es nicht haben, weil etwas in ihrer genetischen Veranlagung oder in ihrer Erfahrung diesen Teil ihres Gehirns nicht aktiviert hat. Ich habe schwarzes Haar und graue Augen und eine paranormale Fähigkeit. Für mich völlig normal, alles in meiner Familie seit Generationen weitergereicht. Wenn die Leute doch nur verstehen könnten, dass daran nichts Magisches ist.«

»Matt wird es vermutlich nie verstehen«, sagte Abby. »Für ihn ist das alles zu fremdartig. Er würde überhaupt nicht auf Sie hören, wenn Ben nicht wäre. Aber schon als sie Kinder waren, hat Ben immer neue Sachen ausprobiert, und Matt folgte stets Bens Führung.« Sie senkte die Stimme. »Hinzu kommt, dass Sie von uns beiden wussten, und das hat ihn mehr erschüttert, als er zugeben will. Doch auch das wird ihn nicht dazu veranlassen, an übersinnliche Fähigkeiten zu glauben.«

»Diese Bedrohung für Sie wird er doch sicher ernst nehmen?«

»Er wird denken, Miss Melton habe mich nur verängstigen wollen – zweifellos aus gewinnsüchtigen Motiven. Er hat Ihre Tante nicht gekannt, und er würde nie glauben, wie verstört sie war, als sie es mir erzählte, wie sehr sie damit gezögert hat.«

Cassie schüttelte den Kopf. »Das ist der Teil, den ich nicht verstehe.«

»Sie meinen, warum sie mir erzählt hat, dass ich verdammt bin?«

»Genau. In der Regel kündigen Prophezeiungen irgendeine Art von Tragödie an, aber kein verantwortungsvoller Hellseher würde jemandem eine solche Warnung zukommen lassen, wenn es nichts gäbe, wodurch sich das entsetzliche Schicksal ändern ließe.« Cassie blieb ganz sachlich im Ton.

Abby runzelte die Stirn. »Ich kannte sie natürlich kaum, aber ich hatte das deutliche Gefühl, dass sie es mir nicht erzählen wollte. Sie schien sich zwingen zu müssen, die Worte auszusprechen. Und sie wiederholte mehrfach, dass die Zukunft nicht statisch sei, dass der menschliche Wille das Schicksal beeinflussen könne.«

»Dann dachte sie, dass Sie das, was sie sah, verändern könnten.«

»Oder sie wollte den Schlag abschwächen.«

Cassie schüttelte den Kopf. »Wenn das der Fall wäre, warum sollte sie es Ihnen dann überhaupt erzählen? Ich kann nicht glauben, dass sie so grausam war; und Ihnen eine düstere und unveränderbare Zukunftsvision zu bieten wäre eindeutig grausam gewesen. Nein, ich schätze, sie hat es Ihnen erzählt, weil sie dachte, wenn Sie Bescheid wüssten, könnten Sie etwas unternehmen, um dem Schicksal zu entrinnen, das sie für Sie sah.«

»Und was?«

»Ich wünschte, ich wüsste das. Manchmal lässt sich ein Ereignis vermeiden, wenn man einfach an der nächsten Ampel links statt rechts abbiegt.« Sie seufzte. »Es tut mir leid, ich wünschte, ich könnte Ihnen etwas Hilfreicheres anbieten, aber selbst wenn ich die Gabe meiner Tante besäße, müsste ich trotzdem interpretieren, was ich sehe. Für jede Situation gibt es zu viele mögliche Ergebnisse.«

»Genau das hat Ihre Tante auch gesagt.«

»Ich weiß nicht, was ich an Ihrer Stelle tun würde«, sagte Cassie. »Aber mit dem Sheriff darüber zu sprechen wäre ein guter Anfang. Er hat mir erzählt, er habe ein paar Leute gekannt, die von Paragnosten betrogen worden seien, aber er würde doch sicher zuhören, wenn es um eine Warnung geht, die Sie betrifft, vor allem, da sie von einer Frau ausgesprochen wurde, die nichts zu gewinnen hatte.«

»Eher wird er wütend auf mich werden, weil ich die Warnung ernst genommen habe. Er sieht in allem eine Art Schwindel.« Abby hielt inne, fügte dann hinzu: »Er ist davon überzeugt, dass Sie ihn beschwindeln.«

»Ich weiß.«

»Er ist ein guter Mann. Aber er kann ein furchtbarer Sturkopf sein.«

Cassie lächelte. »Sein Misstrauen macht mir nicht viel aus. Oder hat es bislang nicht. Bisher hat es noch keine Opfer gefordert.«

»Sie glauben, das könnte passieren?«

»Wenn es mir gelingt, ein paar sinnvolle Informationen aufzufangen, und er sie ignoriert, weil er mir nicht traut ... dann können Sie wetten, dass es Opfer geben wird.« Sie schüttelte den Kopf. »Aber im Moment mache ich mir mehr

Sorgen um Sie. Die Gedanken des guten Sheriffs zu lesen hat mir mehr über Ihr Privatleben verraten, als Ihnen vielleicht lieb ist. Ich weiß, dass Sie sich von Ihrem Ehemann getrennt haben, und ich weiß, dass er zu Gewalttätigkeit fähig ist. Fügen Sie das dem Wahnsinnigen hinzu, der bereits drei Frauen ermordet hat, und ich würde sagen, es wäre ein guter Zeitpunkt, Urlaub zu machen und sich irgendwo an den Strand zu legen.«

Abbys unsicheres Lächeln kehrte zurück. »Und was ist, wenn meine Abreise nur ein weiterer Schritt in Richtung meines Schicksals wäre?«

»Das ist natürlich eine Möglichkeit. Aber ich würde sagen, an irgendeinem Strand ständen Ihre Chancen besser.«

»Mag sein. Doch ich kann nicht fort.«

»Dann erzählen Sie es wenigstens dem Sheriff. Wenn Sie ihn schon nicht dazu bringen, zu glauben, meine Tante hätte in die Zukunft sehen können, überzeugen Sie ihn zumindest davon, dass ihre Warnung Sie verängstigt hat. Vielleicht kann er Schritte unternehmen, Ihr Leben sicherer zu machen.«

»Und vielleicht wäre es nur eine Sache mehr, um die er sich Sorgen macht. Ich passe schon auf mich auf. Und das ist alles, was ich tun kann.«

Cassie bewunderte Abbys Ruhe. Da sie oft mit dem Wissen gelebt hatte, dass sich irgendein Wahnsinniger auf sie einschießen könnte, dass ihre Chancen, ein Opfer zu werden, höher waren als die der meisten, wusste sie nur zu gut, wie entkräftend diese ständige Bedrohung war.

Mehr noch, sie wusste, was für ein Gefühl es war, mit einer verhängnisvollen Prophezeiung zu leben. Beinahe hätte sie Abby erzählt, ihr fast anvertraut, dass ihre einzige Erfahrung mit Präkognition eine Vision ihres eigenen Schicksals gewesen war, in der ihr Gewalt und Zerstörung vorausgesagt wurden. Aber dann behielt sie dieses Wissen doch für sich.

Sie war dreitausend Meilen gerannt, nur um sich wieder in eine Ermittlung zu gewalttätigen Verbrechen verstrickt zu finden. Für sie war das Fortlaufen kein Entkommen gewesen. Damit wollte sie Abby nicht auch noch belasten.

»Haben Sie einen Hund?«, fragte sie stattdessen.

»Nein.«

»Vielleicht sollten Sie sich einen anschaffen. Oder leihen.«

»Haben Sie einen?«

Cassie lächelte. »Nein. Aber Ben sagte, ich sollte mir einen besorgen – und er hatte recht. Hören Sie, wollen wir nicht zusammen zum Tierheim fahren?«

»Die Münzen«, sagte Matt.

»Was ist damit?« Ben setzte sich auf den Besucherstuhl vor Matts Schreibtisch.

»Bei denen haben wir vielleicht einen Durchbruch erreicht. Der Silberdollar, den Becky in den Händen hielt, hat sich als ziemlich seltenes Exemplar herausgestellt. Von den technischen Einzelheiten versteh ich nichts, irgendwas wegen eines Fehlers bei der Prägung. Sie kamen nie in Umlauf, und es wurden nur ein paar Tausend geprägt, bevor der Fehler entdeckt wurde.«

»Ein paar Tausend?«

»Ich weiß, das klingt nach viel, aber sie sind alle an Sammler gegangen, Ben, und sie sind sehr wertvoll.«

»Heißt das, du glaubst, sie sind aufspürbar? Ein paar Tausend Münzen?«

»Könnte sein. Ich hab jemanden darauf angesetzt.«

»Was ist mit den anderen Münzen?«

Matt schüttelte den Kopf. »Die überprüfen wir noch, doch für mich sehen die alle nach Erstprägungen aus. Wenn ja, wenn er nur Münzen benutzt, die nicht in Umlauf gekommen sind, dann stammen sie höchstwahrscheinlich aus irgendeiner Sammlung.«

»Haben wir Münzsammler in der Stadt?«

»Ja, mehrere, von denen wir wissen. Das ist nicht gerade ein ungewöhnliches Hobby. Wir stellen in aller Stille eine Liste auf.«

»Und dann?«

»Beginnen wir Fragen zu stellen, so diskret wie möglich. Ich will nicht die ganze Stadt erfahren lassen, dass Münzen Teil einer Mordermittlung sind, also haben wir uns eine Geschichte über eine gestohlene Münzsammlung einfallen lassen. Damit werden wir niemanden lange zum Narren halten können, aber mit ein wenig Glück verschafft es uns einen Vorsprung.«

»Keinen sehr großen, fürchte ich«, sagte Ben. »Nach allem, was ich heute gehört habe, kursieren bereits Gerüchte, dass die Opfer etwas in der Hand hielten, als man sie fand.«

»Mist.«

»Wir wissen beide, dass es nur eine Frage der Zeit ist.«

»Ja, aber ich hatte auf Tage gehofft, statt auf Stunden. Verdammt, wie kann das durchgesickert sein? Meinen Leuten wurden Geld- und/oder Gefängnisstrafen angedroht, wenn ich herausfinden sollte, dass jemand außerhalb des Departments über diese Ermittlung spricht.«

Ben zuckte die Schultern. »Osmose. Wenn es ein Geheimnis in dieser Stadt gibt, wird es nach außen dringen. Unter Garantie.«

Matt funkelte ihn an. »Deine Übersinnliche hat doch wohl nicht geredet, oder?«

»Das bezweifle ich. Wann wirst du sie endlich in Ruhe lassen, Matt? Sie hat doch nur versucht, uns zu helfen.«

»Wie mit dieser Sache von vor ein paar Stunden? Dass der Mörder Rechtshänder ist und sich vermutlich schon mal durch Aufschneiden der Pulsadern umbringen wollte?«

»Du hast ihr nicht geglaubt?«

»Nein.«

»Sag mir, dass du deiner Liste von Identifizierungsmerkmalen wenigstens ›Rechtshänder‹ und ›mögliche Selbstmordversuchsnarbe‹ hinzugefügt hast.«

»Hab ich. Aber ich glaube nicht, dass es uns was nützt. Dass er Rechtshänder ist, wusste ich bereits von Doc Munro, der aufgrund der Verletzungen zu diesem logischen Schluss gekommen ist. Und was die angebliche Narbe angeht – die Hälfte aller Männer in dieser Stadt arbeitet in Fabriken und Betrieben, wo Hand- und Unterarmverletzungen nicht selten sind. Ich denke, das war ihr klar. Ich denke, sie hat auf Rechtshänder getippt, weil das am wahrscheinlichsten ist, und die Narbe als Ausschmückung hinzugefügt.«

»Was muss sie tun, um dich von ihrer Echtheit zu überzeugen?«

»Eine Menge mehr, als sie bisher getan hat.«

Ben stand kopfschüttelnd auf. »Du bist so verdammt starrköpfig. Das wird sich eines Tages noch rächen, Matt.«

»Mag sein. Aber nicht heute. Ich ruf dich an, wenn wir noch mehr herausfinden.«

»Mach das. Ich werde heute Abend bei Mary sein, habe allerdings nicht vor, mehr als ein paar Stunden dort zu bleiben.«

»Ist sie nervös?«

»Natürlich. Ich habe versprochen, ihre Alarmanlage zu überprüfen.«

»Sag ihr, ich werde die üblichen Streifenfahrten dort draußen ab heute Abend verstärken.«

»Mach ich. Vielen Dank.«

»Gern geschehen.« Matt lächelte schwach.

Ben winkte ihm zum Abschied zu und verließ das Büro des Sheriffs. Da es ihm nicht lag, unerfreuliche Pflichten auf die lange Bank zu schieben, fuhr er aus der Stadt hinaus zu dem Haus, in dem er aufgewachsen war. Sein Vater hatte darauf bestanden, das große, im nachgemachten Tudorstil erbaute Haus und die vierzig Hektar hügeligen Weidelandes einen Landsitz zu nennen, doch Ben weigerte sich.

Er weigerte sich ebenfalls, es als sein Zuhause zu bezeichnen.

Er drückte den Knopf an der Sprechanlage, statt die Klingel zu betätigen, und war nicht überrascht, als die fröhliche Stimme seiner Mutter ihn bat, einzutreten. Die Tür war nicht verschlossen. Doch da er im Foyer von zwei riesigen Mastiffs begrüßt wurde, konnte man kaum behaupten, das Haus sei ungeschützt.

»Hallo, Jungs.« Er tätschelte die breiten, schweren Köpfe der beiden Hunde, die eindeutig begeistert waren, ihn zu sehen. Seine Mutter hatte sie Butch und Sundance getauft, und jeder von ihnen würde sie mit seinem Leben verteidigen, doch ansonsten waren sie friedliche und freundliche Hunde, die sich über vertraute Besucher freuten.

Sie begleiteten Ben durch das Haus zur Küche, wo er seine Mutter fand.

»Der Züchter hat einen neuen Wurf Welpen«, sagte Mary Ryan, als ihr Sohn eintrat. »Du solltest dir einen holen, Ben. Du magst Hunde, und sie mögen dich.«

»Ich brauche keinen Mastiff in meiner Wohnung«, erwiderte er, geduldig angesichts des alten Streitpunkts.

»Du könntest eine kleinere Rasse wählen.«

»Ich brauche keinen Hund in meiner Wohnung. Bei meinen Arbeitsstunden ist es nicht angebracht, ein Haustier zu halten.«

Sie warf ihm einen Blick von der Kücheninsel zu, an der sie die Zutaten für einen Salat schnitt. Sie war eine hochgewachsene, schlanke Frau, die ihrem Sohn das glänzende, dunkle Haar und die haselnussbraunen Augen vererbt hatte. Ihre Kleinmädchenstimme passte nicht zu ihr; eine heisere, rauchige Stimme wäre bei ihrem Aussehen angemessener gewesen. Sie war noch keine sechzig und sah zwanzig Jahre jünger aus.

»Du brauchst jemanden um dich, Ben«, sagte sie. »Du verbringst zu viel Zeit allein.«

»Du kennst meine Arbeitsbelastung nicht«, gab er zurück. Sie sprach natürlich über seinen frauenlosen Zustand, obwohl sie das Thema stets nur indirekt anschnitt. Da er wusste, dass sie nicht davon ablassen würde, wenn er sie nicht ablenkte, stellte er die mitgebrachte Flasche Wein auf die Arbeitsplatte, zog sein Jackett aus, hängte es über einen Barhocker an der Kücheninsel und sagte: »Ich überprüfe schon mal alle Fenster und Türen, ja?«

»Das Essen ist in zwanzig Minuten fertig.«

Er hoffte, das Thema sei damit erledigt, doch als sie sich eine halbe Stunde später zum Essen setzten, fing sie wieder an.

»Dann eine Katze. Vielleicht zwei. Katzen geben sich damit zufrieden, stundenlang allein zu sein, und dann ist wenigstens jemand da, wenn du nach Hause kommst.«

Ben trank einen Schluck Wein, um etwas Zeit zu gewinnen, und antwortete dann ruhig: »Mary, ich versichere dir, dass es mir nicht an Gesellschaft fehlt. Ich war in letzter Zeit nur sehr beschäftigt und hatte wenig Zeit für Verabredungen.«

Sie verzog ein wenig das Gesicht, als er Katzen so offen durch Frauen ersetzte, ging aber darauf ein und fragte selbst unumwunden: »Was ist mit der Nichte von Alexandra Melton?«

Er war verblüfft. »Wie zum Teufel hast du davon gehört?«

»Louise hat es mir erzählt. Du weißt doch, dass wir uns samstags immer um die Blumen für die Kirche kümmern. Sie sagte, sie hätte dich mindestens zweimal zusammen mit Alexandra Meltons Nichte gesehen und dass das Mädchen unverwechselbar sei. Ist sie so interessant, wie es ihre Tante war, Ben?«

»Ich habe Miss Melton kaum gekannt.«

»Und ihre Nichte?«

»Die kenne ich auch kaum.«

»Aber wie ist sie?«

Ben gab auf. Mary konnte trotz ihrer kindlichen Stimme

und ihres Gehabes so unerbittlich wie auf Stein tropfendes Wasser sein, wenn sie etwas wollte. »Sie ähnelt Miss Melton sehr, ja. Schwarzes Haar, graue Augen. Allerdings kleiner und zerbrechlicher.«

»Alexandra war ein bisschen übersinnlich. Ihre Nichte auch? Und wie heißt sie überhaupt?«

»Ihr Name ist Cassie Neill.« Ben runzelte die Stirn. »Ich wusste nicht, dass du Miss Melton kanntest, außer dem Namen nach.«

»Wir haben uns über die Jahre ein paarmal unterhalten. Um Himmels willen, Ben, man kann nicht in einer Stadt dieser Größe leben und die meisten Menschen nicht kennen, wenn man seit fast vierzig Jahren hier ist.«

Er nickte, fragte jedoch: »Was meinst du mit ›übersinnlich‹?«

»Nun ja, einfach das. Sie wusste Dinge. Einmal sagte sie mir, ich solle rasch nach Hause gehen, weil Gretchen – Butch und Sunnys Mutter, du erinnerst dich – ihre Welpen bekomme und es Schwierigkeiten gebe. Es stimmte. Ich verlor sie und musste die Jungs mit der Flasche großziehen.«

Einer der Jungs schlug mit der Rute gegen den Fliesenboden, und der andere gähnte gewaltig, als Ben zu ihnen hinunterschaute. Den Blick wieder auf seine Mutter gerichtet, sagte er: »Ich hatte ein paar Geschichten darüber gehört, dass sie anscheinend Dinge wusste, und hatte nicht so richtig daran geglaubt. Aber Cassie sagt, ihre Tante sei angeblich fähig gewesen, die Zukunft vorauszusagen.«

»Dann konnte sie das vielleicht auch. Kann Cassie es?«

Ben schüttelte den Kopf. »Nein.«

»Weil du nicht glaubst, dass es möglich ist, oder weil sie dir gesagt hat, sie könne es nicht?«, fragte Mary eifrig.

»Weil sie es mir gesagt hat.« Ben sah keinen Grund, seiner Mutter mitzuteilen, dass Cassies übersinnliche Fähigkeiten in einer ganz anderen Richtung lagen.

Mary war enttäuscht. »Oh. Ich hatte gehofft, sie könnte es.«

»Damit sie dir wahrsagen kann?«, fragte Ben trocken.

Mary hob das Kinn. »Tatsächlich hat Alexandra das getan. Nach der Sache mit den Welpen habe ich sie gefragt, ob sie mir irgendwas über meine Zukunft verraten könnte. Sie lachte ein wenig und sagte dann, dass ich durch meinen Sohn einen großen, dunkelhaarigen und gut aussehenden Mann kennenlernen, mich in ihn verlieben und ihn bald darauf heiraten würde.«

Das klang so sehr wie die stereotype Vorhersage aus der Wahrsagerbude auf dem Jahrmarkt, dass Ben nur stöhnen konnte. »Um Himmels willen, Mary.«

»Woher willst du wissen, dass es nicht wahr werden könnte?«

Ben seufzte. »Ja, ja, schon recht.«

Sie starrte ihn an. »Du bist viel zu zynisch, selbst für einen Anwalt, mein Sohn.«

Da sie ihn nur »Sohn« nannte, wenn sie ernsthaft verärgert über ihn war, und da Marys Verärgerung zu unerfreulichen Zwischenspielen in seinem Leben führen konnte, sagte Ben zerknirscht: »Ich weiß. Entschuldige, Mary. Ich bin mir nur nicht sicher, ob ich an Vorhersagen glaube, mehr nicht.« Und das war die Wahrheit, wenn auch nicht die ganze.

Etwas besänftigt erwiderte sie: »Du solltest unvoreingenommener sein. Deiner Vorstellungskraft mehr Raum geben.«

»Ich arbeite daran.«

Sie beäugte ihn. »Du willst mich nur bei Laune halten.«

»Um deinetwegen hoffe ich, dass Miss Meltons Vorhersage sich bewahrheiten wird. Wenn mir ein großer, dunkelhaariger, herumlungernder Fremder auffällt, werde ich ihn auf jeden Fall hierher zum Essen einladen.«

»Jetzt weiß ich definitiv, dass du mich nur bei Laune halten willst.« Aber sie schien eher amüsiert als verärgert zu sein.

An ihre schnellen Stimmungsänderungen gewöhnt, sagte Ben nur: »Nicht im Geringsten. Koch ihm dieses Hühnchen, und ich kann dir garantieren, dass er beeindruckt sein wird. Du bist eine großartige Köchin, und das weißt du.«

»Hm.« Sie trank von ihrem Wein, ihre Augen strahlend, während sie ihn über den Tisch beobachtete. »Kann Cassie kochen?«

»Woher soll ich das wissen?«

»Du magst sie, nicht wahr?«

»Ja, ich mag sie.« Er gab seiner Stimme einen geduldigen und sachlichen Ton. »Nicht mehr und nicht weniger.« *Lügner.* »Hör auf mit deiner Kuppelei, Mary. Beim letzten Mal …« Er verbiss sich den Rest, aber es war zu spät.

Marys Gesicht veränderte sich, und ihre Augen füllten sich mit Tränen. »Ich hatte so gehofft, dass Jill und du zusammenbleiben würdet. Sie war so ein nettes Mädchen, Ben. Selbst nachdem du dich von ihr getrennt hattest, kam sie mich besuchen und redete von dir …«

Das hatte er nicht gewusst. Anscheinend hatte Cassie wieder recht gehabt, als sie ihm sagte, Jill sei eine Ex-Geliebte, die noch nicht loslassen wollte. »Mary …«

»Wer hätte einem netten Mädchen wie ihr so etwas antun können, Ben? Und Ivy und dieser armen Becky? Was passiert mit dieser Stadt? Wen wird dieses Monster als Nächsten umbringen?«

»Alles wird in Ordnung kommen, Mary.«

»Aber …«

»Hör mir zu. Alles wird in Ordnung kommen.« Da er die Anzeichen der wachsenden Hysterie seiner Mutter erkannte, machte er sich daran, sie zu beruhigen. Er sprach mit gleichmäßiger, ruhiger Stimme ermutigende Worte, wollte es keinesfalls dazu kommen lassen, dass sie sich in einen Panikzustand hineinsteigerte, der Beruhigungsmittel und seine Anwesenheit über Nacht erfordern würde. Es war ein Zustand, zu dem sie ohne weiteres fähig war, wie er wusste.

Und nicht zum ersten Mal verspürte er einen Anflug zögerlichen Mitgefühls für seinen toten Vater.

9

25. Februar 1999

»Du stehst mir im Weg, weißt du.« Sanft schubste Cassie den Schäferhund-Collie-Mischling zur Seite, damit sie die unterste Schublade der Kommode aufziehen konnte.

Max winselte leise und setzte sich, beobachtete sie mit seinen glänzenden, aufmerksamen Augen. Nach zwei gemeinsamen Nächten und Tagen gewöhnten sie sich allmählich aneinander, aber der junge Hund war sichtbar besorgt darüber, dass Cassie so viel Zeit damit verbrachte, in Schubladen und Schränken herumzuwühlen. Was man ihm kaum zum Vorwurf machen konnte, da seine ursprünglichen Besitzer ihn in Stich gelassen hatten, als sie umzogen.

Cassie nahm sich einen Augenblick Zeit, seinen Kopf zu streicheln und Beruhigendes zu murmeln. Sie würde ihn nicht verlassen wie seine vorherigen Besitzer, hatte sie ihm zu erklären versucht, hatte dabei jedoch nicht nur entdeckt, dass man Hundegedanken nicht lesen konnte – zumindest sie nicht –, sondern dass es auch schwierig war, einem Hund verbal zu erklären, sie würde bloß die Sachen ihrer Tante durchsehen und das einpacken, was man wegwerfen, verschenken oder einlagern könnte.

Sie fragte sich, ob es Abby leichter fiele, mit dem vollblütigen Irish Setter fertig zu werden, in den sie sich verliebt hatte.

»Na ja, vielleicht habe ich für heute genug getan«, beschloss sie. »Unten sind noch diese Kartons mit den Papieren – die kann ich heute Abend durchsehen, was dich wohl nicht so aufregen wird. Was hältst du davon, wenn wir unterdessen einen Spaziergang machen?«

Bei dem magischen Wort hob sich Max' Kopf eifrig, und er tappte ihr aus dem Gästezimmer und die Treppe hinab voraus. Cassie nahm den Hund nicht an die Leine. Sie hatte bereits herausgefunden, dass er das Gehorsamstraining schon absolviert hatte, und außerdem neigte er dazu, nahe bei ihr zu bleiben, wenn sie draußen waren.

Sie nahm ihre Steppjacke von dem Ständer bei der Eingangstür. Es war erst drei Uhr nachmittags, aber der Wetterdienst hatte Schnee angekündigt, und sowohl die eisige Luft als auch die niedrigen, dicken grauen Wolken deuteten darauf hin, dass es diesmal stimmen könnte.

Cassie liebte dieses Wetter. Sie schob die Hände in die Taschen ihrer Jacke und machte sich auf den Weg über die Felder nahe dem Haus, teilte ihre Aufmerksamkeit zwischen Max, der fröhlich jeden Stein und jedes Loch im Boden erkundete, und der kargen, kahlen Schönheit ihrer Umgebung.

Hier fiel es leicht, andere Dinge zu vergessen.

Der Mörder war in den letzten Tagen still geblieben. Soweit sie wusste, hatte er nicht wieder gemordet – und Cassie hatte nicht mal ein Flüstern von ihm aufgefangen.

Das war ein Schweigen, über das sie nur glücklich sein konnte.

Falls die Ermittlungen Fortschritte machten, erfuhr sie nichts über die Einzelheiten. Der Sheriff hatte sich nicht mit ihr in Verbindung gesetzt. Ben hatte am vorherigen Nachmittag angerufen, um zu erfahren, wie es ihr ging, und war erleichtert gewesen, zu hören, dass sie sich einen Hund angeschafft hatte. Er hatte ihr nichts über die Ermittlungen berichten können; ein anderer, schwieriger Fall hielt ihn mehr im Gericht fest, als er erwartet hatte, und gab ihm wenig Gelegenheit, mit Matt zu sprechen. Er hatte müde und ein bisschen ruhelos geklungen.

In der Zeitung hatte über die paar dürftigen Fakten hinaus auch nicht viel mehr gestanden. Becky Smith war beerdigt worden, aber die Bestattungen der beiden anderen Opfer waren auf unbestimmte Zeit verschoben, während die Suche nach Beweisen fortgesetzt wurde.

Vermutlich eine kluge Entscheidung des Sheriffs, die sich jedoch auf die Stimmung der Einwohner nicht sonderlich gut auswirkte. Mit zwei Leichen im Kühlraum des örtlichen Beerdigungsunternehmers und der sichtbaren Verstärkung der Polizeipräsenz in der ganzen County würde niemand so schnell die mögliche Bedrohung vergessen. Eine Ausgangssperre war nicht verhängt worden, doch die Zeitung berichtete von ungewöhnlich ruhigen Straßen nach Einbruch der Dunkelheit und dass Frauen zu fast allen Tageszeiten nur zu zweit, in Gruppen oder in männlicher Begleitung unterwegs wären.

Wäre Cassie optimistisch gewesen, hätte sie die Hoffnung haben können, dass der Mörder verschwunden war und sich in andere Jagdgründe abgesetzt hatte. Sie war aber kein Optimist. Und sie war mehr als nur halbwegs davon überzeugt, dass der Sheriff recht hatte und der Mörder ein Einheimischer war, in dieser Gegend geboren und aufgewachsen. Und noch immer hier.

Irgendwo.

Als sie merkte, was sie tat, und zugeben musste, dass es doch nicht so leicht war, alles zu vergessen, schlug sich Cassie die Gedanken an den Mörder entschlossen aus dem Kopf.

»Genug«, sagte sie laut.

Max kam mit einem Stock angerannt, und sie verbrachte die nächste Viertelstunde damit, den Stock für ihn zu werfen. Sie fand das Spiel noch vor ihm ermüdend; er trug den Stock immer noch im Maul, als Cassie kehrtmachte, um nach Hause zu gehen.

Max ließ den Stock sofort fallen, als er den parkenden Jeep in der Auffahrt erblickte, und sein kehliges Bellen hallte über das Feld, seltsam hohl in der kalten, stillen Luft. Cassie sah Ben von den Stufen der Veranda kommen und in ihre Richtung schauen. Sie nahm Max am Halsband und hielt ihn an ihrer Seite.

»Max, aus«, befahl sie ihm energisch. Er hörte auf zu bellen, knurrte aber immer noch, während sie sich dem Besucher näherten.

»Hi«, begrüßte sie Ben.

»Hi.« Er beäugte den Hund. »Tja, groß genug ist er. Beißt er?«

»Das weiß ich noch nicht, obwohl die im Tierheim sagten, er sei die ganze Zeit sanft wie ein Lamm gewesen.« Cassie blickte auf den immer noch knurrenden Hund. »Verlassen worden von Leuten, die ihn beim Umzug offenbar nicht mitnehmen wollten.«

»So was passiert leider. Wenigstens schläfert unser Tierheim sie nicht ein.«

»Das haben sie mir auch gesagt.« Und dass der jüngere Richter Ryan für den Grundsatz des Tierheims mitverantwortlich war, niemals gesunde Tiere einzuschläfern – ein interessanter Einblick in seinen Charakter. »Abby hat sich auch einen geholt, wussten Sie das?«

»Matt hat es erwähnt.« Ben lächelte. »Einen sehr großen Irish Setter, der gern bei Abby im Bett schläft. Darüber war Matt nicht sonderlich glücklich.«

»Kann ich mir vorstellen.« Cassie überlegte, ob Abby dem Sheriff wohl von der Prophezeiung erzählt hatte, beschloss aber, nicht nachzufragen.

Max' Knurren wurde lauter.

»Sie sollten uns einander lieber vorstellen«, sagte Ben.

Cassie hatte wenig Erfahrung mit Hunden, wusste jedoch instinktiv, was zu tun war. Sie befahl Max, sich zu setzen, ließ eine Hand auf dem Hund und bedeutete Ben, näher zu treten. Als er es tat, griff sie, nur mit einem leichten Zögern, nach seiner Hand. Sie war sehr warm, selbst an diesem kalten Wintertag.

»Max, das ist Ben«, sagte sie mit fester Stimme. »Er ist ein Freund.« Sie führte Bens Hand nahe genug heran, dass der Hund an ihr schnüffeln konnte. Max gefiel es entweder, wie diese neue Person roch, oder er akzeptierte Cassies beruhigende Berührung; seine Rute schlug gegen den gefrorenen Boden, und sein Knurren verstummte.

Ben tätschelte den Hund mit lässiger, aber erfahrener Ungezwungenheit und sprach freundlich mit ihm. Als er sich wieder aufrichtete, war Max vollkommen entspannt.

»So weit, so gut«, sagte Cassie. Sie ließ das Halsband los, und beide sahen zu, wie Max die Reifen des Jeeps inspizierte.

»Mal schauen, wie er mich beim nächsten Mal begrüßt.« Ben hielt inne. »Schläft er auch bei Ihnen im Bett?«

Cassie beschloss, die Frage nicht zu persönlich zu nehmen. »Er hat seinen eigenen Schlafplatz neben meinem Bett. Bisher ist er dort geblieben.«

Ben nickte. »Ich bin froh, dass Sie ihn geholt haben.«

»Das bin ich auch.« Es war die Wahrheit. Sie hatte entdeckt, wie angenehm es war, einen aufmerksamen und anspruchslosen Gefährten zu haben, der ihr zuhörte, wenn sie sprach. Und es hatte sie überrascht, wie viel sie mit dem Tier gesprochen hatte.

»Tut mir leid, Sie so einfach ohne vorherigen Anruf zu überfallen.« In Bens Stimme war der gleiche ruhelose Ton, den sie am vorherigen Tag wahrgenommen hatte. »Aber ich war gerade hier in der Gegend, und …«

Cassie ließ das Schweigen nur einen Augenblick anhalten. »Es ist kalt hier draußen. Kommen Sie doch mit hinein. Den Kaffee aufzuwärmen dauert nur ein paar Minuten.«

»Das klingt gut. Danke.«

Max ließ vom Jeep ab, um sie hineinzubegleiten, und folgte Cassie wie üblich in die Küche.

»Er bleibt in Ihrer Nähe«, bemerkte Ben von der Küchentür aus.

»Bisher.« Sie schaute zu Ben, war sich der Anspannung in seiner Haltung bewusst und sagte: »Ich wollte ein Feuer im Wohnzimmerkamin anzünden. Wie gut sind Sie im Feueranmachen?«

»Einigermaßen.« Er lächelte.

»Dann haben Sie den Job. Ich brauche immer zu viel Zeitungspapier und Anmachholz dazu.«

»Ich schau mal, was ich tun kann.«

Als Cassie mit dem Tablett ins Wohnzimmer kam, hatte Ben das Feuer zum Lodern gebracht. Er hatte sein Jackett ausgezogen und die Hemdärmel aufgekrempelt und stand jetzt neben dem Kamin und lockerte seine Krawatte. Cassie stellte das Tablett auf den Couchtisch und setzte sich auf das eine Ende des Sofas.

»Ich glaube, zum Feueranzünden muss man Talent haben«, sagte sie. »Ich hab das nicht. Sie offensichtlich schon. Danke.«

»Nichts zu danken.« Ben sah zu, wie Max mit einem Kauknochen aus der Küche kam, das Feuer misstrauisch beäugte und sich dann auf einem Läufer in Cassie Nähe niederplumpsen ließ.

»Wir entwickeln allmählich eine Art Routine«, sagte sie. »Ich gebe ihm etwa um diese Zeit einen Kauknochen, und er braucht den Rest der Nacht dafür, ihn kleinzukriegen.« Sie hielt Ben die Tasse hin, und als er sie ihr abnahm, fügte sie hinzu: »Setzen Sie sich doch.«

Er entschied sich für die andere Seite des Sofas und setzte sich halb schräg, damit er Cassie anschauen konnte. »Ich hoffe, ich störe Ihre Routine nicht.«

»Nein, ich war dabei, Tante Alex' Sachen auszusortieren, aber ich lasse mir Zeit damit.« Sie deutete auf einen großen Karton auf einem Stuhl in der Nähe des Sofas. »Da drin sind hauptsächlich Papiere, Korrespondenzen und so. Den schaue ich wahrscheinlich heute Abend durch. Doch das hat keine Eile.«

»Sonst hat Sie also nichts belästigt?« Cassie schüttelte den Kopf und trank von ihrem Kaffee. »Nein, nichts. Ich hätte den Sheriff angerufen und ihm angeboten, es noch mal zu probieren, gehe aber davon aus, dass er entschlossen ist, die Ermittlungen zunächst auf die übliche Weise durchzuführen. Er wird sich erst an mich wenden, wenn er wirklich verzweifelt ist.«

Ben lächelte nicht. »Glauben Sie, dass er es tun wird?«

»Wenn Sie meinen, ob ich glaube, dass die Morde zu Ende sind – nein, das glaube ich nicht.«

»Warum nicht? Vielleicht waren ihm drei genug.«

»Kann ich mir nicht vorstellen. Ihn erfüllt ein ... Bedürfnis, ein Hunger. Töten stillt etwas in ihm. Das Entsetzen der Opfer stillt etwas in ihm. Aber er ist noch nicht gesättigt. Er wird wieder töten.«

»Also können wir nur warten, bis er es wieder tut«, sagte Ben. »Matts Ermittlungen haben bisher nichts Neues aufgedeckt oder zumindest nichts Hilfreiches. Es haben sich keine Zeugen gemeldet. Es gibt keinen ernsthaften Verdächtigen. Und die ganze Stadt hält den Atem an.«

Cassie weigerte sich, es für ihn auszusprechen. Sie wartete einfach ab.

Ben schüttelte den Kopf. »Vielleicht ist Matt bereit, abzuwarten und sich auf die traditionellen Polizeimethoden zu verlassen, aber ich nicht. Nicht, wenn es eine andere Möglichkeit gibt. Cassie, würden Sie es noch mal versuchen? Schauen, ob Sie irgendwelche neuen Informationen auffangen können, die uns vielleicht dabei helfen, diesen Drecksack zu erwischen, bevor er erneut tötet?«

»Was würde der Sheriff dazu sagen?«

»Er hat eine Menge dazu gesagt«, erwiderte Ben mit einer Grimasse. »Vor allem, als ich sagte, ich wolle Sie dafür nicht in sein Büro bringen und damit die Aufmerksamkeit einer so nervösen und wachsamen Stadt auf Sie lenken. Er weigerte sich, hier heraus zu kommen, und wollte mir nichts mitgeben, das Sie berühren können. Doch schließlich gab er nach, wahrscheinlich, um mich aus seinem Büro loszuwerden.«

»Sie waren also nicht nur zufällig hier in der Gegend, was?«

Er zögerte. »Ich hätte vorher angerufen, aber ich wollte Sie sehen, bevor ich Sie darum bäte, es erneut zu versuchen, wollte sichergehen, dass Sie nicht mehr so erschöpft sind wie zuvor. Um ehrlich zu sein, ich bin eine halbe Stunde in der Gegend herumgefahren, bevor ich mich durchringen konnte, Sie darum zu bitten.«

Cassie glaubte ihm gern. Das erklärte seine Unbehaglichkeit seit seiner Ankunft. Er begriff allmählich, was es sie kostete, und er war hin- und hergerissen zwischen seinem Bedürfnis und dem Widerstreben, ihr Schmerz zuzufügen.

»Ist schon in Ordnung«, sagte sie. »Ich hatte mich bereit erklärt, Ihnen zu helfen.«

Er warf ihr einen schnellen Blick zu. »Sie wollten damit aufhören, Cassie, und das wissen wir beide.«

»Und wir wissen ebenfalls beide, dass mir keine andere Wahl bleibt. Nicht, wenn ich hier bleiben will.« Sie hielt inne. »Und ich bleibe hier. Also zeigen Sie mir schon, was Sie mir zum Berühren mitgebracht haben.«

Ben stellte seine Tasse ab und ging zu seinem Jackett auf dem Sessel neben dem Kamin. Als er zurückkam, hielt er eine kleine Plastiktüte mit dem Aufdruck BEWEISMITTEL in der Hand. Drinnen lag ein Fetzen graubrauner Stoff.

»Matt meinte, der würde Ihnen vielleicht etwas sagen.« Cassie stellte ihre Tasse ebenfalls weg, griff nach dem Beutel und öffnete ihn. Sie machte sich innerlich bereit, schloss die Augen und nahm das Stoffstück zwischen die Finger.

Ben beobachtete sie. Seit sie neulich Abend seine Gedanken nicht lesen konnte, selbst nachdem sie ihn berührt hatte, fand er, dass sie in seiner Gegenwart ein bisschen weniger argwöhnisch war. Jedenfalls stellte sie öfter Blickkontakt her als zuvor.

Aber sie war nach wie vor sehr in sich verschlossen, zurückhaltend und wachsam. Ihr Lächeln war stets kurz, ihre Augen unergründlich. Und obwohl die Belastung, die er ihr bei ihrem ersten Treffen angemerkt hatte, noch immer an den schwachen Schatten unter ihren Augen erkennbar war, wirkte sie nicht mehr ganz so zerrissen davon, als hätte die Hinnahme der Situation zu einer Art innerem Frieden geführt. Oder einer Art Fatalismus.

Das beunruhigte Ben, dieses Gefühl, dass sich Cassie einem Schicksal ergeben hatte, welches ihr ihrer Überzeugung nach bevorstand. Sie hatte ihm nicht erzählen müssen, dass das Schicksal, das sie für sich sah, kein glückliches war; das war offensichtlich gewesen. Und das war der Grund, weshalb er durch die Gegend gefahren war und mit sich debattiert hatte, bevor er schließlich hierherkam. Nicht, weil ein Versuch sie höchstwahrscheinlich auslaugen würde, sondern weil er das Gefühl nicht abschütteln konnte, dass sie mit jedem Versuch einem Schicksal näher kam, das sie weit über seine Reichweite, vielleicht über die Reichweite aller hinausführen würde.

Und sie wusste das.

Er zwang sich dazu, diese Gedanken für den Moment beiseitezuschieben, und wollte sie gerade fragen, ob sie etwas spürte, als ihr plötzliches Lächeln ihn aus dem Konzept brachte.

»Cassie? Sagt es Ihnen irgendwas?«

Sie öffnete die Augen, lächelte immer noch. »Das tut es allerdings.« Sie steckte das Stoffstück in den Beutel zurück und ließ ihn achtlos zwischen sie beide aufs Sofa fallen. »Es sagt mir, dass der gute Sheriff sowohl ein misstrauisches Wesen als auch einen Sinn für Humor hat. Dessen war ich mir nicht vollkommen sicher.«

»Wovon sprechen Sie?«

»Es war ein Test, Ben. Ein Test für mich» Sie lächelte nach wie vor. »Ich hatte ihn sogar selber dazu aufgefordert, also kann ich mich nicht beschweren.«

Ben griff nach dem Beweismittelbeutel. »Wollen Sie mir damit etwa sagen, dass das hier nicht von den Tatorten stammt?«

»Ich fürchte, nein.«

»Wo zum Teufel stammt es dann her?«

»Wie gesagt, der Sheriff hat einen Sinn für Humor. Das Stoffstück stammt von seiner eigenen Pfadfinderuniform.«

»Dieser Mistkerl.«

»Seien Sie nicht so hart zu ihm. Ich wusste, er würde eine Herausforderung nicht zurückweisen, und ich habe ihm eine gegeben. Mich unerwartet zu testen. Darum hat er sich natürlich geweigert, mit Ihnen zu kommen. Er ist ein derart offenes Buch, dass ich seine Absicht sofort erraten hätte. Er weiß, dass ich seine Gedanken lesen kann, auch wenn er behauptet, daran sei nichts Paranormales. Deswegen ist er nicht hier, und selbst wenn ich Ihre Gedanken lesen könnte, hätte es nichts genützt, denn Sie hatten keine Ahnung, dass der sogenannte Beweis nicht echt ist.«

Grimmig sagte Ben: »Die hatte ich mit Sicherheit nicht.«

Cassie zuckte die Schultern. »Nun ja, den kleinen Test habe ich bestanden. Es wird ihn zwar nicht überzeugen, aber ihm wenigstens zu denken geben. Vielleicht wird das am Ende etwas wert sein.«

Ben hörte sich sagen: »Was ist das Ende, Cassie? Können Sie mir das verraten?«

Sie wandte den Blick ab, ihre Erheiterung verebbte. »Sie wissen doch, dass ich nicht in die Zukunft sehen kann.«

»Aber Sie haben Ihre gesehen. Ihr Schicksal.«

»Das ist was anderes.«

»Wirklich? Können Sie mir sagen, ob Ihr Schicksal nicht mit dieser Ermittlung verbunden ist?«

Ihr Profil blieb ausdruckslos, während sie ins Feuer schaute, und ihre Stimme war ruhig. »Ich kann Ihnen nichts über mein Schicksal erzählen.«

»Warum nicht?«

»Weil es meines ist. Wenn ich mit Ihnen darüber spreche, könnte das der Auslöser sein, alles so geschehen zu lassen, wie ich es gesehen habe.«

»Und wenn das Schweigen darüber der Auslöser wäre? Können Sie sich sicher sein, dass dem nicht so ist?«

»Nein.«

»Dann ...«

»Ich musste eine Wahl treffen, Ben. Handeln, um das zu ändern, was ich gesehen habe, oder tatenlos bleiben. Ich habe gehandelt. Ich bin dreitausend Meilen weit gerannt. Und durch das Weglaufen, durch das Handeln, habe ich mich genau in die Situation gebracht, vor der ich weggelaufen bin.« Sie drehte den Kopf, schaute ihn endlich an und lächelte schwach. »Ich glaube nicht, dass ich noch weiter handeln werde.«

»Durch das Angebot, uns zu helfen, haben Sie gehandelt.«

»Nein, damit habe ich nur einen Fuß vor den anderen gesetzt. Ich bin hier. Hilfe anzubieten ist etwas ganz Logisches, Natürliches. Ich versuche nicht, das Schicksal zu ändern. Ich tue nur das, was ich tun muss.«

»Sie haben Ihren eigenen Tod gesehen, nicht wahr?«

»Nein.«

Er runzelte die Stirn. »Sie lügen mich an.«

»Nein, tue ich nicht. Ich habe meinen Tod nicht gesehen.«

»Was haben Sie dann …«

»Ben, ich möchte nicht darüber reden. Das würde uns beiden nicht guttun. Hören Sie einfach auf, sich ... schuldig zu fühlen, weil Sie mich zur Mithilfe gedrängt haben, in Ordnung?«

»Ist das so offensichtlich?«

»Für mich, ja. Können wir jetzt das Thema wechseln?«

Er nickte langsam. »Na gut. Verraten Sie mir eines. Als Sie vorhin draußen meine Hand genommen haben, konnten Sie da meine Gedanken lesen?«

»Nein.«

»Dann lag es nicht daran, dass Sie neulich müde waren.«

»Nein. Ich kann Ihre Gedanken nicht lesen. Sie haben Schutzmauern.«

Sein Blick wurde durchdringend. »Was soll das heißen?«

Cassie zögerte. »Ich weiß nicht, ob Sie wirklich darüber reden wollen.«

»Warum nicht?«

»Weil ... meiner Erfahrung nach Menschen aus bestimmten Gründen Schutzmauern haben. Um sich zu schützen, indem sie andere Menschen nicht an sich heranlassen. Um ... so wenig wie möglich von sich preiszugeben.«

»Wollen Sie behaupten, ich habe diese Mauern absichtlich errichtet?«

»Absichtlich – vermutlich. Bewusst vermutlich nicht. Ben, ich mache Ihnen daraus keinen Vorwurf. Wir haben alle unsere Schutzmechanismen.« Sie betrachtete ihn mit einem leichten Stirnrunzeln, war sich bewusst, dass sie einen Nerv berührt hatte, und wusste nicht genau, ob sie fortfahren sollte. Aber etwas in seinen Augen veranlasste sie dazu. »Die meisten von uns lernen früh, Dinge über sich zu verbergen, zu verhüllen, was andere sehen, und nur diejenigen, die uns am nächsten stehen, erkennen es. Das gehört zur menschlichen Natur. Aber für manche Menschen ist es unmöglich, das, was da ist, zu verbergen oder zu verhüllen, aus verschiedenen Gründen. Vielleicht weil der innere Schmerz zu groß ist, oder vielleicht nur, weil dieser Mensch besonders sensibel oder empathisch ist. Die Gefühle sind so vielfältig und so tief, dass sie keine Abwehr haben. Daher errichtet der Verstand, wenn er stark genug ist, Mauern, um sich zu schützen.« Cassie schüttelte leicht den Kopf. »Genau wie die Abwehrmechanismen, die andere Menschen benutzen, bleiben diese Mauern für gewöhnlich unerkannt, sogar unbemerkt, außer für diejenigen, die einem am nächsten stehen.«

»Und für jemanden, der über außersinnliche Wahrnehmung verfügt.«

»Paragnosten blicken unter die Oberfläche. Das ist nun mal so.«

»Und unter meiner Oberfläche ist eine Mauer.«

»Das macht Ihnen zu schaffen.«

»Sollte es nicht?«

Langsam sagte Cassie: »Sie ist aus einem bestimmten Grund da, Ben. Sie wurde aus diesem Grund errichtet. Sollte sie irgendwann nicht mehr gebraucht werden, wird sie verschwinden.«

Ben atmete tief ein. »Verstehe.«

Cassie merkte, dass sie ihn damit nicht beruhigt hatte, wusste aber nicht, was sie sonst sagen sollte.

»Ich nehme an, ich sollte dankbar sein. Wenn meine Mauern nicht beständen, würden Sie nach wie vor meinem Blick ausweichen und sich nach Kräften bemühen, mich nicht zu berühren.«

Sie nickte. »Wahrscheinlich. Ihre Mauern bedeuten, dass ich mich nicht so anstrengen muss, meine aufrechtzuerhalten. Aus meiner Sicht ist das eine willkommene Erleichterung. Es ist nett, mit jemandem zu reden, ohne sich Sorgen machen zu müssen, mit dem falschen Sinn zu hören. Bisher beschränkt sich das auf Sie, Abby – und Max.«

»Abbys Gedanken können Sie nicht lesen?«

»Nein.«

»Sie wäre mir nie wie jemand vorgekommen, der Schutzmauern braucht«, sinnierte er.

Cassie lächelte. »Was nur beweist, dass ihre ganz gut funktionieren.«

»Wird wohl so sein.« Er zögerte, sagte dann widerstrebend: »Ich sollte jetzt wohl besser gehen, damit Sie mit dem Sortieren weitermachen können.«

Alte Einzelgängerinstinkte wollten Cassie dazu bewegen, ihm zuzustimmen, aber neue Bedürfnisse stellten sich dem in den Weg. Sein Blick war aufmerksam, und diese Ruhelosigkeit war wieder in seiner Stimme, und sie musste seine Gedanken nicht lesen, um zu wissen, dass er noch nicht gehen wollte.

Sie fragte sich, seit wann ihr das Atmen schwerfiel, und wunderte sich ein wenig, dass ihre Stimme trotzdem normal klang. »Wenn Sie keine anderen Pläne haben, ich habe gestern einen großen Topf Suppe gekocht, viel zu viel für Max und mich. Sie könnten noch eine Weile bleiben und uns helfen, die Suppe aufzuessen.«

In der eintretenden Stille konnten sie den Wind aufheulen hören, und ein plötzliches Rattern an den Fensterscheiben verkündete den ersten Graupelschauer.

»Klingt nach einem passenden Abend für eine Suppe«, sagte Ben. »Kann ich Ihnen dabei irgendwie behilflich sein?«

Er bewegte sich sehr vorsichtig, wachsam wegen der scharfen Ohren des Hundes, trotz des Lärms des aufkommenden Sturmes. Vorsicht riet ihm, sich zurückzuhalten, aber er wollte näher heran, nah genug, um hineinsehen zu können.

So gemütlich da drinnen. Ein hübsches Feuer im Kamin. Lampenschein und das appetitliche Aroma guten Essens machten die Küche warm und behaglich. Leise Stimmen, die sich miteinander wohlfühlten und doch

wachsam waren, die Worte verschwommen vor Verlangen.
Sie bemerkten seine beobachtenden Blicke nicht.
Er stand draußen, den Kragen hochgeschlagen und die Mütze tief herabgezogen, um sein Gesicht vor dem stechenden Graupel zu schützen. Es war kalt. Seine Füße waren kalt. Aber er blieb lange Zeit dort stehen und starrte hinein.
Sie war geschützt.
Nicht, dass es darauf ankam.

»Warum erzählst du mir das erst jetzt?«, wollte Matt wissen.

Abby zuckte die Schultern. »Weil ich mir nicht vorstellen konnte, dass du es ernst nimmst.«

»Bis der Mörder anfing, Frauen abzuschlachten?«

Sie zuckte zusammen, nickte aber.

Matt schob seinen Teller weg und stieß einen rauen Laut aus. »Du hättest es mir sagen sollen, verdammt.«

»Damit du was tun könntest? Noch vor einer Woche hättest du mich verspottet, hättest mir vorgeworfen, ich sei verrückt, mich über eine dämliche Vorhersage aufzuregen. Und danach, was hättest du dann getan? Mir geraten, eine Alarmanlage einbauen zu lassen, mir einen Hund zu besorgen, vorsichtig zu sein – was ich alles getan habe.«

Matt blickte zu dem großen roten Hund, der auf Abbys Seite des Küchentisches ausgestreckt lag, und brachte nur heraus: »Ich hätte dir nicht geraten, einen Hund anzuschaffen. Zumindest keinen, der so an dir klebt.«

Sie lächelte. »Ich mag es, wenn Männer besitzergreifend sind. Ich habe mit Bryce ein ernstes Gespräch geführt. Er wird nicht noch mal versuchen, ins Bett zwischen uns zu kommen.«

Matt zweifelte, ob es etwas brachte, mit einem Hund »ein Gespräch« zu führen, und warf dem Irish Setter erneut einen eifersüchtigen Blick zu. »Ja, ja. Bryce. Was für ein Hundename soll das denn sein?«

»Das musst du seine früheren Besitzer fragen, nicht mich.«

Der wunderschöne Hund hob den Kopf, schaute sie beide kurz an, wedelte mit der Rute und streckte sich dann mit einem lauten Seufzer wieder aus.

Matt richtete seine Aufmerksamkeit wieder auf Abby. »Wehe, er beschützt dich nicht ordentlich, verdammt, mehr sag ich dazu nicht.«

»Er wird bestimmt sein Bestes tun«, erwiderte sie und stand auf, um ihren Teller zur Spüle zu tragen.

Matt tat es ihr nach. »Du könntest zu mir ziehen. Meine Wohnung ist besser gesichert – und ich wäre jede Nacht bei dir.«

»Nicht, bevor die Scheidung endgültig ist, Matt.«

»Was können ein paar Wochen denn ausmachen?«

»Darüber haben wir doch schon gesprochen. Ich möchte abwarten und sehen, wie Gary auf die Scheidung reagiert.«

»Und was ist, wenn er gewalttätig reagiert? Schatz, die Stadt ist wie ein Pulverfass, alle sind angespannt und nervös. Gary könnte beim kleinsten Schubs ausflippen.«

Ihr gelang ein Lächeln. »Das ist genau der Grund, warum ich nicht vorhabe, ihn zu schubsen, außer es ist unumgänglich.«

»Und wenn es unumgänglich ist, werde ich ihn in mein Gefängnis sperren, bis er endlich zur Vernunft kommt.«

»Und zum Teufel mit einem ordentlichen Gerichtsverfahren?«

»Du könntest ihn anzeigen.«

»Nein. Nein, das werde ich nicht. Nur wenn er mich dazu zwingt.«

Matt legte ihr die Hände auf die Schultern und drehte sie zu sich herum. »Abby, ich weiß, du hast gesagt, dass Gary dich nur einmal geschlagen hat, an dem Abend, als du ihn rausgeworfen hast, aber ich war mir immer sicher, dass du mir nicht alles erzählt hast.«

Ihr Blick war auf seine gelockerte Krawatte gerichtet. »Ich habe dir die Wahrheit über diesen Abend gesagt.«

»Über diesen Abend, ja. Doch nicht die Wahrheit darüber, ob es das erste Mal war.«

Trotz ihrer Bemühungen spürte Abby, wie ihr Tränen in den Augen brannten. Scham kroch in ihr hoch. Sie hatte vermeiden wollen, dass Matt erfuhr, was für ein schwaches Wesen sie war.

»Schatz ...« Sanft schob er ihr Kinn hoch, damit sie ihn ansah. »Du musst mir nichts davon erzählen, bis du dazu bereit bist. Aber ich möchte, dass du etwas weißt. Niemand braucht mir zu sagen, wie viel Mut es dich gekostet hat, ihn rauszuwerfen. Und niemand braucht mir zu sagen, wie verängstigt du warst, nachdem du es getan hast.«

Abby blinzelte die Tränen weg. »Ich kann nicht mit dir über ihn sprechen, Matt. Ich kann es einfach nicht.«

»Schon gut. Schon gut, Liebling.« Er zog sie in die Arme und küsste sie. Diesmal knurrte der Hund nicht protestierend, also gab es wenigstens auf dem Gebiet Fortschritte. Doch Abby blieb ein bisschen zu verspannt in seinen Armen, und in Matt glühten die Kohlen der Wut. Wenn sich ihm die Chance bot, würde er Gary Montgomery zu Brei schlagen, das wusste er.

»Ich könnte heute Nacht hierbleiben«, bot er heiser an.

»Nein, könntest du nicht. Nicht die ganze Nacht.« Doch ihre Arme legten sich um seinen Nacken, und ihr Körper entspannte sich, wurde weicher. »Eine Weile schon. Du kannst für eine Weile bleiben.«

Und es schien, als hätte ihr Gespräch mit dem Hund doch Erfolg gehabt. Der Hund folgte ihnen nicht mal ins Schlafzimmer.

Es war noch vor Mitternacht, als Matt sich widerstrebend aus Abbys Bett erhob und anzog. Sie stand ebenfalls auf, weil sie noch nicht müde war und die Alarmanlage hinter ihm wieder einschalten musste. Sie hielt sich nicht mit dem Ankleiden auf, warf nur einen Morgenmantel über und knotete den Gürtel fest zu, dann brachte sie Matt zur Haustür.

»Schau mal, wie viel es geschneit hat. Fahr vorsichtig auf dem Heimweg«, bat sie ihn.

»Mach ich. Und du sei vorsichtig, vor allem später, wenn du den Hund rauslässt«, riet ihr Matt.

»Das werde ich. Mach dir keine Sorgen.«

Er küsste sie ein letztes Mal, dann drehte er sich um und wartete auf der Veranda, bis er das Einschnappen des Riegels hörte.

Abby ging zurück in die Küche. »Du bist ein guter Junge«, sagte sie zu Bryce, der immer noch geduldig neben dem Tisch lag. »Ich spüle nur kurz ab, dann lasse ich dich noch mal raus.«

Wie jeder stubenreine Hund erkannte Bryce das Wort »raus« und setzte sich erwartungsvoll auf. Aber er war ein sehr geduldiger Hund und jaulte nur kurz auf, während sie den Abwasch erledigte.

»Na gut, gehen wir.« Sie beschloss, ihn durch die Hintertür hinauszulassen, damit er im umzäunten Garten frei laufen konnte; so brauchte sie sich nicht extra anzuziehen und konnte auf der Veranda warten, bis er fertig war.

Mit dem Hund an ihrer Seite ging sie zur Hintertür, schaltete die Alarmanlage auf Stand-by, entriegelte die Tür und öffnete sie.

Sie konnte Bryce gerade noch am Halsband packen, bevor er sich mit einem tief aus der Kehle kommenden Knurren auf den Mann stürzen wollte, der auf der obersten Stufe stand.

»Gary«, sagte sie.

10

Ich weiß nur, was der Sheriff und Richter Ryan in der Zeitung gesagt haben«, berichtete Hannah Payne besorgt ihrem Freund, während sie Kaffee trinkend in der Küche saßen und die letzten der Muffins aßen, die sie am Nachmittag gebacken hatte. Joe würde gleich zur Nachtschicht in der Fabrik aufbrechen, und sie war auf, weil er sie allein in dem Haus zurücklassen würde, das sie gemeinsam bewohnten.

»Baby, er will euch Mädchen nur Angst einjagen, damit ihr vorsichtig seid, mehr nicht«, sagte Joe geduldig. »Und er hat recht. Aber solange du wirklich vorsichtig bist und nirgends allein hingehst, wird dir nichts passieren. Ich habe alle Türen und Fenster überprüft, habe alles fest verschlossen. Du hast ein zuverlässiges Auto, ein Handy, eine Pistole in der Nachttischschublade und Beason.«

Halb schlafend unter dem Küchentisch, schlug die große Promenadenmischung als Antwort kurz mit der Rute gegen den Boden.

»Ich weiß, aber …«

»Nimm ihn mit, wenn du das Haus verlässt, und verriegle beim Fahren alle Türen. Öffne die Türen nur für mich oder deine Schwester. Lass alle Anrufe über den Anrufbeantworter laufen und nimm nicht ab, wenn du nicht weißt, wer dran ist.« Er lächelte sie an. »Sei einfach vorsichtig, Hannah. Wenn du wirklich Angst hast, bringe ich dich und Beason jeden Abend zu deiner Schwester, bevor ich zur Arbeit fahre, und du kannst bis zum Morgen bei ihr bleiben.«

»Nein, das möchte ich nicht. Du weißt, dass wir uns am Ende immer streiten, wenn wir zu lange zusammen sind. Ich bleibe lieber mit Beason hier.«

»Bist du dir sicher?« Er warf ihr einen eindringlichen Blick zu. »Ich weiß nicht, ob es geht, aber wenn du möchtest, werde ich versuchen, freizubekommen, vielleicht irgendwann nächste Woche. Wir könnten in die Berge fahren. Außer, sie schnappen dieses Dreckschwein vorher.«

»Warten wir erst mal ab.«

»Ich müsste mich aber rechtzeitig für Urlaub eintragen.«

Hannah überlegte und nickte dann. »Ich glaube, ich würde gern für eine Weile aus der Stadt wegkommen. Selbst wenn sie ihn schnappen.«

»Gut, ich werde sehen, ob die Personalabteilung mir ein paar Tage freigeben kann. Hör halt auf, dir Sorgen zu machen, Baby, in Ordnung?«

»Ich werd's versuchen. Aber ich muss morgen früh Lebensmittel einkaufen«, sagte sie.

»Ich bin gegen halb neun zu Hause. Ich fahre dich.«

»Du brauchst deinen Schlaf.«

»Ich kann später schlafen. Jetzt komm – und schließ die Tür hinter mir ab.«

Hannah begleitete ihn zur Vordertür ihres kleinen Hauses und küsste ihn zum Abschied, klammerte sich vielleicht ein wenig fester an ihn als gewöhnlich. »Fahr vorsichtig. Es schneit immer noch.«

»Das mach ich, keine Bange.« Joe gab ihr einen Klaps auf den Po und flüsterte ihr etwas Anzügliches ins Ohr, woraufhin sie lächelte und ihn daran erinnerte, dass sie keine Zeit dafür hatten und er zu spät zur Arbeit kommen würde. Er grinste und zwinkerte ihr zu.

Und dann war er fort.

Hannah schloss die Tür hinter ihm ab und überprüfte das Schloss zwei Mal. Sie nahm Beason mit, als sie schließlich ins Bett ging, obwohl er eigentlich auf seiner Decke im Wohnzimmer bleiben sollte.

Sie schaltete den Fernseher ein und schaute sich einen uralten Film an, damit sie nicht der tiefen Stille einer verschneiten Nacht lauschen musste.

»Gary«, sagte Abby.

Er hielt den Blick auf den Hund gerichtet und machte keine Anstalten, die Schwelle zu übertreten. »Wo zum Teufel hast du den her?«, wollte er wissen.

Abby wollte ihm gerade antworten, als ihr aufging, dass sie das nicht brauchte. »Gary, was machst du hier? Es ist fast Mitternacht.« Sie bemühte sich nicht, den knurrenden Hund an ihrer Seite zu beruhigen.

Gary riss seinen Blick von dem Hund los und lächelte sie an. Es war das charmante Lächeln, auf das sie als Achtzehnjährige hereingefallen war, zu jung und unerfahren, um sich Sorgen über sein brütendes Schweigen und die Ausbrüche eifersüchtiger Wut zu machen. Damals war er ein ausgesprochen gut aussehender Mann gewesen. Mit vierzig wurde er beleibter – um die Mitte und im Gesicht. Zu viele Jahre, in denen er seinen Launen und seinem Appetit nachgegeben hatte, waren nicht ohne Folgen geblieben.

»Ich wollte dich nur sehen, Abby. Was soll daran falsch sein?«

Sie war voller Angst gewesen und gab sich Mühe, sich ihre überwältigende Erleichterung nicht anmerken zu lassen. Er wusste nichts von Matt, zumindest jetzt noch nicht. Wenn ja, wäre er nicht fähig gewesen, darüber zu schweigen; bei Gary zeigte sich Eifersucht sofort und unmissverständlich.

Abby atmete tief durch und sprach mit fester, unbewegter Stimme. »Gary, es ist schon spät, das Wetter ist miserabel, und ich bin müde. Und falls das nicht reicht, darf ich dich daran erinnern, was Richter Ryan dir gesagt hat. Du wohnst hier nicht mehr, und wenn du weiterhin unangekündigt hier auftauchst, lasse ich dir Hausverbot erteilen. Das willst du doch nicht, oder? Dass vor Gericht über deine Angelegenheiten geredet wird und jeder es mitbekommt?«

Es war das einzige Druckmittel, das sie gegen ihn besaß, und sie wandte es nur vorsichtig an, um es nicht abzunützen. Gary war Vizepräsident einer der örtlichen Firmen, einer Bauentwicklungsgesellschaft, die in der Stadt hoch angesehen und sehr bekannt war, und sein Ruf bedeutete ihm viel. Eine Scheidung war das eine; eine Scheidung von einer Ehefrau, die sich auf körperliche und seelische Misshandlung während einer dreizehnjährigen Ehe berief, war etwas ganz anderes.

Sie war am Tag nachdem sie Gary – mit vorgehaltener

Waffe, seiner eigenen – befohlen hatte, das Haus zu verlassen, zu Ben Ryan gegangen. Er hatte sich ihre Geschichte angehört, die ganze traurige und schmutzige Geschichte, die Matt immer noch nicht kannte, und hatte ihr sowohl echtes Mitgefühl gezeigt als auch hervorragende juristische Ratschläge gegeben. Mehr noch, er hatte Gary einen diskreten Besuch abgestattet und ihm sehr deutlich gemacht, dass er entweder einer Scheidung ohne Anfechtung zustimmen konnte oder eine Anklage wegen schwerer tätlicher Misshandlung und eine Scheidung aufgrund extremer Grausamkeit zu gewärtigen habe.

In den darauffolgenden Monaten hatte sich Gary recht kooperativ verhalten, war aber anfänglich von Zeit zu Zeit bei ihr aufgetaucht. Als sie nur ein paar Monate nach der Trennung eine Beziehung mit Matt angefangen hatte, war in Abby die Angst aufgestiegen, dass ihr launischer Gatte genau im falschen Moment auftauchen könnte; bei Garys gewalttätiger Eifersucht und Matts starkem Beschützerdrang konnte so ein Treffen nur mit einer Tragödie enden.

Wieder war sie zu Ben gegangen, obwohl sie ihm diesmal die relevante Tatsache ihrer Beziehung mit einem anderen Mann verschwieg. Und wieder hatte er Gary einen Besuch abgestattet, diesmal, um ihm zu erklären, dass unaufgeforderte Besuche nicht hingenommen werden würden.

Seitdem hatte Gary sich sehr ruhig verhalten.

Zu ruhig.

Jetzt funkelte er sie böse an. »Du wirst wohl wieder zu Ryan laufen, nur weil ich dich sehen wollte. Schon traurig, wenn ein Mann nicht mal mit seiner eigenen Frau reden kann, Abby.«

Bryce' Knurren wurde lauter, als er die wachsende Spannung spürte und die Drohung in Garys Stimme hörte.

Abby ließ das Knurren des Hundes einen Moment lang die Stille füllen, dann sagte sie: »Die Scheidung wird in knapp drei Wochen endgültig werden, Gary. Ich bin nicht deine Frau, jetzt nicht mehr. Es gibt nichts, was du mir sagen könntest, an dem ich auch nur im Mindesten interessiert wäre. Außer Lebwohl. Bitte mach das Tor zu, wenn du gehst.«

Sein Funkeln wurde stärker, aber seine Stimme war leise, fast freundlich. »Du solltest wirklich nicht so mit mir reden, Abby. Bevor die Scheidungspapiere unterzeichnet sind, bist du immer noch meine Frau. Und eine Frau sollte solche Sachen niemals zu ihrem Gatten sagen. Nicht, wenn sie weiß, was gut für sie ist.«

Abby verspürte den nur zu vertrauten Angstschauer und kämpfte dagegen an, Gary sehen zu lassen, wie leicht er immer noch ihre Gefühle manipulieren konnte. »In dreißig Sekunden lasse ich den Hund los. Nach seinem Knurren zu urteilen, glaube ich nicht, dass er noch eine Ermutigung braucht, dir ein paar Fetzen aus dem Fleisch zu reißen. Und während er das tut, rufe ich den Sheriff an.«

Vielleicht fiel Gary die Schrotflinte ein, die sie an seinem letzten Abend in diesem Haus auf ihn gerichtet hatte, oder er erkannte, dass Abby diesmal nicht nachgeben würde. Jedenfalls war er derjenige, der sich zurückzog, langsam, Stufe für Stufe.

»Und noch was, Gary.«

Er schaute zu ihr hoch, schweigend, mit hartem Gesicht.

»Nur damit du es weißt – falls diesem Hund irgendetwas

zustoßen sollte, zum Beispiel eine Vergiftung oder ein verirrter Schuss aus der Waffe eines anonymen Jägers, oder auch nur ein Auto, das nicht anhält, werde ich dem Sheriff deinen Namen nennen.«

Sein Ausdruck verdüsterte sich noch mehr, was Abby bewies, dass sie ihren Mann in der Tat kannte. Dann fluchte er leise und stapfte davon. Sie hörte, wie sich das Tor öffnete und mit einem lauten Klicken wieder schloss.

Abby blieb steif stehen, lauschte, bis ein Auto in der Nähe ansprang, dann das Knirschen der Reifen auf der verschneiten Straße und schließlich das verklingende Motorengeräusch in der Ferne.

Dann sank sie gegen den Türpfosten.

Sie musste sich dringend ein Vorhängeschloss für das Tor besorgen, ein kräftiges. Und die Sicherheitsfirma hatte Bewegungsmelder und einen Laternenpfahl am Gehweg zur Vordertür empfohlen, damit sich bei Nacht niemand ungesehen dem Haus nähern konnte. Einbrecher, hatten sie gesagt, würden Häuser mit guter Umgebungsbeleuchtung meiden.

Sie fragte sich, ob das wohl auch für gewalttätige Ex-Ehemänner galt.

Bryce jaulte schwach, offensichtlich verstört. Abby gelang es, sich so weit in den Griff zu bekommen, dass sie ihn auf die Veranda führen konnte. Doch der Hund weigerte sich, mehr als ein paar Schritte zu laufen, hob sein Bein am nächsten Busch und kehrte rasch zu ihr zurück. Vielleicht war es die Kälte oder der immer noch sanft fallende Schnee, der ihn davon abhielt, länger zu verweilen. Oder er wusste einfach, dass er nahe bei ihr bleiben musste.

Abby nahm ihn mit hinein und verschloss die Tür, bevor sie die Alarmanlage wieder einschaltete.

»Morgen«, sagte sie zu dem Hund, während sie seine Füße abtrocknete und ihm ein bisschen Schnee aus dem glänzenden roten Fell bürstete, »rufen wir die Sicherheitsfirma an und lassen diese Lampen anbringen. Und wir kaufen ein Vorhängeschloss für das hintere Tor.«

Ihre Stimme war ruhig, doch ihr Herz raste nach wie vor, und dieser entsetzliche Angstknoten, den Gary immer hervorrief, lag ihr riesig und schwer im Magen.

Sie hatte Angst. Sie hasste es, Angst zu haben.

»Ich will Sie nicht verängstigen, Abby. Aber Sie müssen vorsichtig sein. Ich habe eine mögliche Zukunft für Sie gesehen, und sie ist nicht gut. Es besteht die Chance ... ich sah, wie er Sie tötete, Abby. Ich konnte sein Gesicht nicht erkennen, und ich weiß nicht, wer er ist, aber er war außer sich vor Wut, er fluchte und hatte seine Hände um Ihre Kehle geschlossen.«

»Wie bitte? Was sagen Sie da?«

»Es tut mir leid, es tut mir so leid. Sie müssen vorsichtig sein. Er ist ein Wahnsinniger, ist krank im Hirn, und er wird Sie töten, außer ...«

»Außer was?«

»Die Zukunft ist nicht statisch, Abby. Selbst Prophezeiungen müssen nicht immer so ausfallen, wie der Seher sie interpretiert.«

Das war Alexandra Meltons Warnung gewesen, mehr sagte sie nicht. Da Abby erst ein paar Tage zuvor ihren gewalttätigen Ehemann aus dem Haus geworfen hatte, war sie halbwegs davon überzeugt gewesen, dass es ihre eigene Furcht und Besorgtheit gewesen waren, welche die ältere Frau gespürt hatte, und dass die »Prophezeiung« daraus entstanden war.

Trotzdem war sie weiterhin wachsam geblieben, hatte sich vorgesehen. Angesichts von Garys Neigung zu Gewalttätigkeit war es ihr einleuchtend vorgekommen, dass Alexandra tatsächlich ein zukünftiges Ereignis gesehen hatte und der Wahnsinnige aus ihrer Vision sicherlich Gary sein würde.

Bis, wie Matt so unverblümt festgestellt hatte, ein Mörder begonnen hatte, Frauen abzuschlachten. Jetzt musste sie nicht nur wegen ihres Ex-Mannes wachsam sein, sondern praktisch auch wegen jedes anderen Mannes.

Das waren sicherlich keine beruhigenden Gedanken, mit denen Abby in dieser Nacht zu Bett ging. Und als Bryce sie mit flehendem Blick anschaute, erlaubte sie dem großen Hund, sich glücklich neben ihr auszustrecken.

Sie ließ ihre Hand die ganze Nacht auf ihm liegen.

26. Februar 1999

Cassie wachte am Morgen mit einem erwartungsvollen Gefühl auf. Sie blieb noch ein paar Minuten im Bett liegen, dachte nach, merkte an der Helligkeit im Zimmer, dass es über Nacht noch stärker geschneit hatte, verspürte aber keine Eile, aufzustehen und es sich anzuschauen. Ihr Schlaf war ungewöhnlich erholsam gewesen, traumlos, soweit sie sich erinnerte, und sie fühlte sich so gut wie seit langer, langer Zeit nicht.

Der Abend mit Ben war eine Überraschung gewesen. Wie er bemerkt hatte, war sie in der Lage, ihren Schutz in seiner

Gesellschaft zu vermindern, doch selbst während ihre »zusätzlichen« Sinne ruhten, waren die anderen fünf mit Macht erwacht. Sie war sich Bens übermäßig bewusst gewesen, seiner Stimme, seiner Bewegungen und Gesten, seines Lächelns.

Vor allem seines Lächelns.

Und sie war sich seltsam *seiner* Selbstwahrnehmung bewusst. Sie fand es merkwürdig, weil es für sie etwas vollkommen Neues war. Zuvor hatte sie immer entweder die Gedanken eines Mannes lesen können – wie die des Sheriffs –, oder sie konnte es nicht. Wenn sie es nicht konnte, hieß das, dass er für sie ein verschlossenes Buch war und nichts von sich preisgab, das nicht sichtbar war.

Vielleicht hatte Cassie wegen der gewalttätigen männlichen Gedanken, die sie während ihres gesamten Erwachsenenlebens immer wieder anzapfen musste, selten mehr als ein flüchtiges persönliches Interesse an irgendeinem Mann empfunden. Und selbst wenn sich die natürlichen Bedürfnisse und Triebe eines gesunden jungen weiblichen Körpers gezeigt hatten, war es ihr kaum schwergefallen, sie aus ihrem Bewusstsein zu verbannen.

Wenn die einzige sexuelle Erfahrung in grausamen geistigen Bildern unaussprechlicher Gewalt und von Entsetzen und Qualen begleitetem Tod lag, war es praktisch ein Reflex, auch nur die Möglichkeit einer Beziehung mit einem Mann zu vermeiden.

Daher wusste Cassie, wie gefährlich abgesondert und unerfahren sie war, wenn es um gesunde menschliche Gefühle ging, und lächerlich unwissend über die körperliche Seite einer normalen Beziehung zwischen Mann und Frau.

Ben fühlte sich zu ihr hingezogen, dessen war sie sich sicher. Sie wusste, dass sie sich zu ihm hingezogen fühlte. Instinkte, die sie kaum verstand, sagten ihr, dass die Anziehung stark war und sich steigerte und dass es nur eine Frage der Zeit war, bis …

Bis was? Bis sie zusammen im Bett landeten? Bis sie sich ineinander verliebten? Bis er sie von den Füßen riss und mitnahm in ein absurdes emotionales Märchen, an das sie nicht mehr geglaubt hatte, seit sie acht Jahre alt war, und vermutlich nicht mal da?

Cassie warf die Decke zurück, setzte sich auf, und ihr bisheriges Gefühl glücklicher Erwartung verpuffte. Sie war, hielt sie sich vor, ein absoluter Idiot. Zum ersten Mal in ihrem Leben hatte sie sich unverhofft in der Gesellschaft eines gut aussehenden, sexuell anziehenden Mannes befunden, dessen Gedanken ihr verschlossen waren und der ihr etwas gezeigt hatte, was zweifellos nur ganz gewöhnliche, höfliche Aufmerksamkeit war, und sofort ging ihre Fantasie mit ihr durch.

Ben brauchte sie, um einen Wahnsinnigen zu fangen, der seine Stadt bedrohte, und das war der einzige Grund, warum er sie brauchte. Seine Hingabe für diese Stadt und deren Einwohner war stark, seine Abscheu vor dem geisteskranken Mörder sogar noch stärker, und in ihren Fähigkeiten lagen mögliche Werkzeuge für ihn, Erstere zu schützen und Letzteren zu vernichten.

Das war alles.

Nachdem sie zu diesem Schluss gekommen war, bemühte sich Cassie, nicht mehr daran zu denken. Nicht mehr an ihn zu denken. Sie stand auf, zog sich an, goss Kaffee auf, holte ihre Stiefel aus der Waschküche und nahm Max zu seinem Morgenspaziergang mit hinaus.

Der Schnee lag etwa zehn Zentimeter hoch, nicht so viel, dass das Laufen schwierig wurde, aber genug, um das vom Winter niedergedrückte Gras der Felder mit einer makellos weißen Decke zu überziehen. Die kahlen Äste der Hartholzbäume waren mit einer dünnen Schicht überzogen, während die für diesen Bundesstaat so typischen Kiefern unter dem Gewicht des Schnees zusammenzusacken schienen.

Cassie schaute dem fröhlich herumtobenden Max zu und hob den Blick dann zu den Bergen. Ryan's Bluff schmiegte sich in ein Tal hoch an den Abhängen der Appalachians; normalerweise war der Anblick der Berge erfreulich und oft ein bisschen dunstverschleiert, doch heute waren das matte Grün und Braun mit Schnee bestäubt, und die kalte, klare Luft ließ die buckligen Formen näher erscheinen, als sie tatsächlich waren.

Als Cassie sie betrachtete, verebbte ihr erfreutes Lächeln. Zum ersten Mal empfand sie die Berge als bedrohlich, brütend über dem Tal und der Stadt mit einem fast böswilligen Starren.

Sie beobachteten sie.

Genau wie in Ivy Jamesons Küche spürte sie einen Druck auf der Brust, zuerst kaum merklich, dann immer stärker werdend. Die Kälte des Bodens schien in einer Welle durch ihre Stiefel hochzuschwappen und eiskalte Haut und zitternde Muskeln zu hinterlassen.

Die frische weiße Landschaft, die sie umgab, nahm eine schmutzig graue Färbung an, als sei Nebel aufgezogen, und ein dumpfes, dröhnendes Geräusch in ihren Ohren wurde immer lauter. Sie hatte das Gefühl, etwas würde mit flatternden Schwingen gegen sie schlagen, in sie einzudringen versuchen, und die Berührung war so eisig wie das Grab.

Die Gefühle waren so verstörend und unvertraut, dass Cassie nicht wusste, was sie tun sollte. Sie hatte Angst, ihren Schutzschild zu senken, sich zu öffnen und das, was sie da berührte, in ihren Kopf zu lassen. Aber wie besorgt und verängstigt sie auch war, die Erfahrung hatte sie gelehrt, dass jede Abwehr gegen den Versuch, Kontakt mit ihr aufzunehmen, die Situation nur verlängern würde – und es ihr eventuell unmöglich machen würde, das Geschehen zu kontrollieren.

Wenn sie es überhaupt kontrollieren konnte.

Cassie atmete tief ein und langsam wieder aus, sah, wie der Atem vor ihrem Gesicht kondensierte. Dann schloss sie die Augen und öffnete sich dem, das ihre Aufmerksamkeit forderte.

Ben warf den Beweismittelbeutel auf Sheriff Dunbars Schreibtisch. »Cassie mag das ja nichts ausmachen, aber ich kann mit deinem Sinn für Humor wirklich nichts anfangen, Matt.«

»Wie bitte?« Matt blieb vollkommen höflich.

»Spiel hier nicht den Unschuldigen, das steht dir nicht. Dieses Stoffstück stammt von deiner alten Pfadfinderuniform.«

»Das hat sie also rausgekriegt, ja?«, sagte Matt, als Ben sich auf den Besucherstuhl fallen ließ.

»Hat sie. Sagte, der Stoff sei nur ein Beweis für deinen Sinn für Humor – den sie bisher bezweifelt hätte.«

Matt lächelte, runzelte dann aber rasch die Stirn, als Ben fortfuhr: »Sie sagte, es würde dich nicht überzeugen.« Ben beobachtete ihn. »Aber dass es dich wenigstens nachdenklich machen würde. Um Himmels willen, Matt, was brauchst du denn noch?«

Matt überhörte die Frage. »Die Sache mit den Münzen zu verfolgen hat nichts gebracht. Zum einen sind alle Sammler, mit denen wir bisher geredet haben, mittleren Alters oder älter. Alle sind anscheinend glücklich verheiratet und haben Kinder. Und keiner hat auch nur einen Strafzettel.«

»Was heißt, dass sie nicht dem Profil entsprechen.«

»Vorausgesetzt, ich akzeptiere das Profil.«

»Tust du das? Und wirst du endlich zugeben, dass wir es mit einem Serienmörder zu tun haben?«

Matt zögerte. »Ich mag zwar dickköpfig sein, aber ich bin kein Narr, Ben. Die einzige wirkliche Verbindung zwischen den drei Opfern sind ihr Geschlecht und ihre Rasse – und die Tatsache, dass wir bei keiner in ihrer Vergangenheit einen Menschen finden können, der wütend genug ist oder irgendein anderes Motiv für einen Mord hat. Was bedeutet, es sieht mehr und mehr so aus, als wären sie alle von einem Fremden umgebracht worden oder zumindest von jemandem, den sie kaum kannten.«

»Was auf einen Serienmörder deutet.«

»Ich sehe keine andere Möglichkeit, verdammt.« Matts Seufzer klang wie eine Explosion. »Früher wurden sie Fremdenmorde genannt, wusstest du das? Bevor jemand sie ›Serienmörder‹ taufte. Die Art von Mordfällen, die sich am schwersten aufklären lassen, weil der Mörder keine greifbare Verbindung mit seinem Opfer hat.«

Ben nickte. »Ich habe einiges darüber nachgelesen, vor allem nach den Morden an Ivy und Jill. Klingt so, als hättest du das ebenfalls getan.«

»Was mir auch nicht viel genützt hat. Am Ende komme ich doch nur wieder auf dieses mitleiderregend dünne Profil, das deine verdammte Übersinnliche nach Beckys Tod erstellt hat. Weiß, männlich, zwischen vierundzwanzig und zweiunddreißig, vermutlich alleinlebend und ohne feste Beziehung zu einer Frau, vermutlich früher missbraucht und mit zumindest einem dominierenden Elternteil, vermutlich mit sexuellen Problemen. Zum Teufel, *vermutlich* rede ich sogar mit dem Kerl, wenn er mir auf der Straße begegnet!«

Ben verstand die Frustration des Sheriffs, weil es ihm genauso ging.

»Was noch schlimmer ist«, sagte Matt düster, »gestern habe ich wenigstens drei Leute den Ausdruck ›Serienmörder‹ benutzen hören, und sobald sich das verbreitet, wird hier schnell die Hölle los sein. Zu sagen, wir hätten hier einen Mörder rumlaufen, macht die Leute unruhig und besorgt. Zu sagen, es sei ein Serienmörder, lässt sie vollkommen durchdrehen. Das ist, als würdest du am Strand *Achtung, Haie!* brüllen.«

»Die meisten Frauen scheinen sich vorzusehen, wenigstens haben wir das erreicht«, meinte Ben. »Ich glaube nicht, dass ich in der letzten Woche auch nur eine allein auf der Straße gesehen habe.«

Matt grunzte. »Darauf brauchen wir uns nicht viel einzubilden, Ben. Die furchtbare Wahrheit ist, dass wir nicht näher dran sind, den Kerl zu finden, als wir es letzte Woche nach dem Mord an Becky waren. Und du weißt so gut wie ich, je länger es dauert, bis wir einen Durchbruch in diesem Fall erreichen, desto unwahrscheinlicher wird es, dass wir den Schweinehund je fassen werden. Wir erwischen Mörder, weil sie Beweise hinterlassen, die wir interpretieren können, oder weil sie eine Dummheit begehen. Der hier hat nichts davon getan. Vielleicht mordet er erneut und wird dreist genug, uns ein paar hilfreiche Beweise zu hinterlassen. Oder vielleicht sind drei seine Grenze, und er lehnt sich einfach gemütlich zurück und schaut zu, wie wir im Dunkeln tappen.«

»Cassie glaubt, er ist noch nicht fertig.«

»Oh, verflucht.« Der Sheriff klang eher verzweifelt als angewidert.

In so neutralem Ton wie möglich sagte Ben: »Wenn wir uns ihre Fähigkeiten zunutze machen wollen, sollten wir das lieber bald tun. Je länger es sich hinzieht, desto wahrscheinlicher ist es, dass dieser Dreckskerl Cassies Eindringen in seinen Kopf bemerkt und sie als Bedrohung erkennt.«

Matt starrte ihn an. »Du hast nicht nur über Serienmörder nachgelesen, sondern auch über Paranormale, stimmt's?«

Ben stritt es nicht ab. »Man scheint sich darin einig zu sein, dass manche Leute ungewöhnlich empfindsam für die elektromagnetische Energie des Gehirns sind. Durch irgendeinen Kanal sind sie in der Lage, die Energie im Gehirn anderer anzuzapfen und sie zu deuten, sie als Gedanken und Bilder und sogar Emotionen zu interpretieren.«

»Was meinst du mit ›Kanal‹?« Da das mehr nach Wissenschaft und viel weniger nach Magie klang, ließ sich Matt wenigstens herab, zuzuhören.

»Was Cassie ›Verbindungen‹ nannte. Körperliche Berührung, entweder einer Person oder eines Gegenstandes, den diese Person berührt hat, ist am verbreitetsten. Einem Paragnosten ist es nur selten möglich, ohne irgendwelche Verbindung das Gehirn eines anderen anzuzapfen. Aber bei ein paar ganz wenigen Paragnosten – und ich glaube, Cassie gehört dazu – scheint dieser Kontakt, sobald er hergestellt ist und lange genug angehalten hat, eine Art Karte oder Spur zurückzulassen, wie ein schwacher Energiestrom, der die beiden Gehirne verbindet. Danach ist es für den Paragnosten möglich, dieser Spur praktisch nach Belieben zu folgen.«

Ben hielt inne. »Leider ist es dem angezapften Gehirn ebenfalls möglich, diese Verbindung zu identifizieren – und sie vielleicht sogar zu dem Paragnosten zurückzuverfolgen.«

»Selbst wenn derjenige kein Paragnost ist?«, fragte Matt eindringlich.

»Einigen Spekulationen nach ist der Verstand eines Serienmörders so abnorm, dass seine Gedanken im wahrsten Sinne ›Fehlzündungen‹ haben, sodass die elektromagnetische Energie ins Gehirn überläuft und Veränderungen auf der molekularen Ebene bewirkt. Genau wie eine Kopfverletzung latente außersinnliche Fähigkeiten auslösen kann, können das auch diese Fehlzündungen. Für einen gewissen Zeitraum kann ein Serienmörder tatsächlich paragnostisch werden. Wenn das passiert und der Mörder so jung ist, wie Cassie glaubt, könnte es nur eine Frage der Zeit sein, bis er die Spur zu ihr zurückverfolgt.«

»Vorausgesetzt, er liest ihren Namen nicht schon vorher in der Zeitung«, bemerkte Matt trocken.

»Das ist das andere Risiko und wohl auch das wahrscheinlichere. Früher oder später wird es sich herumsprechen, dass Cassie außersinnliche Fähigkeiten hat und dass wir mit ihr gesprochen haben.«

»Würde sich das bei der nächsten Wahl nicht einfach prima machen?«

»Wenn wir diesen Mörder hinter Gitter bringen«, erinnerte ihn Ben. »Ich bezweifle stark, dass es die Wähler kümmert, wie wir das geschafft haben.«

»Vielleicht. Aber bis dahin werden wir heftig unter Beschuss geraten. Und deine Übersinnliche wird im Mittelpunkt stehen.«

»Hör auf, sie meine Übersinnliche zu nennen. Du kennst ihren Namen.«

Matt beäugte ihn. »Wir sind aber empfindlich, was?«

»Hier geht es nicht um mich. Wirst du nun Cassie um Hilfe bitten oder nicht?«

Eher milde erwiderte Matt: »Ja, das werde ich.«

Ben blinzelte. »Und wann hast du dich dazu entschlossen?«

Matt befingerte den Beweismittelbeutel, der immer noch auf der Schreibunterlage vor ihm lag. »Als du mir erzähltest, sie habe gewusst, dass das hier von meiner Pfadfinderuniform stammt. Wie du sagtest – wie *sie* sagte –, hat mich das nicht überzeugt. Aber mir fällt kein einziger Trick oder Betrug ein, durch den sich erklären lässt, wie sie dieses Stoffstück korrekt identifizieren konnte. Außer sie *wusste* es. Das reicht mir, zusammen mit allem anderen, um herausfinden zu wollen, was sie sonst noch weiß.«

»Wird auch Zeit.«

»Also, dann sitz nicht einfach da und starr mich an. Ruf sie endlich an.«

Zuerst nahm Cassie nichts anderes als die Kälte wahr. Weit über die Frostigkeit des Schnees und des Windes hinaus war diese Kälte absolut. So musste sich, stellte sie sich vor, die beißende Berührung des Weltraums an menschlicher Haut anfühlen. Sie hatte die verschwommene Ahnung, dass selbst das Blut in ihren Adern langsamer floss und zu einer Art Schneematsch wurde, als die Kälte es erreichte.

Das flatterige Gefühl kehrte zurück, verstärkte sich kurz, ebbte dann ab, und sie spürte etwas anderes.

Jemand anderen.

Langsam öffnete Cassie die Augen. Die Luft um sie herum blieb grau und nebelig. Sie war sich vage bewusst, dass der Hund wie rasend bellte, sah ihn aber nicht. Sie drehte behutsam den Kopf, zum Wald hin, wo mehr Kiefern als Hartholzbäume das Gebiet mit ihren schweren Ästen dunkel und bedrückend machten.

Die Menschen standen direkt am Waldrand.

Es mussten Dutzende sein, hauptsächlich Frauen, aber auch ein paar Männer und mindestens ein Junge. Sie betrachteten sie mit ebenso vorwurfsvollen Blicken wie dem, den Ivy Jameson vor Tagen durch ihre Küche auf Cassie gerichtet hatte.

Als sie langsam auf sie zukamen, sah Cassie ihre Wunden. Die Kehle einer Frau war aufgeschlitzt. Bei einer anderen war der Kopf verformt, eine entsetzliche Delle in ihrem Schädel schrie stumm von einem schweren Gegenstand und grauenvoller Wucht. Ein Mann trug seinen blutigen Arm, während ein anderer schützend die Hände über einen klaffenden Schnitt vom Brustkorb bis hinunter in den Schritt hielt.

Mit gleichmäßigen Schritten kamen sie auf sie zu, traten aus dem Schatten des Waldes und auf das Feld mit seinem grauen Schnee und der nebeligen Luft, und diese erschreckende Kälte strömte in beinahe sichtbaren Wellen von ihnen aus.

Sie ließen keine Fußabdrücke im Schnee zurück.

Cassie hörte ein schwaches Wimmern und merkte, dass es aus ihrer eigenen Kehle kam. Es war ein armseliger Ersatz für den Schrei, der tief in ihr herumkroch. Sie war erstarrt, vollkommen unbeweglich. Sie konnte nicht weglaufen oder zurückweichen oder auch nur den Arm heben, um sich zu schützen.

Sie konnte nur dastehen und darauf warten, dass sie sie erreichten.

Um sie zu berühren.

11

Als Cassie die Augen öffnete, begriff sie nicht sofort, wo sie sich befand oder wie sie dort hingekommen war. Die getäfelte Decke über ihr kam ihr vage bekannt vor, und schließlich erkannte Cassie sie als die des Wohnzimmers von Tante Alex' Haus.

Ihrem Haus.

Seltsam. Sie erinnerte sich nur daran, heute Morgen aufgestanden zu sein, Kaffee aufgesetzt zu haben – sie konnte ihn riechen – und mit Max hinausgegangen zu sein. Und dann ...

Nichts.

»Sie sind also wieder da.«

Sie drehte den Kopf zu der Stimme und bemerkte gleichzeitig mehrere Dinge. Sie war von Kopf bis Fuß in eine dicke Decke gehüllt, sie lag auf dem Sofa, den Kopf und die Schultern auf Kissen gebettet, und ihr war so unglaublich kalt, dass die Schauer ihren Körper in Wellen überliefen.

Der Sheriff stand am Kamin, in dem ein Feuer loderte. Er lehnte mit der Schulter am Kaminsims, hatte die Hände in die Taschen seiner schwarzen Jacke gesteckt, und das eine Auge des großen Hundes, der nur zwei Schritt von ihm entfernt saß, starrte ihn mit sichtbarer Feindseligkeit an.

»Ben hatte keine Zeit, uns einander vorzustellen«, teilte ihr Matt mit leicht trockenem Ton mit, während er den Hund im Auge behielt. »Wie gut, dass dieser Köter ihn bereits kannte. Sonst wäre keiner von uns auch nur in Ihre Nähe gekommen.«

»In meine Nähe? Wo war ich?« Ihre Stimme klang leicht zittrig, dachte sie, was aber angesichts der Kälteschauer kaum erstaunlich war.

Er ließ sich durch ihre Verwirrung nicht aus dem Konzept bringen. »Draußen auf dem Feld, nördlich von hier, etwa hundert Meter vom Haus entfernt. Sie lagen bewusstlos im Schnee, bewacht von dem Hund, der sich die Seele aus dem Leib bellte.«

»Bewusstlos?« Sie dachte darüber nach, schüttelte dann den Kopf. »Wo ist Ben?«

»In der Küche. Macht entweder heiße Schokolade oder heiße Suppe, was er am schnellsten fertig kriegt.« Im Plauderton fuhr Matt fort: »Als Sie nicht ans Telefon gingen, war Ben überzeugt, das etwas passiert wäre. Also fuhren wir hier raus. Hörten den Hund, sobald wir aus dem Auto stiegen, und entdeckten Sie gleich darauf. Als wir Sie erreichten und es schafften, an dem Hund vorbeizukommen, merkten wir sofort, dass Sie in keiner guten Verfassung waren. Sie waren ungefähr zwei Schattierungen bleicher als der Schnee, Ihr Puls war schwach, Ihr Herz schlug nur noch zwanzig Mal in der Minute, und Sie atmeten kaum noch. Wenn es mir nicht gelungen wäre, Ben davon zu überzeugen, dass Sie nur Wärme brauchten, wären Sie jetzt auf dem Weg ins Krankenhaus.«

»Woher wussten Sie, dass ich nur Wärme brauchte?«

Matt runzelte leicht die Stirn. »Das ist schwer zu erklären. Ich habe Sie nur angeschaut, und ich könnte schwören, dass eine Stimme in meinem Kopf immer wieder ›kalt‹ sagte. Ihre Stimme.«

Das überraschte Cassie nicht sonderlich. Auch wenn sie sich nach wie vor nicht erinnerte, was geschehen war, hätte ihr unbewusster Hilferuf als Erstes den Sheriff erreicht, der dank seiner fehlenden Abschirmung am ehesten in der Lage war, sie zu hören.

»Vielen Dank, Sheriff«, sagte sie.

»Keine Ursache. Und nennen Sie mich Matt.«

Sie beschloss, seine offensichtliche Sinnesänderung nicht zu hinterfragen. Stattdessen sagte sie zu dem leise knurrenden Hund: »Max, er ist ein Freund. Sei ein guter Junge und leg dich hin.«

Der Hund wandte ihr seine Aufmerksamkeit zu, immer noch wachsam, legte sich dann aber gehorsam hin und wedelte mit der Rute.

»Vielen Dank«, sagte Matt. »Er machte mich allmählich nervös.«

Bevor Cassie antworten konnte, kam Ben mit einem Becher ins Zimmer. Er war nicht fürs Gericht gekleidet; die Jeans und das Sweatshirt machten ihn um Jahre jünger und auf irritierende Weise anziehend.

Er hatte offenbar ihre Stimme gehört und war nicht überrascht, sie wach vorzufinden, doch sein Gesicht war grimmig. Der Blick, den er auf sie richtete, war so eindringlich, dass sie wegschauen musste.

Er setzte sich neben sie aufs Sofa und hielt ihr den Becher an die Lippen. »Trinken Sie das, Cassie. Das wird Ihnen helfen, warm zu werden.«

Es war heiße Schokolade, und sie war entweder sehr gut, oder Cassie war sehr durchgefroren und durstig. Sie trank ein paar Schlucke, zog dann die Hände unter der Decke hervor und nahm Ben den Becher ab. Es war kein Zufall, dass sie ihn dabei nicht berührte.

»Danke, es geht schon.«

Ben widersprach nicht und machte auch keine Bemerkung. Er saß nur da, eine Hand auf der Rückenlehne des Sofas, die andere auf seinem Knie, und starrte Cassie schweigend an. Sie wusste, dass er sie anstarrte, weil sie es spüren konnte.

Matt sagte: »Bisher erinnert sie sich nicht daran, was da draußen passiert ist.«

»Woran können Sie sich erinnern?«, fragte Ben.

Cassie blickte auf den Becher. Die heiße Flüssigkeit erwärmte sowohl ihre eiskalten Hände als auch ihren zitternden Körper, aber sie wusste, dass es lange dauern würde, bis ihr wieder richtig warm war. »Ich erinnere mich, mit Max nach draußen gegangen zu sein. Ich erinnere mich, vom Haus fortgegangen zu sein und zu den Bergen hinaufgeschaut zu haben ...«

»Cassie?«

Sie schnappte nach Luft und schloss die Augen, als Gefühle und Bilder vor ihr auftauchten. »Oh Gott. Ich erinnere mich«, flüsterte sie.

»Erzählen Sie es uns«, bat Ben leise.

Es dauerte einen Moment, bis Cassie ihre Stimme in der Gewalt hatte, und als sie schließlich zu sprechen begann, berichtete sie emotionslos von ihrem Erlebnis. Erst gegen Ende der Geschichte brach ihr die Stimme.

»Sie kamen auf mich zu und ... und ich konnte nicht weglaufen. Ich konnte nicht mal schreien. Mir wurde nur immer kälter, und meine Angst wurde stärker, während sie näher kamen. Dann ... kurz bevor sie mich erreichten ... wurde alles schwarz. An mehr kann ich mich nicht erinnern.«

Sie brauchte nicht zu Matt schauen, um zu wissen, dass er zwischen Verblüffung und Unglauben hin- und hergerissen war. Sie riskierte einen kurzen Blick zu Ben, der sie immer noch beobachtete, sein Ausdruck nicht weniger grimmig als zuvor, die Augen undurchdringlich. Sie hatte keine Ahnung, was er dachte oder empfand.

Matt sagte: »Diese Leute waren also Geister?«

»Schätze ich.«

»Sie *schätzen?*«

Cassie wandte sich dem Sheriff zu, fand es leichter, seinem ungläubigen Blick zu begegnen als Bens unauslotbarem. »Ja, ich schätze. Ich weiß es nicht mit Sicherheit, weil mir so etwas noch nie passiert ist.« Sie holte Luft. »Schauen Sie, meine Fähigkeiten haben mir nie erlaubt, über ... über den Tod hinaus zu gehen. Ich bin kein Medium. Ich fange Gedanken von lebenden Wesen auf, Bilder von Ereignissen, die gerade geschehen oder vor Kurzem geschehen sind. Ich weiß nichts über Geister.«

»Was ist mit dem, was Sie in Ivys Haus gesehen haben? Sie sagten, es sei möglich, dass Sie gesehen haben könnten, was ihr ... ihr Geist Augenblicke vor dem Tod gesehen hat.«

Sie zögerte. »Ich sagte, es sei möglich, aber ich glaubte nicht daran. Obwohl es sich so seltsam anfühlte, dass ich sicher war, das Gesehene müsse aus der Erinnerung einer lebenden Person stammen, die dort stand und auf den Schauplatz des Mordes blickte. Aber ...«

»Aber?«

»Aber ... einige der Dinge, die ich heute fühlte, ähnelten dem, was ich an jenem Tag gefühlt habe, und ich glaube nicht, dass es Erinnerungen waren.« Sie schüttelte den Kopf. »Ich weiß es einfach nicht.«

»Wenn das, was Sie da gesehen haben, Geister waren«, sagte Ben, »wessen Geister waren es dann?«

»Ich habe keinen davon erkannt. Aber sie wurden alle ermordet, glaube ich.«

Matt fluchte leise. »Ich dachte, Sie hätten gesagt, unser Mörder sei neu in dem Job. Wenn er bereits ein Dutzend Menschen ermordet hat ...«

Cassie zögerte erneut und schüttelte noch mal den Kopf. »Ich glaube nicht, dass es seine Opfer waren. Ich meine ... als ich in Mrs Jamesons Küche stand, war es, als würde ich jemanden anzapfen, der den Schauplatz betrachtet. Fast als sähe ich es wie er, aus seiner Perspektive. Das tropfende Blut so drastisch rot, die Leiche mit ihrem vorwurfsvoll auf mich gerichteten Blick. Diese Bilder waren sehr dramatisch, als sei die ganze Sache ... in Szene gesetzt worden, um ein starkes Gefühl auszulösen.

Dasselbe Gefühl hatte ich heute, oder fast dasselbe. Als sähe ich etwas, das aus einer schwarzen Hölle der Fantasie heraufbeschworen worden war. Nicht die Geister früherer Opfer, sondern mehr wie ... eine Rollenbesetzung, die er sich vorstellte.«

»Die Geister zukünftiger Opfer?«, fragte Ben.

»Vielleicht.« Sie schaute ihn nicht an. »Aber es war mehr

wie der … feuchte Traum eines heranwachsenden Psychopathen.« Noch als sie es aussprach, verspürte Cassie so etwas wie gequälten Humor. Sie mochte zwar jungfräulich sein, doch unschuldig war sie gewiss nicht. Eine Zeile aus einem alten Film schoss ihr durch den Kopf, irgendwas darüber, ein verkorkstes Mädchen zu sein.

Das traf auf sie zu.

Das Schweigen hielt ein wenig zu lange an, und es war Cassie, die es mit ruhiger Stimme unterbrach. »Wo ich jetzt darüber nachdenke, erinnerte mich die Szene, als sie auf mich zukamen, blutend und mit Körperteilen in der Hand, an einen Horrorfilm über reanimierte Tote, den ich vor Jahren gesehen habe. Unserem Mörder könnten solche Träume durchaus gefallen.«

»Jetzt sind Sie also in seinen Träumen?«, wollte Matt wissen.

»Könnte sein. Ich bin früh aufgestanden, und er hat vielleicht lange geschlafen. Und geträumt.«

»Und Sie haben diese Träume angezapft«, meinte Ben sehr leise.

Matt gab ein kleines Geräusch von sich, eine Mischung aus Erheiterung und Verzweiflung. »Sie machen es mir sehr schwer, irgendwas davon zu glauben, Cassie.«

»Ich weiß. Es tut mir leid.« Sie drehte den Kopf und schenkte ihm ein schwaches Lächeln. »Nichts ist jemals so einfach, wie Sie es gern hätten.«

»Wenn das nicht wahr ist. Hören Sie – wir kamen her, weil ich Sie bitten wollte, diesen Kerl noch mal anzuzapfen, aber offensichtlich …«

»Ich kann es versuchen.«

Ben sagte: »Sie zittern immer noch.« Cassie hielt ihren Blick abgewandt. »Mir fehlt nichts. Außer dass mir ein bisschen kalt ist, aber ich bin nicht mal müde.«

Matt schaute von ihrem Gesicht zu Ben und zögerte. »Wir können es auch auf morgen verschieben. Da draußen im Schnee zu liegen hat Ihnen bestimmt nicht gutgetan, egal, was es hervorgerufen hat.«

»Ich würde es lieber jetzt versuchen«, sagte Cassie mit gleichmäßiger Stimme. »Ich muss die Kontrolle darüber behalten, zumindest soweit es mir möglich ist. Ich muss diejenige sein, die den Kontakt herstellt.«

Matt wartete einen Augenblick, doch als Ben nicht widersprach, stimmte er mit einem Nicken zu. »Ich habe eine der Münzen dabei. Aber ...«

»Aber?«

»Na ja, Ben meinte, Sie könnten diesen Kerl eventuell auch nach Belieben anzapfen, ohne etwas zu berühren, das er angefasst hat. Ich frag mich, ob Sie das vielleicht jetzt tun könnten.«

Cassie blickte zu Ben und reichte ihm dann den Becher zurück, wobei sie wieder darauf achtete, ihn nicht zu berühren. »Versuchen wir es.«

»Haben Sie das schon mal gemacht?«, fragte Ben mit leicht rauer Stimme.

»Nein. Noch nie. Aber da sein Unterbewusstes mich so leicht zu erreichen scheint, würde ich gern herausfinden, ob mir das gelingt.«

Matt verließ endlich den Kamin und zog sich einen Ohrensessel näher zum Sofa, von dem aus er Cassie gut im Blick hatte. Mit einem gemurmelten »Nur für alle Fälle« zog er ein Notizbuch und einen Stift heraus und setzte sich erwartungsvoll zurecht.

Ben stellte den Becher auf den Couchtisch, rückte aber auf dem Sofa nicht von seinem Platz bei Cassie fort.

Cassie steckte die Hände wieder unter die Decke, schloss die Augen und versuchte sich zu entspannen, zu konzentrieren. Das fiel ihr schwer, wo Ben so nahe saß. Er klemmte sie praktisch auf dem Sofa ein, aber jahrelange Übung machten es ihr möglich, sogar diese ablenkende Erkenntnis von sich zu schieben.

Bilder hatten Cassie immer geholfen, sich auf das zu konzentrieren, was sie zu tun versuchte, obwohl der Vorgang durch das Festhalten eines Gegenstandes meist beschleunigt wurde und ihre eigenen Bilder rasch von den durch die Augen der Mörder gesehenen ersetzt wurden.

Diesmal beschwor sie das Bild eines Pfades durch einen friedlichen Wald herauf und begann ihm zu folgen. Nichts zerrte an ihr. Keine düstere Stimme flüsterte ihr etwas zu. Während sie ging, blickte sie sich um, interessiert, aber gelassen.

Wenn sie an einen Pfad kam, der in eine andere Richtung führte, ließ sie ihren Instinkt entscheiden, ob sie ihn einschlagen sollte, tat es manchmal oder ging daran vorbei. Das fröhliche Vogelgezwitscher verklang allmählich, und der Wald wurde dunkler.

»Cassie?« Bens Stimme, merkwürdig fern und hohl im Wald.

»Ich bin noch nicht da«, teilte sie ihm mit, sich vage bewusst, dass er mit ihr unterwegs war.

»Wo sind Sie?«

»Ich folge einem Pfad.« Sie merkte, wie sie die Stirn runzelte. »Einem seltsamen Pfad.«

»In welcher Weise?«

»Weiß nicht genau. Fühlt sich nur seltsam an.«

»Erzählen Sie es mir.«

Sie seufzte ein wenig ungeduldig. »Der Boden ist überall schwammig. Und es riecht wie ... wie in einem schimmeligen Schrank. Und das Licht scheint aus zwei verschiedenen Richtungen zu kommen. Ich werfe zwei Schatten. Ist das nicht merkwürdig?«

»Hören Sie irgendwas?«

»Erst hab ich die Vögel gehört. Aber jetzt ist da nur die Musik.«

»Welche Musik?«

»Ich glaube, sie kommt aus einer Spieldose. Ich kann mich jedoch nicht an die Melodie erinnern. Ich sollte, aber ich kann es nicht.«

»In Ordnung. Wenn es Ihnen einfällt, sagen Sie es mir.«

»Mach ich.« Sie ging weiter, bemerkte ohne Beunruhigung, dass die Bäume um sie herum eigenartige, unnatürliche Formen annahmen. »Hm.«

»Cassie?«

»Was ist?«

»Wo sind Sie?«

Sie wollte gerade berichten, dass sie immer noch im Wald war, doch bevor sie es aussprechen konnte, kam sie an eine deutlich sichtbare Gabelung des Pfades. Ihr Instinkt hatte ihr dazu nichts zu sagen, daher warf Cassie in Gedanken eine Münze und schlug den nach rechts führenden Pfad ein.

»Cassie, reden Sie mit mir.«

»Da war eine Gabelung im Pfad. Zwei Wege zweigten in den Wald ab ... ich bin nach rechts gegangen. Das ist der weniger begangene Pfad.«

»Cassie, ich glaube, es wird Zeit, dass Sie umkehren und zurückkommen.«

Sie merkte, dass er besorgt war, und versuchte, ihrer Stimme einen beruhigenden Klang zu geben. »Mir geht's gut. Und außerdem bin ich fast da.«

»Was sehen Sie?«

»Eine Tür.«

»Mitten im Wald?«

Bis er ihr diese Frage stellte, hatte Cassie das nicht merkwürdig gefunden. Aber jetzt starrte sie auf die sehr große Tür, die anscheinend aus massiver Eiche bestand. »Hm. Ich könnte außen herumgehen, aber ich glaube, ich soll hindurchgehen.«

»Seien Sie vorsichtig.«

Es dauerte ein bisschen, den Knauf zu finden, vor allem, da es kein Knauf war, sondern ein geschickt im Holz verborgener Griff. Mit einem Gefühl des Triumphs drückte sie ihn nieder und schob dann die Tür auf.

Der Wald war verschwunden. Vor ihr erstreckte sich ein kahler Flur, von dem rechts und links Türen abgingen. Es roch noch mehr wie in einem lange vergessenen Schrank. Mit einem Seufzer trat sie ein.

»Cassie?«

»Da ist ein Flur mit vielen Türen. Ich gehe ihn hinunter. Verdammt. Das geht viel schneller, wenn ich einen Führer habe.«

»Einen Führer?«

»Irgendwas von ihm. Egal. Ich bin so weit gekommen, und …« Sie hatte eine Tür am Ende des langen Flurs geöffnet, und im selben Moment war die Reise beendet. »Oh.«

»Cassie? Was ist los?«

Kein Flur. Kein Wald. Keine angenehmen Bilder.

Nur ein niederdrückendes Gewicht um sie herum, die zermürbende Wahrnehmung eines anderen Bewusstseins, das ihres umgab, zu sehen, was er sah, weil ihr keine andere Wahl blieb.

»Er ist es.« Alle Spuren von Beruhigung und Leichtigkeit waren verschwunden.

»Wo ist er?«

»In einem Zimmer. Nur ein Zimmer. Zugezogene Vorhänge. Lampen. Da ist ein Bett. Er sitzt auf dem Bett.«

»Was macht er, Cassie?«

Sie war so plötzlich zu ihm durchgedrungen, dass sie befürchtete, ihre Anwesenheit preiszugeben, daher versuchte sie, sehr still und leise zu sein. »Er ... macht etwas.«

»Was macht er?«

Sie schwieg ein paar Augenblicke, dann blieb ihr die Luft im Hals stecken. »Es ist ein Stück Draht mit Holzgriffen an beiden Seiten. Er macht eine Garrotte.«

»Sind Sie sich sicher?«

»Ganz sicher. Ich ... habe schon mal eine gesehen.«

»In Ordnung. Können Sie sich umschauen, Cassie? Können Sie uns mehr erzählen?«

»Ich kann nur das sehen, was er sieht, und er schaut auf seine Hände, betrachtet sie ... streichelt die Waffe. Sie gefällt ihm.«

»Schauen Sie auf seine Hände. Sehen Sie sich die Hände genau an. Was können Sie uns darüber erzählen?«

»Jung. Stark. Keine Narben bis ... auf die Innenseite beider Handgelenke. Er kaut Nägel, aber sie sind sauber. Sonst nichts.«

»Wissen Sie, was er denkt?«

»Ich habe Angst, zuzuhören.«

»Sie müssen«, befahl eine neue Stimme.

»Matt, halt dich da raus! Cassie, hören Sie ihm nicht zu, außer Sie können es gefahrlos tun.«

»Ich glaube, ich kann mich vor ihm verbergen. Aber ...«

»Aber was?«

Sie fühlte sich verloren. »Nichts. Ich höre ihm zu.«

»Seien Sie *vorsichtig.«*

Cassie machte sich ganz klein und still und hörte vorsichtig zu. Zuerst knisterten seine Gedanken wie atmosphärische Störungen im Radio, rauschten schmerzhaft in ihrem Kopf, doch dann ebbte das Knacken und Zischen ab, als es ihr gelang, durch all die Hintergrundgeräusche zu dringen.

»Er ... denkt daran, was er tun wird ... ihr antun wird.«

»Wem? An wen denkt er, Cassie?«

»Er … da gibt es keine Identität. Nur *sie.* So denkt er an sie. *Ihr* wird es leidtun. *Sie* wird so überrascht sein. *Sie* ... wird nur ganz langsam sterben.«

»Verflucht.«

»*Matt.* Cassie, denkt er noch an irgendwas anderes, das uns helfen könnte? An einen Ort oder einen bestimmten Tag?«

»Nur ... bald. Er ist ganz heiß darauf, es ... es zu tun. Und diesmal will er seine Hände auf ihr haben, wenn sie stirbt. Deswegen die Garrotte. Er will sie spüren ... *Oh Gott …«*

Cassie kroch so schnell es ging aus seinem Geist, und als sie draußen war, sausten der Flur und der Wald verschwommen an ihr vorbei. Und dann war sie wieder bei sich. Ihr Körper fühlte sich kalt an, ihr war übel, und sie war viel müder als zuvor, aber sie war wenigstens wieder da.

»Cassie?«

Langsam öffnete sie die Augen und schaute Ben an. Er war ungewöhnlich bleich, erkannte sie. Hatte ihr Entsetzen so überwältigend geklungen, wie es sich angefühlt hatte?

»Es tut mir leid.« Ihre Stimme klang furchtbar schwach, aber dagegen konnte sie nichts tun. »Ich musste ... ich konnte nicht dort bleiben.«

Matt war derjenige, der fragte: »Was hat er gedacht? Was war es, das Sie nicht ertragen konnten?«

Sie holte Luft und versuchte, mit gleichmäßiger Stimme zu sprechen. »Diese will er ... vergewaltigen. Er will in ihr sein, wenn sie stirbt.«

Ben stieß einen rauen Laut aus, doch Cassie hielt den Blick auf den Sheriff gerichtet.

Matt machte ein grimmiges Gesicht. »Aber Sie haben keine Ahnung, auf wen er es abgesehen hat?«

»Nein. Ich glaube jedoch, dass er sie bereits ausgewählt hat. Das Gefühl der Vorfreude war stark. Es war wie das Gefühl, das ich beim ersten Mal auffing, als er Becky beobachtete. Es tut mir leid, Matt. Wenn es mir gelungen wäre, bei ihm zu bleiben, hätte er vielleicht daran gedacht, wie sie aussieht oder wo sie war, als er sie beobachtete. Ich könnte es noch mal versuchen ...«

»Nein«, mischte sich Ben ein. »Nicht jetzt. Mag sein, dass

Sie vorhin nicht müde waren, aber jetzt sind Sie erschöpft. Und Sie zittern immer noch.«

Cassie weigerte sich nach wie vor, ihn anzusehen. »Ich habe Ihnen nichts Hilfreiches geliefert. Ich muss es noch mal versuchen, und das bald, sonst tötet er das arme Mädchen – und Gott weiß wie viele andere noch.«

»Sich selbst dabei umzubringen, hilft uns nicht weiter.«

»Ich kenne meine Grenzen. Und ich bin stärker, als ich aussehe.«

»Wirklich?«

»Ja.«

Der Blick des Sheriffs war zwischen ihnen hin- und hergewandert, aber als Ben nicht auf Cassies letzte, kurz angebundene Aussage reagierte, sagte Matt: »Wenn wir Glück haben, werden ein paar Stunden nichts ausmachen. Warum ruhen Sie sich nicht erst mal aus, und wir versuchen es am späteren Nachmittag wieder? Je stärker Sie sind, desto besser stehen die Chancen, dass wir etwas Nützliches erfahren. Stimmt's?«

Cassie war nicht leichtsinnig. »Ja. In Ordnung.«

Ben sagte: »Versprechen Sie mir, dass Sie es nicht allein probieren. Ohne Rettungsleine.«

Cassie wollte ihn darauf hinweisen, dass die meisten ihrer Kontakte mit dem Mörder ohne eine Rettungsleine stattgefunden hatten, aber etwas in Bens Stimme warnte sie davor, ihn daran zu erinnern. »In Ordnung.«

»Versprochen?«

»Das habe ich doch gerade getan.«

Ben holte hörbar Luft und sagte dann: »Matt, würdest du uns bitte kurz allein lassen?«

»Klar doch. Ich warte im Auto.« Cassie sah dem Sheriff nach und hörte, wie sich die Haustür leise hinter ihm schloss. Und als sich das Schweigen zu lange ausdehnte, schaute sie endlich Ben an.

»Was ist los?«, fragte er leise.

»Was meinen Sie damit?« Sie fand selbst, dass ihre Stimme ausweichend klang.

Ben runzelte die Stirn. »Soll ich Ihnen eine Liste aufstellen? Also gut. Gestern Abend haben Sie sich mit mir vollkommen wohlgefühlt, heute anscheinend nicht. Sie weichen meinem Blick aus. Sie wollen mich nicht berühren. Sie sind eine Million Meilen weit weg. Cassie, ich muss nicht über außersinnliche Fähigkeiten verfügen, um zu kapieren, dass sich etwas geändert hat. Was ist es?«

Einen kurzen Augenblick lang war Cassie versucht, ihm die Wahrheit zu gestehen. *Ich habe nach dir geschmachtet wie ein dämliches Schulmädchen, und jetzt habe ich damit aufgehört, das ist alles.* Aber obwohl es ihrer Natur entsprach, ehrlich zu sein, merkte sie, dass sie unfähig war, ihm das zu gestehen.

Stattdessen hörte sie sich kühl sagen: »Nichts hat sich verändert, Ben.«

»Und gestern Abend?«

Sie wusste nicht genau, was er mit dieser Frage meinte, antwortete aber trotzdem. »Ich glaube, man nennt das die Ruhe vor dem Sturm.« Sie zuckte die Schulter, war sich wieder bewusst, dass sie in eine Decke gehüllt und praktisch unbeweglich war. Das machte sie ein wenig unruhig. Und es ließ sie zu viel reden. »Für eine kleine Weile hatte ich ... vergessen, dass da draußen ein Wahnsinniger herumläuft.

Ich dachte nicht mehr an Verantwortung und Schutzmechanismen – und die Notwendigkeit, allein zu sein.«

»Wer sagt, dass Alleinsein eine Notwendigkeit ist?«

»Das ist eben so. Für mich ist es das. Ist es immer gewesen.« Sie wollte es beiläufig klingen lassen, unbeschwert, merkte aber, dass es sich bloß jämmerlich anhörte, als sie hinzufügte: »Ach, gehen Sie einfach, Ben. Bitte.«

Er beugte sich plötzlich vor, die eine Hand erhoben, um ihr Gesicht zu berühren. »Bitten Sie mich nicht, das zu tun, Cassie.«

Sie wurde vollkommen reglos, starrte ihn an. Sein Ausdruck war irgendwie anders, als wäre ein Teil von ihm, den sie noch nie gesehen hatte, an die Oberfläche gedrungen. Sie wusste nicht, was sie da sah, aber es rührte etwas in ihr an, das noch niemals geweckt worden war.

»Was ist das nur mit dir?«, murmelte er, offensichtlich mehr an sich selbst gewandt als an sie. »So zurückhaltend und argwöhnisch, so reserviert und voller Angst vor Berührungen. Und doch kann ich nicht anders, als dich berühren zu wollen. Berühren zu müssen. Vielleicht kannst du meine Gedanken nicht lesen, aber ich bekomme dich nicht aus meinem Kopf, Cassie.«

Seine Finger fuhren die Linie ihrer Brauen und der Wangen entlang, sein Daumen strich über ihren Wangenknochen, und als ihr Körper daraufhin erzitterte, begriff Cassie, dass einer von ihnen mit dem Feuer spielte.

»Du ... solltest wirklich gehen«, brachte sie unsicher heraus.

»Ich weiß.« Bens Hand wölbte sich jetzt um ihre Wange, sein Daumen strich langsam über ihre Lippen, und sein Blick folgte eindringlich den Bewegungen. »Glaub mir, ich weiß. Ich weiß, dass der Zeitpunkt schlecht gewählt ist, dass du all deine emotionale Energie brauchst, um das zu tun, worum wir dich bitten. Ich weiß, wie müde du jetzt bist. Ich weiß sogar, dass ich vermutlich einen miserablen Liebhaber für dich abgeben würde, angesichts meiner bisherigen Leistungen auf diesem Gebiet. Ich kenne all die logischen, praktischen Gründe, warum ich gehen und dich in Ruhe lassen sollte.«

»Aber?« Sie war erstaunt, dass das Wort verständlich herauskam. Seine heisere Stimme war genauso eine Liebkosung wie seine Finger, und ihr Körper, der sich noch Augenblicke zuvor so kalt angefühlt hatte, schien jetzt zu fiebern.

»Aber es fällt mir schwer, mich davon zu überzeugen, vernünftig zu sein.« Sein Mund strich leicht über ihre Lippen und zog sich dann zurück. »Ich will dich, Cassie. Ich habe das nicht geplant, und Gott weiß, wie es enden wird, aber ich will dich. Und ... ich habe dieses Gefühl, wenn ich dich jetzt loslasse, verliere ich dich für immer.«

»Ich ... gehe nirgends hin.«

»Du hast versucht, mich fernzuhalten, mich auszuschließen. Glaubst du, das merke ich nicht?«

Cassie widerstand dem Drang, ihr Gesicht gegen seine liebkosende Hand zu drücken. »Um deinetwillen ebenso sehr wie um meinetwillen. Glaub mir, Ben, ich wäre diejenige, die eine miserable Geliebte abgibt. Ich wäre nicht gut für dich. Ich wäre für keinen Mann gut.«

»Vielleicht bin ich bereit, das Risiko einzugehen.«

»Vielleicht bin ich das nicht.«

Seine Lider waren schwer, seine Augen verdunkelt und

sein Blick so eindringlich, dass er an ihr zu ziehen schien. »Irgendwie kann ich nicht glauben, dass uns eine andere Wahl bleibt.«

In seiner Stimme schwang etwas fast Widerstrebendes mit, was sie sagen ließ: »Du kennst mich nicht.«

»Ich kenne alles, was ich kennen muss.«

»Nein, das stimmt nicht. Du kennst mich nicht, Ben. Ich habe zu viel Gepäck. Zu viele Monster, die ich mit mir herumschleppe.« Sie schluckte schwer. »Ich kann nicht …«

Sein Mund bedeckte den ihren, warm und hart und so unerwartet vertraut, dass sie hilflos war, ihre unmittelbare Reaktion zurückzuhalten.

Sich der Bewegung kaum bewusst, zog Cassie ihre Arme unter der Decke hervor und streckte sie nach Ben aus. Die eine Hand drückte gegen seine Brust, als wollte sie ihn von sich stoßen, doch die andere glitt von seiner Schulter in seinen Nacken.

Ihre Berührung war zögerlich, aber nicht schüchtern, und als er den Kopf hob, entfuhr ihr ein enttäuschtes Geräusch.

»Was kannst du nicht?«, murmelte er.

»Du spielst nicht fair«, beschwerte sie sich, erstaunt über den heiseren Klang ihrer eigenen Stimme.

»Ich spiele überhaupt nicht. Cassie, hör mir zu. Vergiss nur für eine Minute den miesen Zeitpunkt. Vergiss den Wahnsinnigen da draußen. Vergiss alles, bis auf diese zwei Menschen hier im Raum.«

Das fällt mir nicht schwer, dachte sie. Ja, es fiel ihr erschreckend leicht. »In Ordnung.«

»Sag mir, dass du mich nicht willst.«

Sie atmete tief ein und langsam wieder aus. »Du weißt verdammt gut, dass ich das nicht tun kann.«

Er lächelte. »Gut. Dann gehen wir von da aus weiter vor.«

Gehen wohin? Aber sie stellte diese vermutlich unbeantwortbare Frage nicht. Stattdessen sagte sie: »Hast du überhaupt eine Ahnung, wie verrückt das hier ist?«

»Du würdest dich wundern.« Er küsste sie, kurz, aber intensiv, und rückte dann von ihr ab. »Ich gehe jetzt besser, damit du dich ausruhen kannst, vor allem, wenn Matt und ich in ein paar Stunden wiederkommen sollen.«

Das hatte sie völlig vergessen.

Sie hatte auch vergessen, dass der Sheriff draußen wartete, wahrscheinlich in seinem Streifenwagen mit laufendem Motor. Diese Erinnerung ließ ihren Protest in der Kehle ersterben. »Stimmt. Stimmt.«

Ben wirkte ein wenig amüsiert, aber seine Augen waren immer noch verdunkelt, und sein Gesicht trug nach wie vor das nackte Aussehen, das sie nicht recht einschätzen konnte. »Ich rufe dich an, bevor wir kommen, aber ich denke, es wird so gegen vier oder fünf sein.«

»In Ordnung. Ich werde hier sein.«

Er trat einen Schritt zurück und zögerte dann. »Denk an dein Versprechen. Versuch nicht, diesen Kerl ohne Rettungsleine zu erreichen.«

»Nein, werde ich nicht.«

Er verabschiedete sich nicht. Sie sah ihm nach, bis er außer Sichtweite war, und hörte, wie sich die Haustür öffnete und schloss.

Danach blieb sie einfach auf dem Sofa liegen. Sie fror nicht mehr und war nicht mal müde, doch ihr war unbehaglich bewusst, dass sie gerade um eine unerwartete Ecke gebogen war.

Und keine Ahnung hatte, was dahinter auf sie wartete.

Matt faltete seine Zeitung zusammen, als Ben in den Streifenwagen stieg, und wendete sofort in Richtung der Stadt. Beide schwiegen, bis Cassies verschneite Einfahrt hinter ihnen lag, und dann war das Gespräch nur kurz.

»Falls du meinen Rat hören willst …«, setzte Matt an.

»Will ich nicht.«

Der Sheriff warf seinem Freund einen Blick zu und murmelte: »Na gut. Dann fahre ich einfach nur.«

12

Das Plantation Inn war für ein Motel nicht übel, aber Bishop hätte gern auf die Plastikpalmen, die in jeder Ecke zu sprießen schienen, verzichtet. Trotzdem, sein Zimmer war sauber und bequem, begrenzter Zimmerservice war zu bekommen – wenn das Restaurant nebenan schloss, war man auf sich selbst angewiesen –, und die Frau am Empfang war kenntnisreich genug gewesen, als er sie nach Fax- und Internetanschlüssen fragte.

Daran gewöhnt, aus dem Koffer zu leben, hielt er sich nicht damit auf, seine Kleidung auszupacken, holte aber den Laptop heraus und stellte ihn auf den Tisch am Fenster, wo sich der versprochene Internetanschluss befand. Als der Zimmerservice seinen Lunch brachte, hatte Bishop sich eingeloggt und seine Mail und die Faxe aus dem Büro abgerufen und sich darüber hinaus auch in eine Datenbank von North Carolina eingewählt, die ihm Zugang zu praktisch allen zurückliegenden und aktuellen Publikationen aus dem Bezirk ermöglichte.

Er aß ein Club Sandwich, während er in den Ausgaben der Lokalzeitung die relevanten Artikel und Kommentare aus der vergangenen Woche las, dann überprüfte er mehrere größere Zeitungen aus dem gesamten Bundesstaat. Er stellte fest, dass die neuesten Ereignisse aus Ryan's Bluff sonst nirgends erwähnt wurden.

Ah ja. Der Sheriff hatte seine Stadt fest zugeknöpft. Zumindest für den Augenblick.

Statt über diese interessante Tatsache zu spekulieren, las Bishop erneut die Informationen durch, die er schon früher über Alexandra Melton gesammelt hatte. Davon gab es wenig genug, nur Angaben über Besitzurkunden für ihren Grundbesitz und die wichtigsten Punkte aus ihrem Testament. Anscheinend hatte sie sich nicht in städtischen Belangen engagiert, da ihr Name in der Lokalzeitung erst auftauchte, als sie starb.

Aber Bishops Informationen reichten weiter zurück als bis zu Alexandra Meltons Leben in Ryan's Bluff. Ja, sie reichten sogar mehr als dreißig Jahre zurück. In seinen Unterlagen befand sich eine Reihe detaillierter Berichte, darunter mehrere aus verschiedenen Krankenhäusern an der Westküste und von mindestens einem halben Dutzend Polizeibehörden. Er warf nur einen raschen Blick darauf, da ihm die Informationen vertraut waren, wandte sich aber einige Minuten lang dem ausführlichen Familienstammbaum zu, der an die zweihundert Jahre zurückreichte.

Bis auf Ehemänner bestand der Stammbaum fast ausschließlich aus weiblichen Nachkommen. Aus dieser weiblichen Linie waren über Generationen nur wenige Söhne hervorgegangen und selten mehr als eine Tochter.

Cassie Neills Name füllte eins von nur zwei Kästchen der jetzigen und einzigen überlebenden Generation.

Nachdem er den Stammbaum eine Weile betrachtet hatte, schloss Bishop die Datei und fuhr den Computer runter. Er rief beim Zimmerservice an, damit das Tablett abgeholt wurde, zog geeignete Freizeitkleidung an und verließ das Motel.

Da das Plantation Inn etwas außerhalb lag, nahm er das Auto, um in die Innenstadt zu gelangen. Schneepflüge waren unterwegs gewesen, hatten die paar Zentimeter Schnee beiseitegeschaufelt, obwohl die Temperatur genug gestiegen war, alles wegschmelzen zu lassen. Er wich dem Matsch am Rinnstein aus, als er das Auto in der Nähe des Drugstores parkte und ausstieg.

Ein paar Augenblicke blieb Bishop neben dem Auto stehen und schaute sich nur um. Es herrschte einiger Betrieb an diesem Freitagnachmittag. Leute gingen in den Läden ein und aus, beim Autohändler am einen Ende der Straße schien eine laute und farbenfrohe Werbeveranstaltung zu laufen, bei der ein Fernseher zu gewinnen war, und in den beiden Restaurants, die er sehen konnte, war einiges los.

Aber ihm fiel sofort auf, dass keine Frau allein unterwegs war und die wenigen Kinder nahe bei ihren Eltern blieben. Und es war stiller, als es hätte sein sollen, die Gespräche leise und kein Lachen zu hören. Nicht viele lächelnde Gesichter, was ungewöhnlich für diesen Landstrich war, wie er wusste. Und mehr als ein Passant warf ihm einen deutlich misstrauischen Blick zu.

Er wusste, er hatte nicht viel Zeit, bis die Behörden sich für seinen Aufenthalt in der Stadt interessierten. Bishop ging gemächlich die Straße entlang, betrat mehrere Läden, erstand überall eine Kleinigkeit und sprach höflich, wenn nicht freundlich mit den Verkäufern, die ihn bedienten. Da ihm das Schicksal ein Gesicht verliehen hatte, das andere selbst unter den besten Umständen nervös machte, unterließ er es, Fragen zu stellen, und hörte lieber den verschiedenen Gesprächen um ihn herum zu. Oder zumindest denen, die nicht abrupt verstummten, sobald jemand seiner ansichtig wurde.

Den Ausdruck »Serienmörder» hörte er mindestens ein halbes Dutzend Mal. Er hörte ebenfalls mehrere Männer verkünden, sie seien bewaffnet und bereit, sollte der Hurensohn sich an *ihre* Frauen heranmachen.

Das war eine Verheißung, die ihre Ehefrauen, so sie anwesend waren, nicht zu beruhigen schien.

Bishop landete schließlich im Drugstore, mit Kaffee und einem redseligen jungen Thekenmann, der mit makabrer Faszination Spekulationen über die drei jüngsten Morde von sich gab. Bishop, der ihn weder ermutigte noch entmutigte, sagte nur, die Stadt käme ihm für solche Vorgänge viel zu nett vor.

Da Mike, der Thekenmann, das Gefühl zu haben schien, dass diese milde Reaktion Kritik durchblicken ließ, fügte er rasch die Information hinzu, dass sie hier auch noch eine Hexe hätten.

Bishop trank von seinem Kaffee. »Tatsächlich?«

»Ja. Alle reden über sie.« Mike polierte eifrig die Theke vor seinem Gast, nur für den Fall, dass sein Chef ihn beobachtete. »Manche sagen, sie sei schuld an diesen Morden, aber ich hab's direkt von einem der Deputys des Sheriffs, dass sie es nicht gewesen sein kann. Mit ihren eigenen Händen, meine ich. Zu klein. Außerdem glaube ich, sie hatte ein Alibi, als Miss Kirkwood getötet wurde.«

»Wenn dem so ist, warum sollte ihr jemand dann die Schuld geben?«, fragte Bishop sanft.

»Na ja, weil sie eine Hexe ist.« Mike senkte die Stimme. »Wie ich gehört habe, wusste sie, dass es einen Mord geben würde, und warnte den Sheriff davor. Richter Ryan auch.«

»Warum haben sie es dann nicht verhindert?«

»Haben ihr nicht geglaubt, wie ich hörte. Na ja, ich meine – würden Sie ihr glauben? Aber dann wurde Becky umgebracht, also schätze ich, dass sie wusste, wovon sie sprach, zumindest zu dem Zeitpunkt. Ich würde ja gern mal wissen, wie sie das macht.«

»Sie meinen – wie außersinnliche Wahrnehmung funktioniert?«

Mike schüttelte ungeduldig den Kopf. »Nee, ich meine, hat sie eine Kristallkugel? Welche von diesen Tarotkarten? Oder braucht sie Hühnerblut oder so was dazu? Keith Hollifield, drüben bei der Fabrik, dem fehlen seit letzter Woche ein paar Hühner, und er hat verbreitet, dass die Hexe sie vielleicht braucht, um in die Zukunft zu sehen.«

»Hat jemand sie gefragt?« Bishops ironischer Ton entging dem jungen Thekenmann.

»Nicht, dass ich wüsste«, erwiderte Mike ernsthaft. »Aber ich finde, der Sheriff sollte das tun, oder?«

»Selbstverständlich.« Bishop bezahlte den Kaffee, gab Mike ein ordentliches Trinkgeld und schlenderte dann aus dem Drugstore.

Ein Deputy, der draußen an einem Laternenpfahl lehnte, richtete sich auf, beäugte Bishop forschend und fragte ihn höflich, ob er fremd in dieser Stadt sei.

Die Zeit war abgelaufen.

Mit einem schwachen Lächeln zeigte ihm Bishop seine Identifikation.

Die Augen des Deputys weiteten sich. »Ähm. Sie werden mit dem Sheriff sprechen wollen, nehme ich an.«

»Irgendwann«, erwiderte Bishop. »Aber jetzt noch nicht.«

Obwohl die Temperatur so weit über dem Gefrierpunkt lag, dass der Schnee zu schmelzen begann, war das Bild vor Cassies Küchenfenster immer noch das eines Winterwunderlandes, als sie sich zu einem späten Frühstück hinsetzte. Ben und der Sheriff waren vor fast zwei Stunden gegangen, aber sie hatte einige Zeit gebraucht, sich durchzuringen, das Sofa zu verlassen. Und als sie schließlich aufstand, entdeckte sie, dass sie müder war als gedacht und immer noch ein wenig fror.

Ein heißes Bad half ihr, warm zu werden, und als sie Max endlich mit einer Entschuldigung sein Futter hinstellte und sich selbst Frühstück machte, fühlte sie sich besser. Zumindest körperlich.

Über das Emotionale war sie sich nicht sicher.

Jahre der Erfahrung hatten sie gelehrt, nicht bei entsetzlichen Bildern und Gedanken zu verweilen, die ihr telepathisch zugeströmt waren, daher fiel es ihr leicht, an den Mörder mit einem schwer errungenen Grad an Distanz zu denken. Aber das Wissen, dass er sein nächstes Opfer bereits ausgewählt hatte und neue Qualen für es plante, ließ sich nicht verdrängen.

Nicht leicht, jedoch absolut notwendig, um eine Art Frieden zu finden. Allerdings war diesmal dafür mehr als Konzentration erforderlich. Sie musste sich durch Gedanken ablenken, die auf ihre Art fast genauso emotional verstörend waren.

Gedanken an Ben, und was da anscheinend zwischen ihnen heranwuchs.

Cassie war immer noch erstaunt über ihre Reaktion auf ihn und noch mehr erstaunt über sein Verlangen. Sie wusste nicht, wie sie sich das erklären sollte, alles daran. Nach dem, was sie über Männer und die Dinge erfahren hatte, zu denen sie fähig waren, hatte sie es für praktisch unmöglich gehalten, sich eine Beziehung mit diesem ... diesem absurden, träumerischen Verlangen vorzustellen. Mit Neugier und Begierde.

Eine sexuelle Beziehung, nahm sie an. Ben hatte deutlich gemacht, dass er sie wollte, obwohl sie sich unsicher war, wie das sein konnte. Sie machte sich keine Illusionen – und sie hatte zu viele männliche Gedanken gelesen, um nicht zu wissen, dass Männer sie einfach nicht anschauten und auch kein Verlangen empfanden. Sie war zu dünn, überhaupt nicht hübsch, beladen mit einem Bündel albtraumhafter Fähigkeiten und lächerlich unerfahren auf dem Gebiet romantischer Beziehungen.

Kurz gesagt, sie war kein lohnendes Objekt.

Und Ben ... keine Frage, dass er so gut wie jede Frau haben konnte, die er wollte, und vermutlich immer gehabt hatte, trotz der Schutzmauern, die ihn gefühlsmäßig distanziert bleiben ließen. Er sah gut aus, war intelligent, sexy, sowohl mitfühlend wie auch freundlich. Er war ein wichtiger Mann in dieser Stadt, ein Mann, zu dem die Leute aufschauten. Und er war ein gewählter Beamter, was bedeutete, dass sein Leben der öffentlichen Prüfung unterworfen war.

Daran hatte er wahrscheinlich nicht gedacht.

Nein, es ergab einfach keinen Sinn. Es gab unzählige

Gründe, warum sie ihn anziehend finden würde, aber nicht einen einzigen, der sein Interesse an ihr erklärte.

Außer vielleicht der Reiz des Neuen.

Cassie bedachte das mit all der Distanziertheit, die sie aufbringen konnte. Reiz des Neuen? Etwas völlig anderes als das, woran er gewöhnt war, und daher von Interesse? Eine Frau, die seine Schutzmauern als Erleichterung empfand, wo sie sich für die anderen Beziehungen als Problem erwiesen haben könnten? Sie nahm an, dass es möglich war, aber wenn er sie wegen etwas so Unwichtigem anziehend fand, hätte er doch sicherlich gewartet, bis die Bedrohung für seine Stadt vorbei war.

Er musste gewusst haben, dass sie in der Zwischenzeit nicht mit jemand anderem fortlaufen würde.

Cassie stand mit ihrem Kaffee am Küchenfenster und blickte hinaus auf die schöne, friedvolle Szenerie, sich nur allzu bewusst, dass ihr erwartungsvolles Gefühl wieder verschwunden war.

Zu Max, der sich eng neben ihr hielt, sagte sie: »Ich bringe es fertig, mir eine gute Stimmung schneller auszureden als jeder andere, den ich kenne.«

Max schlug mit der Rute gegen den Boden und schaute mit treuherzigem Blick zu ihr auf.

»Ich tue ihm nur leid. Oder er ist vielleicht einer jener Männer, die Spaß daran haben, wenn dünne, bleiche Frauen ihnen ständig bewusstlos vor die Füße fallen. Gibt ihnen das Gefühl, besonders machohaft zu sein oder so. Obwohl ich sagen würde, dass er das nicht nötig hat.«

Max jaulte, und Cassie kraulte ihn zwischen den Ohren.

»Ich muss aufhören, in seiner Gegenwart ohnmächtig zu

werden. Das ist das zweite Mal, dass er mich auf den Armen getragen hat, und ich habe es wieder nicht mitbekommen. Eine Frau träumt ihr ganzes Leben lang davon, auf den starken Armen eines Mannes getragen zu werden, und wenn es passiert – zwei Mal –, ist sie ohnmächtig.«

Max leckte ihre Hand.

»Danke«, sagte sie trocken. »Ich weiß dein Mitgefühl zu schätzen. Doch die Wahrheit ist ... ich weiß nicht, was die Wahrheit ist. Ich weiß nur, dass ich ungefähr einen Atemzug davon entfernt bin, mich seinetwegen zum Narren zu machen. Und das ängstigt mich zu Tode.«

Max stieß fest gegen ihre Hand, bat offensichtlich um mehr von diesem angenehmen Kraulen zwischen seinen Ohren. Cassie gehorchte.

»Aber willst du wissen, was das wirklich Traurige ist? Das Traurige ist, ich glaube nicht, dass diese Angst mich aufhalten wird. Ich glaube nicht, dass mich irgendwas aufhalten wird. Ich glaube, ich werde mich seinetwegen zum Narren machen.«

Was auch immer Max hätte antworten wollen, das Telefonklingeln schreckte sie beide auf und machte Cassies Geständnissen ein Ende. Sie nahm in der Küche ab, sagte Hallo und vernahm die unverwechselbare schroffe Stimme des ältlichen Anwalts ihrer Tante.

»Miss Neill?«

»Hallo, Mr McDaniel. Noch mehr Papiere zum Unterschreiben?«

»Ähm – nein, Miss Neill. Nein, die Testamentseröffnung ist erfolgreich abgeschlossen.« Philipp McDaniel räusperte sich. »Miss Neill, würde es Ihnen passen, wenn ich nach dem

Lunch zu Ihnen hinauskomme? Es wird nicht lange dauern, aber wenn Sie ein paar Minuten für mich erübrigen könnten, wüsste ich das sehr zu schätzen.«

Cassie runzelte leicht die Stirn, obwohl sie nicht hätte sagen können, wieso. »Ich könnte zu Ihnen in die Kanzlei kommen, Mr McDaniel, wenn es wichtig ist. Damit Sie nicht den weiten Weg hier raus …«

»Ich versichere Ihnen, Miss Neill, ich würde es vorziehen, zu Ihnen zu kommen. Selbstverständlich nur, falls es Ihnen passt.«

»Natürlich. Aber worum geht es denn?«

Er gab mehrere vage Geräusche von sich und sagte dann: »Bloß um eine kleine Sache – nun ja, darüber würde ich lieber persönlich mit Ihnen sprechen, Miss Neill. Sollen wir sagen, gegen halb drei?«

»In Ordnung, gut. Bis dann.«

Cassie hängte ein und schaute zu Max. »Tja, was hältst du davon?«

Max drängte sich näher an sie und stupste gegen ihre Hand, bat um weiteres Kraulen.

Deanna Ramsay hasste es, in einer kleinen Stadt zu leben. Sie hasste es, den Bergen so nahe zu sein. Sie hasste den Süden. Ja, eigentlich hasste sie ihr gesamtes Leben. Vor allem jetzt, wo irgendein Wahnsinniger Frauen auflauerte und alle derartig in Angst und Schrecken versetzte, dass sie paranoid wurden. Ihre Eltern ließen sie ohne Begleitung nicht aus dem Haus, der Rektor erlaubte keinem Mädchen, das Schulgelände ohne Begleitung zu verlassen, überall in der Stadt liefen Deputys herum und stürzten sich sofort auf einen, wenn man sich auch nur ein oder zwei Schritte von seiner Begleitung entfernte ...

»Ich hasse mein Leben«, verkündete sie angewidert.

Ihre beste Freundin Sue Adams kicherte. »Nur weil Deputy Sanford dich ausgeschimpft und uns befohlen hat, im Drugstore auf Larry zu warten!«

Deanna stieß einen ungeduldigen Seufzer aus. »Nein, nicht wegen ihm. Der ist doch ein Volltrottel. Ich hasse mein Leben, weil mein Leben vollkommen hassenswert ist. Hör mal, wenn wir hier schon auf meinen Bruder warten müssen, dann lass uns wenigstens eine Cola trinken.«

Sie bestellten zwei Cola bei Mike und zogen sich damit in eine der hinteren Nischen zurück, an ihren üblichen Platz.

»Ich weiß nicht, warum du dich so aufregst«, sagte Sue. »Du hast wenigstens einen Bruder, der dich mitnimmt – und er macht das auch. Meine beiden Schwestern sind noch Kinder, meinen Führerschein kriege ich erst in einem Jahr, und Mama wird hysterisch, wenn ich auch nur die *Möglichkeit* erwähne, zu einem Date zu gehen.«

»Meine Mom auch. Man könnte meinen, wir wären Gefangene!«

»Tja«, sagte Sue vernünftig, »wir *sind* Gefangene. Mehr oder weniger. Wir sind beide noch keine sechzehn, wir haben keine Autos oder Jobs oder einen Freund ...«

Deanna funkelte sie an und sagte hochnäsig: »Red für dich selbst.«

»In welcher Hinsicht?«

»Lass gut sein. Sagen wir nur, wenn du wirklich die Freundin wärst, die du angeblich sein willst, würdest du meinen Bruder überreden, mit uns ins Einkaufszentrum zu fahren, wenn er herkommt, und ihn dann beschäftigt halten, während ich ... eine kleine Besorgung mache.«

»Aber wir sollen direkt nach Hause kommen!«

»Und zurück ins Gefängnis für das gesamte Wochenende, weil Larry arbeiten muss und uns niemand sonst irgendwohin mitnimmt.«

»Na ja, aber ...«

»Na ja, aber nichts. Mir hängt die ganze Sache zum Hals raus. Das war die langweiligste Woche aller Zeiten. Ich will irgendwas *tun.* Was nützt uns denn ein schulfreier Tag, wenn wir den ganzen Morgen zu Hause sitzen müssen und dann den Nachmittag damit verbringen, auf Larry im Drugstore zu warten?« Sue starrte sie an. »Was hast du vor, Dee?«

Deanna schüttelte den Kopf, lächelte aber bedeutungsvoll. »Wie gesagt, ich will mir im Einkaufszentrum nur die Beine vertreten. Aber Larry fährt uns da niemals hin, wenn ich ihn darum bitte, also musst du es tun.«

Sue wurde ein bisschen mulmig. »Dee, da draußen läuft ein echter Mörder rum. Und niemand weiß, hinter wem er als Nächstes her sein wird.«

»Ach, um Himmels willen, Sue, ich will doch nicht durch irgendwelche dunklen Gassen schleichen oder das Einkaufszentrum auch nur verlassen. Ich bleibe direkt dort, praktisch in deiner Sichtweite, im Inneren und umgeben von anderen Leuten. Ich will nur nicht, dass mir mein großer Bruder über die Schulter schaut.«

»Mit wem triffst du dich?«, wollte Sue wissen.

Deanna machte ein unschuldiges Gesicht. Diesen Ausdruck hatte sie am Morgen fast eine Stunde lag beim Schminken geübt. »Ich treffe mich mit niemandem.«

»Das glaube ich dir nicht.« – »Tja, entschuldige, wenn mir das egal ist.« Da sie merkte, dass sie dabei war, ihre Erfüllungsgehilfin ernsthaft zu verprellen, ruderte Deanna zurück. »Übernachte heute bei mir, und ich erzähl dir alles, ja? Bitte Larry nur, mit uns ins Einkaufszentrum zu kommen, bevor wir nach Hause fahren. Bitte!«

»Warum erzählst du es mir nicht jetzt?«

»Weil … komm schon, Sue, du bist mir einen Gefallen schuldig. Hab ich dir nicht letzte Woche die Geschichtshausarbeit gemacht?«

Sue hatte das unbehagliche Gefühl, dass sich diese beiden »Gefallen« kaum ausglichen, knickte aber allmählich ein, wie sie es bei Deanna immer tat. »Du erzählst mir heute Abend die Wahrheit? Schwörst du es?«

»Ich schwöre.«

Nach kurzem Überlegen gab sich Sue geschlagen. »Also gut. Es wird mir bestimmt noch leidtun, das weiß ich – aber in Ordnung.«

Deanna lächelte strahlend. »Es wird dir gewiss nicht leidtun!«

»Richter Ryan?«

Ben war daran gewöhnt, von Zeit zu Zeit angehalten zu werden, wenn er in der Öffentlichkeit war, aber heute hatte er doppelt so lange gebraucht, um von seinem Parkplatz zum Gericht zu kommen.

Diesmal hatte er es bis zur dritten Stufe geschafft.

Er wünschte sich, hintenherum gegangen zu sein, drehte sich um und erblickte einen der lautstarken Bürger der Stadt, der entschlossen auf ihn zukam.

»Was kann ich für Sie tun, Mr King?« Aaron und er kannten sich seit zwanzig Jahren, aber Aaron hielt viel von Titeln und bestand darauf, dass sie Respekt ausdrückten. Er hätte sich nach seinem Ausscheiden aus der Armee gern weiterhin mit Major ansprechen lassen, musste jedoch zu seinem Verdruss feststellen, dass andere das nur erheiternd fanden.

»Richter, ist das, was ich gehört habe, wahr?«

»Das hängt davon ab, was Sie gehört haben.« Ben achtete darauf, seinen Ton beiläufig statt sarkastisch klingen zu lassen.

Aaron macht ein finsteres Gesicht. »Ich habe gehört, dass Sheriff Dunbar – und Sie – irgendeiner Frau, die sich als Wahrsagerin ausgibt, erlaubt haben, Sie zu beraten.«

Ben verspürte Resignation; es war das vierte Mal, dass er irgendeine Variation der Wahrheit vernahm. »Und wo haben Sie das gehört, Mr King?«

»Von mindestes drei verschiedenen Leuten seit gestern. Ist es wahr, Richter?«

»Nicht so ganz.«

»Und was ist dann die ganze Wahrheit?«

Ben antwortete nicht gleich, überlegte kurz, wie viel Schaden ein verärgerter, einflussreicher Wähler anrichten konnte, wenn wieder eine Wahl anstand, verwies das Risiko dann jedoch in die Grauzone unwichtiger und unbedauerter Dinge.

»Die Wahrheit, Mr King, ist, dass Sheriff Dunbar und ich in drei besonders grausamen Mordfällen ermitteln. Wir benutzen alle uns zur Verfügung stehenden Mittel, um an Informationen zu gelangen, die sich für diese Nachforschungen als hilfreich erweisen könnten, wie es unsere Aufgabe ist. Wir blicken nicht in Kristallkugeln oder legen Tarotkarten, und wir reden auch mit niemandem, der das tut.«

Aaron ignorierte die abschlägige Antwort. »Ich hörte, sie sei die Nichte von Alexandra Melton.«

Ben überlief ein Frösteln. Wenn der Tratsch schon so spezifisch wurde, hatten das außer diesem Mann auch andere gehört. Was bedeutete, dass es nur eine Frage der Zeit war, bis Cassies Identität der ganzen Stadt bekannt wurde.

»Stimmt das?«, wollte Aaron wissen.

Ben war nicht umsonst Politiker. »Stimmt es, dass sie eine Wahrsagerin ist? Natürlich nicht.«

Aarons finstere Miene vertiefte sich. »Sie behauptet nicht, die Zukunft vorhersehen zu können?«

»Nein, das tut sie nicht.«

»Aber Sie und der Sheriff haben mit ihr über diese Morde gesprochen?«

»Falls wir das getan haben, waren die Gespräche Teil einer laufenden Ermittlung und kaum Thema für eine öffentliche Diskussion, Mr King. Wie Sie natürlich wissen.«

Aaron respektierte ebenfalls – in übertriebenem Maße, wie Ben fand – die Bürokratie, daher fand er sich jetzt in einer Zwickmühle zwischen zügelloser Neugier und dem unglücklichen Wissen, dass er keinesfalls zu dem offiziellen Kreis der mit dieser Ermittlung befassten Personen gehörte. Er richtete sich zu voller Größe auf – die immer noch um einiges geringer war als Bens – und sagte selbstgerecht: »Ich habe nicht die Absicht, mich in die offizielle Ermittlung einzumischen, Richter.«

»Ich bin froh, das zu hören.«

Aaron war noch nicht fertig. »Aber wenn ans Licht kommen sollte, dass Sie und der Sheriff zugelassen haben, von einer Scharlatanin auf die falsche Fährte gelockt zu werden, und durch die daraus resultierende Verzögerung bei der Ergreifung dieses Mörders sogar noch weitere unserer Frauen in Gefahr gebracht haben – dann, Richter, werde ich nicht zögern, meine Stimme denen zu geben, die Ihren Rücktritt fordern.«

Ben war nicht zum Lachen zumute, obwohl diese Rede offensichtlich einstudiert war und mit herablassender Genugtuung vorgetragen wurde. Aaron King war ein aufgeblasener Windbeutel, besaß aber die Gabe, andere um sich zu scharen, und angesichts der Anspannung der Einwohner war es gut möglich, dass er eine ganze Menge Leute zusammenbrachte, die nach Taten verlangten, falls die Ermittlungen nicht bald zu einer Verhaftung führten. Vor allem, wenn ein weiterer Mord geschah.

Ruhig erwiderte Ben: »Das ist in Ordnung, Mr King. Wenn wir keine anständige Arbeit leisten, sollten wir zurücktreten. Aber ich versichere Ihnen, dass wir das tun. Vielen Dank für Ihre Meinung und Ihr Interesse. Ich werde beides an Sheriff Dunbar weitergeben.«

Bei so viel Höflichkeit konnte Aaron nur mit würdevoller Hinnahme den Kopf neigen, eine mit militärischer Präzision ausführte Kehrtwendung machen und abmarschieren – ein grandioser Abtritt, der nur dadurch ein wenig verdorben wurde, dass er an einer schattigen Stelle des Bürgersteigs auf einem Eisfleck ausglitt und beinahe auf den Hintern fiel.

Ben war immer noch nicht zum Lachen zumute. Ja, ihm war eher grimmig zumute, und nicht, weil er fürchtete, seinen Job zu verlieren.

Cassie wurde zu sichtbar, und trotz der wirren Mischung aus Gerüchten und Spekulationen über das Ausmaß ihrer Fähigkeiten war keine Bestätigung nötig, dass sie nicht mindestens von einem Bürger der Stadt als Bedrohung empfunden wurde.

Und er hatte mehr als einen Job zu verlieren.

Abby wäre wahrscheinlich nicht mutig genug gewesen, das Haus am Freitagnachmittag zu verlassen, nicht nach Garys plötzlichem und bedrohlichem Auftauchen in der vorherigen Nacht, wenn es nicht um Bryce gegangen wäre. Aber glücklicherweise war der Hund nicht nur umgänglich, er war auch gut erzogen.

Zu ihrem Glück blieben aufgrund des Schnees auch einige Firmen an diesem Tag geschlossen, darunter auch die Finanzagentur, bei der sie arbeitete. Ihr Chef hätte es sicher nicht begrüßt, dass sie ihren Hund mitbrachte.

»Am Montag bin ich bestimmt nicht mehr so nervös«, sagte sie zu Bryce, als sie am Nachmittag ihr Auto aus der Einfahrt zurücksetzte. »Wir machen uns ein nettes, friedliches Wochenende, und am Montag bringt die Sicherheitsfirma die neuen Lichter an. Aber jetzt müssen wir ins Einkaufszentrum fahren und dieses Vorhängeschloss kaufen. Und ein paar Kauknochen für dich, damit du mir meine Hausschuhe nicht mehr annagst.«

Der Irish Setter saß wie ein Mensch auf dem Beifahrersitz neben ihr und ließ seine Zunge mit einem fröhlichen Grinsen heraushängen. Er fuhr gern Auto.

Es würde ihm zwar nicht gefallen, im Auto zu warten, wie Abby wusste, aber im Einkaufszentrum waren Hunde verboten. Es würde jedoch nur eine halbe Stunde dauern, gerade genug, damit sie ihre Einkäufe erledigen konnte.

Im Einkaufszentrum konnte ihr doch bestimmt nichts passieren.

Um Punkt halb drei klingelte Philipp McDaniel an Cassies Tür. Da sie erwartet hatte, dass er pünktlich sein würde – er schien nichts anderes zu kennen –, öffnete Cassie die Tür, als sein Finger noch auf dem Klingelknopf lag.

»Hallo, Mr McDaniel. Kommen Sie doch bitte herein.«

»Vielen Dank.« Er trat ein, beäugte den knurrenden Hund an ihrer Seite und sagte: »Sie können ihn loslassen, Miss Neill. Hunde beißen mich nie. Ich habe keine Ahnung, warum, aber so ist es.« Er war ein hochgewachsener und äußerst dünner Mann von etwa siebzig Jahren, hatte einen schneeigen Schnauzbart und volle weiße Haare und besaß eine würdevolle Eleganz.

Vielleicht war es diese freundliche Gelassenheit, die Hunde davon abhielt, ihn anzugreifen. Oder es lag an dem wenigen Fleisch auf seinen Knochen.

Da sie keine dieser beiden Theorien einer Prüfung unterziehen wollte, führte Cassie die übliche Vorstellung durch, und Max folgte ihnen ganz fröhlich ins Wohnzimmer.

»Lassen Sie mich Ihren Mantel aufhängen«, sagte sie zu dem Anwalt. Er gehörte zu jenen Männern, die an kühlen Tagen einen Trenchcoat trugen. Heute wurde der durch einen Schal und Glacéhandschuhe ergänzt.

Aber McDaniel schüttelte den Kopf und warf ihr aus ernsten Augen einen gequälten Blick zu. »Ich kann nur einen Augenblick bleiben, Miss Neill. Und, um die Wahrheit zu sagen, werden Sie mich möglicherweise hinauswerfen, wenn ich mein Anliegen vorgebracht habe.«

»Meine Güte«, sagte Cassie milde. »Warum sollte ich das tun, Mr McDaniel?«

»Weil ich mich eines schrecklichen Vertrauensbruchs schuldig gemacht habe, ganz zu schweigen von Pflicht und Verantwortung.«

Er sagte das, als rechnete er damit, für das Verbrechen abgekanzelt oder gevierteilt zu werden, aber da Cassie ihn mochte und sich nicht vorstellen konnte, dass er jemandem vorsätzlich Schaden zufügte, zögerte sie nicht zu sagen: »Ich bin sicher, dass Sie es nicht mit Absicht getan haben, Mr McDaniel.«

»Das spricht mich kaum von meiner Schuld frei.«

»Na, dann erzählen Sie mir doch, worum es sich handelt, und wir können die Sache vergessen.«

Er zog einen versiegelten Briefumschlag aus der Innentasche seines Mantels und reichte ihn ihr. »Das wurde mir von Ihrer Tante ein paar Monate vor ihrem Tod übergeben, Miss Neill.«

Cassie schaute auf ihren Namen, der in der Handschrift ihrer Tante auf dem Umschlag geschrieben stand, und blickte dann fragend zu dem Anwalt auf. »Und das wurde bei der Testamentseröffnung vergessen? Das ist schon in Ordnung, Mr McDaniel. Bestimmt ist es nur ein persönlicher Brief an mich, den ich vermutlich bis jetzt sowieso noch nicht gelesen hätte, daher ist kein Schaden entstanden.«

»Sie versicherte mir in der Tat, dass es sich um eine persönliche Botschaft an Sie handelte, aber ...« McDaniel schüttelte den Kopf. »Ich fürchte, es ist doch ein Schaden entstanden, Miss Neill, obwohl ich nicht weiß …« Er holte Luft. »Ihre Tante gab mir den Brief mit sehr genauen Instruktionen, und ich habe ihr mein Wort gegeben, dass ich mich an diese Instruktionen halten würde.«

»Und die lauteten?«

»Ihnen den Brief am zwölften Februar dieses Jahres zu übergeben.«

Cassie blinzelte. »Verstehe. Das wäre … vor etwa zwei Wochen gewesen.«

»Daher mein Versagen. Es tut mir so leid, Miss Neill. Wie Sie wissen, war Ihre Tante eine meiner letzten Mandantinnen. Ich hatte sie auf ihr Beharren hin angenommen, wenngleich ich kurz davor stand, in Pension zu gehen, als sie zu mir kam und mich bat, ihr Testament aufzusetzen und die Abwicklung ihres Besitzes zu übernehmen. Im letzten Jahr habe ich meine Kanzlei allmählich aufgelöst, und ich fürchte, dass der Umschlag Ihrer Tante und die Instruktionen dabei einfach verlegt wurden.« Er seufzte. »Mein Gedächtnis ist nicht mehr das, was es einmal war, und ich fürchte, ich habe die Angelegenheit vollkommen vergessen.«

Sie merkte, dass ihn sein Versagen tief verstörte, und sagte rasch: »Das hätte jedem passieren können, Mr McDaniel. Bitte machen Sie sich deswegen keine Sorgen. Ich bin sicher, meine Tante wäre überhaupt nicht böse – schließlich sind es nur zwei Wochen. Welche Rolle sollte das spielen?«

»Ich befürchte, es könnte eine sehr große Rolle spielen, Miss Neill, obwohl ich natürlich nicht sagen kann, wieso. Miss Melton versicherte mir, dass sich in dem Umschlag nichts von juristischer Wichtigkeit befände, nur eine persönliche Botschaft an Sie, doch sie beharrte sehr darauf, dass er am zwölften Februar übergeben würde. Nicht davor und nicht danach. Das Datum schien äußerste Wichtigkeit für sie zu haben. Und vielleicht für Sie.«

Cassie betrachtete ihn nachdenklich. »Das hat sie Ihnen gesagt? Dass das Datum für mich etwas bedeuten könnte?«

»Nicht ausdrücklich.« Es war ihm unangenehm. »Aber mir war bewusst, dass Miss Melton gelegentlich … Dinge wusste. Ihr Beharren überzeugte mich davon, dass ihre Botschaft an Sie eine Art Ratschlag oder sogar eine Warnung enthalten könnte.«

»Ich hätte nicht gedacht, dass Sie jemand sind, der an solche Dinge glaubt«, sagte Cassie.

»Normalerweise nicht. Aber sie … wirklich, Miss Neill, sie schien ganz verzweifelt zu sein. Ich fürchte, die Botschaft war ihr schrecklich wichtig.«

»Tja, dann sollte ich wohl …« Als Cassie den Umschlag öffnen wollte, hielt McDaniels ausgestreckte Hand sie davon ab.

»Ihre Tante wollte, dass Sie es lesen, wenn Sie allein sind, Miss Neill. Diese Anweisung hat sie ganz besonders hervorgehoben.«

Cassie wusste nicht, ob sie amüsiert oder besorgt sein sollte, aber Letzteres überwog allmählich. »Verstehe. Gut, dann werde ich das machen. Hat sie noch weitere Anweisungen gegeben?«

»Mir nicht«, erwiderte McDaniel. »Es tut mir so leid, Miss Neill.« Er begann zurückzuweichen. »Ich finde allein hinaus.«

Cassie merkte, wie sie ins Leere starrte, und blinzelte, als dem Schließen der Tür rasch das Geräusch eines anspringenden Motors folgte. Für einen älteren Herrn konnte er sich erstaunlich schnell bewegen.

Sie setzte sich aufs Sofa und blickte auf den Umschlag.

»Was denkst du, Max? Ist das ein Fall von besser spät als nie? Oder sollte ich das hier ungelesen ins Feuer werfen?«

Max wuffte leise und wedelte mit der Rute.

»Der zwölfte Februar. Das war vor zwei Wochen. Was habe ich vor zwei Wochen …«

Was sie vor zwei Wochen gemacht hatte, war, mit der plötzlichen, schrecklichen Gewissheit fertig zu werden, dass ein Mörder seinem ersten Opfer in dieser verschlafenen kleinen Stadt auflauerte.

Mit Fingern, die taub geworden waren, riss Cassie den Umschlag auf und faltete ein einzelnes Blatt Notizpapier auseinander. Die darauf gekritzelte Botschaft war kurz und pointiert.

Cassie,
was auch immer passiert, halte dich von Ben Ryan fern.
Er wird dich zerstören.
Alex

13

Es hätte ganz einfach sein sollen. Cassie hatte ihre Tante seit mehr als fünfundzwanzig Jahren nicht mehr gesehen oder mit ihr gesprochen; ja, sie konnte sich kaum noch an sie erinnern. Alex Melton hatte keine Geburtstags- oder Weihnachtskarten geschickt, und selbst die Benachrichtigung vom gewaltsamen Tod ihrer Schwester hatte sie nicht veranlasst, sich bei ihrer Nichte zu melden.

Nur nach Alex' Tod hörte Cassie durch das Testament und jetzt durch diese Botschaft wieder von ihrer Tante.

Es hätte eine einfache Entscheidung sein sollen, diese »Warnung« zu missachten.

Doch das war es nicht.

Als Stimme aus dem Totenreich war die von Alex Melton so unheimlich und beängstigend, wie Cassie es sich nur hätte vorstellen können, und sosehr sie es auch wollte, sie konnte die Stimme nicht missachten.

Er wird dich zerstören.

Alex Melton hatte darauf bestanden, dass ihre Nichte diese Warnung unbedingt bekommen müsse, hatte ihr Anwalt gesagt – und er war kein Mann, der so etwas leichthin behaupten würde. Sie hatte dem so viel Bedeutung beigemessen, dass sie genaue Instruktionen hinterließ, wann die Warnung übergeben werden sollte. Nämlich am gleichen Tag, an dem Ben Ryan Cassie als möglicher Verbündeter in den Kopf gekommen war, um Sheriff Dunbar davon zu überzeugen, dass ein Mörder zuschlagen würde.

Wenn Cassie die Warnung an diesem Tag erhalten hätte ... was dann? Sie nahm an, dass sie es sich eventuell überlegt hätte, zu ihm zu gehen. Sie wollte sich so ungern noch mal in eine Mordermittlung hineinziehen lassen, hatte gezögert, sich dem allen erneut auszusetzen. Es wäre nicht viel nötig gewesen, sie dazu zu bringen, sich in ihre ruhige, friedvolle Abgeschiedenheit zurückzuziehen. Das schlechte Gewissen besänftigt, weil sie schließlich versucht hatte, den Sheriff zu warnen.

Aber jetzt?

Zwei Wochen hatten so vieles verändert. Der Mörder hatte dreimal zugeschlagen, und sie wusste, dass er kurz davor stand, wieder zuzuschlagen. Der Sheriff war inzwischen bereit, auf sie zu hören, glaubte vielleicht sogar an das, was sie ihm berichten konnte, und das könnte eine ausschlaggebende Rolle spielen. Und sie war jetzt daran gebunden, war entschlossen, sich die größte Mühe zu geben, den Mörder zu fangen. Und da war Ben.

Ben, der sie wollte. Ben, der sie hatte Dinge fühlen lassen, die sie nie zuvor gefühlt hatte und die sie so bald wie möglich wieder fühlen wollte. Ben, der sie berühren konnte, ohne ihren Schutzschild zu bedrohen.

Er wird dich zerstören.

Ben sie zerstören? Wie?

Jemand, der mit Paragnosten und ihren Fähigkeiten nicht vertraut war, hätte sofort an den Mörder gedacht, der diese

Stadt terrorisierte, und angenommen, dass entweder Ben der Mörder war oder ihre Beziehung zu ihm sie dem Mörder ausliefern würde.

Aber Cassie wusste, dass Ben nicht der Mörder war. Mehr noch, sie wusste, dass die Worte ihrer Tante wichtig waren. Wenn Alex den Tod ihrer Nichte vorausgesehen hätte, hätte sie dieses Wort benutzt. Aber das hatte sie nicht.

Er wird dich zerstören.

Nicht sie töten oder die Ursache dafür sein, dass sie getötet wurde. Sie zerstören. Und in diesem Wort lag eine Menge beängstigender Möglichkeiten. Denn es gab Schicksale, die schlimmer waren als der Tod. Viel schlimmer.

»Ich habe ihn nicht gesehen«, murmelte sie Max zu. »Als ich mein Schicksal sah, habe ich Ben nicht gesehen. Er wird nicht daran teilhaben, wird bestimmt nicht der Verursacher sein.«

Was sie gesehen hatte, war ein Mischmasch aus Bildern und Gefühlen, wodurch sie die Gewissheit bekommen hatte, dass die Fähigkeiten, mit denen sie seit ihrer Kindheit lebte, ihr Untergang sein würden. Dass sie sich durch das Stehlen der Schatten eines weiteren gefährlichen, wahnsinnigen Verstandes in der entsetzlichen, hungrigen Finsternis dieses wahnhaften Bewusstseins verlieren würde. Für immer.

Im Vergleich dazu wäre der Tod einfach – und bei Weitem vorzuziehen.

Er wird dich zerstören.

... dich zerstören.

... zerstören ...

Cassie starrte lange Zeit auf die Botschaft, überflog die Worte wieder und wieder, während ihr Verstand mit allen daraus resultierenden Konsequenzen fertig zu werden versuchte. Ihr war kälter als am Morgen. Sie fühlte sich einsamer denn je.

Ihre Tante hatte sicherlich nicht befürchtet, dass Cassie das Herz gebrochen würde. Einen Liebhaber zurückzuweisen kann zwar destruktiv sein, ist aber selten zerstörend. Und trotzdem war Alex auf irgendeine Art davon überzeugt gewesen, dass Ben, falls Cassie sich nicht von ihm fernhielt, sie zerstören würde.

»Verdammt, Alex, warum hast du es nicht erklärt?«, murmelte sie. Aber noch während sie die Worte aussprach, wusste Cassie die Antwort. Die Zukunft vorherzusagen war eine verzwickte Angelegenheit, und eine Paragnostin konnte mehr Schaden als Gutes damit anrichten, explizite Einzelheiten mitzuteilen, selbst wenn sie sich deren sicher war.

Präkognitive Visionen hüllten sich für gewöhnlich in eine Symbolik, deren Interpretation unsicher und die daraus geschlossenen Folgerungen riskant waren. Alex hätte mit absoluter Bestimmtheit *wissen* können, dass Ben Ryan die Fähigkeit oder das Potenzial besaß, ihre Nichte zu zerstören, ohne sich im Geringsten sicher zu sein, wie das geschehen könnte oder würde.

Daher war die einfachste und direkteste Warnung das Zuverlässigste. Halt dich von ihm fern. Er wird dich zerstören.

»Zu spät«, sagte Cassie zu ihrer Tante und zu sich selbst. »Was auch immer geschehen wird ... wird geschehen.«

Dreitausend Meilen weit fortzurennen hatte daran nichts geändert. Diese Warnung würde nichts daran ändern.

Sie drehte den Kopf und blickte zu dem Karton voller Papiere, der seit Tagen auf einem Stuhl in der Nähe des Sofas stand und auf ihre Aufmerksamkeit wartete. Sie hatte die Aufgabe vor sich hergeschoben, genau wie das Lesen der Tagebücher ihrer Tante. Sie hatte sich, wann immer möglich, von der Persönlichkeit ihrer Tante ferngehalten, hatte es vorgezogen, nichts über die Frau zu erfahren, die nach einem erbitterten Streit nie wieder mit ihrer Schwester gesprochen hatte.

Alex Meltons Schweigen nach der Benachrichtigung über den Mord an ihrer Schwester hatte Cassie tief verletzt.

Und trotz ihrer eigenen Unwilligkeit, sich damit auseinanderzusetzen, wer Alexandra Melton gewesen war, hatte sich die Persönlichkeit ihrer Tante geweigert, ein Mysterium zu bleiben, da sie selbst Hinweise hinterlassen hatte und andere Menschen über sie gesprochen hatten. Beweise wie all die ungeöffneten Stickpackungen, die Alex bei Jill gekauft hatte, die Einkäufe offensichtlich als Ausrede für ihre Besuche, was auf eine überraschende Schüchternheit hinwies. Ihre Warnung an Abby, zögernd und besorgt, war für Cassie ein klarer Beweis sowohl für das Verantwortungsgefühl ihrer Tante als auch ihr Widerstreben, sich in das Leben anderer einzumischen.

Es hatte in den Monaten, die Cassie im Haus ihrer Tante verbrachte hatte, noch andere Anzeichen für deren Persönlichkeit gegeben. Von der Art, wie sie das Haus eingerichtet hatte, über die Bücher, die sie las, bis hin zu ihrer umfassenden Videofilmsammlung – eine Leidenschaft, die Cassie teilte – waren Alex Meltons' Geschmack und Vorlieben allmählich in Cassies Wahrnehmung gesickert.

Und doch hatte sie nach wie vor keine Ahnung, worüber sich ihre Mutter und ihre Tante gestritten hatten. Sie hatte keine Ahnung, ob Alex ihr das Haus und das Gründstück nur vermacht hatte, weil sie die einzige Überlebende der Familie war, oder ob ein anderer Grund sie dazu bewogen hatte.

Und sie hatte keine Ahnung, wie sie eine spezifische und doch rätselhafte Warnung interpretieren sollte, die ihr aus dem Totenreich überbracht worden war.

Während sie auf den Karton voller Papiere blickte, in dem ein entscheidender Hinweis zum Verständnis der Warnung ihrer Tante stecken könnte, fragte sich Cassie, ob ihr Widerstreben, Alex Melton kennenzulernen, sich als folgenreicher erweisen mochte, als sie sich je hätte vorstellen können.

Sie stand vom Sofa auf, ging zum Kamin und blickte auf die Mitteilung und den Umschlag in ihrer Hand. Ihr Zögern währte nur kurz. Sie warf beides ins Feuer und sah zu, wie das Papier verbrannte.

Dann nahm sie sich den Karton vor und begann mit dem Versuch, ein Leben zu verstehen.

»Also gut«, sagte Larry Ramsay, als er die Mädchen in das Einkaufszentrum begleitete. »Wir sind da.« Er sprach mit dem leidenden Ton sich ausgenutzt fühlender Männer, die lieber etwas anderes tun würden, vorzugsweise an einem Motor herumbasteln.

»Ich bin dir wirklich dankbar, Larry«, flötete Sue und klimperte fast mit den Wimpern.

»Keine Ursache«, erwiderte er höflich.

»Ich muss mich halt unbedingt heute wegen dieses Softwareprogramms erkundigen, damit ich über das Wochenende an dem Projekt arbeiten kann. Also weiß ich das echt zu schätzen.«

Deanna unterdrückte ein Kichern. Obwohl Larry nichts zu merken schien – vielleicht nicht unerwartet, da er zehn Jahre älter war –, blieb es Deanna nicht verborgen, dass ihre beste Freundin in Larry verknallt war. Meistens beobachtete sie das mit gewissem Interesse, doch heute war ihr Kopf mit ihren eigenen Problemen beschäftigt.

»Ist schon gut«, sagte Larry, und nur seine Schwester nahm die leichte Ungeduld in seiner Stimme wahr. »Radio Shack ist …«

»Sue, hast du nicht gesagt, du hättest das Programm in dem Computerladen am anderen Ende des Einkaufszentrums gesehen?«, fragte Deanna rasch.

»Oh, ja – da hab ich es gesehen«, stimmte Sue gehorsam zu.

»Dann mal los.« Larry bedeutete den Mädchen, vorauszugehen, blieb aber dicht bei ihnen, als sie sich den anderen tapferen Seelen anschlossen, die sich in das Einkaufszentrum gewagt hatten.

Deanna schaute heimlich auf ihre Armbanduhr. Halb vier. Ihr blieb noch ein wenig Zeit. Sie hoffte, dass der Computerladen so voll war wie üblich. Es würde ihr viel leichter fallen, ein paar Minuten hinauszuschlüpfen, wenn das der Fall war. Auch wenn Larry sich von Computerzeug gern völlig vereinnahmen ließ und auch wenn Sue versprochen hatte, ihn wegen des Programms um Rat zu fragen, wusste Deanna, dass ihre Abwesenheit sehr viel weniger auffallen würde, wenn der Laden voll war.

Und es gab da diese kleine Nische zwischen dem Laden und einem der Ausgänge, die perfekt war.

Einfach perfekt.

Hannah Payne wusste, dass es vermutlich nicht besonders klug war, ins Einkaufszentrum zu fahren, nachdem sie Joe versprochen hatte, nicht allein aus dem Haus zu gehen, und es dauerte eine Zeit, bis sie sich dazu durchringen konnte. Aber am Ende gewannen Langeweile und Notwendigkeit gegen die Vorsicht. Da Joe erst nach ihrem morgendlichen Lebensmitteleinkauf ins Bett gekommen war, würde er bis kurz vor dem Abendessen schlafen. Hannah sah einen langen und trübseligen Nachmittag vor sich liegen.

Außerdem wirkten die Besorgnis und das Was-wäre-Wenn, die so beängstigend waren in den allein verbrachten Nachtstunden, wo man bei jedem Schatten zusammenschreckte, im hellen Tageslicht, wo die Welt wach war und sich ihren üblichen Beschäftigungen widmete, völlig absurd.

Und außerdem hatte sie, als sie am Morgen unterwegs gewesen waren, vergessen, die im Einkaufszentrum bestellten Stoffe abzuholen.

Hannah war Schneiderin, talentiert genug, sich damit einen hübschen Verdienst zu sichern, und sie hatte in letzter Zeit begonnen, ein paar neue Kleider für einen der Läden in der Stadt zu entwerfen. Das Interesse an ihrer Arbeit war vielversprechend, und sie wollte so schnell wie möglich Weiteres fertigstellen. Daher brauchte sie die Stoffe.

Wahrscheinlich hätte sie Beason mitnehmen sollen, aber der Hund fuhr nicht gern Auto und bellte ständig, wenn sie ihn allein im Wagen ließ, also machte sie sich ohne ihn auf den Weg. Sie hinterließ eine Nachricht für Joe, in der sie erklärte, wohin sie wollte, falls er in ihrer Abwesenheit aufwachte, und sie verriegelte die Autotüren und hielt wachsam Ausschau nach Fremden.

Aber sie begegnete keinem Fremden, sah nichts Verdächtiges und erreichte ohne Vorkommnisse das Einkaufszentrum.

Es war kurz nach halb vier, als sie das Auto so nahe wie möglich am Haupteingang parkte und hineinging.

Aus den Lautsprechern dröhnte blecherne Musik, anscheinend lauter als gewöhnlich, da die Menge dünner und stiller war als sonst. Und alle waren sichtbar nervös.

Der Anblick erheiterte ihn. Die Einkaufsbummler sprachen nur leise miteinander, wenn überhaupt, und ihre Blicke waren misstrauisch. Kinder hielten sich eng an ihre Mütter, und es war deutlich zu sehen, dass sowohl mehr Ehemänner als auch weniger Teenager als sonst an einem Freitagnachmittag im Einkaufszentrum unterwegs waren.

Aber sie war hier.

Und nur darauf kam es wirklich an.

Ben fuhr mit seinem Jeep zu Cassie, während Matt allein in seinem Streifenwagen eintraf. Der Sheriff hatte nicht mit der Wimper gezuckt, als Ben diesen Vorschlag gemacht hatte, und er hatte nicht protestiert. Ben hatte das ungute Gefühl, dass seine Stimme ein wenig zu eindringlich geklungen hatte, vielleicht sogar trotzig. Und dass Matt nur zu gut über Bens Motivation Bescheid wusste.

Es war schon enervierend, dass ein Mann mit einer so starken Abschirmung, die selbst eine Paragnostin nicht durchdringen konnte, es fertigbrachte, seine Hoffnungen auf der Zunge zu tragen.

Hoffnungen, über die er nicht zu viel nachdenken wollte. Er glaubte allmählich, dass er von Cassie besessen war, und das beunruhigte ihn stark. Er war immer in der Lage gewesen, Beziehungen leichtzunehmen, unbekümmert mit einem körperlichen Verlangen umzugehen, das seine Gefühle nie wirklich berührte, doch bei Cassie war das anders. Das körperliche Verlangen war da, sicherlich, wurde aber noch weit übertroffen von einem Gefühlsaufruhr, mit dem er kaum umgehen konnte.

Es war einfacher, das schlicht zu ignorieren, zumindest für den Augenblick.

Cassie begrüßte sie an der Haustür, den wachsamen Hund wie üblich an ihrer Seite. Sie lächelte schwach, und ihre Stimme war ruhig, aber Ben merkte sofort, dass sie weiter von ihm entfernt war als vor dem Gespräch, das sie am Morgen geführt hatten. Sie war in sich verschlossen, unnahbar, und als ihr Blick kurz auf ihm ruhte, spürte er keine warme Hand – oder auch nur eine kühle.

Plötzliche Bedenken? Oder lag es an etwas anderem?

Da Matt direkt hinter ihm das Wohnzimmer betrat, konnte Ben nicht nachfragen. Als er die ordentlichen Stapel auf dem Couchtisch sah und sich erinnerte, dass sie geplant hatte, die Papiere ihrer Tante durchzusehen, bemerkte er stattdessen: »Du warst beschäftigt.«

Cassie gab dem Hund leise den Befehl, sich hinzulegen, und er ließ sich auf einem Läufer vor dem Kamin nieder. Falls sie die Anspannung in Bens Stimme wahrgenommen hatte, war das ihrer gelassenen Antwort nicht anzumerken. »Ich fand, es sei an der Zeit, das hinter mich zu bringen. Ich habe sogar mit Tante Alex' Tagebüchern angefangen.«

»Hat sie erwähnt, warum sie Abby solche Angst eingejagt hat?«, wollte Matt wissen.

Cassie sah ihn an. »Sie hat es Ihnen also erzählt.«

»Ja, hat sie.«

»Und?«

»Und was? Ob ich daran glaube, dass Ihre Tante die Zukunft gesehen hat? Nein. Ob ich glaube, dass Abby in Gefahr ist? Ja. Abgesehen von diesem Wahnsinnigen, der da draußen rumläuft, ist Gary Montgomery ein sadistischer Hurensohn, der davon überzeugt ist, dass Abby ihm gehört, und der durchaus fähig ist, ihr Gewalt anzutun, wenn sich die Möglichkeit ergibt.«

Ben warf ihm einen Blick zu, schwieg aber.

Cassie sagte: »Ich bin froh, dass sie es Ihnen erzählt hat. Was Tante Alex angeht – bisher bin ich noch nicht mal bei ihrem Umzug hierher angekommen. Das erste Tagebuch beginnt vor mehr als dreißig Jahren.«

»Blättern Sie vor«, riet ihr Matt.

»Tut mir leid, ich gehöre zu jenen Menschen, denen es physisch unmöglich ist, beim Lesen einer Geschichte vorzublättern.« Sie schüttelte den Kopf. »Außerdem bezweifle ich, dass sie in ihrem Tagebuch erklären wird, warum sie mit Abby gesprochen hat. Sie wollte sie nur warnen, Matt, mehr nicht. Weil sie dachte, Abby könne etwas unternehmen, um ihre Zukunft zu ändern, wenn sie wisse, was auf sie zukäme.«

Matts Kinn versteifte sich. »Vielleicht.«

Cassie ließen ihren Blick noch etwas auf ihm verweilen. »Der Kaffee ist heiß, wenn Sie beide also einen möchten …?«

Doch Matt schüttelte den Kopf, und auch Ben lehnte dankend ab.

»Na gut. Dann sollte ich wohl versuchen, den Mörder noch mal zu erreichen.«

Ben verspürte einen seltsamen Drang, dagegen zu protestieren. Ihm gefiel Cassies Distanziertheit nicht, und es gefiel ihm nicht, dass zu viele Menschen in der Stadt Alexandra Meltons Nichte verdächtigten, in die Ermittlungen einbezogen zu sein.

»Ich halte das für keine gute Idee«, sagte er.

Cassie bedeutete ihnen, Platz zu nehmen, und wählte für sich einen Sessel, der im rechten Winkel zum Sofa stand. »Warum nicht?«, fragte sie milde.

Ben schaute zu Matt, setzte sich dann auf die Sofaecke, die Cassie am nächsten war, während der Sheriff sich für den anderen Sessel entschied. »Weil die Leute anfangen zu reden, Cassie. Und sie kennen deinen Namen.«

Ihr Gesichtsausdruck änderte sich nicht. »Tja, damit hatten wir gerechnet. Was umso mehr dafür spricht, dass ich es erneut versuche. Wenn er bisher noch nichts von mir weiß, wird das schon bald der Fall sein.«

Matt mischte sich ein: »Und wenn er von Ihnen erfährt? Wird er dann fähig sein, Sie ... Sie abzublocken, wenn Sie versuchen, Kontakt mit ihm aufzunehmen?«

Cassie zuckte die Schultern. »Ich weiß es nicht. In der Vergangenheit hat es ein paar gegeben, die es spüren konnten, wenn ich versuchte, ihren Geist zu berühren, und einer oder zwei waren in der Lage, mich zumindest teilweise abzublocken. Wenn er von mir erfährt, könnte er das probieren – obwohl es fast unmöglich sein wird, die Blockierung ständig aufrechtzuerhalten. Früher oder später wird es mir gelingen, durchzudringen.«

»Und dann?« Ben ließ sie nicht aus den Augen. »Wird er fähig sein, die Spur zu dir zurückzuverfolgen, nicht wahr? Er wird fähig sein, in deinen Kopf einzudringen.«

»Vielleicht. Aber selbst wenn er das kann, tötet er nicht mit seinem Geist.«

»Bist du dir dessen sicher?«, fragte Ben eindringlich.

Cassie erwiderte seinen Blick einen Moment lang, schaute dann zu Matt. »Korrigieren Sie mich, falls ich mich irre, aber bisher haben Sie keine Beweise, die auf die Identität des Mörders hindeuten.«

»Sie irren sich nicht«, bestätigte Matt.

»Und ich nehme an, dass Sie nicht bereit sind, das Leben Ihrer Mitbürger aufs Spiel zu setzen in der Hoffnung, der Mörder könnte beschlossen haben, seine hässliche kleine Gewohnheit abzulegen?«

»Meine Mama mag zwar einen starrköpfigen Mann großgezogen haben, aber keinen Dummkopf.«

»Dann würde ich sagen, dass es ein vertretbares Risiko ist.«

»Cassie …«, begann Ben zu protestieren.

»Und es ist mein Risiko.« Sie sah ihn fest an. »In den zehn Jahren meiner Zusammenarbeit mit der Polizei war der einzige Mörder, der die Spur zurückverfolgte und mich telepathisch identifizierte, der Mann, der meine Mutter umgebracht hat. Er ist tot.«

»Aber er hat dich verfolgt.«

»Körperlich. Genau wie dieser es möglicherweise tun wird, wenn er erfährt, wer ich bin. Die Bedrohung ist da, ganz gleich, was ich tue, vor allem, wenn die Leute in der Stadt über mich zu reden beginnen. Dann versuche ich doch lieber herauszufinden, wer er ist, bevor er Zeit hat, nach mir zu suchen.«

Dieser Darlegung konnte Ben kaum widersprechen. Aber ihm war immer noch mulmig, was mit jeder vergehenden Minute zunahm.

Da sie das Schweigen als Zustimmung auffasste, lehnte sich Cassie im Sessel zurück und machte es sich bequem. Sie schloss die Augen. »Diesmal sollte es nicht so lange dauern, bis ich ihn erreiche. Ich kenne den Weg jetzt ...« Ihre Stimme verklang mit dem letzten Wort.

Ben ließ einige Augenblicke vergehen, beobachtete ihr stilles, bleiches Gesicht. Ein kleines Zucken hinter ihren Augenlidern machte ihn sofort wachsam. »Cassie? Sag mir, was du siehst.«

Ein leichtes Stirnrunzeln zog ihre Brauen zusammen, und ihre Lippen öffneten sich für einen Atemzug. »Er ... geht. Um ihn sind lauter Menschen.«

»Wo ist er, Cassie?«

»Läden. Ein Springbrunnen.«

»Großer Gott«, stöhnte Matt. »Das Einkaufszentrum.«

»Cassie? Was macht er? Will er nur einkaufen, ist er deshalb dort? Oder ...«

»Er hat die Hand in der Tasche. Er ... befingert die Garrotte. Er hält nach ihr Ausschau.«

Matt wollte nach seinem Walkie-Talkie greifen, erstarrte aber plötzlich, von Cassies Gesicht gefesselt. »Großer Gott«, wiederholte er, diesmal leise.

Ihre Augen waren geöffnet. Sie starrte geradeaus, ohne zu

blinzeln, blind für alles bis auf den telepathischen Blick durch die Augen des Mörders. Und ihre Pupillen waren erweitert, so stark, dass nur noch ein dünner Ring bleichen Graus um sie zu sehen war, wie Eis, das zwei Löcher ins Nichts einfasste.

Ben verspürte einen Stromschlag nackter Angst. In diesem Moment war er wie nie zuvor davon überzeugt, dass sich Cassie nicht mehr im Zimmer befand. Sie war irgendwo anders, und dort, wo sie sich befand, war es dunkel und kalt und wahnsinnig.

Und nur die dünnsten und fragilsten Bindungen hielten sie in dem Körper, der auf ihre Rückkehr wartete.

Abby schaute auf die Uhr, und als sie sah, dass es fast vier war, beschleunigte sie den Schritt. Ihr Einkauf dauerte länger, als sie erwartet hatte. Der arme Bryce wartete bestimmt ungeduldig im Auto, und obwohl die Kauknochen, die sie ihm gekauft hatte, die vorübergehende Vernachlässigung wiedergutmachen würden, wollte sie nicht länger fortbleiben.

Außerdem wurde es bald dunkel, und selbst bei den starken Lampen auf dem Parkplatz wollte sie nach Einbruch der Dunkelheit nicht dort draußen herumlaufen.

Nur noch ein Geschäft, und dann konnte sie gehen ...

Max erhob sich von dem Läufer am Feuer, wo er bisher still gelegen hatte, und setzte sich neben Cassies Sessel. Sein Blick war auf sie gerichtet, und er jaulte leise. Jeder Zentimeter seines Körpers drückte Anspannung und Besorgnis aus.

»Cassie?« Bens Stimme war heiser, und er räusperte sich. »Cassie? Rede mit mir. Wo bist du?«

Ihr Kopf bewegte sich ganz leicht, als würde sie auf seine Anrede reagieren, aber sie blinzelte nicht oder veränderte den Gesichtsausdruck, und ihre Stimme blieb flach und völlig emotionslos. »Ich bin in ihm. Er ist ... erregt. Sein Herz hämmert. Es ist so gefahrvoll, sie sich hier zu schnappen. Aber er mag das. Ihm gefällt die Herausforderung. Das Vorgefühl.«

Matt zögerte, eine Hand am Walkie-Talkie. »Ben. Ich brauche eine Beschreibung«, sagte er leise. »Wenn ich meine Leute da in voller Stärke reinschicke, lösen wir eine Panik aus. Dann kann er in dem Durcheinander untertauchen.«

Ben nickte. »Cassie? Schaut er auf irgendwelche Läden? Gibt es ein Spiegelbild?«

Ihre Brauen zogen sich wieder zusammen, aber in ihren weit geöffneten, leeren Augen änderte sich nichts. »Nur ... flüchtige Eindrücke. Verzerrt. Ich glaube, er hat eine ... blaue Jacke an. Wie eine ... Mannschaftsjacke. Da ist ein weißer Buchstabe, glaube ich. Vielleicht ein R.«

Ben blickte zu Matt, erkannte bei ihm dieselbe Bestürzung, die er auch selber empfand. Die größte und älteste der County Highschools gab blaue Mannschaftsjacken mit weißer Schrift aus, und sie waren in dieser Gegend so weit verbreit, dass es schon fast ein Witz war. Hunderte von Schülern, ehemalige und jetzige, trugen das verdammte Ding.

Ben besaß auch eine, verpackt in einer Truhe in seinem Elternhaus.

»Cassie, kannst du sonst noch etwas sehen? Welche Farbe hat sein Haar?«

»Er trägt eine Mütze. Glaube ich. Eine ... Baseballkappe.«

Noch ein gewohnter Anblick in dieser Gegend. Ben hätte am liebsten laut geflucht, zwang sich aber, ruhig zu bleiben. Ihm gefiel die zunehmende Blässe von Cassies Gesicht nicht, ihre Reglosigkeit, und er spürte mehr, als dass er es sah, wie sie mit jeder verstreichenden Minuten an Kraft verlor.

»Wir müssen wissen, wie er aussieht, Cassie. Kannst du uns dabei helfen?«

Sie schwieg einen Augenblick. »Ich glaube nicht ... er schaut nicht mehr in die Läden. Nur geradeaus, weil ... Oh. Er wird erregter. Seine Gedanken sind erfüllt von den Plänen für sie. Er ... hat einen sicheren Ort, an den er sie bringen kann, wo niemand sie ... sie hören wird, und dort ist alles für sie beide bereit. Er will, dass sie sich zuerst für ihn auszieht, damit er zuschauen kann. Und dann ...«

»Cassie. An wen denkt er? Wer ist sie?«

»Die Schlampe.«

»Wie heißt sie, Cassie?«

»Schlampen haben keine Namen.« Diese Behauptung klang besonders erschreckend in Cassies leiser, tonloser Stimme. Aber nicht annähernd so erschreckend wie ihre nächsten Worte. »Schlampen taugen nur zum Ficken. Und zum Töten.«

»Cassie ...«

»Besonders zum Töten. Ich mag sie bluten sehen.«

»Es ist fast vier«, zischte Sue ihrer besten Freundin zu. »Wenn du irgendwas vorhast, dann mach es jetzt.«

»Lenk Larry nur für ein paar Minuten ab«, murmelte Deanna als Antwort und ging eine Regalreihe weiter, um sich die ausgestellten Modems anzuschauen.

Gehorsam trug Sue das Computerprogramm, das sie in Betracht gezogen hatte, zu Larry hinüber, der in der Nähe der Tür stand. Innerhalb von Minuten kehrte er mit ihr zu den Softwareregalen zurück und schüttelte seinen Kopf über ihr Unwissen. Kichernd schlüpfte Deanna aus dem Laden.

»Cassie, hör mir zu. Hörst du zu? Zieh dich zurück. Zieh dich zurück, Cassie.« Sie hatte ihn zwar nicht davor gewarnt, aber Ben wusste instinktiv, dass sie eindeutig viel zu tief drin war, wenn sich ihre Stimme mit der des Mörders verband, bis sie wie mit einer einzigen sprachen.

»Du könntest niemals zum Monster werden.«

»Ich könnte mich in einem verlieren. Was wäre dann der Unterschied?«

Gott im Himmel.

»Ich mag zusehen, wie sie …«

»Cassie. Zieh dich zurück. *Mach schon.* Jetzt!«

Kurzes Schweigen, dann sagte sie: »In Ordnung. Er … geht immer noch. Aber jetzt schneller. Ich glaube … er weiß, wo sie ist.« Ben bekam nur am Rande mit, dass Matt in sein Walkie-Talkie sprach und seine Beamten an jeden Ausgang des Einkaufszentrums schickte. Bens gesamte Konzentration war auf Cassie gerichtet. Er hatte den beängstigenden Eindruck, dass er sie, wenn er auch nur den Blick von ihr abwandte, für immer verlieren würde.

»Cassie? Wo ist er jetzt? Kannst du uns das sagen?«

»Er … kam gerade an den Imbissständen vorbei.«

»In welche Richtung geht er?«

»Ich weiß es nicht.«

»Cassie?«

»Ich weiß es nicht. Ich war da noch nie.« Erschöpfung zerrte an jedem Wort.

Ben bemühte sich, seine Stimme ruhig zu halten. »Versuch den Namen eines der Läden zu erkennen. Kannst du ihn sehen?«

»Da ist ein ... Schuhgeschäft neben ... einem Musikgeschäft. Und gegenüber ist eine ... Buchhandlung.«

»Matt, er läuft auf das Nordende zu«, sagte Ben zum Sheriff, ohne sie aus den Augen zu lassen. »Cassie?«

»Ich bin noch da«, sagte sie leise. »Seine Füße schmerzen. Seine Stiefel sind zu eng. Ist das nicht komisch?«

»Cassie, beobachtet er jemanden?«

»Nein. Sie ist ... er weiß, wo sie sein wird.«

»Denkt er daran? Wo sie sein wird?«

»Nein, er ist nur ...« Cassies Stimme bracht abrupt ab. Sie schien nicht mal zu atmen. Dann schlossen sich ihre Augen, ihr Kopf ruckte herum, als hätte jemand sie geschlagen, und ein Schmerzensschrei entrang sich ihr.

14

Hannah Payne blickte auf die Uhr und fluchte leise, als sie sah, dass es fast vier war. Sie hatte versucht, sich zu beeilen, aber Connie ließ sich endlos über jedes Stoffstück aus.

Und dabei wurde es immer später! Wenn sie jetzt nicht in die Gänge kam, würde sie es nicht schaffen, Joes Abendessen zu kochen, bevor er aufwachte.

Die Arme voller Stoffe und in Gedanken damit beschäftigt, die Vor- und Nachteile verschiedener Ausreden abzuwägen, nahm Hannah ihre übliche Abkürzung vorbei an mehreren mit Brettern vernagelten Läden, die momentan renoviert wurden, und ging auf einen der weniger benutzten Ausgänge zu, den nur eine frühere Angestellte aus einem der Geschäfte des Einkaufszentrums kennen würde.

Den Sommer über hatte sie an den Imbissständen gearbeitet.

Sich nur allzu bewusst, wie die Zeit verging, war Hannah so in Eile, als sie um eine Ecke bog, dass sie ihn überhaupt nicht sah, bis sie buchstäblich mit ihm zusammenprallte.

»Hallo«, nuschelte er.

»Cassie? Cassie!«

Ben war kurz davor, sie zu packen und zu schütteln, als

sie schließlich den Kopf hob und die Augen öffnete. Die Pupillen hatten wieder ihre normale Größe, doch er meinte, noch nie solche Erschöpfung gesehen zu haben.

»Was ist passiert?«, fragte er, jetzt leiser, bemerkte kaum, dass er neben ihrem Sessel kniete.

»Er hat mich rausgestoßen«, flüsterte Cassie.

»Was?«

»Er weiß, wer ich bin.«

Ben griff nach ihrer Hand, die eiskalt war. Er rieb sie zwischen seinen. »Bist du dir sicher?«

Sie legte den Kopf an die Sessellehne und betrachtete Ben. »Ich weiß nicht, wie, aber ... er merkte, dass ich in seinem Kopf war. Er war so schnell, und ich ... ich konnte mich nicht verstecken. Ich hörte ihn ... Er dachte meinen Namen, als er mich aus seinen Gedanken stieß.«

»Himmel«, murmelte Ben.

Matt war aufgesprungen. »Cassie, können Sie uns sonst noch was über ihn sagen? Meine Leute werden alle Ausgänge des Einkaufszentrums innerhalb von zehn Minuten besetzen, aber sie anzuweisen, jeden Mann mit einer Jacke der Central High festzuhalten, ist zu vage, auch wenn wir es auf Männer beschränken, die von Frauen begleitet werden. Können Sie uns sonst noch etwas sagen? Irgendwas?«

Cassie sah ihn mit diesen müden Augen an und erwiderte: »Ich glaube, sie kommen bereits zu spät.«

Deanna Ramsay drehte sich mit einem einladenden Lächeln um, das rasch erstarb.

»Oh. Du bist das. Willst du irgendwas?«

»Komisch, dass du das fragst«, entgegnete er.

»Du hättest nicht zu bleiben brauchen«, sagte Cassie. Sie trank den heißen Kaffee, den Ben ihr gebracht hatte, und beäugte ihn über den Rand der Tasse. »Ich komme schon zurecht.«

»Keine Ursache«, sagte er.

Sie lächelte nicht. Mit der um sie gewickelten Decke und dem heißen Kaffee im Magen war ihr wärmer als zuvor, doch sie war so ausgelaugt, dass sie sich nur noch zusammenrollen und schlafen wollte.

Und bitte, lieber Gott, ohne Träume.

»Matt könnte wahrscheinlich deine Hilfe brauchen«, sagte sie zu Ben.

»Matt hat zwei Dutzend Deputys und sämtliche Wachleute des Einkaufszentrums, die ihm dort helfen. Ich wäre nur im Weg.« Er hielt inne. »Ich werde nirgends hingehen, Cassie.«

Sie atmete ein und konzentrierte sich darauf, die Worte zu formulieren. »Ich muss erst mal zwölf Stunden lang schlafen.«

»In Ordnung.« Er stellte seine Tasse ab, griff nach ihrer, stellte sie ebenfalls auf den Couchtisch, kam dann zu Cassie und hob sie mitsamt der Decke aus dem Sessel.

»Was machst du …«

»Du würdest die Treppe doch niemals allein schaffen«, teilte er ihr mit und trug sie ohne sichtbare Anstrengung nach oben.

Cassies Gedanken waren wirr, aber sie entschied, dass es ihr nicht gefiel, von einem Mann getragen zu werden, wenn sie zu müde war, das Erlebnis zu genießen. Doch sie fragte nur: »Warum kannst du mich nicht einfach in Ruhe lassen?«

»Welches Schlafzimmer?«, gab er zurück, anscheinend unbewegt über ihre zittrige Frage.

Cassie seufzte und ließ ihren Kopf an seiner Schulter ruhen. »Das große vordere. Ich muss Max rauslassen.«

»Ich gehe mit ihm. Keine Bange.«

»Er muss gefüttert werden.«

»Ich sagte doch, mach dir keine Sorgen, Cassie. Wegen irgendwas. Schlaf einfach.«

Fast schon schlafend, murmelte sie: »Ja, aber du kannst nicht über Nacht hierbleiben. Was würden die Leute sagen?«

»Schlaf jetzt, Liebes.«

Sie versuchte zu sagen, dass er sie nicht »Liebes« nennen und auf keinen Fall die Nacht in ihrem Haus verbringen sollte, aber das Einzige, was herauskam, war ein sinnliches kleines Murmeln, dass ihr peinlich gewesen wäre, wenn sie darüber hätte nachdenken können.

Doch Denken überstieg ihre Kraft. Ihre Augen hatten sich geschlossen, und als sie ihr weiches Bett unter sich spürte, seufzte Cassie nur und ließ los, sank in den Schlaf, als wäre er ein tiefer Brunnen.

Ben zog ihr die Schuhe aus und breitete die Wolldecke noch über das Federbett. Er knipste die Lampe auf ihrem Nachttisch an, da es draußen dunkel wurde, dimmte sie aber herab.

Sie schlief bereits fest, ihr zerbrechlicher Körper vollkommen schlaff, und einen Moment lang blieb er neben dem Bett stehen und schaute nur auf sie hinab.

Wie viele dieser schrecklichen telepathischen Reisen konnte sie noch bewältigen, bevor sie davon zerstört wurde? Nicht viele. Er hatte gewusst, dass die Versuche an ihrer Energie und Stärke zehrten, doch bis zum heutigen Tag hatte er nicht geahnt, dass sie ihr auch die Lebenskraft entzogen.

Und er hatte nicht geahnt, dass die Möglichkeit, Cassie für immer zu verlieren, ein Messer in seinem Herzen sein würde.

Er hörte ein leises Geräusch und drehte den Kopf. Max stand an der Tür und starrte ihn mit ängstlichen Augen an. Ben warf einen letzten Blick auf Cassie, trat zu dem Hund und stupste ihn hinaus auf den Flur, damit er die Tür fast ganz heranziehen konnte.

»Komm, Junge«, sagte er. »Gehen wir nach unten und lassen sie in Frieden.«

Zumindest in dem Frieden, den sie in ihren Träumen finden konnte.

»Erfolg gehabt?«, fragte Ben, als der Sheriff ihn vom Autotelefon aus dem Streifenwagen anrief.

»Ja, aber nichts Gutes. Wir haben ein vermisstes Mädchen, Ben.«

»Wen?«

»Einen Teenager namens Deanna Ramsay. Sie war mit einer Freundin im Einkaufszentrum, und beide wurden von Deannas älterem Bruder begleitet. Die Freundin ist völlig hysterisch, aber nach dem, was ich aus ihr herauskriegen konnte, sieht es so aus, als hätte Deanna sie überredet, ihren Bruder abzulenken, damit sie hinausschlüpfen konnte. Sie wollte sich mit jemandem treffen, behauptet die Freundin, doch sie weiß nicht, mit wem. Der Bruder schwört, sie könnte nicht mehr als zehn Minuten fort gewesen sein, bevor wir hier eintrafen. Wir durchsuchen das Einkaufszentrum, und wir haben jeden Mann in der richtigen Altersgruppe mit oder ohne eine Central-Jacke durchsucht.« Matt hielt inne, fügte dann kurz angebunden hinzu: »Nichts.«

Ben saß auf Cassies Sofa mit dem Hundekopf in seinem Schoß, starrte in die züngelnden Flammen und versuchte, sich eine positive Entgegnung einfallen zu lassen. Ihm fiel nichts ein.

»Verdammter Mist«, sagte er schließlich.

»Das kannst du laut sagen.« Matt klang zu müde zum Fluchen. »Meine Deputys durchkämmen weiter das Gelände, und wir haben eine wachsende Gruppe Freiwilliger, wenn wir die Suche ausdehnen müssen. Ich habe John Logan angerufen, und er ist mit seinen Spürhunden hierher unterwegs. Das Mädchen hat Handschuhe im Auto ihres Bruders liegen lassen, von denen die Hunde die Witterung aufnehmen können. Aber ich wette, der Dreckskerl hat sie in irgendein Fahrzeug gezerrt, also wird sich die Spur ein paar Meter von den Ausgängen entfernt verlieren.«

Er holte Luft. »Niemand hat irgendwas Ungewöhnliches gesehen, niemand hat was Ungewöhnliches gehört. Ich werde mich gleich mit Larry zu den Ramsays auf den Weg machen, um den Eltern die Nachricht zu überbringen.«

»Falls sie es nicht bereits gehört haben.«

Matt grunzte zustimmend. »Wie geht es Cassie?«

»Sie schläft. Oder ist bewusstlos, sollte ich vielleicht sagen. Sie meinte zwar, sie bräuchte etwa zwölf Stunden Schlaf, aber ich wäre überrascht, wenn sie morgen vor Mittag aufwacht.«

»Du bleibst heute Nacht dort?«

»Ja.«

Matt ließ das unkommentiert. »Gut, ich ruf dich dort an, wenn es heute Abend oder morgen früh was Neues gibt.«

»Falls du meine Hilfe brauchst ...«

»Nein, wir haben genug Augen für die Suche. Du kannst hier nichts tun.« Grimmig fügte er hinzu: »Bisher hat der Dreckskerl seine Leichen immer dort hinterlassen, wo wir sie rasch finden konnten, aber wenn Cassie recht hat mit seinen Plänen für diese ...«

»Müssen wir uns vielleicht auf ein langes Warten einstellen«, beendete Ben den Satz.

»Ja. Und im Übrigen gefällt mir die Stimmung meiner Freiwilligen nicht besonders, Ben. Wir mussten bereits mehr als die Hälfte entwaffnen. Wenn wir sie bei der Suche benutzen müssen und wenn die Leiche des Mädchens gefunden wird, kriege ich's mit einem Mob zu tun.«

»Ich weiß.«

»Und jetzt droht Eric, morgen eine Sonderausgabe der Zeitung herauszubringen, und ich kann ihn nicht davon überzeugen, dass er damit nur Öl ins Feuer kippt.«

»Ich rufe ihn an.«

»Ja, tu das.« Matt atmete erschöpft aus. »Und ich rufe dich an, wenn es was Neues gibt.«

»Pass auf dich auf, Matt.«

»Mach ich.« Matt hängte ein und trat einen Schritt zurück, um die Autotür zu schließen, schaute dann zu Abby, die am hinteren Schutzblech des Streifenwagens lehnte, den Hund an ihrer Seite. Bevor Matt etwas sagen konnte, tat sie es.

»Ich sollte nach Hause fahren.« Ihr Blick wanderte unruhig über die Menschen, die auf dem Parkplatz herumwuselten, wo mit Einbruch der Dunkelheit die Lampen flackernd angingen. Zahlreiche uniformierte Deputys kamen aus dem Einkaufszentrum, gingen wieder hinein und befragten Leute auf dem Parkplatz, und es standen sogar noch mehr besorgte Bürger herum und sahen dem Ganzen zu. »Du musst arbeiten, und ich bin bloß im Weg.«

Matt trat näher, ohne sie zu berühren, obwohl er es wollte. Ihm war ein Kälteschock durch die Glieder gefahren, als er sie unter Einkaufsbummlern entdeckt und begriffen hatte, wie nahe sie diesem wahnsinnigen Mörder gekommen war. »Du könntest nie im Weg sein.« Er wusste natürlich, warum sie besorgt war, und ihre nächsten Worte bestätigten es.

»Matt, wenn uns jemand hier zusammen stehen sieht und sich Fragen zu stellen beginnt ...«

Rau sagte er: »Ich möchte dich nicht aus den Augen lassen.«

Ihr angespannter Ausdruck wurde weicher. »Mir wird schon nichts passieren. Ich fahre mit Bryce heim, und wir schließen uns im Haus ein. Und warten auf dich.«

Das gefiel ihm zwar nicht, aber ihm blieb kaum eine andere Wahl. »Na gut.« Weil er nicht anders konnte, hob er die Hand und berührte Abby kurz an der Wange. »Aber sei um Gottes willen vorsichtig.«

»Das werde ich. Du auch.«

Matt sah ihr nach, bis sie bei ihrem Auto war, und erst als sie an ihm vorbeifuhr und ihm zum Abschied zuwinkte, wandte er sich wieder seinen Pflichten zu und verdrängte Abby widerstrebend aus seinen Gedanken.

Von beiden ungesehen, saß Gary Montgomery in seinem Auto, umklammerte das Steuer so fest, dass seine Fingerknöchel weiß wurden, und sah seiner Frau beim Wegfahren nach. Dann richtete er seinen Blick auf den Sheriff, der seinen Männern geschäftig Anweisungen gab.

»Sieh einer an«, murmelte er. »Dieser verdammte Hurensohn.«

»Ich bin froh, dass ich dir Angst eingejagt habe«, verkündete Joe Mooney stur, als er Hannah zu ihrem Auto brachte. »Himmel noch mal, Hannah, du hast ja nicht mal darauf geachtet, wohin du gingst.«

»Ich hatte es eilig.« Sie wusste genau, dass sie sich diesmal nicht rausreden konnte. Das arme Mädchen, im hellen Tageslicht aus dem Einkaufszentrum entführt – und das Monster, das sie sich geschnappt hatte, konnte gut an Hannah vorbeigekommen sein, nur Minuten davor! Ein Schauder überlief sie.

»Ich weiß nicht, was ich mit dir machen soll«, sagte Joe.

Hannah war plötzlich zum Weinen zumute. »Kannst du heute Nacht zu Hause bleiben, Joe? Bitte?«

Er blickte auf sie hinunter, als sie ihr Auto erreichten. Obwohl er wusste, dass es heute in der Nachtschicht knapp werden würde, da sicherlich mehr als ein Mann zu Hause blieb, sagte er: »Ich werde mich krankmelden. Steig ein, Schatz, und ich folge dir mit meinem Wagen.«

Hannah schlang ihm die Arme um den Hals und verstreute die Stoffe über das ganze Pflaster.

Wie Matt vorhergesehen hatte, konnten John Logans Bluthunde die Spur nur ein paar Meter von einem der Ausgänge verfolgen, wo Deanna Ramsays Entführer sie offenbar in ein wartendes Auto gezerrt hatte. Das Gelände des Einkaufszentrums war gründlich abgesucht worden, und da sich die Spur des Mädchens in Luft aufgelöst hatte, blieb dem Sheriff nichts anderes übrig, als die wartende Gruppe der Freiwilligen zu entlassen und seine Beamten anzuweisen, Streifenfahrten durch die Stadt zu machen, in der Hoffnung, etwas – irgendetwas – Verdächtiges zu entdecken.

Die Freiwilligen wollten nur widerstrebend gehen, selbst nachdem Matt ihnen zugesichert hatte, sie anzurufen, falls er sich am folgenden Tag zu einer Suchaktion entschloss. Aus der Gruppe war eine Menge Grummeln und Knurren zu vernehmen, und Matt achtete darauf, dass sie sich tatsächlich auflöste und alle ihrer getrennten Wege gingen, bevor er und die meisten seiner Beamten ebenfalls das Einkaufszentrum verließen.

Die Beamten zerstreuten sich, einige kehrten aufs Revier zurück, aber die meisten fuhren auf Streife. Matts gnädigerweise kurzer Besuch bei den Ramsays hatte seine schwache Hoffnung zunichtegemacht, dass es das Mädchen irgendwie geschafft hatte, sicher nach Hause zu kommen. Er hatte zwei seiner Leute dort gelassen, um sich von den angsterfüllten Eltern die Namen und Telefonnummern der Freunde Deannas geben zu lassen, damit jede mögliche Information verfolgt werden konnte.

Er glaubte nicht, dass es sie weiterbringen würde.

Deanna Ramsay war von einem Monster entführt worden, das gerissen genug war, keine Spur zu hinterlassen, und als Nächstes würden sie zweifellos ihre Leiche finden.

Ihre vergewaltigte und gefolterte Leiche, wenn Cassie recht hatte.

Ihre heutige Vorführung hatte ihm eindeutig zu denken gegeben. Selbst ein Skeptiker hätte zugeben müssen, dass sie sich in der Gewalt von etwas Außergewöhnlichem befunden hatte, und er bezweifelte, dass er je die beängstigende Leere in ihren blicklosen Augen vergessen würde.

Er fragte sich, ob Ben auch nur die geringste Ahnung hatte, worauf er sich da einließ.

Auf dem Revier war es ruhig, da so viele seiner Deputys unterwegs waren, um Deannas Freunde zu befragen, und nach Hinweisen suchten, wohin ihr Entführer sie gebracht haben könnte, und Matt begrüßte diese relative Stille. Er musste nachdenken.

Er ging in sein Büro und schloss die Tür. Als Erstes rief er Abby an, wollte sich vergewissern, dass sie sicher nach Hause gekommen war und sich eingeschlossen hatte. Er teilte ihr mit, dass er frühestens um Mitternacht zu ihr kommen könnte.

Wenn er bis dann noch nicht da wäre, würde er es heute nicht mehr schaffen.

Abby hatte Verständnis, wie immer.

Matt verbrachte die nächsten Stunden damit, alle Unterlagen und Berichte über die drei bisherigen Morde durchzugehen. Er betrachtete die Fotos, untersuchte die an den Tatorten gefundenen Münzen und Messer, las jede Einzelheit über die Autopsien.

Als er das erledigt hatte, war er der Erkenntnis, wer die drei Frauen ermordet und, vermutlich, Deanna Ramsay entführt hatte, keinen Schritt näher gekommen.

Ein Klopfen an der Tür unterbrach seine düsteren Gedanken, wofür er dankbar war, und als er aufschaute, sah er

Sharon Watkins, eine seiner Deputys, die ihm einen fragenden Blick zuwarf.

»Was ist, Sharon? Gibt's was Neues?«

»Nicht über das Ramsay-Mädchen«, erwiderte sie.

»Ich mag gar nicht fragen, ob sonst noch was passiert ist.«

»Nichts – soviel ich weiß. Hier ist jemand, der zu Ihnen möchte, Sheriff. Er hat keinen Termin, aber ich glaube, Sie werden mit ihm sprechen wollen.«

»Das kann nichts Gutes heißen«, murmelte Matt.

»Tut es auch nicht.« Ihr Ausdruck verriet ihm, wie froh sie war, dass er sich damit rumschlagen musste und nicht sie.

Matt schenkte ihr ein schiefes Lächeln. »Na gut, schicken Sie ihn rein.«

Abwesend schob er die Akten auf seinem Tisch zurecht und erhob sich, als Sharon den Besucher hereinführte. Und er brauchte die Vorstellung des Mannes weder zu hören noch seine Dienstmarke zu sehen, um zu wissen, wen er da vor sich hatte.

»Sheriff Dunbar? Mein Name ist Noah Bishop. Ich bin vom FBI.«

Er war ein hochgewachsener Mann, schlank, aber mit breiten Schultern und athletischem Körperbau, was auf beachtliche physische Kraft schließen ließ. Er hatte schwarzes Haar mit einer recht dramatischen Geheimratsecke, stechende graue Augen und ein auffallend gut aussehendes Gesicht, das nur von einer gezackten Narbe, die sich vom linken Auge bis fast zum Mundwinkel zog, verunstaltet war.

Es war kein Gesicht, das Wohlbehagen hervorrief.

»Agent Bishop.« Matt deutete auf den Besucherstuhl und

ließ sich dann auf seinem nieder. »Was kann ich für das FBI tun?«

»Entspannen Sie sich, Sheriff.« Bishop lächelte. »Ich bin nicht hergekommen, um meine Nase in Ihre Ermittlungen zu stecken.« Seine Stimme war kühl, aber sachlich.

»Nein?«

»Nein. Das hier ist Ihr Zuständigkeitsbereich. Das FBI bietet gern seine Fachkenntnisse an, vor allem, wenn in Ihrem Gebiet tatsächlich ein Serienmörder sein Unwesen treibt, aber wir haben die Erfahrung gemacht, dass es in solchen Situationen diplomatischer ist, zu warten, bis wir eingeladen werden.«

»Freut mich, das zu hören.«

Falls sich der Agent an Matts Lakonie störte, ließ er es sich nicht anmerken. »Dann verstehen wir uns.«

Matt legte den Kopf schräg. »Würden Sie mir mitteilen, wie Sie von unserer kleinen Ermittlung gehört haben?«

»Aus der Lokalzeitung.«

»Die Sie sich nach Virginia liefern lassen?«

Bishop lächelte erneut. Ein eher beängstigendes Lächeln. »Ich habe Zugang zu gewissen Datenbanken, einschließlich einer aus diesem Bundesstaat. Ihre Lokalzeitung, wie viele andere, archiviert ihre Ausgaben für Recherchen – und die Nachwelt. Als der Ausdruck ›Serienmörder‹ benutzt wurde, blinkte er auf meinem System auf, als ich eine Routinesuche nach Informationen durchführte.«

»Das Internet«, sagte Matt mit ironischer Bewunderung. »Ist es nicht herrlich?«

»Es erschwert Geheimhaltung in der Tat.« Ohne eine Antwort auf diese provokative Feststellung abzuwarten, fuhr Bishop ruhig fort: »Wie gesagt, Sheriff, das FBI würde gern jede Hilfe oder jeden Rat anbieten, der Ihnen nützlich erscheint. Ich bin jedoch nicht in erster Linie wegen Ihrer Ermittlung hier, sondern wegen einer damit in Zusammenhang stehenden Angelegenheit.«

»Und die wäre?«

»Ich möchte mit Ihnen über Cassandra Neill sprechen.«

27. Februar 1999

Cassie wachte mit dem bleiernen Gefühl auf, sehr, sehr lange geschlafen zu haben. Sie blieb noch eine Weile liegen, ohne sich große Gedanken zu machen, und blickte schläfrig zur Decke hinauf. Aber dann überkam sie der nagende Verdacht, in ihren Kleidern geschlafen zu haben, und sie zwang sich schließlich, sich aufzusetzen und die Bettdecke zurückzuschlagen.

Ja, sie *hatte* in ihren Kleidern geschlafen.

Warum um alles in der Welt hatte sie das getan?

Die Uhr auf ihrem Nachttisch verriet ihr, dass es kurz nach neun Uhr morgens war. Sie war sich ziemlich sicher, dass heute Samstag war.

Und jemand briet Speck in ihrer Küche.

Cassie empfand eher Verwirrung als Angst. Erst nach einigen Minuten sorgfältigen Nachdenkens erinnerte sie sich daran, was am vorherigen Nachmittag passiert war, und als ihr das gelungen war, wurde ihr klar, dass Ben tatsächlich über Nacht hiergeblieben war.

Nachdem er sie ins Bett getragen und sie dort allein gelassen hatte. Sie schob diese Erkenntnis von sich und mit ihr die Bettdecke, schwang sich steif aus dem Bett und blieb auf dem Läufer stehen, während sie automatisch ihre Verfassung begutachtete. Ihr Denken war immer noch verschwommen. Ihre Muskeln, die offenbar die ganze Nacht in einer erschöpften Stellung verharrt hatten, beschwerten sich bei jeder Bewegung, und ihr grummelnder Magen verriet ihr, dass ihre letzte Mahlzeit lange zurücklag, aber ansonsten fühlte sie sich erstaunlich wohl.

Eine lange, heiße Dusche entspannte die steifen Muskeln und klärte ihren Kopf, und als sie sich angezogen hatte und nach unten ging, war ihr Kopf ganz klar, und sie fühlte sich bereit, sich fast allem zu stellen. Selbst einem Staatsanwalt, der Speck in ihrer Küche briet.

Er hatte den Tisch bereits für zwei gedeckt, und ihr Kofferradio spielte leise Oldies im Hintergrund. Es war eine fröhliche, einladende Szene.

»Guten Morgen«, sagte er, als sie hereinkam. »Der Kaffee ist heiß.«

»Guten Morgen.« Sie eilte auf den Kaffee zu, brauchte dringend Koffein und hoffte, dass man es ihr nicht anmerkte.

Max, ausgestreckt neben der Hintertür mit einem Kauknochen zwischen den Pfoten, wedelte zur Begrüßung mit der Rute, hörte aber nicht zu kauen auf. Die Flitterwochen, entschied Cassie, waren eindeutig vorbei.

»Ich hoffe, es stört dich nicht, aber ich habe mich ein wenig nützlich gemacht«, sagte Ben leichthin und ohne sie anzuschauen.

»Warum sollte es mich stören?«, murmelte sie.

»Ich dachte, das würde es vielleicht.« Er behielt den Plauderton bei. »Gestern hast du mich gebeten, zu gehen.«

Sie konnte sich vage erinnern. »Ich hatte dich gebeten, mich in Ruhe zu lassen. Das hast du getan.«

Er warf ihr einen kurzen, wenn auch scharfen Blick zu. »Wie fühlst du dich?«

»Besser. Schlaf hilft für gewöhnlich.« Aber für gewöhnlich keine sechzehn Stunden. Cassie trank ihren Kaffee und beobachtete Ben, bemerkte sowohl seine Ungezwungenheit in der Küche als auch die Tatsache, dass er sich umgezogen hatte. Wo hatte er geschlafen?

»Magst du Pfannkuchen?«, fragte er. »Sag Ja.«

»Ja.« Sie holte Sirup und Butter aus dem Kühlschrank und schenkte dann Orangensaft für sie beide ein, während er das Kochen beendete.

Sie wollte ihn nach dem armen Mädchen fragen, das gestern entführt worden war, scheute aber davor zurück. Es gab nichts, was sie tun konnte, rief sie sich streng ins Gedächtnis. Nicht für dieses Mädchen. Nicht jetzt.

Schweigend sah sie zu, wie Ben das Essen auf den Tisch stellte. Das Schweigen hielt fast das ganze Frühstück über an. Ben schien es nichts auszumachen, und Cassie hatte es nicht eilig, es zu brechen. Sie fühlte sich nicht unwohl mit ihm, war sich aber jeder seiner Bewegungen bewusst. Sie wusste einfach nicht, was sie sagen sollte.

Sie waren fast fertig, als sie schließlich sprach. »Das hat sehr gut geschmeckt. Vielen Dank.«

»Ich bin auf Frühstück und Steaks spezialisiert. Darüber hinaus ...« Lächelnd zuckte er die Schultern.

Sie dachte, dass diese Spezialität ihm bisher die Dienste

geleistet hatte, die er wollte, sagte es aber nicht laut. Stattdessen, getrieben, fragte sie: »Dieses Mädchen …«

»Sie haben sie noch nicht gefunden.«

»Ich könnte …«

»Nein«, sagte Ben. »Könntest du nicht.«

»Mir geht es wieder gut.«

»Vielleicht.« Er schüttelte den Kopf, sah sie durchdringend an. »Und vielleicht nicht. Kannst du dich an alles erinnern, Cassie?«

»Mehr oder weniger.«

»Erinnerst du dich, dass du in der ersten Person gesprochen hast, mit der Stimme des Mörders?«

Ein kalter Schauer überlief sie. »Nein.«

»Das hast du. Es gelang mir, dich rauszuziehen, aber …« Er holte Luft. »Jetzt verstehe ich, was du meintest, als du sagtest, du bräuchtest eine Rettungsleine.«

Cassie fragte nicht nach, was sie genau gesagt hatte. Stattdessen schüttelte sie den Kopf und murmelte: »Jeder Fall ist ein bisschen anders, aber ... bei diesem verstehe ich nicht alles. Fast von Anfang an sind seltsame Dinge geschehen.«

Er zögerte. »Noch was. Deine Augen waren während des Kontakts meistens geöffnet. Das ist nicht üblich, oder?«

»Nein.«

»Deine Pupillen waren so erweitert, dass von deiner Iris fast nichts mehr zu sehen war.«

Cassie fand das, was sie aus seiner Stimme heraushörte, beunruhigender als die anormalen Vorkommnisse, die er beschrieb. »Ich kann es nicht erklären. Der Unterschied, den ich gespürt habe, war ein ... gradueller.«

»Was meinst du damit?«

»Ich meine, der Kontakt selbst fühlte sich nicht anders an, nur seine Tiefe. Ich war fast sofort tief in seinem Bewusstsein, so schnell, als würde man einen Schalter umlegen.«

»Weil du den Weg kanntest, nachdem du ihn vorher gefunden hattest?«

»Mag sein.« Aber das kam ihr nicht ganz richtig vor, daher sprach sie langsam weiter. »Wenn ich es nicht besser wüsste, würde ich schwören, dass er ... mich hineingezogen hat. Dass er mich wissen lassen wollte, wo er war und was er tat. Dass er es mich absichtlich wissen ließ, bevor er mich rausstieß.«

»Warum ist das nicht möglich?«

»Na ja, weil ... da keine Wahrnehmung von mir war. Überhaupt keine, bis zur allerletzten Sekunde, als er mich plötzlich *anschaute* und mich dann rausstieß.«

»Du sagtest, er würde dich kennen.«

»Ja. Er ... er sagte in Gedanken meinen Namen.«

»Cassie.«

Wieder hörte sie im Geist dieses Flüstern, und ein Schauder überlief sie.

Nie zuvor war sie auf diese Weise im Geist eines anderen erwischt worden. Ein dunkles, inneres Auge hatte sich ihr mit derart rasender Genauigkeit zugewandt, dass sie sich festgenagelt fühlte.

Gefangen.

Das war es, was sie Ben nie erzählen konnte. Mit absoluter Bestimmtheit zu wissen, dass sie nie dazu fähig gewesen wäre, der geisteskranken Stärke dieses anderen Verstandes zu entfliehen, wenn er sie nicht verächtlich hinausgeworfen hätte.

15

»Cassie?«

Sie raffte sich zu einem Lächeln auf. »Wie gesagt, er weiß jetzt, wer ich bin. Aber damit hatten wir früher oder später gerechnet.«

»Glaubst du, er wird dich von jetzt an abblocken?«

»Er könnte das nicht ständig tun. Irgendwann wird selbst der stärkste Verstand müde oder abgelenkt, und die Wachsamkeit lässt nach. Dann kann ich wieder hinein.«

»Und wenn dir das gelingt? Wird er wissen, dass du da bist?«

Cassie zögerte. »Ich weiß es nicht. Bisher ist es mir immer gelungen, meine Anwesenheit zu verbergen. Ich ... muss diesmal irgendwie abgelenkt gewesen sein, und dadurch hat er mich erwischt.«

»Was ist, wenn er dich wieder erwischt? Kann er dich verletzen?«

»Mit seinem Verstand?« Sie achtete darauf, nicht ausweichend zu klingen. »Er hat mich diesmal ja nur rausgeworfen. Was ganz natürlich ist.«

»Wir haben es mit einem unnatürlichen Verstand zu tun, Cassie.«

»Ja. Ich weiß.«

Ben starrte sie an, schob dann seinen Teller mit einem unterdrückten Fluch weg. Mit sehr gleichmäßiger Stimme sagte er: »Selbst wenn er dich nicht verletzen kann, wie oft, meinst du, kannst du es noch tun, ohne dich selbst umzubringen?«

»Sooft es sein muss.« Cassie stand auf und trug ihren Teller zur Spüle.

Er blickte stirnrunzelnd auf seinen eigenen Teller. »Ich glaube nicht, Cassie. Ist dir klar, dass du mich gestern zu Tode erschreckt hast? Ich dachte, ich würde dich für immer verlieren.«

Sie schenkte sich Kaffee ein, um ein wenig Zeit zum Nachdenken zu haben. Es half nicht. »Es tut mir leid.« Sie fand, dass ihre Stimme eher verwirrt als entschuldigend klang, und fragte sich, ob er das auch hörte. Offensichtlich.

»Verdammt, Cassie! Hör auf, so zu tun, als sollte es mir egal sein, wenn du dich in Gefahr bringst.«

Sie goss Milch in den Kaffee, rührte mit sorgsamer Konzentration um. »Es ist allein mein Risiko. Das habe ich dir gesagt.«

»Und mich geht das alles nichts an?«

Sie wartete kurz ab, bevor sie antwortete. »Was soll ich dazu sagen, Ben?«

Er legte ihr die Hände auf die Schultern und drehte sie zu sich herum. »Schau mich an.«

Nur widerstrebend kam sie der Aufforderung nach.

Er schüttelte sie leicht. »Hör auf, mich auszuschließen.«

»Das tue ich nicht.«

»Du hast dich meilenweit von mir entfernt, seit Matt und ich gestern Nachmittag wiederkamen. Ich will wissen, warum. Liegt es daran, dass ich dir meine Gefühle gestanden habe? Hast du Bedenken bekommen, dich auf mich einzulassen?«

Er wird dich zerstören.

Cassie überlegte, ob sie es überhaupt fertigbringen würde, sich selber zu retten. »Ben, das musst du doch erkennen – es wäre nicht gut.«

»Warum?«, blaffte er.

»Mein Gott, sind denn all die Gründe nicht völlig offensichtlich?«

»Für mich nicht. Also klär mich auf.«

Sie atmete tief durch. »Zum einen würde ich eine miserable Geliebte abgeben. Ben, ich war zu oft in männlichen Köpfen, die nur mit Gewalt und Hass angefüllt sind. Ich kann das nicht alles beiseiteschieben, so tun, als hätte ich es nie gesehen, als hätte es mich nie verängstigt.«

»In meinem Kopf warst du noch nie«, sagte er leise.

»Das weiß ich.« Nur mit Mühe gelang es ihr, ihre Stimme ruhig zu halten. »Und ich weiß, dass die Gedanken in diesen anderen Köpfen, diese ... Bedürfnisse und Handlungen anormal sind. Die meisten Männer denken niemals an solche Gewalttätigkeiten. Aber das zu akzeptieren hilft mir nicht. Ich habe immer noch ... ich kann nicht anders, als Angst zu haben. Verstehst du das denn nicht? In mir ist kein Vertrauen mehr übrig.«

»Das glaube ich nicht.«

»Du musst. Es ist die Wahrheit.«

»Cassie, ich würde dir niemals absichtlich wehtun.«

»Du meinst das bestimmt ernst.« Sie wich seinem Blick aus.

»Aber du glaubst nicht, dass es die Wahrheit ist.«

»Ich hab's dir gesagt. Ich kann niemandem vertrauen. Ich will mich nicht einlassen, auf niemanden. Ben, bitte – lass es einfach sein, okay?«

Er ignorierte die Bitte. »Liegt es daran, dass du meine Gedanken nicht lesen kannst? Weil du dir nicht sicher sein kannst, dass in mir keine Gewalttätigkeit schlummert?«

»Ich weiß es nicht. Vielleicht.« Sie musste sich fragen, ob es die Dinge nicht vereinfachen würde, wenn sie Bens Gedanken lesen könnte. Oder noch schwerer machen würde.

Seine Finger krallten sich fester in ihre Schultern. »Cassie …«

Das Telefon klingelte, ließ sie zusammenschrecken, doch sie war froh, einen Grund zu haben, sich von Ben zu entfernen, wenn auch nur bis zum Küchenwandtelefon. Sie hob ab und sagte Hallo, hoffte, dass sie nicht so zittrig klang, wie sie sich fühlte.

»Cassie, hier ist Matt. Ist Ben noch bei Ihnen?«

»Ja. Warten Sie mal kurz.« Sie hielt ihm den Hörer hin, und als er danach griff, trat sie sofort zur Seite und begann, die Spülmaschine einzuräumen.

»Matt? Habt ihr sie gefunden?« Ben hielt den Blick auf Cassie gerichtet und schüttelte den Kopf, als sie fragend aufschaute. Dann runzelte er die Stirn, während der Sheriff weitersprach. »Ich weiß nicht, ob das so eine gute Idee ist, Matt. Wir heizen doch nur den Klatsch an, wenn Cassie offen in dein Büro kommt. Ich weiß. Ja, das ist mir klar, aber …« Er hörte noch einen Augenblick länger zu und sagte dann: »In Ordnung. Wir kommen gleich.«

Er hängte ein und wandte Cassie seine gesamte Aufmerksamkeit zu. »Du hast es gehört. Er möchte mit uns in seinem Büro sprechen. Ich weiß nicht, warum er es mir nicht am Telefon erzählen wollte, aber er hatte recht, als er mich darauf hinwies, dass deine Verwicklung in die Ermittlungen inzwischen ein offenes Geheimnis ist.«

Cassie machte die Spülmaschine zu. »Ich hole meine Jacke.« Sie hielt ihren Ton so gleichgültig, wie es ihr möglich war. »Würdest du Max bitte kurz rauslassen? Ich möchte ihn nicht mit in die Stadt nehmen.«

Ben kam dem kommentarlos nach, und als sie zum Gehen bereit war, war er es auch. Er traf sich mit ihr an der Eingangstür und hob eine kleine Ledertasche auf, die sie neben der Treppe bemerkt hatte. Cassie fragte nicht, doch er erklärte es trotzdem.

»Seit meiner Zeit beim Bezirksgericht habe ich immer eine gepackte Übernachtungstasche im Jeep. Ich wusste nie, ob ich nicht über Nacht bleiben musste.«

Cassie schaltete schweigend die Alarmanlage ein, und sie gingen zu seinem Jeep. Das Schweigen zwischen ihnen war kein angenehmes und wurde nur einmal unterbrochen, bevor sie das Sheriffdepartment erreichten.

»Was kann ich tun, damit du Vertrauen zu mir gewinnst?«, fragte Ben.

Cassie sagte ihm nicht, dass sie nie fähig gewesen wäre, ihn als Rettungsleine zu akzeptieren, wenn sie ihm nicht bereits vertraut hätte.

Er wird dich zerstören.

Vermutlich war es schon zu spät, aber sie musste es versuchen. Ganz gleich, wie sehr das schmerzte.

»Nichts«, antwortete sie.

Abby hatten den ganzen Vormittag das Radio laufen lassen, aber der Lokalsender berichtete stündlich, dass der Teenager aus Ryan's Bluff noch nicht gefunden worden war. Das Sheriffdepartment bat jeden, der über zweckdienliche Hinweise oder Informationen verfügte, sich zu melden, und wies in der Zwischenzeit alle an, sich ruhig zu verhalten. Deputys patrouillierten in großer Zahl.

Abby war ruhelos. Sie hatte seit dem vergangenen Abend nicht mehr mit Matt gesprochen und hatte schlecht geschlafen, war jedoch mit den Hühnern aufgestanden, obwohl sie sich müde und nicht ganz auf dem Damm fühlte. Den Morgen über hatte sie sich mit den üblichen Wochenend-Hausarbeiten beschäftigt gehalten, war aber mit dem ganzen Putzen und Waschen noch vor Mittag fertig und hatte nun nichts mehr, was ihre Aufmerksamkeit fesselte.

Das Wetter war trübe, kalt und bedeckt, Niederschläge drohten, und der letzte Schnee hatte sich hier und dort festgesetzt, als wartete er auf Verstärkung. Im Radio hieß es, die Straßen seien frei, doch dem folgte die Durchsage, das Sheriffdepartment bitte alle, sich von den Straßen fernzuhalten, wenn keine zwingenden Gründe vorlägen.

Abby konnte sich die Anrufe vorstellen, die Matt erhielt, von verängstigten Bürgern bis hin zu wütenden Geschäftsleuten. Egal, was er tat, immer würde jemand mit ihm unzufrieden sein, und wenn es ihm nicht gelang, sehr bald die Straßen für alle sicher zu machen ...

Sie machte sich Sorgen um ihn. Mit einer solchen Situation hatte er nicht gerechnet, und nichts aus seiner Erfahrung hatte ihn darauf vorbereitet. Er war ein intelligenter Mann und ein scharfsinniger Polizist, und er machte nicht viele Fehler – doch diejenigen, die er beging, geschahen aus der Überzeugung, dass er wusste, was für die Stadt am besten war.

Das Problem war, dass es in dieser Situation nichts »Bestes«, keine richtige Antwort für die Stadt gab – außer, einen besonders brutalen und zweifellos wahnsinnigen Mörder zu fassen.

Abby wurde ganz kalt bei dem Gedanken an Matt in dieser Konfrontation. Denn er würde natürlich dabei sein. Wenn es ihnen gelang, den Mörder ausfindig zu machen, würde Matt als Erster durch die Tür stürmen – nicht weil es seine Aufgabe war, sondern weil es in seiner Natur lag.

Das Telefon klingelte, und sie nahm begierig ab, hoffte, Matt hätte einen Augenblick Zeit gefunden, sie anzurufen. Sie musste dringend seine Stimme hören.

»Hallo?«

Niemand antwortete, doch es war nicht still in der Leitung. Atemgeräusche waren zu hören, schwach, aber unverkennbar.

»Hallo?«, wiederholte Abby mit zunehmendem Unbehagen. »Ist da jemand?«

»Abby.«

Nur das, nur ihr geflüsterter Name. Dann ein Klicken und das Freizeichen.

Ben spürte ebenso, wie er sah, dass sich Cassie sofort versteifte, als sie ihm in Matts Büro vorausging. Doch das war ihre einzige sichtbare Reaktion auf den Mann, der am Aktenschrank neben dem Schreibtisch des Sheriffs lehnte.

»Hallo Bishop«, sagte sie ruhig.

»Cassie.« Der gut gekleidete Mann mit den scharfen grauen Augen lächelte, ein Ausdruck, der seinem vernarbten Gesicht nicht den geringsten Charme verlieh.

Nachdem Cassie auf dem Besucherstuhl Platz genommen

hatte, so weit wie möglich von Bishop entfernt, stellte der Sheriff Ben dem Agenten vor, wobei seine Gefühle an der Flachheit seiner Stimme deutlich zu erkennen waren.

Ben war über die Anwesenheit eines FBI-Agenten in seiner Stadt nicht bestürzt, doch sie machte ihn misstrauisch – wenn auch nicht aus denselben Gründen wie Matt. »Agent Bishop«, sagte er, als sie sich die Hand schüttelten.

»Richter Ryan.«

Als Matt mit einem Nicken auf den anderen Besucherstuhl deutete, setzte sich Ben. Neben Bishop befand sich ein Ledersofa, und Ben überlegte, ob der Agent wohl stehen blieb, weil er meinte, es verleihe ihm einen taktischen Vorteil.

Matt sagte: »Agent Bishop erfuhr von unserer Situation aus den Zeitungsarchiven und aus einer Datenbank von North Carolina.«

»Und ist gekommen, um seine Fachkenntnisse anzubieten?«

»In gewisser Weise.«

Bishop mischte sich ein. »Das ist kein offizieller Besuch, Richter. Genau genommen habe ich momentan ein Sabbatjahr eingelegt.«

»Ich wusste nicht, dass das Bureau seinen Agenten Sabbatjahre ermöglicht.«

»Im Allgemeinen ist das auch nicht üblich. Es wäre vielleicht korrekter, zu sagen, dass ich über die Jahre eine beträchtliche Menge an Urlaubstagen und Überstunden angesammelt hatte.«

Ben schaute zu dem schweigenden und distanzierten Matt, dann zu Cassie, die den Blick auf Matts Schreibtisch gerichtet hielt. Die Anspannung in ihrem schmächtigen Körper war spürbar, obwohl ihr Gesicht ausdruckslos blieb.

Ben hatte das Gefühl, der Einzige im Raum zu sein, der nicht wusste, was hier vorging.

»Na gut«, sagte er, wandte sich wieder dem Agenten zu. »Und wie erklärt das Ihre Anwesenheit hier? Waren Sie gerade in der Gegend, oder gehört die Jagd nach Serienmördern zu Ihren Hobbys?«

»Man könnte sagen, dass die Jagd nach angeblichen Paragnosten eines meiner Hobbys ist.«

»Angeblichen?«

»Richtig. Es gibt so viele Scharlatane, wissen Sie. So viele sogenannte Telepathen, deren Behauptungen wissenschaftlich nicht nachgewiesen werden können.«

»Er meint mich.« Cassie schaute zum ersten Mal auf und richtete den Blick auf Bishop. »Unter Laborbedingungen funktioniere ich nicht gut.«

»So kann man es auch nennen«, murmelte Bishop.

»Die Tests waren schlecht konzipiert, und das wissen Sie. Aber es war meine Schuld, dass ich diesen Tests überhaupt zugestimmt habe.« Ihre Schultern hoben und senkten sich. »Ich habe aufgehört, mich Ihnen beweisen zu wollen, Bishop.«

»Ach ja?«

Zwei Paar grauer Augen bohrten sich ineinander, und Ben meinte fast zu fühlen, wie hier ein Wille gegen den anderen kämpfte. Dann blickte Cassie zu Matt und sagte: »Ich weiß nicht, was er Ihnen erzählt hat, kann mir aber vorstellen, dass er nichts Gutes über mich zu sagen hatte. Möchten Sie meine Version der Geschichte hören?«

Matt nickte.

»Na gut. Vor zwei Jahren wurde Agent Bishop bei einem Vermisstenfall in San Francisco hinzugezogen. Der Ehemann der vermissten Frau war ziemlich wohlhabend und politisch einflussreich, was der Grund war, warum das FBI hinzugezogen wurde, obwohl es keine Beweise für eine Entführung gab. Tage vergingen, dann Wochen, aber weder die Polizei noch Bishop und seine Leute konnten eine Spur der Dame finden.

Inzwischen hatte sich ihre Schwester mit mir in Verbindung gesetzt. Sie hatte durch gemeinsame Bekannte von mir gehört und glaubte, ich könnte dabei helfen, ihre Schwester zu finden. Daher flog ich nach San Francisco und ging in das Haus, wo die vermisste Frau gewohnt hatte.«

»Und?«, drängte Matt.

»Und ich wusste, dass sie tot war.« In ironischem Ton fügte sie hinzu: »Die Polizei war natürlich misstrauisch, als ich die Behauptung aufstellte. Aber als sie anfingen, nach einer Leiche zu suchen, fanden sie eine. Genau da, wo ihr Mann sie abgeladen hatte.«

»Er wurde noch nicht angeklagt«, sagte Bishop.

»Sie wissen und ich weiß, dass er sie getötet hat.«

»Vielleicht.«

Cassie warf dem Agenten einen kurzen Blick zu, wandte sich dann wieder an Matt. »Jedenfalls bat mich Agent Bishop, an einem Test teilzunehmen. Ich weigerte mich und kehrte nach L.A. zurück.«

»Warum haben Sie sich geweigert?«

»Auf Anraten meiner Mutter. Sie war davon überzeugt, dass man außersinnliche Fähigkeiten erst verstehen würde, wenn die medizinische Wissenschaft sehr viel mehr über das Gehirn gelernt hätte. Was die Wissenschaft nicht versteht, pflegt sie gern mit allen Mitteln zu widerlegen. Der ganze Vorgang führt zu großer Anspannung und starkem Druck, was beides außersinnliche Fähigkeiten beeinträchtigt.«

Bishop gab ein skeptisches Geräusch von sich.

Cassie schluckte den Köder nicht. »Wie gesagt, ich kehrte nach Hause zurück. Zwei Monate später wurde ich gebeten, bei einem Mordfall beratend tätig zu werden. Und Agent Bishop tauchte wieder auf – wie ein falscher Fuffziger.«

»Das nehme ich Ihnen übel«, murmelte er.

Cassie beachtete ihn nicht. »Es war ein schwieriger Fall, der noch dadurch erschwert wurde, dass ich Grippe hatte und die Mitarbeit hätte ablehnen sollen. Was keine Entschuldigung ist, aber dazu beitrug, dass ich versagte.«

»Wie haben Sie versagt?«, fragte Matt.

»Indem ich etwas fehlinterpretierte, was ich sah. Was ich ihnen erzählte, führte dazu, dass sich die Polizei auf den falschen Verdächtigen konzentrierte und der wahre Mörder Zeit hatte, erneut zu töten. Was er auch tat.« Sie hielt den Blick fest auf den Sheriff gerichtet. »Es war nicht das erste Mal, dass so etwas passierte, und es wird nicht das letzte Mal sein. Kein Paragnost liegt in hundert Prozent der Fälle immer hundert Prozent richtig.«

Wieder zuckte Cassie leicht mit den Schultern. »Danach kamen noch ein paar Fälle, bei deren Lösung ich manchmal mithelfen konnte und manchmal nicht. Bishop tauchte immer wieder auf und wollte, dass ich mich testen lasse. Also stimmte ich schließlich zu. Und ich fiel bei allen Tests durch. Wie gesagt, ich funktioniere nicht gut unter Laborbedingungen. Prüfungen haben mir immer die Luft abgeschnürt.«

»Sie haben das College abgeschlossen«, betonte Bishop. »Irgendwann müssen Sie die Prüfungen bestanden haben.«

»Mir das anzutun hat mir ein Diplom eingebracht. Mich noch mal Ihren Tests auszusetzen würde mir absolut gar nichts einbringen.«

»Außer wissenschaftlicher Geltung und Anerkennung.«

»Und dann was? Soll ich in Talkshows auftreten? Tonnenweise Post von armen verlorenen Seelen bekommen, die glauben, ich könnte ihnen irgendwie helfen? In weiteren Laboren sitzen, während sich weitere Wissenschaftler noch mehr Tests einfallen lassen, um meine Fähigkeiten zu messen und abzuwägen und zu analysieren? Wozu? Gleichgültig, was Sie denken, Bishop, ich will nicht anerkannt werden. Ich will nicht bestätigt werden. Und ich will ganz sicher nicht berühmt werden.«

»Dann«, sagte er sanft und deutete auf sie alle, »warum das hier? Warum sich auf eine Polizeiermittlung einlassen?«

»Weil ich helfen kann. Nicht immer, aber manchmal. Weil ich in dem Glauben erzogen wurde, dass es meine Pflicht ist. Und weil es mir unmöglich ist, mich nicht darauf einzulassen.« Sie holte Luft und fügte leise hinzu: »Und es ist mir letztlich vollkommen egal, ob meine Gründe Sie befriedigen oder nicht.«

»Mich befriedigen sie«, sagte Matt zum allgemeinen Erstaunen.

»Und mich«, stimmte Ben zu, der es satthatte, sich in diesem Raum unsichtbar zu fühlen.

Cassie warf ihm zum ersten Mal einen Blick zu, hatte ein

Flackern in den Augen, das er nicht interpretieren konnte. Dann sah sie wieder zu Matt. »In dem Fall würde ich sagen, dass wir über Wichtigeres zu reden haben. Weiß man immer noch nichts über das arme Mädchen?«

»Nein, nichts. Glauben Sie, es könnte Ihnen gelingen, noch mal Verbindung zu dem Mörder aufzunehmen?«

Bevor Ben etwas einwenden konnte, erwiderte Cassie: »Ich hab es heute schon zwei Mal versucht, und …«

»Was?« Er starrte sie an. »Wann? Und ohne Rettungsleine? Verdammt, Cassie!«

Wieder wich sie seinem Blick aus. »Kurz nachdem ich heute Morgen aufwachte, und im Auto auf der Fahrt hierher. Es bestand keine Gefahr. Es wäre nur ein flacher Kontakt gewesen – wenn es mir gelungen wäre, durchzudringen. War es nicht. Er blockt mich ab.«

»Wie günstig«, murmelte Bishop. Für jemanden, dem mehr oder weniger bedeutet worden war, sich um seinen eigenen Kram zu kümmern, wirkte er weder entmutigt noch verstimmt, nur ruhig und wachsam.

Matt fragte Cassie: »Könnten Sie versuchen, das Mädchen zu erreichen? Ich habe noch die Handschuhe, die sie im Auto ihres Bruders gelassen hatte.«

Cassie nickte, ohne zu zögern. »Ich werde es versuchen.«

Der Sheriff deutete mit einem Kopfrucken auf den Agenten. »Soll er gehen?«

»Nein, er kann bleiben.« Sie lächelte schwach. »Eines fasziniert ihn an mir – außerhalb von Laboren funktioniere ich gut.«

Bishop enthielt sich jeglichen Kommentars.

Matt griff in seine Schreibtischschublade und zog einen

Plastikbeutel mit einem Paar Damenhandschuhen heraus. Er schob Cassie den Beutel zu. »Ich nehme an, Sie könnten sie erreichen, wenn sie noch lebt. Und wenn sie bereits tot ist?«

»Fange ich möglicherweise nichts auf. Oder weiß vielleicht, wo sie ist.« Sie hatte noch nicht nach dem Beutel gegriffen.

»Wie das?«, fragte Ben. »Wenn da kein Verstand mehr ist, den du anzapfen kannst, woher weißt du es dann?«

Cassie schenkte ihm ein seltsames kleines Lächeln. »Ich habe keine Ahnung. Manchmal weiß ich es einfach.«

Er sah zu, wie sie nach dem Beutel griff, ihn öffnete und die Handschuhe herausnahm. Mit gebeugtem Kopf hielt sie sie im Schoß und spielte mit den Fingern daran. Ben sah, wie sich ihre Augen schlossen.

Er wartete eine Minute, dann sagte er: »Cassie? Was siehst du?«

Sie antwortete nicht.

»Cassie?«

»Armes Ding.« Ihre Stimme war leise.

»Verdammter Mist«, murmelte der Sheriff.

Ben achtete darauf, mit gleichmäßiger Stimme zu sprechen. »Kannst du sie sehen, Cassie? Wo ist sie?«

»Sie ist ... in einem Gebäude. Einer Scheune, die seit langer Zeit nicht mehr benutzt wird, glaube ich. Früher war rundherum Weideland, aber jetzt ist alles zugewachsen ...«

Cassie hob den Kopf und öffnete die Augen. Sie war bleich, aber ruhig. Sie steckte die Handschuhe wieder in den Plastikbeutel und schob ihn über den Schreibtisch zum Sheriff. »Ich kann Ihnen den Weg zeigen«, bot sie an.

Ben wollte protestieren, wusste jedoch, dass es für Cassie fast unmöglich wäre, den Ort auf einer Karte zu finden. In dieser Gegend gab es zu viele verlassene Scheunen in riesigen Gebieten von überwuchertem Weideland.

Ben und Cassie fuhren in seinem Jeep, gefolgt vom Sheriff und Bishop in Matts Streifenwagen. Ben und Matt waren sich einig, dass es besser wäre, wenn möglichst wenige Leute erfuhren, wonach sie suchten. Zumindest bis sie es gefunden hatten.

Als sie auf Cassies Anweisung hin nach Norden aus der Stadt fuhren, sagte Ben: »Ich bin überrascht, dass Matt Bishop mitkommen lässt. Ja, ich bin sogar überrascht, dass er sich überhaupt mit ihm abgibt.«

»Wie ich Bishop kenne, hat er wahrscheinlich angedeutet, dass das Bureau an diesen Morden sehr interessiert wäre – falls es davon erführe. Die anderen Zeitungen aus dem Bundesstaat auch. Wobei er, wenn er damit beschäftigt ist, die Ermittlungen zu verfolgen, natürlich keine Zeit haben wird, Bericht zu erstatten oder jemanden anzurufen.«

»Du scheinst ihn sehr gut zu kennen.«

Cassie erwiderte nur: »Ich kann seine Gedanken nicht lesen, wenn es das ist, worauf du hinauswillst.«

»Selbst wenn du ihn berührst?«

»Ich habe ihn nie berührt.«

Ben verdaute das. »Er hat also auch Schutzmauern, ja?«

»Hohe, dicke.« Cassie hielt inne. »Bieg hier links ab. Neben dem Zaun da.«

Er setzte den Blinker. »Worauf ist er aus, Cassie?«

»Ich weiß es nicht. Wenn ich raten müsste, würde ich sagen, nach einem Beweis. Andererseits hatte ich immer das

Gefühl, dass er nach etwas sucht, was er in einem Labor oder auf einer Bewertungsliste letztlich nicht zu finden erwartet.«

»Zum Beispiel?«

»Ich weiß es nicht. Wie gesagt, es ist nur so ein Gefühl. Warte – fahr ein bisschen langsamer. Siehst du den Feldweg da vorn? Bieg dort ein.«

An der wachsenden Spannung in ihrer Stimme merkte Ben, dass sie näher kamen, daher verfiel er in Schweigen und konzentrierte sich darauf, ihren Richtungsanweisungen zu folgen. Nachdem sie mehrere Meilen gefahren und mehrmals abgebogen waren, hielt er den Jeep auf einem schmalen Feldweg an. Cassie deutete die Richtung an, und er entdeckte durch die Bäume ein verfallenes Gebäude, das vermutlich einst eine Scheune gewesen war.

Unsicher sagte sie: »Ich glaube nicht, dass der Mörder aus dieser Richtung kam, aber ...«

»Falls er das tat, werden wir hier stehen bleiben, um keine Reifenspuren zu verwischen.«

Matts Streifenwagen hielt hinter ihnen an. Der Sheriff und der FBI-Agent stiegen aus und näherten sich dem Jeep, beide auf Bens Seite.

»Ist es das?«, fragte Matt.

Ben nickte und wiederholte, was Cassie über die Richtung gesagt hatte, aus welcher der Mörder gekommen war.

»In Ordnung. Ihr beide wartet hier.«

»Matt?« Cassie beugte sich ein wenig vor, damit sie ihn sehen konnte. »Diesmal hat er ihre Leiche für ... für einen maximalen Schockeffekt in Positur gesetzt. Machen Sie sich darauf gefasst.«

Er nickte und verschwand dann mit Bishop zwischen den Bäumen.

Ben fragte Cassie: »Hattest du recht? Ich meine das, was er ihr antun wollte?«

Cassie atmete ein und ließ die Luft langsam heraus. »Nicht ganz. Er hatte noch ein paar Pläne, von denen ich nichts wusste.«

»Was meinst du damit?«

Sie drehte den Kopf und sah ihn mit gequältem Blick an. »Er hat sie aufgeschnitten, Ben. Sie ist zerstückelt.«

16

Die Nachricht, dass die grauenvoll verstümmelte Leiche der fünfzehnjährigen Deanna Ramsay gefunden worden war, verbreitete sich wie ein Lauffeuer in Ryan's Bluff. Der Leichenfund lag noch keine Stunde zurück, als Cassie und Ben im Sheriffdepartment eintrafen, und es hatte sich bereits eine kleine Menschenmenge versammelt. Als ein paar Minuten später der schwarze Van des örtlichen Beerdigungsunternehmers von zwei Deputys eskortiert durch die Stadt fuhr, hatte sich die Menge verdoppelt.

Da der Sheriff immer noch am Tatort war, ging Ben hinaus, um mit den Leuten zu sprechen. Cassie blieb drinnen und hörte nicht, was er sagte, doch sie beobachtete ihn vom Fenster in Matts Büro aus und war erstaunt, als die sichtbar erregte Menge sich allmählich beruhigte und sich schließlich sogar zu zerstreuen begann.

»Der Mann hat eine goldene Stimme.«

Cassie wandte sich vom Fenster ab und sah einen weiblichen Deputy im Türrahmen stehen. Laut ihrem Namensschild hieß sie SHARON WATKINS.

»Aber wie lange werden sie auf ihn hören?«, fragte Cassie.

Sharon lächelte. »Sie haben ihm heute zugehört. Auf mehr

können wir nicht hoffen.« Sie zögerte. »Wir haben hier einen ziemlich guten Kaffee, falls Sie eine Tasse möchten.«

Cassie nahm das freundliche Angebot gern an, vor allem, da sie wusste, dass die meisten anderen Deputys sie mit Unbehagen, wenn nicht gar Misstrauen betrachteten. »Vielen Dank.«

»Ich hole auch welchen für den Richter. Schätze, er wird wohl hierbleiben wollen, bis der Sheriff zurückkommt.«

»Ich glaube, das hatte er vor.« Ben hatte bereits zahllose Telefonate geführt in dem Bemühen, die wachsende Panik und Wut in der Stadt unter Kontrolle zu halten.

»Er wird noch mal mit dem Bürgermeister sprechen müssen.« Sharon seufzte, als sie sich abwandte. »Der hat in den letzten fünf Minuten schon zwei Mal angerufen. Der Mann braucht ein Hobby.«

Oder eine Stadt, in der keine Mörder lauern, dachte Cassie. Sie hatte Bürgermeister Ruppe bisher nicht kennengelernt, aber nach allem, was sie gehört hatte, besaß der in seinem Amt noch unerfahrene Mann eine Menge Charme und wenig gesunden Menschenverstand. Was zweifellos der Grund war, warum er so sehr auf den Rat und die Hilfe anderer führender Persönlichkeiten der Stadt angewiesen war, vor allem auf die von Ben und Matt.

Cassie kehrte ans Fenster zurück, sah Ben mit den paar verbliebenen Bürgern reden und setzte sich dann wieder auf das Ledersofa. Sie hätte es vorgezogen, zu Hause zu sein, doch Ben hatte sie gebeten, bei ihm zu bleiben, und sie hatte zugestimmt, eher, weil sie hoffte, hier helfen zu können, und nicht, weil es ein angenehmer oder sicherer Ort war.

Sie wusste, dass er sich ihretwegen Sorgen machte und sie

nicht allein in ihrem abgelegenen Haus lassen wollte – trotz des Wachhundes und der guten Alarmanlage. Mein letzter Kontakt mit dem Mörder hat ihn genauso verstört wie mich, dachte sie. Und er war auch offensichtlich nervös wegen Bishop.

In dieser Hinsicht konnte sie ihm nicht helfen. Der Agent machte sie ebenfalls nervös und hatte das schon immer getan.

Cassie legte den Kopf an die Sofalehne, schloss die Augen – und öffnete sie sofort wieder. Denn mit geschlossenen Augen sah sie ständig die Überreste des armen Mädchens über die ganze Scheune verstreut. Selbst bei ihrer Erfahrung mit entsetzlichen Tatorten und ihrer schwer gewonnenen Fähigkeit, sich davon etwas zu distanzieren, war dieser Anblick so brutal und entmenschlicht, dass er sich vor ihrem inneren Auge auf eine Weise eingebrannt hatte, die es ihr unmöglich machte, ihm je wieder vollkommen zu entrinnen. Aber wenn ihre Augen offen waren, konnte sie bewusst auf etwas anderes blicken.

Egal worauf. Die Karte hinter Matts Schreibtisch war dafür gut geeignet. Salem County. Eine der größeren Countys des Bundesstaates, vage wie ein Dreieck geformt ...

Cassie schüttelte gereizt den Kopf. Sie wurde diese verdammte Musik nicht los, eine Melodie, die sie nicht identifizieren konnte und die immer wieder ablief, verstummte, nur um erneut einzusetzen. Das war einer der irritierenden Tricks des Gehirns, der immer dann auftauchte, wenn man zu viel zu bedenken hatte.

Sharon kehrte mit dem Kaffee zurück und dem Angebot, einen späten Lunch holen zu lassen, falls es erwünscht war.

Cassie dankte ihr, und die Polizistin kehrte an ihren Schreibtisch zurück, kurz bevor Ben in Matts Büro trat.

Cassie deutete auf die Tasse, die Sharon für ihn gebracht hatte, und sagte: »Für eine Weile sah das da draußen ganz schön hässlich aus.«

Ben setzte sich hinter Matts Schreibtisch. »Es wird noch viel schlimmer werden, sollten wir irgendwann einen Verdächtigen in Verwahrung nehmen. Näher möchte ich einem Lynchmob wirklich nicht kommen.«

»Sie haben auf dich gehört. Sie sind gegangen.«

»Diesmal«, sagte Ben als unbewusstes Echo von Deputy Watkins. »Aber falls wir diesen Schweinehund nicht fassen, und zwar bald ...«

»Er blockt mich immer noch ab.«

»Verdammt, Cassie, hör auf, zu versuchen, ohne Rettungsleine Kontakt mit ihm aufzunehmen.«

»Ich hab dir doch gesagt, dass es nicht gefährlich ist.« Sie schüttelte den Kopf. »Und ich muss es weiter versuchen. Wozu bin ich sonst hier, Ben? Bisher konnte ich Matt nur sagen, wo er nach den Leichen suchen soll. Eine tolle Hilfe.«

»Du hast alles getan, was du konntest.«

»Hab ich das?« Cassie starrte in ihren Kaffee. »Da bin ich mir nicht so sicher.«

»Du wirkst sehr angespannt. Was beunruhigt dich?«, fragte er.

»Ich weiß es nicht. Nur so ein Gefühl.«

Er wartete, beobachtete sie.

Langsam sagte Cassie: »Er muss sich diesmal in eine Raserei hineingesteigert haben, weißt du. Um das fertigzubringen, was er dem armen Mädchen angetan hat.«

Ben hatte sich den Mordschauplatz nicht angesehen, aber er hatte Matts angewidertes und Bishops versteinertes Gesicht gesehen, genau wie Cassies gequälten Blick. Er konnte sich das Gemetzel nur vorstellen, das sie in der Scheune erwartet hatte.

»Denk nicht mehr daran«, sagte er.

»Mir bleibt nichts anderes übrig. Ich bekomme es nicht aus dem Kopf. Irgendwann vielleicht, aber jetzt noch nicht.« Sie zuckte mit den Schultern. »Wenn ich doch nur den Sinn dahinter ergründen könnte ...«

»Wie kann so etwas einen Sinn ergeben?«

»Selbst Wahnsinnige besitzen ihre eigene, verrückte Logik.« Sie blickte ihn stirnrunzelnd an. »Vielleicht ist es das, was mich beunruhigt.«

»Was?«

»Na ja ... als würde er zwischen Heiß und Kalt schwanken. Ein Opfer wird weit von dort, wo es getötet wurde, gefunden, der Schauplatz ordentlich, die Leiche praktisch unberührt bis auf die Wunde, die zum Tod geführt hat, keine Mordwaffe irgendwo zu sehen. Das nächste Opfer wird in dem Raum gefunden, wo es getötet wurde, überall Blut, die Waffe ein Messer, das er dort gefunden und zurückgelassen hatte. Dann nimmt er ein weiteres Messer mit und benutzt es bei dem dritten Opfer, das dort getötet wurde, wo man es fand, aber wieder ist der Tatort ordentlich und unberührt. Und jetzt das. Er hat die Tatwaffe selber gefertigt und sie hinterher wieder mitgenommen – aber der Mord reichte ihm nicht. Sie zu vergewaltigen, reichte nicht. Er musste sie in Stücke hacken ...«

Ben atmete tief durch. »Man braucht mehr als ein Küchenmesser, um eine Leiche zu zerhacken.«

»Er hat eine Axt benutzt«, sagte Cassie. »Und sie am Tatort gelassen. Die Garrotte hat er mitgenommen, die Axt aber in der Scheune gelassen.«

Ben fragte nicht, woher sie das wusste. Stattdessen sagte er mit der gleichen emotionslosen Stimme wie sie: »Anscheinend ruhig und beherrscht, wenn er ein Opfer tötet, dann in völliger Raserei, wenn er das nächste umbringt. Und wenn er diese gewalttätigen Ausbrüche braucht?«

»Ich weiß es nicht. Aber es beunruhigt mich. Ich würde ja sagen, er hat versucht, einige der Morde zu vertuschen, aber die Münzen am Tatort zurückzulassen ist so gut wie eine Unterschrift, und das muss ihm klar sein.«

Matt hatte ihnen tonlos mitgeteilt, dass der Mörder seine übliche Münze nach dem Mord an Deanna Ramsay hinterlassen hatte. Einen Penny, zwischen die ausgestochenen Augen auf ihre Stirn gelegt.

Cassie rieb sich gereizt ihre eigene Stirn, während sie über die verrückte Logik eines Wahnsinnigen nachdachte, und Ben verspürte einen kleinen Kälteschauer, als er sich eine Münze vorstellte, die kalt auf Cassies Haut lag.

Er mochte sie nicht aus den Augen lassen. Nicht nur, weil der Mörder jetzt wusste, wer sie war, sondern auch, weil Cassie wild entschlossen zu sein schien, wieder Kontakt mit dem Schweinehund aufzunehmen, und viel zu bereit war, das auch ohne Rettungsleine zu tun.

Zumindest ohne ihn als Rettungsleine. Er befürchtete, dass dem so war. Cassie hatte sich so total von ihm zurückgezogen, dass sie keine Art von Kontakt mit ihm akzeptieren würde, selbst um ihr Leben zu retten. Falls er ihr Leben retten konnte.

»Irgendwas entgeht mir«, sagte sie fast wie zu sich selbst. »Irgendwas ... ich weiß einfach nicht, was es ist.«

»Sosehr mir auch die bloße Möglichkeit widerstrebt, hast du in Betracht gezogen, dass es zwei Mörder sein könnten?«

Cassie nickte sofort. »Klar. Aber ich bin mir absolut sicher, dass diese Frauen von ein und demselben Mann umgebracht wurden, alle.«

Ben wusste, dass Matt zu dem gleichen Schluss gekommen war aufgrund der wenigen forensischen Beweise, die sie bisher hatten finden können, zusätzlich zu den Münzen und der identischen Art, wie die ersten drei Opfer in Positur gesetzt worden waren. Und am letzten Tatort hatten sie einen blutigen Fußabdruck gefunden, von dem Matt sicher war, dass er mit denen in Ivy Jamesons Küche gefundenen übereinstimmte. Für Matt deuteten diese Fakten auf einen einzigen Mörder.

»Ich möchte nur wissen, was mich so beunruhigt«, murmelte Cassie.

»Du bist immer noch müde«, sagte Ben.

»Ich habe mehr als zwölf Stunden geschlafen.«

»Vielleicht war das nicht genug.«

Cassies Lächeln war schwach und flüchtig. »Es ist nie genug. Mir geht's gut, Ben. Ich habe dir gesagt, ich würde nicht zusammenbrechen, und das werde ich auch nicht. Ich bin stärker, als es scheint.«

»Ich mache mir nur ...«

»Ich weiß. Du machst dir Sorgen um mich. Lass es sein.«

Leichthin sagte er: »Für jemanden mit Schutzmauern verberge ich manche Dinge nicht sonderlich gut.«

Cassie ging nicht darauf ein, starrte nur in ihren Kaffee.

War er zu wachsam, zu beschützend? Ben wusste es nicht. Zum ersten Mal in seinem Leben verspürte er den fast überwältigenden Drang, eine Frau zu beschützen. Er vermutete, dass er es weder verbarg noch gut damit umging.

Vor allem angesichts Cassies reizbarer und unabhängiger Natur.

Er hatte sich an diesem Morgen vorgenommen, sich zurückzuziehen und ihr die Zeit und den Freiraum zu geben, den sie offensichtlich brauchte, war sich aber bewusst, während er sie jetzt betrachtete, wie die Minuten verstrichen. Irgendetwas sagte ihm, dass es zwar vernünftig erschien, sich zurückzuziehen und ihr Zeit zu geben, aber nicht das Richtige war, denn Zeit war etwas, das sie einfach nicht hatten.

»Wir hatten nie eine Chance, nicht wahr?«, hörte er sich sagen.

Sie blickte ihn an, berührte ihn mit diesen Augen wie mit einer warmen Hand, und die Skepsis, die er darin sah, tat ihm weh. Sie fragte nicht, aber ihre Brauen hoben sich zu einer fast gleichgültigen Frage.

»Wir hatten nie die Chance ... ganz gewöhnliche Menschen zu sein. Zwei Menschen, die sich zueinander hingezogen fühlen. Wir können uns anscheinend nicht mal über gewöhnliche Dinge unterhalten. Wir reden nur über Mörder.«

Cassie zeigte ein kleines, trauriges Lächeln, und er hätte sie so gern in die Arme genommen. »Ich habe versucht, dich zu warnen«, sagte sie.

»Cassie ...«

Sie schüttelte den Kopf. »Es spielt keine Rolle.«

»Für mich schon.«

»Den Mörder zu fassen spielt für dich eine Rolle, Ben.« Ihre Stimme klang plötzlich fern. »Deine Stadt wieder sicher zu machen spielt für dich eine Rolle. Und vielleicht ... vielleicht spiele ich für dich eine Rolle.«

»Da gibt es kein *Vielleicht*«, sagte er rau.

Sie nahm es ohne sichtbare Reaktion hin. »Na gut. Aber es ist eine Frage der Prioritäten, nicht wahr? Nichts kann ... kann sich klären, bis dieser Mörder dingfest gemacht wurde. Deine gesamte Energie, und auch meine, muss sich darauf richten.«

»Und danach? Wenn der Mörder gefasst wurde? Was dann, Cassie?«

»Ich weiß es nicht.« In der Beklommenheit ihres Blicks lag etwas schmerzhaft Ehrliches. »Ich weiß nicht, wie du dich fühlen wirst. Wie ich mich fühlen werde. Ich weiß nicht, ob einer von uns die Energie haben wird, auch nur einen Deut darum zu geben.«

»Das wird nicht einfach aufhören, falls es das ist, was du glaubst. *Ist* es das, was du glaubst? Dass ich dich will, weil wir beide in diese Ermittlungen verwickelt sind, wegen der dadurch entstandenen Nähe?«

»Es sind schon seltsamere Dinge passiert«, murmelte sie.

Ben schüttelte den Kopf. »Du irrst dich. Es ist durchaus nicht meine Angewohnheit, mich auf die nächstbeste Frau zu stürzen. Cassie, warum suchst du nach Ausreden?«

»Ausreden?«

»Für mich klingt das so. Einen Grund nach dem anderen, um mich auf Armeslänge zu halten, bis – was? Bis ich die Geduld verliere und aufgebe?«

Durch das Klingeln des Telefons blieb Cassie die Antwort erspart.

»Verdammt«, murmelte Ben, als Cassie ans Telefon ging.

»Ich glaube, der Bürgermeister möchte dich sprechen«, sagte Cassie, und sie hörten beide die Erleichterung in ihrer Stimme.

Hannah Payne summte leise vor sich hin, während sie das Schnittmuster auf den am Wohnzimmerboden ausgebreiteten Stoff steckte. Sie hätte das natürlich in ihrem Nähzimmer machen sollen, das Joe im Gästezimmer für sie eingerichtet hatte. Aber er schlief im Schlafzimmer daneben, weil er wieder Nachtschicht gehabt hatte, und sie wollte ihn nicht stören.

Von Zeit zu Zeit überlief sie ein Frösteln bei dem Gedanken an das vermisste Mädchen, aber Joe hatte ihr davon abgeraten, den ganzen Tag Radio zu hören, um zu erfahren, was mit dem armen Ding passiert war. Das hätte sie nur aufgeregt.

Sie hätte ja doch nicht helfen können.

Geborgen in ihrer sicheren kleinen Welt, arbeitete Hannah zufrieden, bis sie kurz nach zwei vom Klingeln des Telefons aufgeschreckt wurde. Sofort griff sie nach dem Hörer, bevor es ein zweites Mal klingeln und Joe wecken konnte.

»Hallo?«

Stille.

»Hallo? Ist da jemand?«

Leise Musik erklang.

Hannah bekam Angst, obwohl sie nicht hätte sagen können, warum. Es war eine Spieldose, das erkannte sie; der

Klang war unverwechselbar. Nur eine Spieldose, und jemand erlaubte sich offensichtlich einen Scherz mit ihr.

»Hallo? Wer ist da?« Sie erkannte die Melodie nicht …

»Schlampe.«

Mit einem Keuchen hängte Hannah ein. Sie setzte sich auf den Boden, und ihr wurde durch und durch kalt. Nur ein Scherz, natürlich. Ein übler Scherz, ein gemeiner Scherz, aber mehr nicht. Mehr nicht.

Joe wäre nicht begeistert, wenn sie ihn bitten würde, noch eine Nachtschicht ausfallen zu lassen.

Um drei Uhr nachmittags parkte Abby ihr Auto am Bürgersteig vor dem Sheriffdepartment, ließ Bryce im Wagen und stieg die Stufen zum Eingang hoch.

Cassie saß auf der vierten.

»Hi«, sagte Abby.

Cassie grüßte zurück und fügte hinzu: »Matt ist noch nicht wieder da.«

»Er ist immer noch da draußen – bei dem Ramsay-Mädchen?«

»Am Tatort, ja. Ihre Leiche wurde vor einer Stunde in die Stadt zurückgebracht, aber die Spurensicherung sucht dort noch nach Beweisen. Oder nach dem, was sie hoffen, als Beweismittel verwenden zu können.«

»Ist der FBI-Agent noch da?«

Cassie wunderte sich nicht, dass Abby davon wusste. »Der ist bei Matt und den anderen.«

»Es heißt, er gehöre zu einem dieser Sonderkommandos für Serienmörder, die das FBI durchs Land schickt.«

»Nein, das stimmt nicht. Allerdings glaube ich, dass er eine Zeit lang mit den Verhaltenspsychologen in Quantico gearbeitet hat.«

Abby beäugte sie. »Warum ist er dann hier? Niemand glaubt, dass Matt das FBI hinzugezogen hat, und ich am wenigsten.«

»Hat er auch nicht.« Cassie lächelte, erklärte kurz, was sie mit dem Agenten verband, und endete mit: »Er wird dableiben, zuschauen und zuhören und unverlangte Ratschläge geben. Wird Matt wahrscheinlich auf die Nerven gehen – wobei der Mann tatsächlich ziemlich gut darin ist, sich in Mörder hineinzuversetzen. Aber ich schätze, man könnte sagen, dass er hauptsächlich meinetwegen hier ist.«

»Verstehe. Und was sagt Ben dazu?«

»Bisher nicht viel.« Cassie deutete mit dem Daumen über die Schulter. »Der Bürgermeister und drei Mitglieder des Stadtrates reden im Moment da drinnen mit ihm. Ich war nur im Weg *und* der Brennpunkt intensiver Neugier, darum bin ich lieber an die frische Luft gegangen.«

Abby setzte sich neben sie auf die Stufe. »Hat Ben Sie hier den ganzen Tag festgehalten?«

»Na ja, ich hatte vorgeschlagen, mit einem Taxi nach Hause zu fahren, und einer der Deputys hatte angeboten, mich heimzufahren, aber Ben muss hier ausharren, bis Matt zurückkommt, und er bat mich, ebenfalls zu bleiben.« Sie zuckte die Schultern. »Vielleicht kann ich helfen.«

»Und vielleicht will er Sie nur in seiner Nähe haben.«

Cassie richtete den Blick auf die Main Street, beobachtete abwesend eine Frau, die ein Stück die Straße hinunter Abfall vom Bürgersteig aufzuheben schien. »Ich wüsste nicht, warum. Wir verbringen unsere Zeit entweder damit, über die feineren Beweggründe wahnsinniger Mörder und ihrer Vorgehensweisen zu diskutieren, oder wir landen bei einer … einer sinnlosen Debatte, die anscheinend keiner von uns gewinnen kann. Der eine drängt vorwärts, und der andere zieht sich zurück. Wie ein frustrierender Tanz.«

»Ach, *die* alte Klamotte, ja? Das kenne ich.«

»Er ist ein sehr dickköpfiger Mann. Nicht so dickköpfig wie Ihr Matt, vielleicht, aber …«

»Niemand ist so dickköpfig wie Matt.« In Abbys Stimme klang leichte Erheiterung mit. »Was Ben betrifft, wenn ich ihn beschreiben sollte, würde ich vermutlich das Wort ›entschlossen‹ verwenden.«

Cassie warf ihr einen Blick zu. »Ja?«

»Auf jeden Fall. Soweit ich weiß, hat sich ihm selten etwas in den Weg gestellt, wenn er etwas wollte.«

»Ich nehme an, das gilt auch für Frauen?«

Abby spitzte nachdenklich den Mund. »Kann ich mir vorstellen, obwohl, um fair zu bleiben, er hat nicht gerade eine Schneise aus gebrochenen Herzen durch die County geschlagen. Er hatte für gewöhnlich eine Freundin, scheint es aber vorzuziehen, nur eine auf einmal zu haben – und sie bleiben anscheinend mit ihm befreundet, wenn es vorbei ist.«

»Das passt.« Cassie klang verstimmt.

Abby verbarg ein Grinsen. »Na ja, er ist ein netter Kerl.«

»Ich weiß. Ich weiß, dass er das ist.« Cassie seufzte und sah ihrem Atemwölkchen nach. Während des Nachmittags war es wärmer geworden, und die Wolkendecke war etwas aufgerissen, daher war es recht angenehm, hier auf den Stufen zu sitzen, aber es war trotzdem ein Wintertag, und noch immer lag Frost in der Luft.

»Und er sieht auch nicht schlecht aus«, fuhr Abby fort, erwärmte sich für ihr Thema. »Gut, manche Frauen stehen nicht auf dunkelhaarige Männer, und man könnte anführen, da er nach wie vor Single ist – mit, mal sehen, er ist in Matts Alter, also muss er an die sechsunddreißig oder siebenunddreißig sein –, gibt's da möglicherweise ein paar Probleme mit der Intimität. Aber vielleicht habe ich auch nur zu viele Talkshows gesehen.«

Cassie lächelte, beobachtete immer noch die sich langsam nähernde Frau, die sich von Zeit zu Zeit bückte, um etwas vom Bürgersteig aufzuheben. »Intimitätsprobleme, ja? Je nun, da ist er nicht der Einzige.«

»Sie können mir sagen, dass es mich nichts angeht, aber wer von Ihnen ist derjenige, der sich zurückzieht?«

»Ich, im Moment.«

»Aha. Sie stehen nicht auf dunkelhaarige Männer?«

Cassie ging auf den lockeren Ton ein. »Auf Anwälte. Ich meine, ich weiß, dass er Richter war, und jetzt ist er Staatsanwalt, aber all diese Anwaltswitze gehen einem mit der Zeit ganz schön auf den Wecker.«

»Und er ist außerdem Politiker«, bemerkte Abby mitfühlend.

»Das macht es noch schlimmer.«

»Sie könnten ja versuchen, ihn umzumodeln.«

»Oh nein. Jede Frau, die versucht, einen Mann umzumodeln, verdient, was sie bekommt.«

Abby lachte. Cassie lächelte und fragte dann: »Abby, wer ist diese Frau? Die da auf uns zukommt.«

Abby schaute hin. »Ach, das ist Lucy Shaw, das arme Ding.«

»Was hebt sie auf? Ich dachte, es wäre Abfall, aber ...«

»Niemand weiß, was sie aufzuheben *glaubt*. Wann immer es ihr gelingt, den wachsamen Augen ihres Sohnes zu entkommen, streift sie durch die Straßen und hebt unsichtbare Dinge auf, bis er nach ihr suchen kommt.«

»Ach ja, Ben hat mir von ihr erzählt«, fiel Cassie ein. »Und niemand weiß, wodurch das ausgelöst wurde?«

»Ich kann mich nicht erinnern, je davon gehört zu haben. Ich nahm einfach an, es sei Alzheimer, obwohl sie kaum älter als Mitte vierzig gewesen sein kann, als ich sie zum ersten Mal so durch die Straßen streifen sah.«

»Jetzt sieht sie wie siebzig aus«, murmelte Cassie.

»Ich weiß, aber sie ist jünger. Als junge Frau war sie berühmt für ihre Stickkunst. Anscheinend stickt sie in hellen Momenten immer noch, denn ihr Sohn verkauft beim Kirchenbasar jedes Jahr ein paar ihrer Stickereien.« Abby hielt inne und fügte dann hinzu: »Ich sollte ihn besser anrufen. Sie scheint zwar nie vor Autos zu laufen oder sich sonst zu verletzen, aber sie ist nicht warm genug angezogen, um draußen herumzulaufen.«

Lucy Shaw trug verblichene, an den Knöcheln ordentlich hochgekrempelte Jeans und eine Baumwolljacke über einem T-Shirt. Ihre nackten Füße schlappten in alten, nicht zugeschnürten Reeboks. Ihr größtenteils graues Haar war unordentlich, aber nicht strähnig, und sie war fast schmerzhaft dünn.

Sie betrat den Gehweg, der zum Sheriffdepartment führte. Die Straße entlang war sie mit gleichmäßigem Schritt gegangen, aber jetzt bewegte sie sich viel schneller, bückte sich nur einmal, um das aufzuheben, was ihr Geist für so wichtig hielt. Die eine Hand hielt sie dicht vor den Körper gewölbt, als trüge sie darin kleine Gegenstände, und die andere lag schützend darüber. Sie blieb am Fuße der Stufen stehen, richtete sich auf und starrte die beiden Frauen mit leeren Augen an.

Freundlich sagte Abby: »Miss Lucy, Sie sollten an so einem kalten Tag nicht draußen sein.«

Der Blick ihrer verblassten blauen Augen schärfte sich, richtete sich einen Moment auf Abby, dann auf Cassie. »Sie sind überall.« Ihre Stimme war papierdünn und wisperig. »Überall verstreut. Ich muss sie aufheben.«

»Natürlich müssen Sie das«, erwiderte Cassie leise.

»Sie verstehen es?«

»Ja. Ja, selbstverständlich.«

»Es war nicht meine Schuld. Ich schwöre, dass es nicht meine Schuld war.«

»Niemand wirft Ihnen etwas vor«, besänftigte Abby.

»Sie wissen es nicht.« Die bleichen Augen kehrten zu Cassies Gesicht zurück. »Aber *Sie* wissen es. Sie kennen die Wahrheit, nicht wahr? Sie können das Gesicht sehen, das er vor allen anderen verbirgt. Sein wahres Gesicht.«

Cassie und Abby wechselten fragende Blicke, dann fragte Cassie: »Wer verbirgt sein Gesicht, Miss Lucy? Von wem reden Sie?«

»Von ihm.« Sie beugte sich vor und flüsterte ängstlich: »Er ist der Teufel.«

»Miss Lucy …«, setzte Abby an.

Lucy Shaw packte Cassies Knie plötzlich mit unerwarteter Kraft. »Halten Sie ihn auf«, zischte sie. »Sie müssen.«

Cassie schnappte nach Luft und starrte in die Augen der alten Frau.

Dann, so abrupt, wie es begonnen hatte, war Lucy Shaws heller Moment vorbei. Über ihre Augen schien sich ein Film zu legen, und ihre Hand rutschte von Cassies Knie. Sie machte einen Schritt zurück, die Hände wieder schützend vor ihrer Taille gewölbt, und sagte gereizt: »Ich muss sie aufsammeln. Alle. Ich muss ...«

Rasche Schritte näherten sich, und ein dünner Mann von etwa fünfundvierzig Jahren, der eine unverkennbare Ähnlichkeit mit Lucy Shaw hatte, griff nach ihrem Arm. »Mama. Komm mit nach Hause, Mama.«

»Ich muss sie aufsammeln«, sagte sie besorgt zu ihm.

»Ja. Wir sammeln sie alle zu Hause auf, Mama.«

Abby sagte: »Ich wollte Sie gerade anrufen, Russell.«

»Sie wollte Sie nicht belästigen.« Seine Stimme war ein wenig rau, sein Ton abwehrend.

»Das wissen wir, Russell, wir haben uns nur Sorgen um sie gemacht.«

»Danke.« Doch er musterte sie finster. Sein Blick glitt von Cassie weg, und der Griff um den Arm seiner Mutter wurde fester. »Komm jetzt«, sagte er erstaunlich sanft.

»Sie liegen überall verstreut«, murmelte sie traurig.

»Ja, Mama. Ich weiß.«

Die beiden erreichten das Ende des Gehwegs und gingen in die Richtung, aus der Lucy gekommen war. Als sie die Ecke erreichten, bogen sie ab und verschwanden.

»Wo wohnen sie?«, fragte Cassie.

»Zwei Straßen hinter der Main Street. Nicht weit von hier.« Abby schaute Cassie neugierig an. »Sie sind bleich geworden, als Lucy Sie berührte. Haben Sie – konnten Sie irgendwas sehen?«

Cassie antwortete nicht gleich, und als sie es tat, klang sie geistesabwesend. »Haben Sie jemals versucht, etwas in einem zersplitterten Spiegel zu erkennen?«

»Sieht ein verwirrter Geist für Sie so aus? Wie ein zersplitterter Spiegel?«

»Ihrer, ja.«

»Haben Sie irgendwas darin gesehen?«

»Nein, nichts deutlich genug, um es zu identifizieren. Außer …« Cassie blickte Abby stirnrunzelnd an. »Außer Kätzchen.«

»Kätzchen?«

»Ja. Kätzchen.«

Abby hatte vorgehabt, Matt von dem Anruf zu erzählen, den sie bekommen hatte, doch es widerstrebte ihr, beim Sheriffdepartment auf ihn zu warten. Als er um vier noch nicht zurück war, die Wolken dichter und die Kälte spürbarer wurde, beschloss sie, dass sie genug hatte.

»Ich richte ihm aus, dass Sie hier waren«, sagte Cassie, beäugte Abby dann mit einer plötzlichen Erkenntnis. »Warum waren Sie überhaupt hier? Ich meine, wenn man bedenkt, wie vorsichtig Sie beide sonst damit sind, Aufmerksamkeit zu erregen?«

»Aus keinem bestimmten Grund.«

»Das nehme ich Ihnen nicht ab. Was ist los, Abby?«

»Ich bekam einen Anruf. Nur jemand, der schwer ins Telefon geatmet hat, mehr nicht.« Und ihren Namen geflüstert hatte. »War vermutlich bloß Gary mit seinen üblichen Spielchen. Hören Sie, ich möchte Matt nicht beunruhigen. Ich wollte ihn nur sehen.«

»Ich werde ihm von dem Anruf erzählen«, versprach Cassie. »Abby, das ist nicht der richtige Zeitpunkt, zu verschweigen, wenn irgendwas Unheimliches passiert. Selbst wenn es *bloß* Ihr Ex ist, der Sie quälen will, muss Matt das erfahren. Und sorgen Sie dafür, dass Bryce stets bei Ihnen ist.«

Das war ein guter Rat, und Abby befolgte ihn.

Sie fuhr zurück nach Hause, nicht mehr ganz so ruhelos und verstört wie zuvor, aber auch nicht völlig ruhig. Sie wollte Matt sehen. Und sie war sich relativ sicher, dass sie ihn heute Abend sehen würde. Sie kannte ihn und wusste, dass er so bald wie möglich zu ihr kommen würde, nachdem ihm Cassie von dem Anruf erzählt hatte.

Außerdem hatten sie sich seit diesen wenigen, angespannten Minuten beim Einkaufszentrum am gestrigen Abend nicht mehr gesehen, und Matt ließ selten zwei Nächte vergehen, ohne zu ihr zu kommen.

Er würde erledigt sein nach dem Tag, den er hinter sich hatte, und er würde müde sein. Und hungrig. Abby durchwühlte ihre Gefriertruhe nach den Zutaten für einen Eintopf und hatte ihn innerhalb einer Stunde blubbernd auf dem Herd stehen.

Als das Telefon klingelte, zögerte sie nicht, abzunehmen.

Sie kam gar nicht dazu, Hallo zu sagen.

»Du Schlampe!«, fauchte Gary. »Glaubtest du, ich würde das mit ihm nicht rausfinden?«

17

Cassie kam nach unten und verkündete beim Eintreten ins Wohnzimmer: »Ich habe dir in dem anderen Vorderzimmer das Bett gemacht.«

Ben stand mit finsterem Blick am Kamin. »Du hättest dir die Mühe sparen können. Das Sofa hier reicht mir völlig.«

»Wenn du darauf bestehst, hierzubleiben, ist das ein perfektes Gästezimmer, und du wirst es benutzen. Du kannst letzte Nacht kaum richtig geschlafen haben. Das Sofa ist zu unbequem und außerdem viel zu kurz für dich.«

Ben überlegte, ob er ihr erzählen sollte, dass für ihn, da er sowieso nicht schlafen konnte und die Nacht über etwa stündlich nach ihr geschaut hatte, die Bequemlichkeit des Sofas kein Thema gewesen war. Aber da sie seit der Rückkehr distanziert und abwesend wirkte, fürchtete er sich davor, irgendetwas Falsches zu sagen.

Schließlich begnügte er sich damit, sich leise zu bedanken.

Sie hatten sich beim Chinesen in der Stadt etwas zum Mitnehmen geholt, als Matt gegen sechs aufs Revier zurückgekommen war und Ben erlaubt hatte, zu gehen, und Ben war immer noch nicht ganz darüber hinweg, dass Cassie seiner Absicht, über Nacht bei ihr zu bleiben, nicht widersprochen hatte.

Cassie hatte nur zustimmend genickt. Sie war sogar mit in seine Wohnung gekommen und hatte sich neugierig umgeschaut, während er seine Übernachtungstasche umpackte.

Er hatte keine Ahnung, wie sie seine Wohnung fand; sie hatte keine Bemerkung gemacht.

Jetzt, nachdem die Reste ihrer Mahlzeit abgeräumt waren, Graupelschauer gegen die dunklen Fensterscheiben prasselten und ein langer Abend sich vor ihnen dehnte, war er sich noch genauso unsicher über ihre Stimmung wie schon den ganzen Tag. Nur über eines war er sich sicher – dass sie weit weg von ihm war.

Sie rollte sich auf dem Sessel zusammen, der ihr Lieblingsplatz zu sein schien, beobachtete, wie Max auf seinem Läufer an seinem abendlichen Kauknochen nagte, und sagte beiläufig zu Ben: »Ich weiß nicht, wie du für gewöhnlich den Samstagabend verbringst, aber es gibt hier jede Menge Bücher und Filme auf Video. Im Flurschrank steht sogar ein Stapel Puzzles. Alle recht einfach, schätze ich.«

Ben legte ein weiteres Scheit ins Feuer, setzte sich dann in einiger Entfernung zu ihr aufs Sofa und blickte sie an. »Ich würde mich lieber unterhalten. Falls du nicht zu müde bist.«

»Worüber denn?«

»Über dich.«

Sie lächelte. »Du weißt alles von mir. Du hast deine Sekretärin gebeten, Nachforschungen über mich anzustellen, erinnerst du dich?«

»Erzähl mir, was sie nicht herausgefunden hat«, forderte er sie auf, ließ sich nicht entmutigen.

»Es gibt nichts zu erzählen.« Cassie wandte sich wieder dem Kamin zu. Ben bemühte sich, beiläufig zu klingen. »Ich weiß nicht mal, was dein Hauptfach im College war oder wovon du seither gelebt hast.«

»Zwei Hauptfächer, Psychologie und Literaturwissenschaft. Ich hatte ein gewisses Einkommen aus dem Erbe meiner Mutter, das habe ich dir schon erzählt. Das reichte zum Leben.« Sie sprach sachlich, beinahe gleichgültig. »Um das aufzubessern, las ich Prüfungsarbeiten. Eine einfache Tätigkeit, bei der ich zu Hause bleiben und Menschen aus dem Weg gehen konnte.«

»Nur dann nicht, wenn du der Polizei geholfen hast.«

»Nur dann.« Ein leichtes Stirnrunzeln verzog ihr Gesicht. »An einer beruflichen Karriere war ich nie interessiert. Ich wollte bloß in Ruhe gelassen werden.«

»Und jetzt?«

»Jetzt hab ich das hier.« Sie deutete auf den Raum um sie herum. »Dank Tante Alex. Und sie hat mir viele Bücher und Videobänder und Stickpackungen hinterlassen, mit denen ich mir die Zeit vertreiben kann. Wenn ich viel Glück habe und wenn der Mörder gefasst ist, wird es in dieser Gegend jahrelang keinen weiteren Mord geben.«

»Und man wird dich in Ruhe lassen.«

»Ist das zu viel verlangt?«

»Was ist mit einer Familie, Cassie? Mit dieser übersinnlich begabten Tochter, die du eines Tages haben könntest?«

»Nein. Keine Familie. Keine Tochter. Diesen Fluch weitergeben?« Ihr Lächeln war verzerrt, mehr aus Bedauern als aus Überzeugung, dachte Ben. »Ich glaube nicht.«

»Vielleicht würde sie es nicht als Fluch betrachten.«

Cassie zuckte die Schultern. »Vielleicht. Und vielleicht würde es eine andere Welt sein. Vielleicht würden die Menschen nicht mehr getrieben sein, einander zu verletzen. Vielleicht würde ein Heilmittel für Wahnsinn gefunden werden, und es würde keine Monster mehr geben, die Teenager zerstückeln. Und vielleicht würde die Sonne im Westen aufgehen.«

»Du sagtest, du kannst nicht in die Zukunft sehen.«

»Kann ich auch nicht.«

»Wie kannst du dann so zynisch sein?«

»Aus Erfahrungen mit der Vergangenheit.«

Ben trat wieder an den Kamin, um ein Scheit zurückzuschieben, das auf die Kaminplatte gefallen war. Doch er blieb dort stehen und blickte in die Flammen.

Cassie benötigte keine außersinnlichen Fähigkeiten, um seine Gedanken zu lesen. »Ich weiß«, sagte sie leise. »Ich bin ein schrecklicher Pessimist. Es ist schwer, ein Optimist zu sein, wenn man sein Leben mit Monstern verbringt.«

»Versuchst du, mich abzuschrecken?«, fragte Ben, ohne den Blick vom Feuer zu wenden.

»Ich sag dir nur ... wie's ist.« Cassie legte den Kopf an die Sessellehne und beobachtete Ben. In ihr war ein dumpfer Schmerz, als täten ihr alle Knochen weh, und Ben anzuschauen dämpfte den Schmerz nicht.

Er wird dich zerstören.

Würde er? Und würde es ihr sehr viel ausmachen, wenn er es täte?

Cassie wusste, dass sie Fatalistin war. Sie hatte gute Gründe dafür. Trotz ihrer jahrelangen Bemühungen, all der entsetzlichen strapaziösen Stunden, die sie damit verbracht hatte, sich in den Verstand Wahnsinniger einzuschleichen und durch ihre Augen unglaubliche Taten des Bösen zu sehen, hatte sich nicht viel verändert.

Das Böse tötete. Unschuldige starben.

Und sie hatte der Polizei mitgeteilt, wo sie die Leichen finden würden.

Ja, in der Tat, sie verstand, was Schicksal war. Sie glaubte an das Schicksal. Sie hatte die Sinnlosigkeit entdeckt, gegen das Schicksal anzukämpfen.

»Cassie?«

Sie überlegte, was an ihrem Gesichtsausdruck seinen so verstört wirken ließ. Und sie überlegte, warum sie gegen etwas ankämpfte, was sowieso geschehen würde.

»Ich sag dir, wie es ist«, wiederholte sie langsam.

Ben setzte sich direkt vor sie an den Couchtisch und beugte sich so weit vor, dass fast kein Raum mehr zwischen ihnen blieb. Und selbst der verschwand, als er ihr die Hand auf das Knie legte. »Cassie, ich muss kein Paragnost sein, um zu merken, dass du dich quälst. Was ist es? Bin ich es? Löse ich das aus?«

Einen flüchtigen Augenblick lang erinnerte sich Cassie an eine andere Hand, die sie so verzweifelt gepackt hielt, aber der Eindruck verblich, als sie in Bens haselnussbraune Augen schaute und die Wärme seiner Hand durch den dicken Stoff ihrer Jeans spürte. Seine Hände waren immer so warm.

So warm.

»Natürlich bist du es«, murmelte sie lächelnd.

»Ich will dir nicht wehtun«, sagte er, ließ sich durch ihr Lächeln nicht beruhigen.

»Dann küss mich.«

Ben stand auf, griff nach ihren Händen und zog sie hoch. »Nicht, dass ich das ablehnen wollte«, sagte er im Ton eines Mannes, der ganz genau verstehen möchte, »aber was ist hier gerade passiert? Denn ich hätte schwören können, dass du das für eine schlechte Idee hältst.«

»Einer Frau muss erlaubt sein, ihre Meinung zu ändern. So steht es im Regelbuch.«

»Ah ja.« Bens Arme legten sich um sie, und er lächelte, aber seine Augen blieben ernst. »Jetzt hältst du es also für eine gute Idee.«

Cassie wollte ihn nicht belügen. »Ich glaube ... mir blieb nie eine andere Wahl.« Sie blickte auf ihre Hände, die an seiner Brust ruhten, spürte seine Wärme und Kraft und ließ zu, dass sich ihr Körper an seinen lehnte, da es so sein musste.

»Cassie ...«

»Ich vertraue dir«, sagte sie, weil es stimmte. »Und ich ... brauche dich.«

Sie brauchte seine Wärme, seine Fürsorge. Vor allem brauchte sie es, wenigstens einmal im Leben zu erfahren, wie es sich anfühlte, eine Frau zu sein, die von einem Mann begehrt wird. Sie berührte seinen Mund mit den Fingerspitzen, ließ ihren Blick prüfend über sein Gesicht gleiten. »Ich brauche dich, Ben.«

Ben hatte das ungute Gefühl, hier erneut Cassies Fatalismus am Werk zu sehen, aber nur ein sehr viel beherrschterer Mann als er hätte sich ihr in diesem Moment entziehen können. Er hatte sie gewollt, von dem Tag an, als sie sein Büro betreten hatte, wachsam und in sich gekehrt und gepeinigt. Ihre gequälten Augen zogen an etwas tief in seinem

Inneren, und selbst wenn sie Zweifel hatte, er hatte keine – nicht in dieser Hinsicht.

Ihr Kopf beugte sich, und sein Mund bedeckte hungrig ihre Lippen. An diesem Kuss war nichts Sanftes, nichts Zögerliches, und Cassie reagierte augenblicklich, stellte sich auf die Zehenspitzen, um sich besser an ihn schmiegen zu können, öffnete begierig den Mund unter seinem. Sie fühlte sich in seinen Armen zerbrechlich an, und doch war da eine stahlharte Kraft und das unzweifelhafte Verlangen einer Frau. Das ergab eine unglaublich verführerische Mischung.

Absolut bereit, verführt zu werden, hörte sie Ben trotzdem heiser fragen: »Bist du dir sicher?«

Mit einem ruhelosen Drängen in der Stimme erwiderte sie: »Nie in meinem Leben war ich mir einer Sache so sicher.«

Das war mehr als genug. Ben küsste sie erneut, hob sie dann auf die Arme und trug sie nach oben.

»Um ehrlich zu sein, ich bin fast erleichtert«, meinte Abby zu Matt, aufrichtig, aber gleichzeitig bemüht, ihn zu beruhigen. »Die Tatsache, dass Gary angerufen hat, statt hierherzustürmen, betrachte ich als gutes Zeichen.«

»Wie zum Teufel hat er das rausgekriegt?« Matt hatte endlich aufgehört, in der Küche auf und ab zu laufen und leise zu fluchen, aber es war deutlich, dass er nichts lieber wollte, als etwas Garyförmiges mit bloßen Händen zu erwürgen.

»Ich glaube, wenn er herausgefunden hätte, dass ich mich mit einem anderen als dir treffe, hätte er sich auf mich gestürzt. Aber du bringst ihn zum Nachdenken. Du bist größer als er, jünger und in viel besserer Form – und du trägst eine Waffe. Ich glaube nicht, dass er sich mit dir anlegen will, Matt.«

Matt zog sie in die Arme und hielt sie fest umschlungen. »Das bedeutet nicht, dass er sich davon abhalten lässt, etwas viel Hässlicheres als Telefonanrufe zu versuchen, wenn er sicher sein kann, dich allein anzutreffen. Gottverdammt, Abby, diesmal gebe ich mich nicht mit einem Nein zufrieden. Entweder bleibe ich hier, oder du ziehst bei mir ein.«

Sie konnte einfach nicht anders, als zu lachen, wenn auch zittrig. »Du bekommst kein Nein als Antwort. Nachdem Gary jetzt Bescheid weiß, ist es mir egal, wer es sonst noch herausfindet.«

»Gut.« Er küsste sie und ließ sich diesmal Zeit dabei.

Als sie wieder ein paar zusammenhängende Worte herausbringen konnte, sagte Abby: »Du musst müde sein. Bist du nicht müde?«

»So müde nicht.« Er schmiegte sein Gesicht an ihren Hals, atmete ihren Duft ein, den er so liebte, und zwang sich dann, den Kopf zu heben. »Aber ich bin am Verhungern. Bis ich diesen Eintopf gerochen habe, war mir gar nicht klar, dass ich seit dem Frühstück nichts mehr gegessen habe.«

»Frühstück? Ehrlich, Matt ...« Sie löste sich von ihm und machte sich eilends daran, das Essen auf den Tisch zu bringen.

Beide erwähnten nicht, warum er den ganzen Tag keinen Appetit gehabt hatte. Erst als sie das Essen beendet hatten und das Geschirr abgeräumt war, schnitt Abby das Thema an.

»Du musst heute Abend nicht mehr ins Büro, oder?«

»Nein, es gibt nichts, was ich da noch tun könnte.« Sein Ton war düster.

»Cassie sagte, der Mörder würde nicht genug Beweise hinterlassen, durch die man ihn identifizieren könnte – hat sie damit recht gehabt?«

»Bisher.« Trotz seiner vorherigen Behauptung sah er sehr müde aus. »Sollte es uns gelingen, einen zeugungsfähigen Verdächtigen zu fassen, könnten wir genug haben, um seinen Arsch festzunageln. Er hat kein Kondom benutzt, als er das Ramsay-Mädchen vergewaltigte.«

Abby gab sich alle Mühe, sich seiner scheinbaren Distanziertheit anzupassen. »Dann könnte er also ein – wie nennt ihr das? – ein Sekretor sein?«

»Vielleicht. Doch selbst wenn er das nicht ist, sollten wir, bei all den Fortschritten bei der DNA-Analyse, in der Lage sein, durch sein Sperma so gut wie alles über ihn zu erfahren, bis auf seinen Namen und seine Adresse.« Er fügte hinzu: »Nicht, dass DNA-Beweise die Geschworenen immer überzeugen, wie wir alle wissen, aber Ben wird schon dafür sorgen, dass uns dieser nicht durch die Lappen geht, falls wir es bis vor Gericht schaffen.«

»Falls?«

Matt seufzte schwer. »Kann sein, dass wir ihn nie fassen, Abby. Ich wollte mir das nicht eingestehen, aber die simple Wahrheit ist, dass Serienmörder für gewöhnlich nur erwischt werden, wenn sie es vermasseln – und das tun sie selten.«

»Aber wir leben in einer so kleinen Stadt, wo jeder seine Nachbarn kennt. Wie kann sich ein – ein Monster hier verstecken?«

»Vor aller Augen. Geht seiner Arbeit nach, wie wir anderen auch, und das vermutlich mit einem Lächeln im Gesicht.« Matt schüttelte den Kopf. »Er wird keine zwei Köpfe haben oder einen gespaltenen Schwanz – oder irgendwas anderes, um die Welt davor zu warnen, dass er ein bösartiger Drecksack ist.«

Abby schwieg eine Weile, dann fragte sie: »Konnte dir der FBI-Agent irgendwie helfen?«

»Ein wenig. Er kennt sich relativ gut mit Serienmördern aus und noch besser mit Mordermittlungen. Ich dachte zuerst, er würde mir nur im Weg stehen, aber bisher hat er nicht versucht, den Fall an sich zu reißen. Was keine große Überraschung ist, schätze ich, da er sich hauptsächlich für Cassie interessiert.«

»Das hat sie auch gesagt. Aber was macht er, Matt? Ich meine, sucht er nach Beweisen, dass sie echt ist? Oder dass sie es nicht ist?«

»Bishop behauptet, er beobachte nur. Ich werde nicht recht schlau daraus, ob er ihr glaubt oder nicht. Er sagt, sein Interesse an Cassie reiche schon ein paar Jahre zurück und dass Ermittlungen, mit denen sie zu tun hat, meist – ich glaube, so war die Formulierung, die er benutzt hat – ›ungewöhnlich interessant‹ sind. Also behält er sie in seiner Freizeit im Auge. Ich habe ihn darauf hingewiesen, dass sie ihn wegen Belästigung anzeigen könnte, sollte sie sich entschließen, gegen seine Beobachtung zu protestieren, aber das schien ihm nicht viel auszumachen.«

»Wie verhält sich Cassie?«

»Angespannt, wenn er da ist, aber nicht besonders beunruhigt, soweit ich das beurteilen kann.«

Abby zögerte. »Glaubst du, Bishop könnte an mehr als Cassies übersinnlichen Fähigkeiten interessiert sein?«

Matt trank einen Schluck Kaffee. »Es würde mich nicht wundern, wenn Ben so etwas vermutet.«

»Aber was glaubst *du?*«

»Bishop ist ziemlich verschlossen, daher kann ich seine Gefühle nicht einschätzen. Was Cassie angeht, ist Ben derjenige, den sie beobachtet, wenn er nicht zu ihr hinschaut.«

»Ich mag sie«, sagte Abby.

Matt betrachtete sie mit grübelndem Blick. »Ja, ich auch.«

»Aber?«

Er schüttelte den Kopf. »Kein Aber. Ich frag mich nur, was all das ihr antut. Ihnen antut.«

»Es kann für beide nicht leicht sein.«

»Nein. Und selbst ohne die momentane Situation würde ich sagen, dass sie beide ein paar Probleme zu bearbeiten haben.«

Abby hob die Augenbrauen. »Was Cassies Probleme sind, kann ich mir denken. Aber Ben? Er wirkte immer sehr konzentriert, sehr ausgeglichen und emotional stabil.«

»Nach außen hin schon, nicht wahr?« Wieder schüttelte Matt den Kopf. »Wir haben alle Probleme. Ben hat seine. Aber in einer Hinsicht könnte Cassie das Beste sein, was ihm je passiert ist. Durch sie könnte er endlich kapieren, was der Unterschied zwischen einer Frau ist, die ihn wirklich braucht, und einer, die sich ihm mit ihren Bedürfnissen an den Hals hängt.«

»Du meinst Mary?«

»Genau. Zugegeben, der alte Richter war ein kalter Fisch, aber wenn Mary reifer gewesen wäre, hätte sie sich nicht all diese Jahre an Ben geklammert, um die emotionale Sicherheit zu bekommen, die sie braucht. Mit ihr am Hals, vor allem seit dem Tod des alten Richters, ist es kein Wunder, dass Ben keine Frau wollte, die auch nur andeutete, mehr von ihm zu verlangen, als er zu geben bereit war.«

»Erscheint mir plausibel. Und du glaubst, Cassie bittet um etwas, das er zu geben bereit ist?«

Langsam erwiderte Matt: »Ich glaube, Cassie verlangt überhaupt nichts von Ben, auch wenn sich nicht übersehen lässt, wie einsam ihr Leben ist. Und vielleicht ist es genau das. Vielleicht ist Ben diesmal derjenige, der mehr braucht, als ihm angeboten wird.«

»Nach allem, was Cassie mir erzählt hat, versucht sie, sich nicht auf ihn einzulassen.«

»Ach, zum Teufel, das läuft doch schon längst. Er übernachtet heute dort, genau wie gestern – und wird es auch morgen Nacht tun. Um sie zu bewachen.«

»Ben ist mir bei den Damen, an denen er bisher interessiert war, nie als besonders beschützerisch aufgefallen.«

»Ach, das hast du bemerkt?«

Abby lächelte. »Weiß er es denn schon?«

»Ich glaube nicht. Und ich wette ein Jahresgehalt darauf, dass sich Cassie nicht sicher ist, ob er sich verantwortlich für sie fühlt oder nur versucht, ihr an die Wäsche zu gehen.«

Abby musste lachen.

Matt lächelte ebenfalls, wurde dann aber wieder ernst. »Ich glaube, diese Lady hat zu viele Monster aus der Nähe gesehen. Und obwohl der Deinige ein offenes Buch für sie ist, behauptet sie, Bens Gedanken nicht lesen zu können, und ich schätze, das wird es ihr noch schwerer machen, ihn nahe an sich heranzulassen.«

»Und je länger der Mörder frei herumläuft ...«

»… desto schlimmer für sie beide. Im Moment ist Cassies Verbindung zu dem Mörder, wie dünn und zerbrechlich sie auch ist, unsere beste Spur.« Matt hielt inne. »Und der Mörder weiß das.«

Er zog die Spieldose vorsichtig auf und ließ sie ablaufen, lächelte, als die beiden Tänzer in ihrem ewigen Kreis herumwirbelten und sich umeinander drehten.

Er war müde und musste schlafen, weil es morgen so viel zu tun gab. Aber jetzt noch nicht.

Als Erstes musste er seine Schatzkiste öffnen und sich jeden Gegenstand anschauen, wie er es immer tat, bevor er zu Bett ging.

Becky Smith' Kette.

Ivy Jamesons Pfauenbrosche.

Jill Kirkwoods spitzenbesetztes Taschentuch.

Das war etwas zerknittert, weil er sich vor ein paar Nächten darauf ergossen hatte, aber der klebrige Beweis seiner Hingabe ließ sein Lächeln nur noch breiter werden.

Er nahm seine neueste Trophäe in die Hand und betrachtete sie im Lampenschein. Deanna Ramsays Slip. Ihm gefiel das seidige Gefühl unter seinen Fingern. Ihm gefielen die blauen und grünen Blumen, die auf den Stoff gedruckt waren. Ihm gefiel der Geruch.

Er hielt den Slip an die Nase, schloss die Augen, atmete ein, legte ihn dann zärtlich wieder zu den anderen Gegenständen in seiner Schatzkiste.

Er schloss die Kiste, trug sie zur Frisierkommode und stellte sie neben das Quadrat aus schwarzem Samt, das in der Mitte unter dem Spiegel lag.

Nur noch zwei Münzen waren übrig, der Dime und das Fünfzig-Cent-Stück.

Er blickte stirnrunzelnd darauf, versuchte sich zu erinnern, warum sie so wichtig waren.

Ach ja. Beweise seiner Zuneigung. Er musste bei den Damen Beweise seiner Zuneigung hinterlassen. Das war ... wichtig. Er durfte nicht vergessen, wie wichtig es war.

Dann also noch zwei mehr.

Er hatte sie bereits ausgewählt. Und er wusste, was er ihnen antun würde. Das würde ein solcher Spaß werden. Die einzige Frage war, welche würde die Erste sein?

Ene, mene, muh ... pack die Dame an ihrem Schuh ... wenn sie schreit ... sag einfach buh ...

Er hob den Blick und schaute in den Spiegel, traurig, aber nicht überrascht, als niemand zurückschaute.

Cassie wachte mit einem Ruck auf, wusste aber nicht, was sie aus einem seligen Schlaf hatte aufschrecken lassen. Dann, als sich Ben neben ihr auf den Ellbogen aufstützte, fiel es ihr wieder ein.

»Hey.« Sanft berührt er ihr Gesicht. »Alles in Ordnung?«

Seine Hände waren immer so warm. Das gefiel ihr. Bei seinen Berührungen hätte sie am liebsten geschnurrt.

Eigentlich müsste mir das peinlich sein, dachte sie.

»Mir geht's gut«, sagte sie schließlich.

»Du hast im Schlaf geschrien.«

Cassie betrachtete sein Gesicht im Lampenschein, prägte es sich mit einer Intensität ein, die ihr kaum bewusst war. »Nur ein schlechter Traum, nehme ich an.«

»Du erinnerst dich nicht?«

»Nicht so richtig. Da war etwas mit einem Spiegel. Und ich konnte die Musik nicht loswerden.« Sie runzelte plötzlich die Stirn. »Kann ich immer noch nicht.«

»Welche Musik?«

»Mir ist schon den ganzen Tag eine Melodie durch den Kopf gegangen. Sie kommt mir vage bekannt vor, aber ich kann mich nicht erinnern, was es ist.«

»Vielleicht erkenne ich sie.«

Cassie lächelte ihn an. »Glaub mir, du willst mich nicht summen hören. Ich bin völlig unmusikalisch.«

»Wirklich?« Er entspannte sich neben ihr, den Kopf in die eine Hand gestützt, während die andere leicht auf ihrem Bauch lag. »Das ist schwer zu glauben. Du hast eine so musikalische Stimme.«

»Muss wohl in den Genen liegen. Ich kann keinen Ton halten, auch wenn ich mir noch so viel Mühe gebe.« Cassie konnte sich nicht erinnern, wann er die Decke über sie beide gezogen hatte, war aber froh darüber. Es war ihr nicht direkt peinlich, aber nackt neben ihm zu liegen machte sie doch ein wenig befangen.

Ein wenig?

Großer Gott.

Leidenschaft war wirklich eine erstaunliche Sache. Kein Wunder, dass so viel darüber geschrieben wurde. Zum ersten Mal in ihrem Leben verstand Cassie jetzt, wie Menschen behaupten konnten, Leidenschaft hätte sie um den Verstand gebracht.

»Cassie?«

Sie blinzelte zu ihm hoch. »Hm?«

»Du warst plötzlich weg. Wo warst du?«

Cassie überlegte, ob sie wohl geschielt hatte. Selbst die Erinnerung an Leidenschaft war erstaunlich. Sie räusperte sich. »An keinem bestimmten Ort. Wie spät ist es?«

Er blickte an ihr vorbei zum Nachttisch. »Kurz nach elf.«

»Ich sollte Max rauslassen.«

»Ich mach das. Später.« Ben beugte sich hinunter und küsste sie langsam und ausgiebig.

Als er den Kopf wieder hob, hatte ihm Cassie die Arme um den Hals geschlungen und war sich so gut wie sicher, dass sie schnurrte. Wo waren die verdammten Decken hergekommen? Sie wollte, dass sie verschwanden.

Ben schien dieselbe Idee zu haben. Er schob die Decken bis zu seinen Hüften zurück, was Cassie noch viel weiter unten entblößte. Sein Blick ruhte auf ihren kleinen, blassen Brüsten, und dann berührte er sie mit den Händen.

Cassie hörte, wie ihr ein kleiner Laut entfuhr, den sie einfach nicht zurückhalten konnte. Selbst flüchtigste Berührungen nahm sie intensiv wahr. Die enorme Intimität seiner Hände auf ihrem nackten Körper war etwas, das sie bis in die Seele spüren konnte.

Sie merkte nicht, dass sich ihre Augen geschlossen hatten, dass sich ihre Fingernägel in seine harten Schultermuskeln gruben. Das Bett war verschwunden, der Raum, das Haus. Die Welt. Sie wusste nur, dass seine warmen Hände sie streichelten, eine Lust hervorriefen, deren sie sich nicht für fähig gehalten hatte. Ihre Brüste waren heiß und schmerzten, ihr Bauch war leer, und als seine Hände zwischen ihre Beine glitten, glaubte sie zu sterben.

Seine Liebkosungen waren die eines erfahrenen Liebhabers. Er ließ ihr Verlangen stärker und stärker werden, bis sie die sich steil nach oben windende Spannung kaum mehr ertragen konnte. Sie wollte ihn anflehen, sie nicht mehr zu foltern, aber ihr entrang sich nur ein tonloses Wimmern.

Dann spürte sie ihn zwischen ihren Schenkeln, spürte das langsame, unentrinnbare Drängen seines harten Fleisches in ihrem Körper, und das leise Geräusch, das sie von sich gab, war voller Triumph und Begierde.

»Öffne deine Augen, Liebste«, murmelte er. »Sieh mich an.«

Sein Gesicht war straff, die Augen dunkel und andächtig, als er tief in ihre schaute, und Cassie staunte erneut. Sie konnte seine Gedanken nicht lesen, und doch sah sie tiefer, und dieser unglaublich intime Austausch schraubte ihre Lust noch höher, während sich ihre Körper im selben Rhythmus bewegten.

»Ben«, flüsterte sie, gab dem Drang nach, seinen Namen auszusprechen, und hörte dabei die Panik in ihrer Stimme.

»Ich bin hier.« Seine Lippen berührten die ihren, spielten mit ihnen, seine Unterarme unter ihren Schultern, die Finger in ihrem Haar vergraben. Diese glänzenden, verdunkelten Augen mit den schweren Lidern ließen sie nicht los. Seine Lippen bewegten sich in schneller werdendem Rhythmus.

Die Spannung in Cassie wurde unerträglich, aber ihr blieb nichts anderes übrig, als sie zu ertragen. Ihre Sinne gerieten außer Kontrolle, ihr Körper war in einer verzweifelten, ungestümen Hast gefangen, den Höhepunkt zu erreichen, und sie klammerte sich an Ben als den einzigen Anker in einem Ozean unglaublicher Gefühle.

Als die Erlösung endlich kam, rauschte sie mit der Gewalt einer Flutwelle über sie hinweg, nahm ihr den Atem und ließ ihr Herz fast stehen bleiben, machte Cassie benommen und zittrig. Sie hatte kaum noch die Kraft, Ben zu halten, während er erschaudernd und stöhnend seinen Höhepunkt erreichte, und ihre Gedanken waren erfüllt davon, wie nahe daran sie gewesen war, so etwas nie zu erleben.

Es dauerte lange, bis sie sich wieder rühren konnten, und dann war es Ben, der sein Gewicht auf den Ellbogen stützte und sie mit Augen betrachtete, die immer noch dunkel und eindringlich waren.

Nicht in der Lage, sich verschämt zu geben, sagte Cassie nur: »Wow.«

Erheiterung glitzerte in seinen Augen. »Ich würde ja sagen: Vielen Dank, aber es war eindeutig eine gemeinsame Anstrengung.« Seine Stimme war heiser.

»Ist es ... immer so?« Das erste Mal war erstaunlich genug gewesen; Cassie war sich nicht sicher, ob sie überleben könnte, wenn es noch überwältigender werden würde.

»So war es noch nie.« Ben küsste sie träge.

Cassie drückte ihr Beine fester zusammen, als er sich von ihr heben wollte. »Geh nicht.«

»Ich bin zu schwer, Liebes.«

»Nein, bist du nicht.« Sie überlegte, ob er sich des Kosewortes überhaupt bewusst war.

»Bestimmt nicht?«

»Ganz bestimmt.« Sie wollte so viel wie möglich von ihm an sich spüren, und das so lange wie möglich.

Ben war mehr als bereit, zu bleiben, wo er war, zumindest für eine kleine Weile. Er küsste sie erneut, weil er nicht anders konnte, und seine Finger blieben mit ihrem seidigen

Haar verwoben, als befürchtete er, wie er vage erkannte, dass sie ihm entfliehen könnte.

Was sie vermutlich tun würde, dachte er.

Selbst da, während sie seinen Körper in den Nachwehen des unglaublichsten Liebesspiels, das er je erlebt hatte, umschlungen hielt, entdeckte er etwas in ihren Augen, das ihm sagte, sie triebe erneut von ihm weg, zöge sich auf eine Weise zurück, die er sehen und spüren, aber sich nicht ganz erklären konnte.

Er wollte sie packen und an sich drücken, doch sein Instinkt warnte ihn, dass er sie damit nur schneller und weiter von sich fortstoßen würde. Diese Erkenntnis löste irgendwo in seiner Brust einen Schmerz aus.

»Du runzelst die Stirn«, murmelte sie, während sie sanft die Falten glättete.

»Tu ich das?« Er drehte den Kopf, um die Innenseite ihres Handgelenks zu küssen, wo es warm und weich war.

»Ist irgendwas los, Ben?«

Leichthin erwiderte er: »Ich glaube, wir sollten für Max eine Hundeklappe einbauen lassen. Weil ich dich nämlich nur ungern verlassen möchte.«

Sie lächelte, doch bevor sie antworten konnte, hörten sie beide ein leises Geräusch von der Tür. Sie drehten ihre Köpfe und sahen den Hund dort stehen, mit langsam wedelnder Rute und einem fast entschuldigenden Blick.

»Wenn man vom Teufel spricht«, sagte Ben und löste sich widerstrebend von Cassie.

Nachdem er den Hund rausgelassen, die Alarmanlage wieder eingeschaltet und dafür gesorgt hatte, dass das Feuer im Kamin für die Nacht eingedämmt war, hätte es Ben nicht überrascht, wenn Cassie wieder eingeschlafen wäre. Sie war zwar schläfrig, kam jedoch begierig in seine Arme, sobald er neben ihr ins Bett geschlüpft war.

»Wo warst du so lange?«, murmelte sie. »Während du fort warst, kam die Musik zurück.«

»Max wollte noch einen Kauknochen.« Ben küsste sie, kaum erstaunt, dass er sie erneut begehrte und genauso drängend wie beim ersten Mal.

Cassie schlang ihre Arme um seinen Hals. »Hör auf, von dem Hund zu reden.«

Beide vergaßen den Hund.

Und die Musik.

Seine Schulter gab ein bequemes Kissen ab, und sein an sie geschmiegter Körper war ein sinnlicher Genuss, in dem sie versinken könnte, dachte Cassie. Verschwommen nahm sie den gegen die Fensterscheiben prasselnden Graupel und das gelegentliche Aufheulen des Windes wahr, aber der größte Teil ihres Bewusstseins war auf das tiefe und gleichmäßige Geräusch von Bens Atem konzentriert.

Er wird dich zerstören, kam das Flüstern aus dem Grab.

»Das ist mir egal«, flüsterte Cassie zurück.

18

28. Februar 1999

Ich wünschte, du kämst mit mir aufs Revier«, sagte Matt beunruhigt, während sich Abby eine zweite Tasse Kaffee einschenkte.

»An jedem anderen Sonntag würde ich das tun. Aber Anne kann heute nicht kommen, und ich muss die Orgel spielen. Matt, du wirst dir doch wohl keine Sorgen machen, wenn ich in der Kirche bin? Da werden überall Leute um mich sein, das weißt du.«

»Ivy Jameson wurde ermordet, bevor sie letzten Sonntag zur Kirche gehen konnte.«

»Du hast doch schon gesagt, dass du mich hinbringst, also sollte ich dort sicher ankommen.« Sie lächelte ihn an. »Und da du mich hinbringst, könntest du mich doch hinterher auch abholen.«

»Worauf du dich verlassen kannst.«

Abby streckte den Arm über den Tisch aus und berührte Matts Hand. »Mir wird schon nichts passieren, Matt. Und du musst aufs Revier, das wissen wir beide. Wenn das, was du vermutest, stimmt, dann musst du die Akten über die drei ersten Morde noch mal durchgehen.«

»Ich weiß nicht, ob uns das irgendwo hinführt«, gestand er. »Vielleicht bringt es uns ein oder zwei Schritte näher daran, diesen Hurensohn zu verstehen. Aber ich muss es überprüfen.«

Widerstrebend sagte Abby: »Und du wirst auch den Autopsiebericht des Ramsay-Mädchens vorliegen haben.«

Er verzog das Gesicht. »Darauf freue ich mich ganz und gar nicht. Und ich befürchte, er wird uns nicht viel helfen. Obwohl sie zerstückelt wurde, konnte man immer noch die Strangulationsmale an ihrem Hals sehen. Ich schätze, auch darin wird Cassie recht gehabt haben. Er hat das Mädchen mit einer Garrotte erwürgt.«

»Was ist mit Cassie?«, fragte Abby. »Hast du immer noch vor, sie und Ben zu bitten, aufs Revier zu kommen?«

»Falls ich recht habe mit den fehlenden Gegenständen. Ich weiß zwar nicht, ob es uns weiterbringt, aber wir müssen über ein paar Dinge reden. Und Cassie wird vielleicht in der Lage sein, Kontakt mit dem Mörder aufzunehmen.«

»Was ist mit Bishop?«

Matt zuckte die Schultern. »Durch das, was er gestern am Tatort bemerkte, bin ich erst auf den Gedanken gekommen. Seine Fachkenntnis könnte sich als nützlich erweisen, und so, wie es jetzt steht, bin ich auch nicht zu stolz, um Hilfe zu bitten – solange er nicht das gesamte FBI mit hineinzieht. Also, klar, warum nicht?«

Matt rief Bishop dann sogar im Motel an, als er Abby mit dem Streifenwagen zur Kirche fuhr, und der Agent kam, nur ein paar Minuten nachdem Matt an seinem Schreibtisch Platz genommen hatte, aufs Revier.

»Der Autopsiebericht?«, fragte Bishop, als er die Papiere bemerkte, in denen der Sheriff las.

»Ja. Sie wurde mit einem dünnen Draht oder etwas Vergleichbarem erdrosselt. Cassie hatte recht. Und noch etwas. Er ermordete das Mädchen, während er es vergewaltigte.«

Bishop setzte sich auf das Ledersofa. »Das ist das erste Mal, richtig?«

»Ja. Kein nachweisbarer sexueller Kontakt mit den ersten drei Opfern – obwohl Cassie sagt, dass solche Morde immer sexuell sind, und alles, was ich darüber gelesen habe, gibt ihr recht. Sie haben die Berichte gesehen. Was halten Sie davon?«

»Sie hat recht. Da geht es um Macht, und die setzt sich für gewöhnlich in sexuelle Dominanz um.« Der Agent überlegte kurz. »Ein wenig überraschend, dass er es bei den ersten drei nicht auf sexuelle Dominanz abgesehen hatte, aber er könnte auch Befriedigung dadurch erlangt haben, ihr Entsetzen vor und während des Mordes zu beobachten.«

Nun wurde Matt nachdenklich. »Cassie behauptet ebenfalls, dass der Mörder beim Mord an Jill Kirkwood – dem dritten Opfer – eine Art Halloween-Maske trug. Wir haben keine Ahnung, ob er sie auch trug, als er die ersten beiden Opfer tötete – oder das vierte.«

»Er könnte die Maske verwendet haben, um bei seinem Opfer größere Angst auszulösen. Wenn dem so ist, wenn er die Maske nur dieses eine Mal trug und weder vorher noch nachher, könnte es sein, dass er erst anfängt, seine Vorgehensweise zu formen und zu perfektionieren.«

»Was für eine angenehme Vorstellung«, knurrte Matt.

»Eine vernünftige, befürchte ich. Er tötet, weil er das

gerne tut, und jedes Erlebnis bringt ihn auf weitere Ideen für seinen nächsten Mord.« Bishops Stimme klang fern. »Wir erfahren vielleicht nie, was seinen Zwang auslöst, was ihn über die Grenze vom Fantasieren zum Ausleben seiner Fantasien treibt, aber was immer ihn antreibt, wird offensichtlich stärker und komplexer. Das erste Opfer wurde körperlich nicht gefoltert, obwohl wir davon ausgehen können, dass er es emotional in Angst und Schrecken versetzt hat, bevor er ihm die Kehle aufschlitzte. Das zweite Opfer hat sich entweder zur Wehr gesetzt – mit einem gewissen Erfolg vermutlich –, oder er hatte von Anfang an vor, ein blutiges Gemetzel zu veranstalten, nur um herauszufinden, wie sich das anfühlt.«

»Großer Gott«, murmelte Matt.

»Interessant, dass er auf diesen Exzess einen viel ruhigeren und stilleren Mord folgen ließ, bei dem er eine Maske getragen haben könnte, die ausdrücklich dazu gedacht war, seinem Opfer Angst einzujagen. Er war nach dem Jameson-Mord zweifellos erschöpft, doch er war offensichtlich unbefriedigt.«

Matt schnaubte. »Ivy hat vermutlich in ihrem Leben nie einen Mann befriedigt – nicht mal im Tod.«

Bishop lächelte schwach. »Ja, sie ist das Opfer, das sich von den anderen abhebt, nicht wahr?«

Matt lehnte sich zurück. »Wollen Sie damit sagen, dass es etwas bedeuten könnte?«

»Das würde mich nicht überraschen. Die anderen Opfer bewegen sich im Alter zwischen fünfzehn und zweiunddreißig Jahren – Jameson war beträchtlich älter. Die anderen Opfer waren nach allen Maßstäben recht attraktiv –

Jameson nicht. Sie war die Einzige, die zu Hause ermordet wurde, und sie muss den Mörder ins Haus gelassen haben. Und während das Ramsay-Mädchen mit offensichtlich gewaltiger Wut zerstückelt wurde, müssen wir beachten, dass sie zuvor getötet wurde. Jameson starb während des Kampfes, der den Tatort zu einem blutigen Schlachtfeld machte.«

»Er könnte also einen Grund gehabt haben, Ivy besonders zu hassen, und hat sie deswegen ausgewählt – meinen Sie das damit?«

»Es ist eine Möglichkeit. Die anderen drei Opfer sind anscheinend durch eine Kombination von Aussehen und Verletzbarkeit ausgewählt worden, aber Jameson passt nicht dazu. Könnte nicht schaden, herauszufinden, warum das so ist.«

Matt nickte. »In Ordnung. Ich schicke ein paar meiner Leute los, um die Nachbarn und Ivys Bekannte noch mal zu befragen. Ivy hat jedoch regelmäßig Leute auf die Palme gebracht, also kann das Aussieben eine Weile dauern.«

»Haben Sie mittlerweile herausgefunden, ob es fehlende Gegenstände bei den ersten drei Opfern gibt?«

»Ja, es sieht so aus – und ich könnte mich ohrfeigen, dass ich da nicht früher nachgefragt habe.«

»Die Gegenstände werden keine Rolle spielen, bis Sie einen brauchbaren Verdächtigen haben. Sie werden uns vermutlich nichts Hilfreiches über den Mörder verraten oder einen Hinweis geben, wo wir ihn finden können. Aber sie liefern ein paar Nägel für seinen Sarg, sobald wir ihn in Gewahrsam haben.«

»Falls uns das je gelingt.« Matt hielt inne, fuhr dann energisch fort: »Wir können nicht absolut sicher sein, aber gestern Abend und heute Morgen habe ich von meinen Leuten bei den Familien nachfragen und, im Fall von Jill Kirkwood, ihr Haus durchsuchen lassen. Becky Smith trug, laut ihrer Mutter, fast immer eine dünne Goldkette. Sie wurde nicht bei der Leiche gefunden und ist auch nicht in ihrem Schmuckkasten. Ivys Mutter behauptet, Ivy hätte stets eine Pfauenbrosche zum Kirchgang getragen, und die ist ebenfalls nicht zu finden. Bei den Kleidungsstücken des Ramsay-Mädchens fehlt ein Slip, also können wir davon ausgehen, dass er auch von Jill Kirkwood etwas mitgenommen hat, wenn wir auch nicht wissen, was.«

»Trophäen«, sagte Bishop. »Er wird diese Gegenstände in seinem Besitz haben, wahrscheinlich in einer Schublade oder einer Schachtel.«

»Wie Sie sagten, das wird uns helfen, falls wir ihn schnappen.« Matt seufzte.

»Sie werden ihn schnappen. Der eine Fehler, den er beständig macht, ist das enge Umfeld einer eng verbundenen Gemeinschaft, in dem er sich bewegt. Früher oder später wird er eine nachweisbare Verbindung zu einem seiner Opfer haben.«

»Ja«, sagte Matt. »Aber wie viele Opfer wird es geben, bevor wir ihn fassen?«

Auf den Straßen war wegen der nächtlichen Graupelschauer und des kalten, bewölkten Vormittags nicht viel Verkehr, aber das war nur zu begrüßen. Und er bezweifelte, dass sie so bald mit etwas rechnen würden, und das war ebenfalls gut.

Aber das Beste von allem war, dachte er, dass sie nie, auch in einer Million Jahren nicht, von ihm erwarten würden, sein Opfer von einem fraglos so sicheren Ort fortzulocken.

Die Kirchenglocken begannen zu läuten, und er lächelte.

Sie verbrachten den größten Teil des Sonntagmorgens im Bett, standen erst gegen zehn auf, als Max auf Hundeart darauf beharrte, dass es nun reichte. Doch erst nachdem sie ihr spätes Frühstück verzehrt und die Küche aufgeräumt hatten, brachte Cassie widerstrebend das heikle Thema zur Sprache.

»Ich sollte es wirklich noch mal versuchen.«

Bens Lippen pressten sich zusammen, aber seine Stimme blieb ruhig. »Du hast es gestern versucht, als Matt ins Büro zurückkam, und wurdest immer noch blockiert. Warum sollte es heute anders sein?«

»Ben, er kann mich nicht unbegrenzt blockieren. Früher oder später werde ich in der Lage sein, durchzudringen. Ehrlich gesagt, früher wäre mir lieber. Möchtest du denn nicht auch, dass es endlich vorbei ist?«

»Natürlich möchte ich das. Es fordert dir bloß so viel ab, Cassie.«

»Nur, wenn ich den Kontakt tatsächlich herstelle.« Sie betrachtete ihn mit festem Blick. »Die Fühler auszustrecken ist überhaupt nicht schwer. Und wir müssen es wissen. Wenn er jemand Neuen verfolgt. Wenn er plant, bald wieder zu töten.«

»Cassie ...«

»Ein Mal, nur ein einziges Mal, möchte ich Matt irgendwas anderes mitteilen können als nur den Ort, wo er die neueste Leiche finden kann.«

Ben kam zu ihr, schloss sie in die Arme und drückte sie an sich. »Ich weiß.« Sie lehnte ihre Wange an ihn, hob ihre Arme in einer Geste, die immer noch zögernd war, und legte sie um seine Taille. Sie überlegte, ob er wohl eine Ahnung hatte, dass er seit dem Tod ihrer Mutter der erste Mensch war, der sie tröstend in die Arme nahm. »Es kann keinen Frieden geben, solange er noch frei herumläuft.«

»Ich weiß.«

»Und fast alles wäre besser als diese verdammte Musik«, sagte sie beinahe reumütig.

»Nervt die dich immer noch?«

»Ja.« Sie machte sich von ihm los, nicht weil ihr der körperliche Kontakt unangenehm war, sondern weil sie so wenig daran gewöhnt war, dass sie ihn überdeutlich wahrnahm. »Sobald ich nicht an was anderes denke, kommt sie zurückgekrochen.«

»Finde raus, welche Melodie es ist, dann wird sie verschwinden.«

»Vermutlich.« Cassie schüttelte den Kopf. »Wie dem auch sei, ich muss mich auf irgendwas konzentrieren.«

Ben protestierte nicht mehr. Sie ließen Max mit seinem Kauknochen in der Küche und gingen ins Wohnzimmer, damit Cassie es bequem hatte. Als sie sich darauf konzentrierte, den Verstand des Mörders zu berühren, stieß sie erneut auf eine Blockade, an der sie nicht vorbeikam.

»Verdammt.«

»Du sagtest, er könne dich nicht auf Dauer blockieren«, erinnerte sie Ben.

»Ich weiß. Aber die Blockade fühlt sich schrecklich solide an.« Sie rieb ihre Stirn. »Diese verdammte *Musik.*«

»Kommen dir oft solche unidentifizierbaren Melodien in den Kopf?«

»Nein, fast nie.« Sie starrte ihn an, plötzlich sehr beunruhigt. »Fast nie. Wenn man kein musikalisches Gehör hat, bleibt einem Musik nicht lange im Kopf. Und die hier klingt wie von einer Spieldose. Ich habe seit Ewigkeiten keine Spieldose mehr gehört.«

Bevor Ben antworten konnte, klingelte das Telefon. Cassie musste vom Sofa aufstehen, um an den Apparat zu gelangen, da er auf einem Beistelltisch stand.

»Hallo?«

Ben sah, wie sich ihr Gesicht versteifte, während sie einen Augenblick lang zuhörte. Dann legte sie auf. Er war hochgesprungen und trat zu ihr, ohne darüber nachzudenken.

»Cassie?«

»Falsch verbunden«, sagte sie leise.

Er legte ihr die Hände auf die Schultern und drehte sie zu sich um. »Das glaube ich nicht. Was hat der Anrufer gesagt?«

»Nichts Wichtiges.« Sie gab ein kleines Lachen von sich, das eher resigniert als amüsiert klang. »Erinnerst du dich, dass du sagtest, ich würde vermutlich ein paar Anrufe von verstörten und misstrauischen Bürgern bekommen? Das war einer davon. Aber mach dir keine Sorgen. Ich bin schon Schlimmeres als eine Hexe genannt worden, glaub mir.«

»Verdammt.« Ben zog sie in seine Arme. »Das musste wohl passieren, nehme ich an. Aber die meisten Menschen hier in der Gegend sind ziemlich tolerant, Cassie. Sie sind im Moment nur verängstigt und in Panik.«

»Ich weiß. Mir geht's gut, wirklich.« Er rückte weit genug von ihr ab, um sie küssen zu können, und die erste beruhigende Berührung wurde rasch zu etwas anderem. Seine Hände glitten über ihren Rücken zu ihren Hüften, drückten sie fester an sich, und Cassie entfuhr ein leises Geräusch purer Lust.

Sie war ein wenig verlegen, als er den Kopf hob, um zu ihr hinunterzulächeln, aber der Ausdruck in seinen Augen war ein Beweis für seine eigene Erregung.

»Habe ich schon erwähnt, dass es mir sehr schwerfällt, meine Hände von dir zu lassen?«, fragte er, während er sie weiter streichelte.

Cassie räusperte sich, aber ihre Stimme blieb belegt. »Hast du nicht, nein. Doch es konnte mir seit letzter Nacht kaum entgehen.«

»Ich hab's ja schon mal gesagt. Für einen Mann mit dicken Mauern gibt es anscheinend nicht viel, was ich verbergen kann.«

Sie dachte darüber nach. »Um ehrlich zu sein, ich bin froh. Ich habe in diesen Dingen keine Erfahrung, daher bin ich sehr dankbar, dass du mich nicht hast raten lassen.«

Er lachte leise. »Nein, das habe ich nicht.«

»Wegen meiner mangelnden Erfahrung?«, fragte sie neugierig.

»Weil ich meine Hände nicht von dir lassen kann.« Er küsste sie erneut mit unmissverständlichem Hunger. Gegen ihre Lippen gedrückt, fügte er heiser hinzu: »Ich bin so froh, dass du deine Meinung über uns geändert hast. Ich weiß nicht, wie viel länger ich es noch ausgehalten hätte.«

Cassie schlang ihre Arme um seinen Hals und stellte sich

auf die Zehenspitzen, weil ihre Maße so besser zusammenpassten. Viel besser. »Vermutlich ist es gut, dass ich deine Gedanken nicht lesen kann.«

»Warum?« Er erforschte ihren Hals.

»Ach, lassen wir das.«

Ben hob den Kopf und schaute sie an. »Warum?«, wiederholte er.

Jetzt war sie wirklich verlegen. »Sagen wir einfach, es fällt mir schwer, zu verstehen, warum du mich willst.«

»Wenn du wieder von all dem Gepäck redest, weiß ich nicht, warum du dachtest, dass mich das abhalten würde. Jeder über einundzwanzig hat Gepäck mit sich herumzutragen. Oder sollte es haben.« Er zuckte die Schultern. »Wegen meinem schienst du weiß Gott nicht allzu besorgt zu sein.«

Cassie war froh, dass er sich auf die emotionalen Aspekte konzentrierte. Sie wollte wirklich nicht erklären müssen, dass es seine körperliche Leidenschaft für sie war, die sie verblüffend fand. »Wie schlimm kann deins denn schon sein?«, fragte sie, rückte weiter von der Frage des Verlangens ab.

»Oh, meins ist wie aus dem Lehrbuch.« Er kehrte zu der Erforschung ihres Halses zurück. »Dominanter Vater, kindliche Mutter, die nicht die geringste Ahnung hatte, was es heißt, Mutter zu sein. Langweiliges Zeug.« Sein Ton war absichtlich beiläufig, beinahe flapsig.

»Hört sich für mich an, als wäre trotzdem was Ordentliches aus dir geworden.« Sie erlaubte ihren Fingern, in seine Haare vorzudringen, und genoss das Gefühl.

»Mmm. Und doch ... sind da diese Mauern.«

»Sie scheinen dir mehr Sorgen zu machen als mir«, bemerkte sie abwesend und überlegte, ob Max wohl sehr verärgert wäre, wenn sie wieder ins Bett gingen.

»Ich hoffe, das ist ein gutes Zeichen und kein schlechtes.«

Cassie wurde durch einen Kuss vor der Antwort bewahrt, und ihre Reaktion war sogar noch leidenschaftlicher, weil dieses Gerede über Gepäck und Mauern sie daran erinnert hatte, dass sich das Schicksal selten verleugnen ließ.

Als das Telefon erneut klingelte, hätte sie am liebten so laut geflucht wie Ben. Und er war derjenige, der sich meldete – mit beträchtlicher Verärgerung, die noch durch seinen Verdacht erhöht wurde, dass es ein weiterer Spinneranruf war.

»Störe ich bei irgendwas?«, fragte Matt und setzte sofort hinzu: »Sei's drum. Tut mir leid, wenn ich dein Liebesleben durcheinanderbringe, aber wir haben da draußen einen Mörder rumlaufen. Falls du dich erinnerst.«

»Ich hab's nicht vergessen«, knurrte Ben. »Was ist los?«

»Es haben sich ein paar interessante Entwicklungen ergeben. Ich glaube, wir sollten Kriegsrat halten. Kannst du mit Cassie in mein Büro kommen?«

Ben unterdrückte den Impuls, Nein zu sagen. Mit Cassie in seinen Armen, ihr schlanker Körper an ihn gedrückt, fiel es ihm schwer, an irgendwas anderes zu denken.

»Ben?«

Doch die Erinnerung daran, dass der Mörder wusste, wer Cassie war, und eine große Bedrohung für sie darstellte, ließ ihn antworten: »Wir machen uns auf den Weg.«

»Sei vorsichtig auf den Straßen. Ist teuflisch glatt da draußen.«

»In Ordnung.«

Als er auflegte, sagte Cassie trocken: »Ich schätze, wir müssen los?«

»Ja, verdammt.« Ben drückte sie noch einmal an sich und ließ sie dann los. Und man musste nicht übersinnlich sein, um sein Widerstreben zu erkennen. »Matt will mit uns reden. Und wehe ihm, wenn er nichts Wichtiges zu sagen hat.«

Cassie seufzte. »Ich hole meine Jacke.«

»Abby?« Hannah Payne stand in der Tür des Klassenzimmers, in dem Abby die von ihrer Sonntagsschulklasse zurückgelassenen Bücher einsammelte.

»Hi, Hannah. Was ist?«

»Kate und Donna passen während der Predigt auf die Kinder auf, daher hab ich frei. Kann ich irgendwas für dich tun?«

»Mir fällt nichts ein – du könntest höchstens hier zu Ende aufräumen, während ich nach oben gehe und nachschaue, ob die Noten da sind.«

»Klar, mach ich gern.«

»Okay, danke. Wir sehen uns oben.«

Allein in dem Kellerraum, räumte Hannah die Unterrichtsbücher zusammen und verstaute sie im Schrank, stellte dann die Stühle hoch und hob ein Paar Handschuhe auf, die jemand vergessen hatte. Männerhandschuhe, schwarzes Leder, gut verarbeitet. Sie drehte sie in den Händen um, betrachtete sie und überlegte, ob sich Joe, der im nächsten Monat Geburtstag hatte, vielleicht über so ein Paar freuen würde. Er trug zwar für gewöhnlich keine Handschuhe, aber ...

Die Feuchtigkeit, die sie an zwei der Fingerlinge spürte, hinterließ rosa Flecken auf ihrer Hand. Hannah überlief ein beunruhigtes Frösteln. Wahrscheinlich nur Farbe oder ... so was in der Art. Ein Geräusch von der Tür ließ sie mit laut klopfendem Herzen herumfahren.

»Was haben wir denn da?«, fragte er.

»Kein Glück, was?«, fragte Matt.

»Nein, tut mir leid.« Diesmal saßen Cassie und Ben auf dem Ledersofa, und Bishop hatte auf einem der Besucherstühle im Büro des Sheriffs Platz genommen. Cassie hatte ein weiteres Mal versucht, Kontakt mit dem Mörder aufzunehmen, ohne Erfolg.

Matt zuckte die Schultern. »War einen Versuch wert.«

»Ich probiere es später noch mal«, sagte Cassie.

Er nickte. »Tja, wie schon angedeutet, haben wir ein bisschen mehr über den Mörder herausgefunden – glauben wir. Er sammelt Trophäen. Und *vielleicht* hat er Ivy Jameson getötet, weil er wütend auf sie war. Wir haben eine wachsende Liste von Leuten, die Ivy in den Wochen vor ihrem Tod stinksauer gemacht hat, also müssen wir versuchen, die Liste auf eine überschaubare Anzahl zu reduzieren.«

Die Musik in Cassies Kopf machte sie allmählich verrückt, aber sie sagte: »Matt, erinnern Sie sich, was ich Ihnen gestern über Lucy Shaw erzählt habe?«

»Ich erinnere mich. Sie sagte, jemand sei der Teufel.«

»Was halten Sie davon?«

Er hob skeptisch die Augenbrauen. »Ehrlich gesagt, nicht viel. Sie ist reichlich plemplem, Cassie, und das seit mehr als zehn Jahren.«

»Was ist mit ihrem Sohn?«

»Was soll mit ihm sein?«

»Gibt es – hat er irgendwelche Verbindungen zu den Opfern?« Gereizt rieb sie sich die Stirn.

»Russell? Nicht, dass ich wüsste.«

Fast zu sich selbst gewandt, murmelte sie: »Er hatte gestern eine Jacke an, daher konnte ich seine Handgelenke nicht sehen ... doch die Hände könnten hinkommen. Glaube ich.«

Ben beobachtete sie scharf. »Aber du sagtest, du hättest nichts von Lucy aufgefangen, das einen Sinn ergab, außer Kätzchen.«

»Nein, hab ich auch nicht. Es ist nur ein Gefühl.« Stirnrunzelnd erwiderte sie seinen Blick. »Irgendwas ist mir entgangen, das weiß ich. Und an dieser Begegnung mit Lucy und ihrem Sohn war etwas, das mich wirklich beunruhigt. Etwas, das ich sah – oder nicht sah. Oder einfach nicht begriff.«

Ben wandte sich an den Sheriff. »Wer ist ihr Arzt, Matt, weißt du das?«

»Munro, glaube ich. Warum?«

»Wird er in der Kirche sein?«

Matt schüttelte den Kopf. »Nachdem er heute Morgen als Erstes die Autopsie durchgeführt hat, schätze ich, dass er an seinem Schreibtisch sitzt und sich einen Scotch genehmigt. Was soll ich ihn fragen?«

»Ob Russell Shaw je versucht hat, Selbstmord zu begehen.«

Matt spitzte die Lippen und griff dann entschlossen zum Telefon.

Bishop, der am Tag zuvor die Lucy-Shaw-Geschichte gehört hatte, sagte zu Cassie: »Serienmörder sind selten im klinischen Sinne geistesgestört, daher ist es höchst unwahrscheinlich, dass er von seiner Mutter eine Geisteskrankheit geerbt hat.«

»Daran habe ich auch nicht gedacht.«

»Woran denn?«

»Schon seit Ben mir von ihr erzählt hatte, habe ich mich gefragt, was Lucys Krankheit ausgelöst haben könnte. Und nachdem ich ihr begegnet bin, glaube ich nicht, dass sie Alzheimer hat oder Demenz oder so was in der Art. Ich glaube, dass ihr etwas zugestoßen ist, eine Art Schock, der ihren Verstand zerstört hat.«

Ben warf ein: »Wie die Entdeckung, dass sie einen Psychopathen zur Welt gebracht hat?«

»Könnte sein.« Erneut rieb sich Cassie die Stirn.

»Wieder die Musik?«

»Ja, verdammt.«

»Musik?« Bishop beobachtete sie nach wie vor. »Sie hören Musik im Kopf?«

»Ja, aber ich bin noch nicht verrückt geworden, also machen Sie sich keine Hoffnungen.«

Matt legte den Hörer auf. »Der Doc wird in seinen Patientenakten nachschauen. Hat zwar was wegen Vertraulichkeit gegrummelt, ruft aber wieder an, wenn er das findet, wonach wir suchen.«

Bishop sagte zu Cassie: »Wie lange hören Sie die Musik schon?«

»Seit gestern Morgen immer mal wieder.«

»Seit Sie nach dem letzten Kontakt mit dem Mörder aufgewacht sind? Nachdem er sie dabei erwischte?«

Cassie nickte langsam. »Ja. Seitdem.«

Ihr Kopf schmerzte. Irgendwas war über ihren Kopf und ihr Gesicht gestülpt, ein dunkler Stoff. Einen Moment lang stand ihre Furcht, zu ersticken, an vorderster Stelle, doch dann merkte sie, dass ihre Handgelenke hinter ihrem Rücken gefesselt waren. Sie saß auf etwas Kaltem und Hartem, und hinter ihr war ... zögernd streckte sie ihre Finger aus und fühlte so etwas wie ein frei liegendes Rohr, kalt und unmöglich zu verbiegen. Ihre Handgelenke waren auf der anderen Seite des Rohrs zusammengebunden, mit einem Gürtel, glaubte sie. Auch der gab nicht nach, obwohl sie es probierte. Und ...

Sie hörte als Erstes die Musik. Gedämpft durch den Sack über ihrem Kopf, war der klimpernde Klang trotzdem als Spieldose zu erkennen. Und sie spielte ... *Schwanensee*. Dahinter, jenseits der Musik, war noch ein anderes Geräusch zu vernehmen, ein gedämpftes Dröhnen, das sie hätte erkennen müssen, doch es gelang ihr nicht.

All das war ihr kaum klar geworden, als sie ein weiteres Geräusch hörte, das schwache Scharren von Schuhsohlen auf einem rauen Boden, und sie begriff voller Angst, dass sie nicht allein war. Er war da.

Instinktiv, in totaler Panik, zerrte sie an dem Gürtel, der ihre Handgelenke fesselte, fügte sich damit aber nur selber Schmerzen zu. Und lenkte seine Aufmerksamkeit auf sich.

»Oh, du bist also wach, ja?«

»Bitte«, hörte sie sich zitternd sagen. »Bitte tun Sie mir nicht weh. Tun Sie ...«

Der Sack wurde ihr vom Kopf gerissen, und sie blinzelte in der plötzlichen Helligkeit. Zuerst sah sie nur nackte Glühbirnen von der Decke hängen und, auf der anderen Seite des

Raumes, eine sperrige Maschinerie mit einem kleinen Glasfester, hinter dem ein Feuer brannte.

Ein Feuer?

»Ich bin so froh, dass du wach bist.« Seine Stimme klang unangemessen fröhlich.

Sie blickte zu ihm auf, konzentrierte sich auf sein Gesicht und empfand nichts als verständnislose Überraschung. »Du?«

»Ich liebe diesen ersten Augenblick des Erstaunens«, sagte er, beugte sich dann herab und schlug ihr brutal mit der flachen, großen Hand ins Gesicht. »Und den ersten Augenblick der Angst.«

»Könnte die Musik von ihm kommen?«, fragte Bishop.

»Er ist kein Paragnost, noch nicht«, widersprach Cassie. »Wie kann er mir dann etwas senden?«

»Vielleicht sendet er sie nicht. Vielleicht hat er sie sich in den Kopf gesetzt – wie sich andere Menschen in Gedanken einen Reim vorsagen oder zählen oder rechnen –, um etwas abzublocken. Sie. Vielleicht haben Sie die ganze Zeit seinen Verstand berührt, und er kämpft darum, Sie fernzuhalten.«

»Ist das möglich?«, fragte Ben sie.

»Ich weiß es nicht. Mag durchaus sein. Es könnte eine geschickte Möglichkeit sein, mich ohne viel Aufwand fernzuhalten, mich mit Musik abzulenken.«

Matt fragte: »Heißt das, Sie könnten jetzt vielleicht durchdringen?«

»Ich kann es versuchen.«

Sie probierte es, aber das Wissen, dass der Mörder diese endlose Melodie verwenden könnte, um sie abzulenken, half überhaupt nicht. »Er hat solide Schutzschilde«, sagte sie, als sie die Augen mit einem Seufzer öffnete. »Ich verstehe das nicht. Es gibt keine Möglichkeit, dass er die so rasch errichten konnte, nicht um sich vor einer erst kürzlich wahrgenommenen Bedrohung zu schützen. Und er hat sie vorher nicht gehabt, sonst hätte ich keine so tiefe Verbindung mit ihm aufnehmen können.«

In dem Moment klingelte das Telefon, und Matt nahm rasch ab. Er sagte Hallo und dann ein paarmal »Ja«, wobei er die Augen zusammenzog. Es war ein kurzes Gespräch, und als er nach einem knappen Danke einhängte, war sein Gesicht grimmig.

»Was ist?«, wollte Ben wissen.

»Russell Shaw hat nie versucht, Selbstmord zu begehen, soweit Doc Munro weiß.«

»Aber?«, fragte Ben, der das Wort im Tonfall seines Freundes vernommen hatte.

»Aber sein Sohn hat es getan. Mike Shaw hat sich anscheinend vor zwölf Jahren die Pulsadern aufgeschnitten, als er erst vierzehn war.«

»Sein Sohn?«, wiederholte Cassie. »Lucys Enkel?«

»Ja. Die Mutter starb bei Mikes Geburt. Russell und Lucy haben ihn großgezogen. Er hat bis vor etwa einem Jahr bei ihnen gewohnt und ist dann in einen dieser Schuppen bei der alten Mühle gezogen, etwa eine Meile außerhalb der Stadt.«

»Ist es möglich, dass ich ihm begegnet bin?«, fragte Cassie, an Ben gewandt.

Grimmig erwiderte er: »Durchaus, obwohl du vermutlich kaum darauf geachtet hast. Mike Shaw hat als Thekenmann die Morgenschicht im Drugstore.«

»Ich bin ihm begegnet«, sagte Bishop. »Er schien ein makaberes Interesse an den Morden zu haben.«

»Sonntags wird er freihaben«, sinnierte Cassie, der eingefallen war, dass der Drugstore sonntags geschlossen war.

»Und noch an einem anderen Tag.« Ben blickte zu Matt. »Lässt sich herausfinden, ob Mike am Freitag um die Zeit, als das Ramsay-Mädchen verschwand, freihatte?«

»Ja, ganz einfach, sobald der Gottesdienst beendet ist und sein Chef nach Hause kommt, aber ...« Matt wühlte in den Aktendeckeln auf seinem Schreibtisch und zog einen heraus. »Ich meine mich zu erinnern ... oh, Mist. Bingo.«

»Was ist?«, fragte Ben drängend.

»Mike Shaw ist einer derjenigen, die laut der Mutter eine Auseinandersetzung mit Ivy Jameson hatten, ein paar Tage bevor sie ermordet wurde. Anscheinend hat sie im Drugstore gegessen und war mit Mikes Kochkünsten unzufrieden. Hat ihn in Stücke gerissen – wie nur Ivy das konnte –, vor seinem Chef und einer ganze Reihe Kunden.«

Bishop sagte: »Das hat ihn vermutlich ganz schön wütend gemacht.«

»Er hat das richtige Alter«, bemerkte Ben. »Und besitzt genügend Körperkraft.« Matt runzelte die Stirn. »Angenommen, wir finden heraus, dass er Freitag freihatte. Reicht uns das, um seinen Schuppen zu durchsuchen? Wird Richter Hayes den Durchsuchungsbefehl unterzeichnen, Ben?«

»In diesem Fall? Ja«, sage Ben. »Er wird ihn unterzeichnen.«

»Mike, warum machst du das?« Sie bemühte sich, in möglichst gleichmäßigem Ton zu sprechen, obwohl sie in ihrem Leben noch nie so viel Angst gehabt hatte.

Er schnalzte mit der Zunge und schüttelte den Kopf. »Weil ich es kann, natürlich. Weil ich es will.« Seine Aufmerksamkeit wurde von der Spieldose abgelenkt, die langsamer wurde, und er ging rasch über den Betonboden zu dem schweren alten Tisch, auf dem die Spieldose stand. Er hob sie hoch, zog sie auf und stellte sie wieder auf den Tisch. »Na, siehst du«, murmelte er zu sich gewandt.

Etwas von ihr entfernt stand ein altes Eisenbettgestell an einer Schlackensteinwand, und sie blickte mit wachsender Furcht dorthin. Er würde doch wohl nicht ... »Mike ...«

»Ich will, dass du jetzt den Mund hältst.« Sein Ton war freundlich. »Halt einfach die Klappe und schau zu.« Er öffnete einen abgeschabten Ledersack, der ebenfalls auf dem Tisch lag, und nahm Gegenstände heraus.

Ein Schlachtermesser.

Ein Beil.

Eine Bohrmaschine.

»Oh Gott«, flüsterte sie.

»Ich frag mich, ob es hier unten eine Steckdose gibt«, murmelte er und blickte sich mit finsterem Gesicht um. »Verdammt. Das hätte ich überprüfen sollen.«

»Mike ...«

»Oh, schau mal – da ist ja eine Steckdose.« Er drehte den Kopf und lächelte sie an. »Direkt hinter dir.«

Matts Gegensprechanlage summte, und er drückte ungeduldig auf den Knopf. »Ja?«

»Sheriff, da ist eine Dame namens Hannah Payne für Sie in der Leitung«, sagte Sharon Watkins. »Sie sagte, es sei wichtig, und – ich denke, Sie sollten besser mit ihr sprechen.«

Sharon hatte im Department mehr Erfahrung als er, daher neigte Matt dazu, ihre Einschätzungen zu respektieren. »In Ordnung.«

»Leitung vier.«

»Danke, Sharon.« Er drückte auf die entsprechende Leitung und schaltete die Freisprechfunktion ein. »Sheriff Dunbar. Sie wollten mich sprechen, Miss Payne?«

»Oh – ja, Sheriff.« Ihre Stimme war jung und unsicher und auch sehr verängstigt.

Matt schlug bewusst einen sanfteren Ton an. »Weswegen denn, Miss Payne?«

»Na ja, wegen ... Joe kam ins Klassenzimmer, als ich sie fand, und er sagt, ich solle Sie besser nicht damit belästigen, weil doch Sonntag ist, aber ich mache mir solche Sorgen, Sheriff! Sie lagen einfach da, im Klassenzimmer, als hätte er sie vergessen, und ich glaube, da ist Blut dran – und jetzt ist sie verschwunden!«

Geduldig sagte Matt: »Fangen Sie von vorn an, Miss Payne. Wo sind Sie, und was haben Sie gefunden?«

»Oh, ich bin in der Kirche, Sheriff – Oak Creek Baptist. Und ich habe ein Paar schwarze Handschuhe in einem der Sonntagsschulzimmer gefunden. Männerhandschuhe, und ich glaube, da ist Blut dran, weil sie ganz feucht sind und rosa auf meine Hände abgefärbt haben.«

Anspannung schlich sich in Matts Stimme. »Verstehe. Ist in den Handschuhen ein Etikett, Miss Payne? Haben Sie eine Ahnung, wem sie gehören könnten?«

»Also, das ist ja der Grund, warum ich mir Sorgen mache. Weil die Initialen da drauf MS lauten, ganz ordentlich gestickt, wie Miss Lucy das macht, und er gehört zu ihrer

Sonntagsschulklasse, daher muss es Mike sein. Aber er ist nicht oben beim Gottesdienst, da hab ich nachgeschaut. Und sie ist auch fort, wo sie doch die Orgel spielen sollte, und ich weiß, sie wäre nicht einfach so gegangen, ohne jemand anderen zu bitten, an ihrer Stelle zu spielen, nicht nachdem sie mir gesagt hat, dass sie nach den Noten schauen wollte …«

»Hannah.« Matts Stimme war drängend. »Wer ist fort? Von wem sprechen Sie?«

»Abby. Mrs Montgomery.«

19

Weißt du, du hättest wirklich nicht so gemein zu mir sein sollen, Abby«, sagte Mike sanft.

»Gemein zu dir? Mike, wann war ich je gemein zu dir?« Abby konnte nicht klar denken, wusste nur, dass sie ihn dazu bringen musste, weiterzureden, um ihn hinzuhalten und das Unvermeidliche hinauszuschieben. Sie hatte keine Ahnung, wie spät es war, wie lange es noch dauerte, bis Matt sie an der Kirche abholen kam und bemerkte, dass sie nicht da war. Wie konnte er sie hier finden – wo auch immer das war? Ein Keller, dachte sie, aber wo lag der? Ihr fiel nichts Bekanntes auf, sie konnte nichts sehen oder hören, was ihr verriet, welches Gebäude sich über diesem düsteren und modrig riechenden Raum erhob.

»Dieser Kredit.« Er griff nach dem Schlachtermesser und hielt es mit der Spitze nach oben, betrachtete die schimmernde Klinge. »Der Kredit, den ich vor Weihnachten für diesen coolen fünfundneunziger Mustang brauchte. Du hättest mir das Geld wirklich geben sollen, Abby.«

Sie machte sich nicht die Mühe, ihm die Sache mit dem Einkommen und den Rückzahlraten zu erklären. Stattdessen sagte sie mit fester Stimme: »Es tut mir leid, Mike.«

»Ja, das tut es bestimmt. Jetzt.«

Sie schluckte schwer, beinahe hypnotisiert davon, wie er die Klinge des Schlachtermessers hin und her drehte. *Rede weiter. Rede einfach weiter.* »Was ist mit Jill Kirkwood? Auf welche Weise war die gemein zu dir, Mike?«

»Sie hat mich ausgelacht. Sie und Becky haben mich beide ausgelacht. Ich hab sie gesehen.« Er legte das Messer kurz ab, um die Spieldose erneut aufzuziehen, griff dann wieder nach dem Messer und betrachtete es stirnrunzelnd.

»Woher weißt du, dass sie dich gemeint haben, Mike?«

Sein Kopf fuhr mit der Geschwindigkeit einer zuschnappenden Kobra herum, und sein junges, freundliches Gesicht war zu einer hässlichen Maske verbitterten Hasses verzerrt. »Hörst du nicht gut? Ich habe sie *gesehen.* Die Köpfe zusammengesteckt und kichernd. Natürlich haben sie mich gemeint. Haben mich ausgelacht. Aber jetzt lachen sie nicht mehr, stimmt's, Abby? Und ich wette, du wünschst dir jetzt, dass du mir den Kredit gegeben hättest, nicht wahr, Abby?«

»Ja«, flüsterte sie. »Ja, Mike, das tue ich.«

Matts Angst war mit Händen zu greifen, und es war fast unmöglich für Cassie, seine Gefühle auszuschließen. Sie versuchte es dennoch.

»Musik«, murmelte sie mit geschlossenen Augen. »Ich bekomme immer wieder Blitze von einer Spieldose. Ich glaube, er lässt sie laufen, aber … verdammt. *Verdammt.* Ich komme nicht durch.«

»Gott im Himmel«, stöhnte Matt.

»Kannst du Abby erreichen?«, fragte Ben leise.

»Nicht bei ihren Mauern.«

»Selbst jetzt?«

»Vor allem jetzt. Sie sind über Jahre errichtet worden, über ein ganzes Leben, dazu gedacht, den Verstand und den Geist zu beschützen, daher zieht man sich noch tiefer dahinter zurück, wenn man in Schwierigkeiten ist. Verdammt. Wenn ich doch nur einen Weg an der Musik vorbei finden könnte ...«

Bishop mischte sich ein. »Versuchen Sie nicht, daran vorbeizukommen. Lassen Sie sich von ihr hineintragen. Konzentrieren Sie sich auf die Spieldose.«

Sie öffnete die Augen, starrte ihn einen Moment lang an, schloss sie dann wieder und konzentrierte sich aufs Äußerste. »Die Musik ... die Musik ... die Spieldose ... ich kann sie sehen. Zwei Tänzer wirbeln umeinander herum, drehen sich im Kreis ...«

Abby blickte auf die Spieldose, weil es sie zu sehr beängstigte, auf das Messer in seiner Hand zu schauen. Es war eine dieser billigen kleinen Spieldosen, die man gern kleinen Mädchen schenkte. Pappe, mit rosa Kräuselpapier überzogen, schmutzig und verblichen. Der Deckel hatte auf der Innenseite einen Spiegel, der an mindestens drei Stellen zerbrochen war. In der Schachtel, zwischen zwei mit Samt ausgeschlagenen, herausnehmbaren Tabletts, wirbelten und hüpften zwei winzige Ballettfigürchen ruckhaft umeinander, begleitet von der klimpernden Musik.

Schwanensee, dachte sie. Schwanengesang. War Mike clever genug für so etwas? Sie glaubte nicht. Die Spieldose war vermutlich nur etwas aus seiner Kindheit, dessen Bedeutung sie nie erfahren würde ...

Matt, wo bist du?

»Ich finde, wir haben genug geredet«, sagte Mike und drehte sich mit einem Lächeln zu ihr um.

Abby schluckte. »Die Spieldose, Mike. Sie wird wieder langsamer.«

Er blickte über die Schulter, wandte sich dann ab und griff nach der Spieldose. »Das darf nicht passieren«, murmelte er. »Die Musik darf nicht aufhören.«

Cassie runzelte die Stirn. »Die Musik darf nicht aufhören. Er kann nicht zulassen, dass die Musik aufhört. Er will, dass sie die Musik hört, ihr zuhört, weil ... weil sie dann ... weil er ... mich nicht reinlassen will. Das ist es. Er lässt die Musik laufen, um mich auszuschließen. Aber ich kann ihn jetzt spüren. Ich kann seinen Herzschlag spüren ...«

Ben sagte: »Cassie? Kannst du sehen, was er sieht? Kannst du sehen, wo er ist?«

Sie neigte den Kopf ein wenig, als hörte sie zu, und sagte dann: »Er ist immer noch in der Kirche. Der alte Heizungsraum im Tiefkeller. Der ist schalldicht, und er weiß, dass sie dort keiner suchen wird, vor allem, da er mich ausgeschlossen hat ...«

»Die Kirche ist fünf Minuten entfernt.« Matt war aufgesprungen und schoss zur Tür, noch während Cassies Stimme verklang, mit Bishop dicht auf den Fersen, der im Hinausrennen Ben zuzischte: »Holen Sie sie da raus, sofort.«

Ben nickte, hielt den Blick aber weiter auf Cassies bleiches Gesicht gerichtet. »Cassie? Ich möchte, dass du zu mir zurückkommst, Liebes.«

»Ich will nicht ... Abby ist so allein ...«

»Cassie, du kannst ihr jetzt nicht helfen. Komm zurück.«

»Aber ... er macht sich bereit. Er hatte keine Zeit, das Bettgestell fertig zu machen, als er es heute Morgen da runtergebracht hat. Daher macht er es jetzt. Befestigt die Stricke für ihre Handgelenke und Fußgelenke am Rahmen. Er will lange und ausführlich mit ihr spielen.«

Ben wusste, dass die Zeit knapp wurde, für Abby und für Cassie, doch er musste sie fragen: »Hat er ihr schon etwas angetan? Hat er Abby wehgetan?«

»Er hat sie niedergeschlagen, damit niemand merkte, dass er sie sich geschnappt hatte. Aber jetzt ist sie wach. Sie versucht mit ihm zu reden, ihn zur Vernunft zu bringen. Ihm ist das egal, weil er glaubt, alle Zeit der Welt zu haben. Aber er wird ... erregter. Er sieht gern dabei zu, wie sie versucht, sich zu retten. Er fragt sich, ob ... ob sie so schreien wird wie die letzte Schlampe. Das hat ihm gefallen ...« Ihre Stimme verklang, und sie keuchte.

»Was ist, Cassie? Was siehst du?«

»Ich sehe es nicht. Ich fühle es. Seine Stiefel sind zu eng. Sie sind immer noch zu eng.« Cassie schaute verblüfft. »Warum zieht er sie nicht aus?« Sie verstummte, zog die Brauen zusammen.

»Cassie? Das reicht, Cassie. Du musst aus seinem Kopf verschwinden. Du musst zu mir zurückkommen.«

Kurz sah es so aus, als würde Cassie sich weiterhin seiner Aufforderung widersetzen, aber dann entspannten sich ihre straffen Muskeln. Einen Augenblick später öffnete sie langsam die Augen und wandte ihren Kopf noch langsamer Ben zu. »Matt sollte sich besser beeilen«, flüsterte sie.

Ben zog sie in die Arme, spürte, wie sie zitternd gegen ihn sank. »Er wird es rechtzeitig schaffen«, sagte er und wünschte, er könnte sich dessen so sicher sein, wie er klang.

Der Streifenwagen schlidderte auf zwei Rädern um die Kurve. Bishop klammerte sich fest, bis alle vier Räder wieder auf der Straße waren, und machte sich daran, seine Waffe zu überprüfen.

»Wie viele Türen?«, fragte er.

»Nur eine.«

Die Stimme des Sheriffs kündete von einer Ruhe, die gefährlicher war als Nitroglyzerin in einem Pappbecher, und Bishop warf ihm einen kurzen, abschätzenden Blick zu. »Fenster?«

»Keine. Es ist ein Tiefkeller. Hinein kommt man nur durch eine schwere Holztür am Fuß einer Holztreppe, die vom oberen Kellergeschoss hinunterführt.«

»Kann die Tür verschlossen werden?«

»Nicht von innen. Wegen des alten Heizkessels in dem Raum wäre das ein Sicherheitsrisiko. Außer das Schwein hat selbst ein Schloss angebracht.«

»Ich würde nur ungern davon ausgehen, dass er das nicht getan hat«, sagte Bishop.

»Dann tun wir es nicht. Wir gehen davon aus, dass er die Tür von innen verschlossen oder blockiert hat. Was bedeutet, wir haben einen Schuss – und nur diesen einen –, um ihn zu überraschen. Wenn wir beim ersten Mal nicht durchkommen, weiß er, dass wir da draußen sind, und hat Zeit, Abby ein Messer an die Kehle zu setzen.«

Falls er das nicht schon getan hat. Aber das sprach Bishop natürlich nicht laut aus.

Er benutzte das Schlachtermesser, um die Stricke von einem dicken Knäuel abzuschneiden, und legte dann das Messer neben die Spieldose auf den Tisch. Er hatte mehrere Minuten gebraucht, aber jetzt war das Bettgestell fertig, mit den Stricken am Kopf- und Fußteil, um ihre Handgelenke und Fußgelenke zu fesseln. Während er arbeitete, hatte er mehrmals die Spieldose aufgezogen und durch die Unterbrechungen kein einziges Mal die Geduld verloren.

Diese Zielstrebigkeit verängstige Abby mehr als alles andere.

Matt, wo bist du?

Sie hatte nach besten Kräften versucht, den um ihre Handgelenke geschlungenen Gürtel zu lockern, sich dabei aber wieder nur selber verletzt. Das Rohr hinter ihr war fest an der Mauer verschraubt, führte in den Betonboden, und Gott allein wusste, wie tief in die Erde darunter. Es gab keine Möglichkeit für sie, sich zu befreien.

Mike zog die Spieldose erneut auf. Er nahm das Schlachtermesser in die Hand, musterte es kurz, legte es neben die Spieldose und kam auf Abby zu.

»Tu mir …«

Ohne auf ihr ersticktes Flehen zu achten, hockte er sich neben sie und griff um ihre Handgelenke herum. Einen Moment lang wurde der Gürtel so eng, dass es fast unerträglich war, dann lockerte er sich abrupt. Abby wusste sofort, dass sie nach wie vor hilflos war. Als das Blut in ihre tauben Finger zurückströmte, kribbelten und pochten sie und waren praktisch unbrauchbar. Und als Mike sie an den Armen packte und mit furchtbarer Kraft hochzog, gaben ihre Knie nach, und sie sackte gegen ihn.

»Mike, tu mir bitte nicht weh.« Ihre Stimme zitterte vor Angst, und der Klang ihrer lähmenden Furcht rief die Erinnerung daran wach, wie sie vor Garys strafender Faust gekauert und ihn angefleht hatte, aufzuhören, ihr nicht mehr wehzutun.

Niemand war damals zu ihrer Rettung gekommen.

Niemand würde jetzt zu ihrer Rettung kommen.

Als Mike sie zum Bett zu schleifen begann, fand Abby die Kraft, sich zusammenzureißen und gegen ihn zur Wehr zu setzen. »Nein! Verdammt noch mal, so leicht werde ich's dir nicht machen!«

Sie erwischte ihn unverhofft und konnte ihm einen ausholenden Boxhieb versetzen, der ihn tatsächlich am Kinn traf und seinen Kopf nach hinten rucken ließ. Eine Sekunde lang lockerte sich sein Griff, und Abby riss sich los.

Sie schaffte zwei stolpernde Schritte, bis sie spürte, wie sich seine Hände von hinten um ihre Kehle schlossen, spürte, wie sie gegen die solide Wand seiner Brustmuskeln prallte.

»Schlampe«, knurrte er und packte fester zu. »Du beschissene Schlampe! Ich werd's dir zeigen. Ich werd's dir zeigen …«

Ihre Finger zerrten verzweifelt an seinen Händen, versuchten vergeblich, sie zu lockern. Schwärze umwölkte ihr Blickfeld, und sie sank wieder gegen ihn, als ihre neu erwachte Kraft sie ebenso schnell wieder verließ.

»Ich sah, wie er Sie tötete, Abby. Ich konnte sein Gesicht nicht erkennen, und ich weiß nicht, wer er ist, aber er war

außer sich vor Wut, er fluchte und hatte seine Hände um Ihre Kehle geschlossen.«

Oh Gott. Alexandra hatte schließlich recht behalten. Das Schicksal ließ sich nicht ändern ...

Es war sehr still, als sie die schwere Eichentür erreichten, und das Licht aus dem Kellergeschoss darüber erhellte die Holztreppe hinter ihnen kaum. Matt nahm selbst das leiseste Knarren unter den Stiefeln des Deputys wahr, der sich ein paar Stufen hinter ihm und Bishop befand. Seine Befürchtungen auf das gerichtet, was dahinterlag, schloss Matt die Finger um den Türknauf und drehte ihn langsam. Aber als er sich an die unverschlossene Tür lehnte, gab sie nicht nach. Immer noch mit langsamen Bewegungen, trotz aller in ihm aufschreienden Instinkte, zog er sich zurück.

Bishop bückte sich und untersuchte die Tür mit einem Ministablicht. »Sieht aus, als wäre innen ein neuer Riegel angebracht worden«, flüsterte er.

Matt betrachtete die Flinte, die der Agent in der Hand hielt, und bemühte sich, seine würgende Furcht zu überwinden. »Dann müssen wir uns den Weg frei schießen.«

»Wenn wir schnell genug sind, sollten wir durch die Überraschung ein paar Sekunden gewinnen, bevor er handeln kann.«

Ein paar Sekunden. Großer Gott.

Matt zog den Sicherungsbügel seiner Pistole zurück und machte sich bereit. »Sie schießen die Tür auf, und ich gehe als Erster rein.«

Sie veränderten ihre Position, und Bishop zielte. »Fertig?«

»Los.«

Das plötzliche Donnern der Flinte war ohrenbetäubend. Bishop ließ ihm einen kräftigen Tritt gegen die Tür folgen, und sie krachte auf.

Matt stürmte hinein, während er noch die Szene im Inneren des Raumes registrierte und sah, dass sich seine schlimmsten Ängste bewahrheitet hatten.

In der Mitte des Raumes war Abby gegen Mike Shaw gesunken, und seine kräftigen Hände umschlossen ihre Kehle. Ihre Hände hingen schlaff herunter, und ihre Knie knickten ein, als er das Leben aus ihr herausquetschte.

Mit einem tierischen Brüllen, das tief aus ihm aufstieg, überwand Matt die kurze Entfernung, die ihn von Abby trennte. Sein wilder Blick war auf sie gerichtet, aber er sah, wie sich Mike umdrehte, sein junges Gesicht zu einer Maske des Hasses verzerrt.

Matt zögerte nicht.

Er schwang die Pistole und knallte sie gegen Mikes Nasenbein. Augenblicklich ließen dessen Finger Abby los und krallten sich in sein Gesicht. Und noch bevor er mehr tun konnte, als einzuatmen und einen Schmerzensschrei auszustoßen, trat ihm Matt gegen die Kniekehle, und Mike krachte zu Boden.

Matt überließ ihn Bishop und den Deputys. Er sank neben Abbys schlaffem Körper auf den Boden, nahm sie in die Arme und merkte, wie er zu zittern begann.

»Abby? Schatz, bitte …«

Zuerst glaubte Abby, alles sei vorbei. Doch dann hörte sie einen gewaltigen Lärm, nahm verschwommen wahr, dass Mike hinter ihr zusammenzuckte, dass seine Hände fast krampfhaft fester zupackten. Sie bekam keine Luft mehr, die Schwärze füllte alles aus, und sie fiel.

»Abby ... *Abby!* Schatz, mach die Augen auf. Schau mich an, Abby! Schau mich ...«

Matts Stimme.

Sie versuchte zu schlucken und merkte, dass ihre Kehle furchtbar schmerzte. Versuchte die Augen zu öffnen und musste gegen das Gewicht ankämpfen, das darauf drückte. Er hielt sie in seinen Armen, sein Gesichtsausdruck so erbittert, dass es sie bei jedem anderen Mann verängstigt hätte. Aber Matt anzulächeln fiel Abby leicht.

»Hallo«, flüsterte sie heiser.

Er stöhnte und zog sie noch enger an sich, und über seiner Schulter sah Abby den am Boden liegenden Mike, der ununterbrochen fluchte, während ihm einer von Matts Deputys Handschellen anlegte. Mikes Nase blutete.

Bishop stand neben dem Tisch, betrachtete die inzwischen verstummte Spieldose und das Schlachtermesser, von dem Mike zu viele Schritte entfernt gewesen war. Der Agent hielt eine Flinte in der Hand, was das Explosionsgeräusch erklärte, an das sich Abby verschwommen erinnerte. Damit hatten sie wohl auf die Tür geschossen – und Mike lange genug abgelenkt, um in den Raum zu kommen.

Rettung in letzter Minute.

Abby gelang es, ihre Arme um Matts Hals zu legen und zu flüstern: »Na, so was. Diesmal ist jemand gekommen.«

»Das wirklich Unerwartete ist«, sagte Ben, als er am nächsten Nachmittag den Hörer auflegte, »dass Hannah Payne wahrscheinlich sowohl ihr eigenes Leben als auch das von Abby gerettet hat. Matt sagt, sie hätten in Mike Shaws Schuppen Polaroids gefunden – von allen Opfern vor und nach der Tat. Und er hatte auch welche von Abby und von Hannah. Sie sollte also die Nächste sein. Sie erzählte Matt, dass sie neulich einen gruseligen Anruf bekommen hätte, genau wie Abby. Abby glaubte, bei ihr sei es Gary gewesen, aber er hat geschworen, dass er es nicht war.«

»Bevor oder nachdem Matt ihm eine geknallt hat?«

Ben lachte leise. »Danach, glaube ich. Gary Montgomery wirkt ziemlich kleinlaut, würde ich sagen. Matt hat sehr deutlich gemacht, dass Gary, sollte Abby in den nächsten dreißig oder vierzig Jahren auch nur einen Niednagel bekommen, ein toter Mann ist. Und angesichts der Tatsache, dass Matt kurz vor dem Durchdrehen war, nachdem er sie beinahe durch einen Serienmörder verloren hätte, bezweifle ich nicht, dass ihm Gary jedes Wort geglaubt hat.«

»Ich auch nicht.«

Ben setzte sich neben sie auf das Sofa und schüttelte den Kopf. »Ich kann's immer noch nicht fassen. Mike Shaw, ein Serienmörder. Himmel, er war einer meiner Wahlkampfhelfer.«

»Hat er schon irgendwas gesagt?«

»Nicht viel. Und da die Pflichtverteidigerin der County bereits angekündigt hat, sie würde eher zurücktreten, bevor sie ihn als Mandanten annimmt, und sein Vater sich weigert, ihm einen anderen Anwalt zu stellen – nicht, dass sich jemand schon dafür gemeldet hätte –, ist das mit den Verhören ein bisschen schwierig.«

»Wie werdet ihr das lösen?«

»Wir werden jemanden von außerhalb der County suchen, der nach dem Prozess nicht hier leben muss. Richter Hayes hat bereits ein paar gute Anwälte angerufen, und einer davon wird den Fall bestimmt übernehmen – schon allein wegen des zweifelhaften Ruhmes. Andererseits, wenn die überregionalen Zeitungen erst mal die Nachricht aufnehmen, melden sich bestimmt ein paar Staranwälte von außerhalb des Bundesstaates, die ihre Seele für diesen Fall verkaufen würden.«

»Aber du übernimmst die Anklage?«

»Darauf kannst du wetten. Sein Anwalt wird für eine Verlegung des Verhandlungsortes plädieren, aber egal, wo dieser Fall verhandelt wird, ich übernehme die Anklage.«

»Gut. Hast du irgendwas von Bishop gehört?«

»Matt sagt, er würde noch eine Weile hierbleiben. Stellt sein Fachwissen beim Sicherstellen und Auflisten aller Beweise zur Verfügung, die sie in Mikes Haus finden.« Ben hielt inne und setzte dann bedächtig hinzu: »Was natürlich nichts mit dir zu tun hat. Sein Hierbleiben, meine ich.«

Cassie lächelte schwach. »Nicht das Geringste.«

Er musterte sie. »Ja, ja.«

»Musst du heute nicht ins Gericht? Ich meine, ein Bezirksstaatsanwalt hat sicherlich einen gewissen Spielraum, aber die meisten arbeiten am Montag, dachte ich.«

»Ich nehme mir ein paar wohlverdiente freie Tage, bevor ich mit der Arbeit an dem größten Fall beginne, den diese

County je gesehen hat. Das Rechtssystem wird nicht zusammenbrechen, wenn ich mal nicht da bin.«

Nachdenklich meinte Cassie: »Verstehe. Was natürlich überhaupt nichts mit mir zu tun hat.«

»Es liegt an Max. Ich kann es nicht ertragen, von ihm getrennt zu sein.«

Sie blickte zu dem Hund, der leise auf seinem Läufer neben dem Kamin schnarchte. »Ja, er ist offensichtlich sehr anhänglich.«

Ben grinste sie an. »Na gut, na gut. Wir wissen beide, dass das auf dich nicht zutrifft. Und ich weiß, dass du nicht mehr in Gefahr bist, nicht mal durch Spinneranrufe, da der Bürgermeister inzwischen bereit ist, dir den Schlüssel der Stadt zu überreichen, nachdem Matt ihm klargemacht hat, dass du Abbys Leben gerettet und ihm geholfen hast, den Mörder zu fassen.«

»Ich hoffe, du teilst Seiner Ehren mit, dass ich den Schlüssel nicht haben will.« Sie fühlte sich unwohl bei dieser Vorstellung und auch bei der wachsenden Gewissheit, dass Ben irgendwas im Sinn hatte. »Ich bin froh, dass ich am Ende helfen konnte, aber nichts hat sich wirklich verändert, Ben.«

»Nein?« Jetzt war er ernst, wachsam.

»Nein. Ich bin kein Teil dieser Stadt. Ich bin wegen des Friedens und der Ruhe hier heraus gezogen, genau wie meine Tante.« Cassie zuckte die Schultern. »Sie hat es geschafft, zwanzig Jahre hier zu leben, ohne sich zu engagieren, und das werde ich auch tun.«

»Du hast dich bereits engagiert, Cassie. Du hast etwas getan, was Alexandra nie tat – hast dich für die Menschen hier in Gefahr gebracht.«

»Mir blieb schließlich kaum eine andere Wahl. Das weißt du.«

»Du hattest die Wahl. Du hättest weglaufen, dem ganzen Problem aus dem Weg gehen und es uns überlassen können, Mike zu schnappen. Aber du bist geblieben und hast geholfen.«

Sie holte Luft. »Du weißt aber auch, dass es ein … ein außergewöhnliches Ereignis war, vermutlich ein einmaliges für diese Stadt. Es wird nicht wieder passieren.«

»Du hast also vor, dich hier draußen zu vergraben? Nur in die Stadt zu kommen, wenn es sein muss? Alexandras Platz als Stadtexzentrikerin einzunehmen?«

»Es gibt schlimmere Schicksale«, murmelte sie.

»Was ist mit uns, Cassie?«

Sie wandte den Kopf zum Feuer, das sie entzündet hatten, weil es ein kalter Tag mit gelegentlichen Schneeschauern war, und dachte erneut an die Prophezeiung ihrer Tante über Abbys endgültiges Schicksal.

Alex hatte sich geirrt, oder das Wissen darum hatte Abby irgendwie befähigt, das zu ändern, was sonst hätte passieren können.

Sie könnte sich auch bei Ben geirrt haben. Und Cassie könnte sich geirrt haben, als sie ihr eigenes Schicksal gesehen hatte. Zumindest bestand diese Möglichkeit.

Nicht wahr?

»Cassie?«

Sie hatte Angst davor, ihn anzuschauen. »Ich weiß es nicht. Ich schätze, ich hatte angenommen, dass es noch … noch eine Weile weiterlaufen würde. Bis du meiner überdrüssig bist.«

»Überdrüssig? Er legte ihr die Hände auf die Schultern

und drehte sie zu sich herum. »Cassie, hast du den Eindruck, dass es sich hier nur um eine Affäre handelt?«

Sie starrte ihn an. »Was könnte es sonst sein?«

»Etwas sehr viel Dauerhafteres.« Er berührte ihr Gesicht mit sanften Fingern, strich eine Strähne seidigen schwarzen Haars zurück. »Hoffe ich.« Von allen Möglichkeiten, die ihr durch den Kopf gegangen sein mochten, war ihr diese nie eingefallen – und Cassie war mehr als überrascht, dass sie ihm in den Sinn gekommen war. Langsam sagte sie: »Ich glaube, es ist ein bisschen zu früh, über etwas Dauerhaftes zu reden, findest du nicht? Ich meine, wir haben doch beide nicht nach einer Bindung gesucht.«

»Vielleicht nicht, aber …«

»Ben, du weißt, dass es da kein Vielleicht gibt. Ich bin die meiste Zeit meines Lebens vor Menschen ... zurückgescheut, und es ist offensichtlich, dass du nicht für eine Langzeitbindung bereit bist.«

»Woher willst du das wissen?« Dann ging es ihm auf. »Oh. Meine Mauern.«

Man sah ihm an, dass es ihn verstörte, daran erinnert zu werden, und Cassie setzte ein reumütiges Lächeln auf. »Wir sind immer noch dabei, einander zu erforschen, lernen immer noch, einander zu vertrauen. Lassen wir uns Zeit, Ben, okay? Zeit ohne ... äußeren Druck wie Serienmörder, die uns auf etwas zu stoßen, für das wir nicht bereit sind. Es hat doch keine Eile, oder?«

»Vermutlich nicht.« Er zog sie in die Arme, lächelte, aber mit etwas wie einem Stirnrunzeln im Blick. »Solange du nicht vorhast, mich in nächster Zeit aus deinem Bett zu verbannen.«

»Das«, sagte Cassie und ließ ihre Arme um seinen Hals gleiten, »war niemals Teil des Plans.«

Es war schon dunkel, als Ben im vom Lampenschein erhellten Schlafzimmer aufwachte und merkte, dass er allein war. Er zog sich an, ging nach unten und fand Cassie im Wohnzimmer. Der Geruch von etwas Leckerem auf dem Herd wehte aus der Küche herein, und sie war damit beschäftigt, Papierstapel und Tagebücher zu verpacken, die einige Tage auf dem Couchtisch gelegen hatten.

Er blieb einen Moment im Türrahmen stehen, um sie zu beobachten, und bemerkte, wie sich seine Brust zusammenzog und sein Magen sich verkrampfte. Hatte er einen Fehler gemacht? Sein gesunder Menschenverstand hatte ihm geraten, zu warten, keine Forderungen zu stellen, doch andere Instinkte hatten darauf bestanden, dass Cassie erfuhr, was er empfand.

Ben glaubte, dass sie ihn mochte. Er glaubte, dass sie, angesichts ihrer Vergangenheit und dem fast pathologischen Widerstreben, auch nur den flüchtigsten körperlichen Kontakt zuzulassen, nicht fähig gewesen wäre, ihn als Liebhaber zu akzeptieren, wenn sie ihn nicht mögen würde. Wenn sie ihm nicht wenigstens teilweise vertraut hätte. Doch er wusste ebenfalls, dass zu viele Erfahrungen mit der düsteren Gewalt in den Gedanken von Männern es Cassie fast unmöglich machten, einem Mann vollkommen zu vertrauen, vor allem, wenn sie seine Gedanken nicht lesen konnte.

Seine verdammten Mauern.

Sie würde keine Bindung mit ihm eingehen, bevor sie sich seiner sicher war, und seine Mauern machten das unmöglich. Selbst wenn es ihm gelingen sollte, diese Mauern einzureißen, war er sich nicht sicher, ob es Cassie für immer auf seine Seite und in sein Leben bringen würde. Sie war zu lange allein gewesen, war davon überzeugt, dass es für sie das Beste war. Würde sie – könnte sie – ihr Leben so drastisch verändern, um ihn und all die Menschen und Verpflichtungen, die er mitbringen würde, zu akzeptieren?

Er wusste es nicht.

Ben bemühte sich, seine Gesichtszüge freundlich wirken zu lassen, und trat ins Wohnzimmer. »Du hast mich allein gelassen«, warf er Cassie in leichtem Ton vor.

Sie lächelte. »Ich bekam Hunger, entschuldige. Spaghetti. Ich hoffe, das magst du.«

»Ich liebe Spaghetti.« Er wollte sie berühren, zwang sich aber, sein Bedürfnis nach ihr nicht so verdammt offensichtlich zu zeigen. »Was machst du hier?«

»Ich räume dieses Zeug fort.«

»Ich dachte, du wolltest die Tagebücher lesen.«

Cassie warf ihm einen Blick zu, den er beim besten Willen nicht entschlüsseln konnte, und murmelte: »Manchmal ist es am besten, nicht zu wissen, wie sich die Dinge entwickeln werden.«

»Sprichst du von Alexandra?«

Sie blickte auf das Tagebuch in ihrer Hand und legte es dann zu den anderen Sachen im Karton. »Natürlich.«

Er glaubte ihr nicht, nahm es aber hin, wollte sie nicht drängen, wenn sie sich so ausweichend gab. »Na, du kannst sie ja später immer noch lesen.«

»Ja. Später.« Cassie klappte den Karton zu und meinte dann lächelnd: »Die Soße sollte fertig sein, wenn du bereit bist.«

»Ich bin bereit.«

Er bewegte sich sehr vorsichtig, argwöhnisch wegen der scharfen Ohren des Hundes, trotz des Lärms von Graupelschauern und Wind. Vorsicht riet ihm, sich zurückzuhalten, aber er wollte näher kommen, nahe genug, um hineinsehen zu können.

So gemütlich da drinnen. Ein hübsches Feuer im Kamin. Lampenschein und das appetitliche Aroma guten Essens machten die Küche warm und behaglich. Leise Stimmen, die sich miteinander wohlfühlen und doch wachsam sind, die Worte verschwommen vor Verlangen, vor Hoffnung und Ungewissheit und Furcht.

Sie waren vollkommen ineinander vertieft.

Sie bemerkten seine beobachtenden Blicke nicht.

Er stand draußen, den Kragen hochgeschlagen und die Mütze tief herabgezogen, um sein Gesicht vor dem stechenden Graupel zu schützen. Es war kalt. Der Boden war vereist, und seine Füße froren in den dünnen Schuhen. Aber er blieb lange dort stehen und starrte hinein.

Sie hatte es nicht begriffen. All seine Arbeit, und sie hatte es nicht begriffen.

Hatte nicht begriffen, dass er das alles für sie getan hatte.

Aber sie würde es begreifen.

Schon bald.

2. März 1999

»Das war's dann wohl mit der Freizeit«, sagte Ben und band seine Krawatte, während ihm Cassie vom Bett aus zuschaute. »Typisch von Richter Hayes, mich wieder an die Arbeit zu rufen.«

»Na ja, er hat recht«, sagte sie. »Nachdem Mike Shaw jetzt einen Anwalt hat und die meisten Beweise aus seinem Haus sichergestellt sind, wird es Zeit, dass du an die Arbeit gehst.«

»Musst du so vernünftig sein?« Ben setzte sich auf den Bettrand und lächelte zu ihr hinunter. »Ich werde aus einem schönen warmen Bett in einen sehr kalten Morgen vertrieben, und ich gedenke, darüber zu nörgeln.«

Sie berührte sein Gesicht mit einer dieser zögerlichen kleinen Gesten, die stets sein Herz zum Stillstand brachten. »Das warme Bett wird hier auf dich warten, wenn du zurückkommst. Das heißt …«

»Oh, ich komme garantiert zurück«, versicherte er ihr. »Zum Lunch, wenn ich es schaffe. Gegen fünf, wenn es mittags nicht klappt. Auf jeden Fall bringe ich was zu essen mit. Irgendwelche Vorlieben?«

»Nein. Ich bin leicht zu befriedigen.«

»Ja«, sagte er und beugte sich zu einem Kuss hinunter, »das bist du. Versuch wieder zu schlafen, Liebste. Ich lasse Max raus und füttere ihn, bevor ich gehe. Bis später.«

Cassie lauschte auf die leisen Geräusche von unten, bis er gegangen war, rollte sich dann zusammen, die Arme um sein Kissen geschlungen, und atmete den schwachen Geruch ein, den er auf dem Leinen hinterlassen hatte. Seine Anwesenheit in ihrem Leben war bereits spürbar. Ihr Bett roch nach ihm, und der Duft seines Rasierwassers hing im Raum. Seine Toilettenartikel standen neben ihren im Badezimmer. Eines seiner Hemden lag auf dem Stuhl in der Ecke.

Etwas Dauerhaftes?

Sie scheute vor dem Gedanken zurück, weil es so erstaunlich und potenziell wunderbar war – zu gut, um wahr zu sein. Ihr Leben hatte sie gelehrt, dass ihr wunderbare Dinge einfach nicht zustießen, und sie hatte gelernt, glücklichen Überraschungen mit Misstrauen zu begegnen.

Es gab immer einen Haken.

Aber bis sie den nicht entdeckte, wollte Cassie einfach den Augenblick genießen, in Zufriedenheit schwelgen. Sie lag in einem warmen Bett, wo ein liebevoller Mann die ganze Nacht neben ihr gelegen hatte, und jeder Muskel in ihrem Körper schmerzte auf beglückende Weise.

Er war ein sehr ... leidenschaftlicher Mann.

Mit einem Lächeln in Gedanken an diese Leidenschaft schlief Cassie wieder ein.

Als das Klingeln sie hochschrecken ließ, dachte sie, es sei ihr Wecker, und warf dem Nachttisch einen erzürnten Blick zu. Aber dann klingelte das Telefon erneut, und sie rutschte über das Bett, um den Hörer abzunehmen.

»Hallo?«

»Cassie, würden Sie Ben bitte sagen, dass er seinen Arsch hier rüberschieben soll?«, verlangte Matt mit gereizter Stimme. »Der verdammte Verteidiger hat auf dem Weg hierher ein paar Anrufe gemacht, und jetzt werde ich von den Medien überrannt. Den *überregionalen* Medien. Ich will mit denen nicht reden, das ist Bens Aufgabe, verdammt.«

Cassie drehte den Wecker zu sich, und eine kalte Hand schloss sich um ihr Herz. »Matt ... er ist vor über zwei Stunden losgefahren.«

20

Ein langes Schweigen entstand, und dann sagte Matt behutsam: »Die Straßen sind spiegelglatt. Vielleicht hat er angehalten, um jemanden aus dem Graben zu ziehen. Er hat Ketten in seinem Jeep und eine Winde. Das ist es wahrscheinlich. Ich schicke einen Streifenwagen los.«

»Er hätte angerufen. Er hätte einen von uns angerufen.«

»Vielleicht hatte er keine Zeit dazu. Machen Sie sich nicht verrückt, bevor wir wissen, ob es einen Grund dafür gibt.«

Cassies Kehle war so trocken, dass sie kaum schlucken konnte. »Ich komme in die Stadt.«

»Cassie, hören Sie mir zu. Es war kein Spaß, was ich über die Medien gesagt habe. Vor dem Revier stehen bereits drei Übertragungswagen, und alles ist voll mit Reportern. Sie wollen hier nicht sein.«

»Matt …«

»Bleiben Sie, wo Sie sind. Ich überprüfe es und rufe Sie sofort an, wenn ich etwas weiß.«

»Beeilen Sie sich«, flüsterte sie. »Bitte beeilen Sie sich.«

Eine endlose Stunde lang lief Cassie auf und ab, kaute an ihren Nägeln und stellte sich die schrecklichsten Dinge vor. Obwohl sie wusste, dass es unmöglich sein würde, versuchte sie Ben zu erreichen, redete sich ein, es wäre undenkbar, dass ihm etwas zugestoßen sei, ohne dass sie es wusste. Sie hätte es doch bestimmt gespürt.

Alles, was sie fühlte, war Entsetzen, und es war ausschließlich ihr eigenes.

Als Matts Streifenwagen in ihre Einfahrt bog, wusste Cassie, dass er keine guten Nachrichten bringen würde. Starr vor Furcht ging sie Matt und Bishop auf der Veranda entgegen, und ihre Gesichter verrieten ihr, dass ihr Instinkt sie nicht getäuscht hatte.

»Er ist nicht tot«, sagte sie.

»Nein. Zumindest – glauben wir das nicht.« Matt nahm sie am Arm und führte sie zurück ins Haus, und der körperliche Kontakt ließ sie seine Besorgnis intensiv wahrnehmen.

Cassie setzte sich auf das Sofa und starrte die beiden Männer an. »Was meinen Sie damit, dass Sie es nicht glauben?«

Matt setzte sich neben sie. »Wir haben seinen Jeep gefunden, aber Ben nicht. Es sieht so aus, als hätte er angehalten, um einen umgestürzten Baum von der Straße zu räumen. Idiot. Der Jeep wäre ohne Weiteres darüber gekommen. Er dachte an diejenigen, die nach ihm dort entlangfahren würden.«

»Das verstehe ich nicht«, sagte Cassie. »Wenn er nicht beim Jeep war, wo ist er dann? Was ist passiert?«

Von seinem Platz neben dem Kamin antwortete Bishop: »Reifenspuren zeigen, dass ein anderes Fahrzeug nach seinem kam. Und der Baum ist nicht von allein umgestürzt.«

»Sie meinen – eine Falle?«

Matt nickte. »Wir nehmen es an, Cassie. Es sieht so aus, als hätte jemand angehalten, vorgeblich, um Ben zu helfen. Dann hat ihn derjenige gepackt, wahrscheinlich, nachdem er ihn niedergeschlagen hat. Da war – wir haben ein wenig Blut an der Stelle gefunden.« Rasch fuhr er fort. »Ich habe eine paar Leute, die dort alles absuchen, und ich habe die Spürhunde angefordert, aber ich rechne nicht damit, dass sie eine Spur aufnehmen können. Im Revier überprüfen sie alle alten Akten, um herauszufinden, wer möglicherweise einen besonders starken Groll gegen Ben hegt.«

Cassie versuchte sich zu konzentrieren. »Wer? Wer würde so etwas tun?«

»Wie jeder Staatsanwalt und ehemalige Richter hat sich Ben einige Feinde gemacht, und während jeder von ihnen Ben von der Straße abgedrängt haben könnte, geht das Aufstellen so einer Falle weit über das hinaus, was ich erwartet hätte. Das war ... ich weiß nicht ... irgendwas Persönliches.« Matt wechselte einen Blick mit Bishop und sagte dann: »Wir haben etwas auf dem Vordersitz des Jeeps gefunden.«

»Was?«

Matt griff in seine Jackentasche und zog einen Beweismittelbeutel heraus. Drinnen lag eine einzelne rote Rose, kunstvoll aus Seidenpapier gefertigt.

»Oh mein Gott«, flüsterte Cassie.

Die Kopfschmerzen hatten sich auf ein dumpfes Pochen vermindert, und das Blut an seiner Wange war getrocknet, aber Ben fühlte sich immer noch mies. Jedes Mal, wenn er den Kopf zu schnell drehte, wurde ihm schwindelig. Übelkeit stieg aus seinem Magen auf, und die paar Rufe in der vergeblichen Hoffnung, dass ihn jemand anderer als sein Entführer hören würde, hatten ihm nichts als weitere Schmerzen und Übelkeit gebracht. Kalt und steif, bewegte er immer wieder seine Finger, um völlige Taubheit abzuwehren und die Stricke zu lockern, mit denen seine Handgelenke an die Seitenlehnen des Stuhls gefesselt waren, auf dem er saß.

Er hatte jeden Zentimeter des Raumes mit Blicken überprüft, und da gab es nicht viel zu sehen. Der Raum war größtenteils leer, die beiden Fenster von schweren Vorhängen bedeckt, der uralte Teppich auf dem Boden fleckig und fadenscheinig. Ein weiterer Stuhl stand neben der geschlossenen Tür. Es gab einen Kamin, in dem ein kleines Feuer brannte, das die Kälte ein wenig milderte; das einzige Licht stammte von einem unpassend eleganten Deckenfluter zwischen den Fenstern.

Mit Sicherheit konnte er also nur sagen, dass es dort, wo er festgehalten wurde, Strom gab, auch wenn der nicht für Wärme verschwendet wurde. Das und seine momentane Stellung verrieten ihm, dass sein Entführer sich keine großen Sorgen um das Wohlergehen seiner Geisel machte. Der Metallstuhl, an den Ben gefesselt war, stand mitten im Raum und war am Boden verschraubt, und mehrere Versuche hatten ihn davon überzeugt, dass es mehr als Muskelkraft bräuchte, ihn loszubekommen. Er war froh, dass seine Handgelenke einzeln an die Stuhllehnen gefesselt waren statt hinter seinem Rücken, doch wenn die Stellung auch bequemer war, bot sie keine zusätzliche Hebelwirkung, um den Stuhl aus dem Boden zu reißen.

Er meinte, die Stricke ein wenig gelockert zu haben. Oder war es nur Wunschdenken?

Der anfängliche Schock, hilflos zu sein, hatte sich schließlich gelegt, und er war nun von Wut und Verwirrung erfüllt. Furcht, dachte er, würde zweifellos später hinzukommen.

Was seine Gedanken in den ersten langen Minuten der Stille beschäftigte, war die Frage, wer ihn genug hasste, um ihm so etwas anzutun.

Er hatte eine verschwommene Erinnerung daran, mit dem Jeep angehalten zu haben, um einen quer über die Straße gestürzten Baum wegzuräumen, aber darüber hinaus wusste er nichts mehr. Er konnte nur annehmen, dass jemand ihn von hinten mit etwas Schwerem niedergeschlagen hatte.

Aber wer?

Ben hatte durchaus einige Leute hinter Gitter gebracht, doch ihm fiel niemand ein, der einen so starken Groll hegte, um eine Entführung zu inszenieren. Auch der Zeitpunkt kam ihm äußerst merkwürdig vor. Wer würde alte Hassgefühle aufwärmen, wo praktisch jeder in der County ausgesprochen erleichtert darüber war, dass man den Serienmörder gefasst hatte?

Er bemühte sich weiter, die Stricke zu lockern, nützte es aus, allein im Raum zu sein, da er sich vorstellen konnte, dass das nicht von langer Dauer sein würde. Und das war es auch nicht.

Als der Mann ein paar Minuten später den Raum betrat und eine Art Rollwagen vor sich herschob, bedeckt mit einem weißen Tuch, bemerkte Ben als Erstes, dass es ein ihm völlig Fremder war. Der Mann war mittelgroß und drahtig, keine besonders kraftvolle Erscheinung, hatte glattes, helles Haar und die teigige Haut eines Menschen, der nicht viel Zeit an der frischen Luft verbringt. Das einzige Körpermerkmal, das Ben auffiel, waren die übergroßen Hände und Füße, die dem Mann etwas Lächerliches verliehen. Seine Gesichtszüge waren gleichmäßig, beinahe angenehm, und er deutete ein Lächeln an.

Ein Lächeln, das Ben plötzlich die Kälte im Raum bewusst machte.

»Hallo, Richter. So nennt man Sie doch, nicht wahr? Richter?« Seine Stimme war tief, der Ton liebenswürdig.

»Manche schon.« Alle Instinkte rieten Ben, einen klaren Kopf zu behalten und nicht in Zorn zu geraten, entspannt zu bleiben und mit ruhiger Stimme zu sprechen. Aber ihm standen die Nackenhaare zu Berge.

»Oh, ich glaube, das tun die meisten. Und ich glaube, es gefällt Ihnen.«

»Wie soll ich Sie nennen?«, fragte Ben.

Der Mann lächelte, zeigte ebenmäßige weiße Zähne. »Was liest man heutzutage überall auf T-Shirts? Bobs Frau, Bobs Boss, Bobs Bruder. Nennen Sie mich einfach Bob.«

»Okay, Bob. Sollte ich wissen, was ich getan habe, um Sie so zu verärgern?«

»Sollten Sie – tun es aber nicht.« Er holte den Stuhl von der Tür und stellte ihn vor Ben auf, ein paar Schritte entfernt neben dem bedeckten Rollwagen, und setzte sich. Ein Abbild entspannten Interesses, verschränkte er die Hände im Schoß und lächelte seinen Gefangenen freundlich an.

»Spielen wir ein Ratespiel?«

»Bob« schüttelte den Kopf. »Oh, ich bin durchaus bereit, es Ihnen zu erzählen, Richter. Darum geht es hier ja schließlich. Niemand sollte sterben, ohne zu wissen, warum.«

»Dann erzählen Sie es mir.«

»Es geht um das älteste Männerspiel der Welt, Richter. Rivalität.«

»Aha. Ich verstehe. Und was ist der Grund für diese Rivalität?«

»Na, sie natürlich. Cassie.«

Ben widerstand dem Drang, sich auf den anderen Mann zu stürzen, und hielt die Wut aus seiner Stimme heraus. »Und ich dachte, ich müsste mir nur Sorgen wegen des FBI-Agenten machen.« Bobs Lächeln wurde breiter. »Bishop? Um den brauchen wir uns keine Sorgen zu machen, nicht, wenn es um Cassie geht. Er ist nicht in sie verliebt. Er würde gern glauben, dass er sie versteht, aber das stimmt nicht. Ich bin der Einzige, der Cassie wirklich versteht.«

Dass sein Entführer Bishop kannte, war schlimm genug; der zärtliche Ton, der sich stets in seine Stimme schlich, wenn er Cassies Namen aussprach, brachte Bens Haut zum Kribbeln. »Was verschafft Ihnen diesen besonderen Einblick?«

»Das ist ganz einfach, Richter. Ich verstehe Cassie, weil ich, im Gegensatz zu Ihnen oder Bishop oder jedem anderen Mann in ihrem Leben, ein Teil von ihr bin. Ich bin seit Jahren in ihrem Kopf.«

Matt sagte: »Bishop hat fast genauso reagiert und sich geweigert, das zu erklären. Dann helfen Sie mir doch auf die Sprünge. Was bedeutet diese Papierblume für Sie beide?«

Cassie schluckte schwer und zwang sich, ruhig zu bleiben. »Es begann vor ... mehr als vier Jahren. Die Polizei von L.A. bat mich, bei der Aufklärung einer Mordserie zu helfen. Die Fälle waren ungewöhnlich, da der Mörder in allen Altersgruppen zuschlug, von kleinen Mädchen bis zu älteren Frauen, und quer durch alle Rassen. Die Opfer hatten keine Gemeinsamkeiten, außer dass sie alle weiblich waren.

Er tötete sie auf verschiedene Arten, folterte manche, aber andere nicht, versteckte einige der Leichen, ließ jedoch andere offen liegen, sodass sie leicht zu finden waren. Er schien sich fast ein Spiel daraus zu machen, alle raten zu lassen. Der FBI-Profiler, den die Polizei hinzuzog, raufte sich die Haare.«

»Also wandte man sich an Sie«, sagte Matt. »Und?«

»Er hinterließ immer eine Papierrose bei den Leichen seiner Opfer, und ich benutzte eine von ihnen, um Kontakt mit ihm aufzunehmen. Ich konnte ihn ziemlich leicht anzapfen, während er sein nächstes Opfer verfolgte. Der Polizei gelang es, das Mädchen zu retten, aber der Mörder entkam in dem Durcheinander. Und verschwand.«

»Sie meinen, er hörte mit den Morden auf?«

Cassie nickte. »Ein Weile lang, zumindest glaubte die Polizei das. Erst sechs Monate später wurden drei weitere Leichen entdeckt, alle mit seinem Markenzeichen, der Papierrose. Wieder gelang es mir, ihn anzuzapfen, und wieder entkam er. In den nächsten beiden Jahren wurde er gelegentlich aktiv, mordete zwei oder drei Mal, und verschwand dann, bevor jemand ihm auf die Spur kommen konnte. Mich eingeschlossen. Es gab kein Muster, auf das wir uns beziehen konnten, keine Möglichkeit, vorauszusehen, wann und wo er wieder zuschlagen würde. Dann ...«

»Dann?«

Bishop griff mit kühler Stimme die Geschichte auf. »Dann ermordete er in rascher Folge eine Reihe von Kindern, und die ganze Stadt wurde verrückt. Schließlich, und zum ersten Mal, hinterließ der Mörder mehr als eine Rose. Er hinterließ einen Fingerabdruck. Die Polizei war in der

Lage, ihn als einen gewissen Conrad Vasek zu identifizieren, einen entflohenen Geisteskranken mit der Eigenschaft, jeden Arzt zu terrorisieren, der gezwungen war, ihn in den zwanzig Jahren seit seiner Einlieferung mit zwölf zu behandeln.«

Matt sagte: »Und es gelang ihnen nicht, ihn zu fassen, obwohl sie wussten, wer er ist.«

»Nein. Der Mann galt als verkorkstes Genie, von Geburt an psychopathisch, aber brillant. Und er liebte Spiele.« Bishops Blick glitt zu Cassie hinüber. »Vor allem neue Spiele.«

»Sie waren nicht dabei«, murmelte Cassie und starrte auf die Rose.

»Ich hörte hinterher davon.« Bishop wandte sich an Matt. »Etwa um die Zeit, als Vasek eine ältere Frau ermordete und danach einen Teenager, drang es an die Presse durch, dass die Polizei von L.A. ihm mithilfe einer Paragnostin auf die Spur kommen wollte. Vasek muss das als Herausforderung gesehen haben. Er schnappte sich ein kleines Mädchen, tötete es aber nicht sofort. Stattdessen führte er, als Cassie mit ihm Verbindung aufnahm, die Polizei auf eine endlose Schnitzeljagd und war dann irgendwie fähig, Cassie gerade lange genug abzulenken.«

»Ich missdeutete das, was ich sah«, sagte Cassie. »Führte die Polizei in die Irre. Als sie das kleine Mädchen fanden, war ihre Leiche noch warm.«

»Und Ihnen wurde die Schuld daran gegeben?«, fragte Matt ungläubig.

»Ich gab mir selbst die Schuld. Und es war ... einfach zu viel. Ich konnte nicht mehr damit fertig werden. Deswegen verließ ich L.A. und kam hierher.«

Leise sagte Bishop: »Ich frage mich, wie lange Vasek gebraucht hat, Sie zu finden.«

Cassie starrte ihn an und begriff allmählich. »Natürlich«, flüsterte sie. »Deswegen fiel das Licht von zwei unterschiedlichen Seiten ein, als ich versuchte, Mike Shaw zu erreichen. Deswegen konnte Mike mich mit solcher Kraft rausstoßen, mich so lange blockieren, obwohl er kein Telepath ist. Weil er es gar nicht war. Irgendwie war Vasek mit Mikes Verstand verbunden und hat ihn beherrscht. Vasek hat ihn die ganze Zeit beherrscht.«

»In ihrem Kopf«, sagte Ben langsam.

»Sie wusste natürlich nicht, dass ich da war. Sie dachte, wir wären nur in Kontakt, wenn sie der Polizei half, mich zu fassen. Aber ich bin schon seit langer Zeit fähig, praktisch willentlich in ihren Geist zu schlüpfen. In ihre Gedanken. Ihre Träume.«

»Ihre Albträume.« Bis zu diesem Augenblick war es Ben nie gelungen, die Substanz, die Realität von Cassies Monstern wirklich zu erfassen. Aber jetzt sah er sie. Endlich begriff er. Und es war nicht die Kälte des Raumes, die tiefer in seine Knochen drang und Eissplitter hinterließ, die so kalt waren, dass sie brannten.

Großer Gott, Cassie.

Das Monster, das sich Bob nannte, lächelte weiter. »Ihre Albträume? Oh, das glaube ich nicht. Ich habe sie nur ... ermutigt, ihre natürlichen Gaben zu benutzen. Sie daran erinnert, wer sie wirklich ist. Deshalb bin ich ihr hierher gefolgt. Sie dachte, sie könnte vor dem, was sie ist, davonlaufen, aber das konnte ich nicht zulassen. Wir sind dazu bestimmt, zusammen zu sein, Cassie und ich, und das musste ich ihr zeigen. Ich musste ihr zeigen, dass unser Verstand bereits eins ist.«

»Indem Sie weitere Frauen ermordeten?«

»Indem ich dafür sorgte, dass sie ihre natürlichen Gaben benutzte.«

Ben schluckte die Galle, die ihm in die Kehle stieg, und zwang sich, ruhig zu sagen: »Sie sind also hergekommen und haben nach einem Werkzeug gesucht, mit dem Sie ihre Aufmerksamkeit wecken konnten. Um sie mit Ihren eigenen Fähigkeiten zu beeindrucken. Sie brauchten jemanden mit einem schwachen Geist, den Sie beherrschen konnten, jemand mit dem Instinkt – wenn auch nicht der Erfahrung – eines natürlichen Mörders. Mike Shaw.«

»Sie müssen zugeben, dass Michael perfekt war. Und ich kann von Glück sagen, ihn in Ihrer pissigen kleinen Stadt gefunden zu haben. Ein Soziopath, der mehr als bereit war, seinen ersten echten Mord zu begehen. Er brauchte nur ein wenig Führung, und das war einfach genug.«

»Wie fühlte es sich an«, fragte Ben, »per Fernbedienung zu morden?« Bob schien erfreut über die Frage, wollte offensichtlich gern erklären. »Recht interessant. Und befriedigender, als ich erwartet hatte. Er ist natürlich vollkommen primitiv, angetrieben von Wut und eingebildeten Kränkungen und besitzt keinerlei Raffinesse. Ihre Experten werden sicherlich herausfinden, dass er klinisch geisteskrank ist. Und nicht allzu gescheit, fürchte ich. Aber er gab einen hervorragenden Klumpen Ton ab, den ich nach meinen Bedürfnissen formen konnte.«

»Und Ihr Bedürfnis war, Cassie zu beeindrucken.«

»Ich wollte, dass sie es begriff«, sagte Bob ganz vernünftig. »Dass wir zwei Hälften eines Ganzen sind, dass wir zusammengehören. Ich wusste das vom ersten Moment an, als sie meinen Geist berührte. Aber sie schien die Herrlichkeit des Tötens nicht zu begreifen und wie ... befreiend es ist. Also musste ich es ihr zeigen.«

»Warum dann ein Werkzeug benutzen?«, fragte Ben. Wenn er ihn dazu bringen konnte, weiterzureden, mehr und mehr von sich preiszugeben, würde sich vielleicht eine Schwäche zeigen. Etwas, mit dem Ben arbeiten konnte, wie er es mit Zeugen vor Gericht tat, um das aus ihnen herauszulocken, was er brauchte.

»Na, um Cassie zu zeigen, wie mächtig ich bin, natürlich.« Bob wurde nachdenklich. »Und das bin ich, wissen Sie. Sehr mächtig. Ich musste die Verbindung mit Mike aufrechterhalten, um ihn zu kontrollieren, während ich gleichzeitig meine Anwesenheit vor Cassie verbergen musste.«

»Wie ist Ihnen das gelungen?«

»Die Verbindung zu Mike war leicht herzustellen und nicht allzu schwierig aufrechtzuerhalten. Er musste nur in ständigem Körperkontakt mit einem Gegenstand sein, der mir gehörte. Und was das Verbergen meiner Anwesenheit vor Cassie betrifft, das habe ich seit fast drei Jahren geübt.«

»Warum sich überhaupt vor ihr verstecken? Ich meine, wenn Sie daran interessiert waren, sie zu beeindrucken, warum haben Sie sich ihr nicht von Anfang an enthüllt?«

»Um sie zu überraschen, natürlich.« Bobs Lächeln schwand, und seine Augen nahmen einen seltsamen Glanz an. »Das war, bevor ich erkannte, dass Sie sie verwirren würden.«

»Habe ich das?«

»Wir wissen es beide. Sie war vollkommen unberührt, unschuldig, und Sie haben sie ruiniert. Sie haben ihren schwachen, weiblichen Körper ausgenutzt, um ihre Instinkte und Gefühle durcheinanderzubringen, haben Ihre Erfahrung eingesetzt, um sie die Leidenschaft des Fleisches zu lehren.« Einen Augenblick lang schien er leicht abgelenkt, als hörte er ein fernes Geräusch, doch dann schüttelte er den Kopf. »Sie haben sie korrumpiert.«

»Dann wundert es mich, dass Sie sie immer noch wollen.«

»Ich werde sie natürlich läutern müssen. Sie kann niemals in ihren unberührten Zustand zurückkehren, aber sie kann wertvoller gemacht werden durch meine Liebe.«

Ben dachte nicht daran, ihn zu fragen, wie er das anstellen wollte. Stattdessen sagte er kühl: »Tja, ich habe zwar keine Frauen für sie zerstückelt, aber ich würde darauf wetten, dass Cassie meine Vorstellung von Romantik der Ihren vorzieht.«

»Sie haben sie verwirrt. Sie war in Kalifornien vollkommen auf mich und wozu ich fähig war konzentriert, und sie hätte diese Konzentration zurückgewonnen. Wenn Sie nicht gewesen wären.« Sein Lächeln war dünn und besonders unerfreulich. »Sie haben ihr gesagt, dass Sie sie lieben, nicht wahr, Richter?«

»Wissen Sie das nicht?«, reizte ihn Ben leise, sich der Gefahr vollkommen bewusst. »Waren Sie nicht in ihrem Kopf, als ich mit ihr im Bett war?«

Der seltsame Schimmer in Bobs Augen verstärkte sich, doch er behielt einen Abglanz seines Lächelns bei. »Wissen Sie, ich habe neulich im Gerichtssaal gesessen und Sie beobachtet, Richter. Sie sind sehr gut. Sehr geschickt darin, jemandem ... an die Gurgel zu gehen. Aber da ist etwas, das Sie vergessen haben, fürchte ich.«

»Ach? Und was wäre das, Bob?«

Bob schlug eine Ecke des weißen Tuchs auf dem Rollwagen neben ihm zurück, deckte eine vielfältige Auswahl an Gerätschaften auf, die nur eines gemeinsam hatten. Sie waren alle sehr, sehr scharf. Er griff nach etwas, das wie ein Skalpell aussah, überprüfte die Schneide und lächelte Ben dann an.

»Wenn ich jemandem an die Gurgel gehe, benutze ich ein echtes Messer.«

Matt hängte das Telefon ein und wandte sich an Cassie. »Sie hatten recht wegen der verdammten Stiefel. Sie mussten sie Shaw praktisch von den Füßen schneiden, aber Vasek hatte seinen Namen hineingekritzelt. Wie zum Teufel ...?«

»Sie waren immer zu eng«, murmelte Cassie. Sie stand am Kamin und tätschelte Max' Kopf. Sie hatte nicht mehr still sitzen bleiben können und war in den letzten paar Minuten unruhig auf und ab gelaufen.

Matt war verblüfft. »Warum hat Vasek ihn seine Stiefel tragen lassen?«

»Verbindungen. Vasek ist ein erstaunlich starker Telepath, aber was er zu tun versucht hat, ist unglaublich. Den Verstand eines anderen zu beherrschen, selbst einen kranken und gebrochenen ... er brauchte etwas von sich, das Shaw ständig berührte, damit die Verbindung fast automatisch funktionierte. Laut dem, was die Polizei von L.A. über ihn herausgefunden hat, ist er ein ganzes Stück kleiner als Shaw, daher passte Mike Shaw Vaseks Kleidung nicht, aber eine körperliche Besonderheit sind seine großen Hände und Füße. Shaw konnte Vaseks Stiefel tragen, obwohl sie ihm etwas zu eng waren. Es funktionierte recht gut.«

Matt schüttelte den Kopf. »Einer meiner Deputys bringt sie her. Wieso glauben Sie, dass Sie durch die Stiefel Verbindung mit Vasek aufnehmen können, wenn es mit der Blume überhaupt nicht klappt?«

»Weil er sie als Leitung benutzt hat.« Cassie atmete tief ein, versuchte ruhig und konzentriert zu bleiben, Energie zu sparen. »Ich weiß nicht, ob es klappen wird, Matt. Aber ich muss es probieren.«

Matt fragte nicht, ob sie versucht hatte, Ben telepathisch zu erreichen. Er wusste, dass sie es getan und es nicht geschafft hatte, und man sah ihr die Trostlosigkeit so schmerzhaft an, dass er sich abwenden musste.

Er blickte zu dem FBI-Agenten und sagte: »Eines verstehe ich nicht. Wenn er das alles getan hat, um Cassie zu beeindrucken, wie passt dann sein plötzliches Schweigen, nachdem er sich Ben geschnappt hat, ins Bild? Liegt es daran, dass wir Mike gefasst haben? Weil er sein Werkzeug nicht mehr benutzen kann?«

Bishops Blick war auf Cassie gerichtet. »Er hat sich Ryan aus purer Eifersucht geschnappt, würde ich sagen. In den letzten paar Tagen war es ziemlich offensichtlich, dass Cassie in ihn verliebt ist und Ben sich selbst zu ihrem Beschützer erwählt hat.«

Sie zuckte zusammen, schwieg aber.

Matt fragte grob: »Warum hat er Ben dann nicht sofort getötet? Warum ihn lebend entführen?«

Obwohl Bishops Gesicht ausdruckslos war wie Granit, konnte man erkennen, dass er diese Frage nicht beantworten wollte. Doch schließlich sagte er leise: »Weil er eine Weile mit ihm spielen will. Um seine Eifersucht zu lindern und Cassie zu bestrafen.«

Cassie gab ein ersticktes Geräusch von sich und sagte dann: »Ich sperre Max in die Küche, bevor der Deputy eintrifft.« Hastig führte sie den Hund hinaus.

»Nächstes Mal«, zischte Matt Bishop grimmig zu, *»sagen* Sie mir einfach, dass es eine dumme Frage ist, in Ordnung?«

»In Ordnung. Hat sich aus den Reifenspuren etwas ergeben?«

»Ich habe Leute abgestellt, die auf beiden Seiten der Straße alles abkämmen, um die Spuren wieder aufzunehmen. Mit so viel Graupel und Matsch dürften wir wenigstens eine Chance haben.« Er schwieg kurz. »Glauben Sie, dass Ben noch lebt?«, fragte er endlich.

»Ja.«

Matt warf ihm einen neugierigen Blick zu. »Warum?«

»Weil eine Katze ihre Beute gern quält, bevor sie sie tötet.«

»Tut mir leid, dass ich gefragt habe.«

Bishop schüttelte den Kopf. »Zu Anfang wird es keine körperliche Folter sein. Nach allem, was ich über Vasek weiß, wird er reden wollen, damit prahlen wollen, wozu er fähig ist, sich vermutlich als bessere Partie für Cassie darstellen wollen. Zusätzlich könnte es ihn aus der Bahn werfen, ein männliches Opfer zu haben. Das kann Ryan zu seinem Vorteil nutzen, wenn er gescheit genug ist.«

Matt hoffte, dass sein Freund gescheit genug war.

Als Cassie ein paar Minuten später ins Wohnzimmer zurückkehrte, war sie wieder ruhig. Und falls den beiden Männern ihre rot geränderten Augen auffielen, machten sie keine Bemerkung dazu.

»Wo bleibt dieser Deputy?«, wollte sie von Matt wissen.

»Noch fünf Minuten, Cassie. Haben Sie Geduld.«

»Ich kann keine Geduld haben.«

»Versuchen Sie es. Und wenn die Stiefel hier sind, vorausgesetzt, es funktioniert damit, was wollen Sie dann tun? Wenn Vasek so stark ist, wie Sie behaupten, wie zum Teufel können Sie dann ohne sein Wissen in seinen Verstand eindringen?«

»Ich werde es tun.« Ihre Stimme klang entschieden. »Ich werde es einfach tun.«

Matt hätte wohl weiter gefragt, aber das Telefon klingelte, und er nahm rasch ab. »Ich habe allen befohlen, ihre Walkie-Talkies auszuschalten. Die verdammten Dinger sind meilenweit zu hören«, murmelte er als Erklärung, die niemand verlangt hatte.

Er sagte Hallo und dann ein paarmal »Ja«. Cassie beobachtete ihn und fing unwillkürlich ein paar kurze Bilder eines schmalen Feldwegs und eines alten Hauses in der Ferne auf. Ein Klopfen an der Haustür lenkte sie ab, und als Bishop öffnete und einen von Matts Deputys hereinführte, hatte Matt bereits aufgelegt.

»Sie haben das Haus gefunden«, sagte sie zu Matt.

»Vielleicht.« Er wirkte eher grimmig als hoffnungsvoll. »Die Reifenspuren stimmen überein und führen zu einem angeblich leer stehenden Haus. Es würde helfen, wenn wir eine Bestätigung bekämen.«

Cassie nahm dem jungen Deputy die glänzenden Schlangenhautstiefel ab. Er schaute zwar verblüfft, ließ die Stiefel aber ohne Protest los.

Matt sagte zu ihm: »Bleiben Sie an der Tür stehen und halten Sie den Mund, Danny.«

»Ja, Sir.«

Cassie setzte sich aufs Sofa, hielt die Stiefel in den Händen und richtete den Blick darauf.

Matt erinnerte sich daran, was Ben gewöhnlich tat, und fragte: »Werden Sie eine Rettungsleine brauchen?«

»Hierfür nicht. Ich will nur sehen, ob ich ...« Sie schloss die Augen und murmelte nach einem Moment: »Ich kann hinein. Es gibt einen Teil seines Verstandes, den er nicht schützt, der Teil, den er als Verbindung zu Mike Shaw benutzt hat. Es ist keine große Tür, aber sie ist da. Und sie ist groß genug.«

»Können Sie uns sagen, wo er ist, was er tut?«, fragte Matt.

Sie runzelte leicht die Stirn, zuckte dann zusammen und öffnete die Augen. »Er hätte mich fast erwischt. Er ist schnell. Sehr schnell.« Sie kaute auf ihrer Unterlippe und stellte die Stiefel auf den Couchtisch. Mit fester Stimme sagte sie: »Ich war nicht tief genug, um durch seine Augen sehen zu können. Aber einen Moment lang dachte er daran, wo er ist, und ich sah dasselbe Haus, das ich in Ihren Gedanken gesehen habe, Matt.«

»Das hatte ich befürchtet. Das Haus ist sehr isoliert, Cassie, steht praktisch in der Mitte eines Feldes«, erwiderte der Sheriff. »Keinerlei Deckung.« Sein brütender Blick schweifte zu Bishop. »Wenn Vasek uns kommen sieht, könnte er uns ewig hinhalten. Mit Ben als Geisel. Und wenn er bewaffnet ist …«

»Das ist er für gewöhnlich«, sagte Bishop.

»Mist. Ich weiß einfach nicht, wie wir ihn überraschen sollen. Wenn wir das Haus stürmen, wird er uns kommen sehen und genügend Zeit haben, um …«

Cassie hob abwehrend die Hand, wollte nichts weiter hören. Sie stand auf und trat an den Kamin, weil ihr bereits kalt war. »Er wird Sie nicht kommen sehen. Ich werde ihn ablenken.«

»Wie?«, wollte Bishop wissen.

Sie blickte zu dem Agenten. »Ich werde ihm etwas anderes bieten, an das er denken kann. Mich.«

»Ihre einzige Art, mit einen Rivalen fertig zu werden«, sagte Ben, »besteht also darin, ihm die Kehle aufzuschlitzen?«

»Nicht die einzige. Nur die beste. Sie müssen aus Cassies Leben herausgeschnitten werden.«

»Und dann wird sie in Ihre Arme sinken? Ich glaube kaum.«

»Sie wird bereitwillig zu mir kommen, Richter«, sagte der Wahnsinnige. »Sobald ich mich um Sie gekümmert habe. Sobald sie ihre Lektion gelernt hat.«

»Und die wäre?«

»Dass sie mir gehört. Dass ich niemand anderen in ihrem Leben tolerieren werde. Schon gar keinen Liebhaber. Und falls sie, sobald Sie erledigt sind, immer noch nicht begreift und ich zwei oder drei Leute töten muss, die sie für Freunde hält, tja, dann bin ich sicher, dass sie es endlich kapiert.« Sein Lächeln wurde breiter. »Stimmen Sie mir da nicht zu?«

21

Das können Sie nicht«, sagte Bishop.

»Ich weiß, dass Sie das gern glauben würden, aber …«

Bishop trat auf sie zu und griff nach ihrem Handgelenk, als sie sich abwenden wollte. »Das habe ich nicht gemeint«, sagte er schroff.

Matt sah, wie Cassie erstarrte, sah, wie sie den Agenten mit Überraschung und noch etwas anderem anblickte, etwas, das er nicht definieren konnte, ein Gefühl, das wie ein Schatten über ihr zartes Gesicht glitt. Dann sprach Bishop erneut, mit scharfer Stimme, und der Augenblick war vorbei.

»Wenn Sie seinen Verstand offen berühren, durch diese schmale Tür gehen, die er für Shaw benutzt hat, ist es sowohl seine wie auch Ihre Verbindung. Er kann daran festhalten. Sie sogar noch tiefer hineinziehen. Die Tür hinter Ihnen verschließen. Und was ist, wenn die Polizisten auf ihn schießen – ihn töten? Wir wissen beide, dass das wahrscheinlich geschehen wird, da Vasek sich nicht lebend fassen lassen wird. Er wird dafür sorgen, dass sie ihn töten müssen. Und er wird Sie nicht loslassen. Sie werden zu tief drinnen sein, Cassie.«

»Zu tief?«, fragte Matt. »Heißt das, sie wird nicht mehr herauskommen können, selbst wenn er stirbt?«

Bishop ließ Cassies Handgelenk los. »Er könnte sie festhalten, selbst während er stirbt. Und sie mit sich ziehen.«

»Das wissen Sie nicht.« Cassie massierte abwesend ihr Handgelenk, ohne einen der beiden Männer anzuschauen. »Bestenfalls ist das alles reine Theorie. Außerdem bin ich stark genug, mich loszureißen.«

»Das wissen Sie nicht«, gab Bishop zurück. »Dieser Mann, dieses *Monster,* ist von Ihnen besessen, Cassie. Er ist Ihnen dreitausend Meilen gefolgt, und als er Sie fand, hat er systematisch das zerstört, was von Mike Shaws Verstand noch übrig war, damit er ihn als Werkzeug benutzen konnte, um Ihre Aufmerksamkeit zu erlangen, ohne sich zu zeigen. Er hat das alles entworfen, hat die Situation so gestaltet, dass Sie sich einschalten mussten, wollte Sie mit seiner Verschlagenheit beeindrucken. Glauben Sie wirklich, dass er, wenn Sie Ihren Schutzschild senken, sich ihm zeigen und willentlich in seinen Verstand eindringen, Sie *jemals* loslassen wird?«

»Ich bin stark genug«, wiederholte sie trotzig.

»Das glaube ich nicht.«

Sie blickte zu ihm hoch, wandte dann den Kopf ab und schaute zum Sheriff. »Einer Sache können wir uns ganz sicher sein. Wenn wir Vasek nicht aufhalten, bringt er Ben um. Und dann wird er weiter töten. Noch mehr Frauen, Matt. Vielleicht hier, in Ihrer Stadt. Mehr Menschen, die Sie kennen und mögen. Das ist unsere beste Chance, ihn zu fassen. Sie wissen das.«

Matt war Polizist und erkannte die Logik. Aber bei der Vorstellung, Cassie zu erlauben, sich zu opfern, wurde ihm die Kehle eng. »Können Sie ihn nicht irgendwie rauslocken?

Seine Aufmerksamkeit lange genug festhalten, bis ich mit meinen Leuten nahe genug bin? Es würde nur zwei Minuten dauern, höchstens fünf. Können Sie das tun, ohne ihm die Chance zu geben, Sie hineinzuziehen?«

»Natürlich kann ich das.«

»Sie kann es nicht«, sagte Bishop. »Hier geht es um alles oder nichts, Dunbar. Um diesen Kerl abzulenken, muss sie sich entblößen, hineingehen und sich ihm zeigen. Und Sie können darauf wetten, dass er zupacken und sie festhalten wird. Wenn sie im Kopf dieses Hurensohns ist und Sie ihn töten müssen, stirbt sie.« Bishop lächelte dünn. »Aber Sie werden Ihren Freund gerettet haben. Vielleicht ist das ein Preis, den Sie zu zahlen bereit sind.«

Der Sheriff machte einen Schritt auf den Agenten zu, aber Cassies Stimme fuhr dazwischen, seltsam sanft. »Bishop, wenn Sie noch ein weiteres Wort sagen, verspreche ich Ihnen, dass Sie es bereuen werden.« Ihr Blick richtete sich auf Matts Gesicht, und sie lächelte. »Sie brauchen sich keine Sorgen zu machen, Matt. Mir wird nichts passieren. Überhaupt keine Gefahr, merken Sie sich das. Werden Sie es sich merken?«

Matt schaute sie an, runzelte nur kurz die Stirn, als beschäftigte ihn etwas, das zu flüchtig war, um es festzuhalten. Dann lächelte er ebenfalls. »Ich werd's mir merken. Keine Gefahr. Ihnen passiert nichts.«

»Ja, mir wird nichts passieren. Das Wichtigste ist, Vasek zu überraschen, damit Sie Ben retten können.« Ihre Stimme blieb sanft. »Also bringen Sie Ihre Leute in Stellung, und wenn Sie so weit sind, rufen Sie mich an. Dann geben Sie mir genau fünf Minuten, bevor Sie losschlagen. In Ordnung?«

»In Ordnung, Cassie. Ich lasse Danny mit meinem Handy hier, und er wird berichten können, wann wir so weit sind.«

Bishop sagte kein Wort.

Matt fügte hinzu: »Wir werden etwa fünfzehn Minuten brauchen, bis wir dort sind und in Stellung gehen. Aber ich lasse es Sie wissen. Und ich verspreche – ich werde Ben dort lebend rausholen.«

»Natürlich werden Sie das.« Sie sagte es, als gäbe es einfach keine andere Möglichkeit.

Der Sheriff nickte entschlossen und verließ das Zimmer, nachdem er sein Handy an den jungen und verdutzten Deputy weitergereicht hatte, der unsicher im Türrahmen stehen blieb.

Bishop zog einen Sessel heran und schob ihn hinter Cassie. »Hier – setzen Sie sich, bevor Sie umfallen.«

Sie sank auf den Sessel und fragte sich, ob sie so schlimm aussah, wie sie sich fühlte. Sicherlich nicht.

»Ein ganz schönes Risiko, all die kostbare Energie zu vergeuden, um den guten Sheriff einzuwickeln.« Bishops Stimme klang leicht spöttisch. »Weiß Ryan übrigens, dass Sie das können?«

Cassie atmete tief durch. *»Ich* wusste nicht mal, dass ich das kann.«

»Dunbar wird nicht glücklich sein, wenn er merkt, dass Sie ihn hereingelegt haben.«

»Nein, vermutlich nicht. Aber er wird es jetzt nicht merken. Noch nicht. Und wenn er es merkt, wird es keine Rolle mehr spielen.« Sie war bereits so müde, ausgelaugt von Entsetzen und der Angst um Ben. Und es gab noch so viel zu tun.

Bishop lehnte die Schultern an den Kaminsims, die Arme über der Brust verschränkt, das Gesicht so ausdruckslos wie immer. Aber die Narbe wirkte bleich und wütend.

Cassie überlegte, ob er wohl wusste, dass die Verunstaltung ein Barometer seiner Emotionen war.

»Das ist ein dummer Plan«, sagte er, als käme es nicht darauf an.

»Vielleicht.«

»Selbst angenommen, es funktioniert, und Ryan kommt lebend davon, wird er weder Dunbar noch mir danken. Er wird behaupten, wir hätten Sie benutzt.«

»Er wird es besser wissen.«

»Ach ja? Erwarten Sie, dass er vernünftig bleibt? Wenn er sieht, was Sie getan haben, was es Sie gekostet hat?«

»Mir wird nichts passieren.«

»Versuchen Sie diesen Trick nicht bei mir«, sagte Bishop. »Beim kleinsten Anzeichen, dass Sie in meinen Kopf eindringen, werfe ich Sie raus.«

»Ich weiß.«

»Wirklich?«

»Ja.« Sie lächelte schwach. »Aber keine Bange. Ihr Geheimnis ist bei mir sicher.«

Zum ersten Mal wurde seine Stimme sanfter. »Lassen wir mich aus dem Spiel. Cassie, das ist verrückt. Selbst in bester Verfassung, mit all Ihrer Kraft, wären Ihre Chancen gegen Vasek nur gering. So ausgelaugt und erschöpft und so verängstigt wegen Ryan, dass Sie kaum geradeaus denken können, haben Sie null Chance, lebend aus der Sache herauszukommen.«

»Ich habe die besten Gründe der Welt fürs Überleben. Willenskraft bedeutet viel, das wissen Sie so gut wie ich.«

Sie hielt inne, fügte dann hinzu: »Aber falls etwas passiert, sagen Sie Ben ...«

»Was soll ich ihm sagen, verdammt?«, hakte Bishop schroff nach, als Cassies Stimme verklang.

Cassie schüttelte den Köpf. »Egal. Ich hätte es ihm selber sagen sollen, als ich die Möglichkeit dazu hatte.«

»Ich hasse Melodramen«, schnappte er.

Trotz allem musste Cassie lachen. »Ja. Das habe ich mir schon gedacht. Keine Bange, ich werde Ihnen keine weiteren liefern.«

Sie schwiegen ein paar Minuten, dann sagte Bishop abrupt: »Cassie, ich möchte, dass Sie mir etwas versprechen.«

»Wenn ich kann.«

»Sobald Sie drin sind, lassen Sie die Rettungsleine nicht los. Egal, was Vasek sagt oder tut, egal, was er Ihnen zeigt, lassen Sie mich nicht los.«

»In Ordnung. Ich werde mein Bestes tun.«

»Ich ebenfalls«, sagte Bishop grimmig.

Schweigen senkte sich, nur unterbrochen vom Knistern des Feuers und dem Knirschen von Dannys Schuhen, der unbehaglich von einem Fuß auf den anderen trat. Cassie saß im Sessel und starrte ins Feuer, und Bishop beobachtete sie. Danny beobachtete sie beide. Und doch war er es, der zusammenfuhr, als das Handy in seiner Hand klingelte.

Er meldete sich, hörte aufmerksam zu, sagte dann »Ja, Sir« und wandte sich an Bishop, ohne das Handy auszustellen. »Ich soll die Leitung offen halten. Der Sheriff sagt, sie sind so nahe wie möglich dran, und sie schlagen in genau fünf Minuten zu.«

Cassie stand auf, setzte sich auf das Sofa, damit sie an die

Stiefel kam, und bemerkte kaum, dass Bishop neben ihr Platz nahm.

»Lassen Sie die Rettungsleine nicht los«, wiederholte er.

Sie griff nach den Stiefeln, drückte sie mit beiden Händen an sich und schloss die Augen. Bishop beobachtete sie und sprach sofort, als er das verräterische Flattern ihrer Augenlider wahrnahm.

»Reden Sie mit mir, Cassie. Sind Sie drin?«

»Ich bin drin.« Ihre Stimme klang hohl, fern, und Bishop runzelte die Stirn.

»Weiß er, dass Sie da sind?«

»Ja. Ja, er weiß es.«

»Wie war das mit der Spieldose?« Ben sah, wie sein Entführer ein weiteres scharfes Instrument vom Rollwagen nahm und es betrachtete. »Cassie dachte, Mike würde sie benutzen, um sie abzublocken. Aber in Wirklichkeit waren Sie das, nicht wahr?«

»Natürlich war ich das. Michael hat genauso wenig telepathische Fähigkeiten wie Sie. Ich habe die Spieldose benutzt, um Cassie abzulenken – *und* damit sich Michael auf die Rituale konzentrierte. Es war nötig.«

»Um die Kontrolle über ihn zu behalten?«

»Warum zögern Sie die Sache hinaus?«, fragte Bob neugierig. »Ist eine weitere Stunde Leben denn so wichtig?«

»Haben Sie das Ihre anderen Opfer auch gefragt?«, hielt Ben dagegen.

»Ein paar. Die meisten waren jedoch zu wirr, und ich habe nie eine befriedigende Antwort erhalten.«

Trotz der Kälte im Raum spürte Ben, wie ihm Schweißtropfen am Hals hinunterrannen. Es war nicht schwer gewesen, den Wahnsinnigen zum Reden zu bringen, aber er hatte das mulmige Gefühl, dass es immer noch sehr die Frage war, wer hier mit wem spielte.

Er wünschte, er könnte Cassie erreichen. Sie berühren. Aber selbst wenn er gewusst hätte, wie man das machte, wollte Ben sie auf keinen Fall hier im Zimmer haben.

Was er am meisten befürchtete, war jedoch die sehr reale Möglichkeit, dass Cassie trotzdem irgendwie den Weg hierher finden würde. Wenn sie erfuhr, dass er vermisst wurde, würde sie Verbindung aufnehmen wollen, und dank seiner Mauern wäre es nicht sein Geist, den sie berühren würde. Wenn dieses wahnsinnige Monster auch nur halbwegs recht hatte mit der Verbindung zwischen ihm und Cassie, würde sie unweigerlich das düstere Böse berühren.

Ben wusste, wie viel sie für die relativ Fremden von Ryan's Bluff riskiert hatte. Was würde sie riskieren, um das Leben eines Geliebten zu retten?

Der Gedanke versetzte ihn in Angst und Schrecken.

Ihm fiel nichts anderes ein, als dieses Monster am Reden zu halten und nach einem Riss in dessen Panzer aus Selbstgefälligkeit zu suchen. Und zu hoffen, dass er eine Möglichkeit fand, sich zu befreien, bevor Cassie nach ihm suchte.

»Ich kann Ihnen eine stimmige Antwort geben«, teilte er seinem Entführer mit. »Eine weitere Stunde Leben ist wichtig. Eine weitere Minute. Selbst eine weitere Sekunde. Denn solange noch Zeit ist, könnte es genug Zeit sein.«

»Genug Zeit wofür?«

»Genug Zeit, Sie zu töten.«

Bob starrte ihn einen Moment lang erstaunt an und begann

dann zu lachen. Doch das Lachen wurde abrupt abgeschnitten. Er erhob sich, das Messer in der Hand anscheinend vergessen, und der entrückte Ausdruck breitete sich wieder über sein Gesicht. Seine Augen bekamen ein fernes, verschwommenes Aussehen. Seine Stimme senkte sich zu diesem zärtlichen Ton, bei dem Ben Gänsehaut bekam, und ihm gefror das Blut, als Bob murmelte: »Sieh an. Hallo, mein Liebling.«

»Er weiß, das Sie da sind?«, wollte Bishop wissen.

»Er ist ... überrascht«, murmelte Cassie. »Er dachte nicht, dass mir die Stiefel auffallen würden.« Sie schwieg einen Moment, ihre Gesichtszüge vor Ekel verzerrt. »Oh Gott. Die Dinge, die er denkt. Sein Geist ist so dunkel, so ... böse. Er hat keine Seele.«

Bishop blickte auf die Uhr. »Können Sie durch seine Augen sehen, Cassie?«

»Nein.« Sie klang verwirrt. »Er ... er hält mich zu tief drin.«

»Hält Sie?«

Ihre Stimme war nur ein Hauch. »Er will, dass ich ... seine geheimen Orte sehe.«

»Cassie, hören Sie mir zu. Versuchen Sie sich zurückzuziehen. Versuchen Sie durch seine Augen zu sehen.«

»Das will ich ja. Ich will Ben sehen.«

»Versuchen Sie es. Ganz vorsichtig.«

Eine volle Minute lang herrschte Schweigen, dann zuckte sie zusammen. Ihre Augen öffneten sich, die Pupillen stark geweitet und blind.

Ben wusste, dass die Verbindung hergestellt war, dass Cassie oder ein Teil von ihr hier war. Er wusste nicht, ob sie ihn sehen konnte, aber es war offensichtlich, dass sich sein Entführer in einer Art Trance befand, die Augen leer, alle Konzentration nach innen gewandt.

Eine andere Chance würde er nicht bekommen.

»Cassie?«

»Er lässt mich nichts sehen. Ihm ... gefällt das. Ihm gefällt es, meine Stimme in seinem Kopf zu hören. Er will, dass ich ... für immer dort bleibe. Die Tür. Er wird die Tür schließen ...«

Bishop packte sie fest am Handgelenk. »Cassie? Halten Sie sich an mir fest, Cassie. Er kann die Tür nicht schließen, wenn Sie es nicht zulassen.«

Ihre Atmung verlangsamte sich und wurde flach, und ihre Haut wurde noch bleicher, bis selbst ihre Lippen keine Farbe mehr hatten. »Ich ... versuche es«, flüsterte sie. »Er ist so stark ... so stark. Er wird wütend, zornig, dass ich ... ihm die Stirn biete ...«

»Halten Sie sich an mir fest, Cassie. Lassen Sie nicht los.«

Du bist zu mir gekommen. Ich wusste es.

Ich musste kommen.

Ja. Wir gehören zusammen.

Nein.

Vasek verspürte einen augenblicklichen Schock bei ihrer ruhigen Ablehnung, dann einen heißen und befriedigenden Wutausbruch. *Doch. Wir gehören zusammen.*

Ich gehöre zu Ben. Entschiedene Gewissheit.

Du bist verwirrt, mein Liebling. Aber das macht nichts. Ich werde dir die Wahrheit zeigen. Er benutzte seine Fähigkeiten, um ihre Präsenz mit sich zu umhüllen, sie zu halten und sie tiefer hineinzuziehen, zu versuchen, den Weg hinter ihr abzuschneiden. Ihre Flucht zu blockieren.

Ich bin nicht dein Liebling.

Natürlich bist du das.

Nein. Irgendwie gelang es ihr, ihn abzuwehren, ihn daran zu hindern, sie gefangen zu nehmen. *Und du bist kein Teil von mir. Egal, was du glaubst. Egal, wie oft du meinst, ohne mein Wissen in meinen Geist geschlüpft zu sein.*

Vasek war stärker aus der Fassung gebracht, als er zugeben wollte. *Du hast es nie gewusst. Nie!*

Ach nein?

Ihr Lachen perlte durch seinen Kopf wie Quecksilber.

Du hast es nie gewusst, verkündete er, aber seine Behauptung klang hohl, und er hörte die Leere darin. Sein Überlegenheitsgefühl war erschüttert, er war zum ersten Mal verunsichert.

Natürlich wusste ich es.

Ich glaube dir nicht! Er versuchte, ihre Gewissheit zu durchbohren, ihre Behauptung zu überprüfen, aber ihre Präsenz war glatt und kühl und seltsam losgelöst. Er spürte ihre Präsenz, aber nicht ihren Geist. Und nur die Gedanken, die sie ihm zu sehen erlaubte.

Wut stieg höher in ihm auf, heißer, wilder. Nein. Er würde nicht. Er hatte nie …

Du verlierst.

Ben wusste nicht, wie es ihm gelang, die Stricke so weit zu lockern, dass seine Handgelenke frei kamen. Vielleicht lag es daran, dass dieses Monster wenig Erfahrung darin hatte, seine Opfer zu fesseln, da er sie meist rasch tötete. Vielleicht hatte ihn die Anomalie eines männlichen Opfers abgelenkt und sorglos werden lassen. Oder vielleicht gab seine Verzweiflung Ben einfach eine Kraft, von deren Vorhandensein er nichts gewusst hatte.

Er schürfte sich dabei die Handgelenke auf, aber seine Hände waren noch funktionsfähig, als er sie aus den Stricken zerrte und sich bückte, um die Fesseln an seinen Fußgelenken aufzuknoten. Er hielt den Blick auf das unbewegliche, nicht ein einziges Mal blinzelnde Monster gerichtet und betete darum, genug Zeit zu haben, die paar Schritte zwischen ihnen zu überwinden, seine Hände um diesen teigigen Hals zu schlingen und das Leben aus diesem Schweinehund herauszuwürgen.

Cassie.

Er hatte sie gefragt, was geschehen würde, wenn sie zu tief hineinging, und sie hatte mit einem schwachen Lächeln geantwortet, dass sie nicht zurückkommen würde. Wie tief war sie jetzt? Und was würde passieren, wenn das Monster, in dessen Geist sie gefangen war, starb, bevor sie entfliehen konnte?

Ben zögerte nur ein Sekunde, und in dieser Sekunde krachte etwas durch das Fenster, und zwei von Matts Deputys lagen auf dem Boden, die Waffen gezückt und auf das Monster gerichtet.

Und das Monster drehte sich zu ihnen um, mit verzerrtem Gesicht, ein schrecklicher Triumph in dem Blick, den er Ben zuwarf, als er den Arm mit dem glitzernden Messer hob, eine Bedrohung, die jeder Polizist erkennen und auf die er sofort reagieren würde.

»Nein!«, schrie Ben und sprang von seinem Stuhl hoch. Er kam zu spät.

»Cassie?«

Im Zimmer herrschte eine so tödliche Stille, dass Bishop die Schüsse durch die offene Leitung des Handys hörte. Sie folgten kurz aufeinander, aber er konnte erkennen, dass es drei waren, und jeder einzelne von ihnen ließ Cassies schlanken Körper zusammenzucken. Dann schlossen sich ihre Augen, ein langer Atemzug entfloh ihr, und sie wurde vollkommen schlaff.

Bishop lehnte sie zurück an die Sofakissen und fühlte an der Halsschlagader nach ihrem Puls. Der Puls war so schwach, dass er ihn kaum wahrnehmen konnte, und ihre Haut war kalt wie Eis.

»Cassie?« Er versetzte ihr einen scharfen Schlag auf die Wange und erhielt keinerlei Reaktion. Über die Schulter blaffte er den Deputy an: »Rufen Sie den Notarzt.«

»Mein Gott«, flüsterte Danny. »Schauen Sie sich ihre Haare an.«

»Rufen Sie den Notarzt. *Sofort!*«

10. März 1999

»Ich habe sämtliche Untersuchungen durchgeführt.« Der Neurologe, den Ben hatte einfliegen lassen, blickte stirnrunzelnd auf sein Klemmbrett. »Die Kernspintomografie zeigt keinen Tumor, keine Blutungen oder Schwellungen im Gehirn. Es gibt keine sichtbare Verletzung oder ein Trauma, keine Krankheit, die wir entdecken können. Sie atmet selbstständig. Das EEG zeigt Gehirnaktivität, wenn auch auf eine Art, die ich ungewöhnlich finde.«

Bishop, der auf der anderen Seite des Krankenhausbettes stand und aus dem Fenster geschaut hatte, drehte sich zu dem Arzt um. »Wieso ungewöhnlich?« Seine Stimme war kühl.

Dr. Rhodes schüttelte den Kopf. »Ich meine, da ist Aktivität in einem Bereich des Gehirns, wo es normalerweise wenig oder keine gibt, vor allem während eines Komas.«

»Ist das ein gutes Zeichen?«

»Ich weiß es nicht«, erwiderte der Arzt unverblümt. »Genauso wenig, wie ich weiß, wie diese weiße Strähne von einem Augenblick zum anderen in ihrem Haar auftauchen konnte. Wenn jemand anderer mir erzählte hätte, dass sie einfach so aufgetaucht ist …«

»Ich war dabei«, sagte Bishop. »Sie erschien innerhalb von Sekunden, nachdem Cassie ohnmächtig wurde. Begann an den Wurzeln und dehnte sich bis zu den Spitzen aus.«

Fast wie zu sich gewandt, murmelte der Arzt: »Die medizinische Fachliteratur behauptet, das sei ein Ammenmärchen.«

»Dann schreiben Sie sie um«, schlug Bishop vor.

»Das werde ich vielleicht müssen. In verschiedener Hinsicht. Ich verstehe nur nicht, was dieses Koma ausgelöst hat. Einen medizinischen Grund dafür gibt es nicht.«

Ben, der neben dem Bett saß, mischte sich ein. »Soll das also heißen, Sie haben keine Ahnung, was mit ihr los ist?«

»Ich weiß, dass sie im Koma liegt, Richter. Ich weiß nicht,

was dieses Koma ausgelöst hat. Ich weiß nicht, wie lange es dauern wird. Sie könnte auf natürliche Weise genesen.« Rhodes fühlte sich sichtbar hilflos. »Es tut mir leid. Aber es gibt nichts, was wir tun können.« Er blickte von einem Mann zum anderen, seufzte dann und verließ das Zimmer.

»Sie wird nicht auf natürliche Weise genesen«, sagte Bishop.

»Sie waren ihre Rettungsleine.« Bens Stimme war schroff. »Warum haben Sie sie losgelassen?«

»Wenn ich sie losgelassen hätte, wäre sie tot.« Im Gegensatz zu Bens Stimme blieb Bishops Ton ruhig, sogar milde.

Ben berührte zärtlich Cassies Wange, den Blick auf ihr Gesicht gerichtet wie in den vielen langen Stunden der vergangenen Woche. Auf ihr erschreckend stilles Gesicht. »Was zum Teufel ist dann passiert?«

»Ich habe es Ihnen gesagt. Sie war im Verstand des Wahnsinnigen gefangen, als er starb. Sie war nicht stark genug, sich vollkommen von der Rückströmung psychischer Energie frei zu machen.«

»Nicht vollkommen frei? Wo ist sie?«

»Irgendwo dazwischen.«

Ben entfuhr ein Lachen, das keinerlei Humor enthielt. »Himmel. Das war wirklich hilfreich.«

»Sie haben gefragt.«

»Hören Sie, wenn Sie hier schon rumstehen und Ihre Informationen bröckchenweise ausspucken wie Yoda, verraten Sie mir wenigstens etwas, womit ich sie zurückholen kann.«

»Na gut. Wenn Sie Cassie zurückwollen, gehen Sie ihr nach.«

»Wie denn? Ich bin kein Paragnost.«

Bishop trat vom Fenster zurück und ging mit einem Schulterzucken zur Tür. »Dann ist sie verloren. Halten Sie einen Trauergottesdienst für sie ab und machen Sie mit Ihrem Leben weiter.«

»Drecksack.«

An der Tür drehte sich der Agent um und warf Ben einen letzten durchdringenden Blick zu. »Sie sind der Einzige, dem sie in mehr als zehn Jahren erlaubt hat, ihr nahezukommen. Der Einzige mit einer Verbindung zu ihr, die im wahrsten Sinne fleischlich ist. Und Sie sind der Einzige, der sie zurückbringen kann.« Er verließ das Zimmer.

Ben starrte ihm kurz nach, wandte sich dann wieder Cassies stillem, bleichem Gesicht zu. Allmählich gewöhnte er sich an die schneeweiße Strähne in ihrem schwarzen Haar über der linken Schläfe, aber ihre vollkommene Reglosigkeit machte ihn fertig.

Er hatte versucht, mit ihr zu reden. Sie anzuflehen. Er hatte zugesehen, wie Rhodes und sein Ärztestab sie mit lauten Geräuschen und anderen scheinbar schmerzhaften Methoden zu wecken versuchten, jedoch blieb alles erfolglos. Ihr Herz schlug. Sie atmete. Ihr Gehirn zeigte Aktivität.

Aber sie war nicht hier.

» ... eine Verbindung, die im wahrsten Sinne fleischlich ist.«

Was sollte das bedeuten? Dass sie, weil sie eine Liebesbeziehung hatten, miteinander verbunden waren? Ben wollte das gern glauben. Doch während der vergangenen, endlosen Woche, als er hier gesessen, sie angestarrt, mit ihr geredet und sie zu erreichen versucht hatte, war von ihr keinerlei Reaktion gekommen.

Die weiße Strähne hatte ihn an ihre Tante denken lassen, woraufhin er in seiner Verzweiflung Alexandra Meltons Tagebücher durchgekämmt und nach etwas gesucht hatte, womit er Cassie helfen konnte. Er hatte unerwartete und erstaunliche Informationen gefunden, einschließlich der Tatsache, dass Alexandra eine Warnung für ihre Nichte hinterlassen hatte, sich von Ben fernzuhalten, um nicht zerstört zu werden.

Eine Warnung, die Cassie eindeutig ignoriert hatte.

Er hatte entdeckt, dass sich ihre Mutter und ihre Tante über Cassies Erziehung zerstritten hatten. Die Mutter hatte darauf bestanden, dem Kind ein starkes Gefühl der Verantwortung einzuprägen, seine Gabe zu benutzen, um anderen zu helfen, wohingegen die Tante gewarnt hatte, diese gefährliche Gabe könne allzu leicht zerstörerisch wirken – wie ihre eigenen paragnostischen Fähigkeiten sie beinahe zerstört hätten.

Ben hatte gedacht, hier eine Antwort gefunden zu haben, hatte gedacht, dass Alexandras Überleben nach einer Art psychischem Schock für Cassie Gutes bedeuten müsse. Doch dann hatte er entdeckt, dass Alexandra nur überlebt hatte, weil ihr Schock nicht so extrem gewesen war wie Cassies. Sie war aus dem Verstand eines Wahnsinnigen herausgezogen worden, aber nicht aus dem eines Sterbenden.

Ihre Tagebücher boten Ben keine Hilfe. Und sehr wenig Hoffnung.

»Ben?«

Er wandte den Kopf und sah Matt im Türrahmen stehen. »Keine Veränderung«, berichtete er leise.

Matt fühlte sich immer noch schuldig, unwissentlich an

dem beteiligt gewesen zu sein, was mit Cassie passiert war, und das sah man ihm an. »Abby möchte sie besuchen. Ich habe ihr gesagt, dass es morgen vermutlich besser wäre.«

»Ja.«

»Sie lässt dir ausrichten, du solltest dir keine Sorgen um Max machen, dem geht es gut bei uns.«

Ben nickte. »Danke.«

»Ich habe Mary angeboten, sie heute nach Hause zu fahren, aber Rhodes hat sich freiwillig gemeldet.«

Trotz allem verspürte Ben wehmütige Erheiterung. »Bilde ich mir das nur ein, oder haben die beiden nur einen Blick aufeinander geworfen, und es war um sie geschehen?«

»Keine Einbildung.« Matt lächelte. »Rhodes scheint völlig hin und weg zu sein, und Mary erzählt allen, dass Alexandra Melton ihr schon vor Langem prophezeit hätte, sie würde sich dank ihres Sohnes in einen großen, dunkelhaarigen Mann verlieben und ihn heiraten.«

»Dank meiner. Na gut, ich habe ihn aus Raleigh einfliegen lassen.« Ben schaute zurück zu Cassie. »Ich bin froh, dass wenigstens für jemanden etwas Gutes dabei herausgekommen ist.«

»Sie wird sich erholen, Ben.«

»Ich weiß. Ich weiß, dass sie das wird.« Er musste es immer wieder aussprechen. Er musste daran glauben.

Matt wollte sich abwenden, zögerte aber dann. »Vermutlich ist es dir im Moment scheißegal, aber Shaw redet endlich. Und wir wissen nun auch, woher diese Münzen stammten.«

»Woher?«, fragte Ben, obwohl es ihm in der Tat scheißegal war.

»Von Vasek. Zu seiner sadistischen Fantasie gehörte auch das Bedürfnis, bei seinen Opfern ein Zeichen seiner *Zuneigung* zu hinterlassen. Er wusste, dass seine übliche Papierrose ihn an Cassie verraten würde, daher kam er auf die Münzen. Sie stammten aus der Sammlung seines Vaters, lagen zwanzig Jahre lang in einem Banksafe. Nachweisbar. Das ist die erste handfeste Verbindung zwischen Shaw und Vasek.«

»Gut«, sagte Ben.

»Und wir haben noch etwas herausgefunden. Über diese Kätzchen, die Cassie in Lucy Shaws Gedanken sah. Anscheinend besaß Lucy eine Katze, die sie sehr liebte, und war begeistert, als sie Junge bekam. Eines Tages kam Lucy vom Einkaufen zurück und fand Mike mitten auf dem Wohnzimmerboden sitzen. Er zerstückelte die Kätzchen mit seinem Pfadfindermesser. Da war er acht Jahre alt.«

»Du liebe Güte.«

»Ja. Russell kam nach Hause und überraschte Lucy dabei, wie sie versuchte ... alle Stücke aufzuheben. Und das versucht sie immer noch.«

Ben blickte auf Cassies Gesicht und spürte einen inneren Schmerz. Monster. Großer Gott, wie viele solcher entsetzlicher Geschichten waren in ihrem Gedächtnis gespeichert? Und war es nicht unglaublich, dass sie trotzdem fähig gewesen war, in sein Büro zu kommen und freiwillig ihre Hilfe anzubieten, um zu verhindern, dass ein weiteres dieser Monster Bens Stadt terrorisierte?

»Ben? Kann ich dir irgendwas holen?«

»Nein. Nein, vielen Dank, Matt.«

»Na gut. Dann bis morgen.«

»Ja.« Ben saß ein paar Minuten in der Stille des Raumes,

stand dann auf und schloss die Tür. Er kehrte zu Cassies Bett und seinem Stuhl zurück.

Lange Zeit dachte er an Monster, die resolut in einen sanften und müden Verstand eingeladen wurden, wieder und wieder, trotz der Angst. Und dann dachte er an die Mauer, die ein Mann um sich errichtet, als eine Art Schutz vor einer Vergangenheit, die schwierig gewesen war, aber ohne wirkliche Monster. Mauern, die den Schmerz der Erinnerung fernhielten, aber genauso den heilenden Geist der Frau, die er liebte.

Dann nahm er Cassies kühle Hand in seine, beugte seinen Kopf darüber und begann, seine Mauern niederzureißen.

Epilog

12. März 1999

Ich hätte es erkennen sollen«, sagte Cassie und schüttelte den Kopf. »Es hat mich unruhig gemacht, dass der Mörder zwischen Heiß und Kalt schwankte, seine Methoden veränderte und die Art, in der er seine Opfer hinterließ. Ich hätte mich daran erinnern sollen, dass das Vaseks Vorgehensweise war.«

Vom Fuß ihres Bettes sagte Matt: »Dreitausend Meilen entfernt und mit so vielen Monaten Abstand? Außerdem, wenn er Ben die Wahrheit erzählt hat, dann hat der Drecksack mit allen Mitteln dafür gesorgt, Sie nicht darauf kommen zu lassen, dass er es war.«

»Mit anderen Worten«, sagte Ben, »du bist und warst nicht schuld an Conrad Vaseks Verbrechen.« *Lass los,* fügte er lautlos hinzu, und als sie ihren Kopf drehte, um Ben anzulächeln, spürte er die Wärme wie eine körperliche Berührung und nahm in seinem Geist das helle Schimmern ihrer Erheiterung wahr.

Herrisch.

Niemals.

Gib es zu, du magst es, mich rumzukommandieren.

Ich mag es, dich um mich herum zu haben. Das ist ein Riesenunterschied.

Cassie streckte die Hand aus, und seine Finger verschränkten sich mit ihren. Da ihm der Blick des Sheriffs bewusst war, küsste Ben sie nicht, aber er dachte daran, und Cassies Lächeln wurde breiter.

Ohne diesen geistigen Austausch mitzubekommen, sagte Matt: »Nach Vaseks Tod ist Mike Shaw vollkommen zusammengebrochen, und selbst sein Staranwalt hat zugegeben, dass es nur noch darum geht, ob Mike in die Gaskammer kommt oder für den Rest seines Lebens in die Gummizelle gesperrt wird. Wenn meine Stimme etwas zählte, würde ich sagen, mir wäre es lieber, wenn mein Steuergeld nicht dazu verwendet würde, ihn am Leben zu halten.«

»Da wärst du in der Mehrheit«, sagte Ben. »Aber ich wette, er wird als prozessunfähig eingestuft.«

Matt schüttelte den Kopf. »Dann sollten wir ihn lieber aus Salem County verlegen. Es gibt eine Menge Verwirrung über Vaseks Rolle bei dem Ganzen, aber alle wissen, dass Mike mit den Händen um Abbys Kehle erwischt wurde.« Bei der Erinnerung verdunkelte sich sein Gesicht.

Ben sagte: »Da wir kein entsprechendes Gefängnis oder eine psychiatrische Anstalt haben, in der wir ihn unterbringen können, wird er wahrscheinlich verlegt.«

»Was ist mit Lucy?«, fragte Cassie.

»Sie bekommt endlich die Hilfe, die sie seit Jahren gebraucht hätte«, antwortete Matt. »Angesichts dessen, was sein Sohn getan hat, musste Russell schließlich zugeben, dass es doch nicht so klug war, manche Dinge für sich zu behalten. Er hat sein Leben lang mit dem Wissen gelebt, dass die

Shaws eine Anlage zu geistiger Instabilität besitzen, die anscheinend mehrere Generationen zurückreicht. Er meinte, damit fertig werden zu können, seine Mutter zu beschützen, und dafür zu sorgen, dass es bei Mike nicht schlimmer wurde. Und das wäre ihm wohl auch gelungen. Wenn Vasek nicht gekommen wäre und nach einem Werkzeug gesucht hätte.«

Was nicht deine Schuld ist, erinnerte Ben Cassie energisch.

Ich weiß. Ich weiß.

»Wie auch immer, jetzt ist es vorbei«, sagte Matt. »Allmählich kehrt wieder Normalität ein. Und Sie werden morgen aus dem Krankenhaus entlassen. Was mich daran erinnert – Ben sagte, als Sie aus dem Koma aufwachten, wären Ihre übersinnlichen Fähigkeiten alle verschmort gewesen.«

»So«, warf Ben ein, »habe ich das nicht ausgedrückt.«

»Na ja, aber so ähnlich. Stimmt das, Cassie? Sie können meine Gedanken nicht mehr lesen?«

»Anscheinend kann ich überhaupt keine Gedanken mehr lesen. Nur die von Ben.«

Der Sheriff grinste seinen Freund an. »Na, und wie fühlt man sich, wenn man ein offenes Buch ist?«

Ben blickte lächelnd zu Cassie. »Tatsächlich fühlt es sich ziemlich gut an.« Und unerwartet tief befriedigend.

Matt schüttelte den Kopf. »Besser du als ich. Bleibt das so?« Cassie erwiderte: »Nachdem ich heute in Tante Alex' Tagebüchern gelesen habe, muss ich sagen, dass es vermutlich dabei bleibt. Zumindest grundsätzlich. Sie hat schließlich einige ihrer Fähigkeiten zurückbekommen, aber erst nach fast zwanzig Jahren, und niemals so stark wie zuvor.«

»Wovor?«

»Bevor sie beinahe im Verstand eines Wahnsinnigen eingeschlossen wurde. Sie hat nur wenige Einzelheiten erwähnt, aber ich schätze, das war direkt vor dem Streit mit meiner Mutter, als sie gebeten wurde, bei der Suche nach einem vermissten Kind zu helfen. Der Entführer war vollkommen wahnsinnig, und sie blieb eine Zeit lang in seinem Verstand gefangen.«

»Schaurig«, bemerkte Matt.

»Ja.« Dass Conrad Vasek unzählige Male ohne ihr Wissen in ihren Kopf eingedrungen war und sie damit fertig werden musste, verschwieg Cassie ihm. »Tante Alex war danach verändert. Emotional. Mental. Und physisch.« Ihre Hand fuhr kurz zu der weißen Strähne hinauf.

»Wie ist es mit Ihnen? Bedauern Sie es?«

»Nicht im Geringsten.«

Matt musterte sie. »Ich muss sagen, Sie sehen viel friedvoller aus. Schweigen ist wohl doch Gold, nicht wahr? Ich meine, außer für Ben.«

Cassie lächelte ihn an. »Sie haben keine Ahnung, wie sehr.«

»Wenn ich also ein paar besondere Einsichten bei irgendwelchen zukünftigen Ermittlungen brauche …«

»Versuchen Sie es mit Teeblättern. Oder einer Kristallkugel.«

»Mit allem, außer Ihnen?«

»So sieht es aus.«

»Hm. Aber Sie bleiben in der Gegend, ja?«

»Ja«, sagte Ben. »Sie bleibt.«

Herrisch.

Niemals.

»Bin froh, das zu hören«, sagte Matt ernsthaft. Er beäugte die beiden kurz und fügte dann hinzu: »Ich glaube, es wird Zeit, dass ich gehe.«

»Wir wollen dich nicht drängen«, sagte Ben mit einem milden Lächeln.

Matt grinste. »Okay, ich geh ja schon. Aber bevor du die Tür hinter mir schließt, sollte ich dich warnen, dass Bishop sagte, er wolle heute noch vorbeikommen, um sich zu verabschieden.«

Ben wartete, bis sein Freund gegangen war, bevor er sagte: »Verabschieden, zum Teufel. Bishop kann von Glück sagen, wenn ich ihn nicht zusammenschlage.«

»Er hat dir gesagt, du könntest mich zurückholen«, erinnerte ihn Cassie lächelnd.

»Ja, aber der Drecksack hat es mir überlassen, selbst herauszufinden, wie. Wenn er es mir gleich zu Anfang mitgeteilt hätte, dann hättest du keine Woche im Koma verbringen müssen und ich wäre nicht fast wahnsinnig geworden vor Sorgen um dich.«

Cassie betrachtete ihn nachdenklich. »Vielleicht haben wir diese Zeit beide gebraucht. Ich, um ... in dieser Grauzone zu schweben, wo es nichts zu tun gab, als über Dinge nachzudenken, und du, um die Bereitschaft zu finden, dich mir zu öffnen.«

Er hob ihre Hand und legte sie an seine Wange. »Weiß Gott, warum ich so lange gebraucht habe, warum ich nicht bereit war, sogar vor mir selber zuzugeben, dass ich dich liebe. Das ist das Beste, was mir je passiert ist, und ich hatte Angst, es zu akzeptieren. Solche Angst, dass ich dich fast verloren hätte.«

»Du hast mich nicht verloren.« Ihre Stimme war so gelassen wie ihr Lächeln. »Die Dinge geschehen nicht grundlos, Ben. Tante Alex wusste, dass Abby gerettet werden würde, wenn ich hier an der Suche nach einem Mörder beteiligt wäre – aber sie wusste auch, was mir zustoßen würde, nämlich, dass ich durch den Tod des Mörders in der Falle säße und, wie sie glaubte, zerstört werden würde. Und sie hinterließ eine Warnung für mich, dir aus dem Weg zu gehen, in der Hoffnung, das brächte mich in Sicherheit. Ihre Warnung an mich hätte rechtzeitig überbracht werden sollen, was aber durch eine Verstrickung von Ereignissen verzögert wurde. Was mir die Gelegenheit gab, dich kennenzulernen und mich in dich zu verlieben – in den einzigen Menschen, der mich retten konnte. Alles musste genauso geschehen, wie es geschah.«

»Wenn du das sagst«, murmelte Ben. Aber das Entsetzen, sie beinahe verloren zu haben, erfüllte ihn noch immer, und er beugte sich vor, um sie zu küssen, weil er nicht anders konnte.

»Ich kann später wiederkommen«, sagte Bishop von der Tür her.

Ben gab einen rüden Laut von sich, aber Cassie schenkte dem Agenten ein einladendes Lächeln. »Nein, kommen Sie herein.«

»Falls Sie hier sind, um sich zu verabschieden«, fügte Ben hinzu.

Bishop schien über die Ungeduld, ihn verschwinden zu sehen, nicht bekümmert zu sein. »Deswegen bin ich da«, sagte er ruhig.

Cassie warf Ben einen Blick zu, und er gab nach. »Danke für Ihre Hilfe«, sagte er zu dem Agenten.

»Und zum Teufel mit mir, weil ich sie nicht früher angeboten habe. Schon verstanden, Richter.«

»Es ist immer nett, wenn man verstanden wird.«

Cassie gab auf und sagte zu Bishop: »Sie verlassen uns also. Um eine weitere sogenannte Paragnostin zu entlarven?«

»Nein, leider nichts so Interessantes. Ich wurde wegen prosaischerer Dinge ins Büro zurückgerufen.«

»Tja, ich würde ja sagen, es war mir ein Vergnügen, aber wir wissen beide, dass ich lügen würde. Es war jedoch interessant. Wie gewöhnlich.«

»Für mich ebenfalls.« Bishop musterte Ben einen Moment lang und wandte sich dann erneut an Cassie: »Vergessen Sie nicht, mich zur Taufe einzuladen. Und bis dahin wünsche ich Ihnen ein schönes Leben.«

»Für Sie auch.« Cassie wartete, bis er fast an der Tür war, und rief dann leise: »Bishop?«

Er drehte sich um, die Brauen fragend erhoben.

»Viel Glück. Ich hoffe, Sie finden sie.«

Das harte, vernarbte Gesicht blieb vollkommen unbewegt, vollkommen rätselhaft. Dann nickte er, mehr anerkennend als bestätigend, und ging.

»Wen soll er finden?«, fragte Ben.

Cassie lächelte. »Diejenige, nach der er sucht.«

»Und wer ist das?«

»Nicht meine Geschichte.«

Ben dachte darüber nach und blinzelte dann. »Taufe?«

»Ich weiß nicht, warum er denkt, dass es eine Taufe geben wird«, erwiderte Cassie beinahe abwesend. »Er weiß doch, dass ich nicht religiös bin.«

»Taufe?«

Cassie legte ihm die Arme um den Nacken, als Ben sich über sie beugte, und ihr Lachen war weich und warm. »Tja, ich erinnere mich genau, dich, als ich aus dem Koma aufwachte, sagen zu hören, du wärst definitiv für eine langfristige Bindung bereit. Und du hast das sehr energisch betont.«

»Ja, aber ... bist du dir sicher? So bald?«

»Ganz sicher. Macht es dir was aus?«

Mein Liebling ...

Ich liebe dich, Ben.

Cassie ... meine Cassie ... ich liebe dich so sehr.

Erst geraume Zeit später hob Ben den Kopf. »Eine Verbindung, die im wahrsten Sinne fleischlich ist. Das hat er gesagt, als du noch im Koma lagst. Ich dachte, er meinte das, weil wir ein Liebespaar waren, aber das hat er überhaupt nicht gemeint. Und jetzt bittet er darum, zur Taufe eingeladen zu werden. Er wusste es. Verdammt, Bishop *wusste* es. Wie?«

Cassie erwiderte gelassen: »Das muss er wohl in den Teeblättern gelesen haben, Liebling. Spielt es eine Rolle?«

Angesichts des warmen Lächelns in ihren grauen Augen, des schlanken Körpers in seinen Armen und der erstaunlichen Intimität ihrer Präsenz, die tiefer als jeder bewusste Gedanke in ihm glühte, beschloss Ben, dass nichts anderes eine Rolle spielte.

Überhaupt nichts.